Nuova Narrativa Newton

228

Titolo originale: *Det som ska sonas*

Traduzione dallo svedese di Martina Cocco,
Mattias Cocco e Kerstin Östgren
Prima edizione: aprile 2010

Roma, Casella postale 6214

ISBN 978-88-541-1983-3

www.newtoncompton.com

Realizzazione a cura di Corpotre, Roma
Stampato nell'aprile 2010 da Puntoweb s.r.l., Ariccia (Roma)

Olle Lönnaeus

Il bambino della città ghiacciata

Newton Compton editori

PROLOGO

Tre lampi e tre rombi di tuono, poi comincia a scrosciare la pioggia.

Le prime gocce carezzano dolcemente la guancia della donna, come se un Dio consolatore le sfiorasse delicatamente il viso con la punta delle dita.

Reclina la testa all'indietro e si volta verso il cielo.

Fresca cade la pioggia sulle palpebre serrate, l'acqua dal sapore ferrigno cerca una via di accesso alla sua bocca.

Lei ingoia e si lecca le labbra, più e più volte, la pioggia aumenta e batte con forza.

È come se tutte le masse acquose dell'atmosfera si precipitassero verso il punto della riva del fiume dove lei si trova in piedi. Tutto si impregna di un fradicio grigiore. I capelli della donna si trasformano in alghe. Il vestito chiaro, lacero e infangato, diventa una vela. Cola via lo sporco dalla fronte, dalle guance e dal collo e sul suo volto appare qualcosa che può somigliare a un sorriso.

Poi un improvviso tremito la riporta alla realtà, come se fosse stata risvegliata da un sogno.

Il bambino, pensa.

Scruta nell'oscurità oltre il terreno dei pascoli, cerca con gli occhi in direzione della cresta della collina e ascolta i rumori del bosco, che ha appena attraversato correndo forsennatamente. Gli unici suoni che avverte sono lo scroscio della pioggia e il proprio respiro affannato.

Sente il cuore martellarle nel petto.

Qualcuno le urla di scappare. È lei stessa? Fuggi nella notte fin dove ti portano le gambe!

Ma non ne ha la forza.

Il corpo è intorpidito, le gambe dolgono, deboli e pesanti. E dove mai potrebbe andare?

Un lampo squarcia il cielo. Segue il tuono, immediato e forte. Ma la donna, la cui esile figura risplende argentata per un istante contro lo specchio d'acqua nera, si muove appena.

L'oscurità, pensa. Solo l'oscurità è mia amica. Presto si dissiperà. Scappa, adesso, prima che sia troppo tardi!

Ma il corpo l'abbandona. Le gambe non vogliono ubbidirle. E vorrebbe pregare, cerca invano le parole, nella disperazione non ne trova nessuna che possa esserle di conforto. Il cielo è nero e grigio, e adesso spira un gelido alito di vento attraverso la gola della vallata.

Vacillante si asciuga l'acqua dal viso con il dorso della mano. In quel momento torna a percepire l'odore del sangue, come un sollecito del male.

L'odio. Il disgusto. L'atto irrevocabile.

Ha il coltello ancora con sé. Il coltello da cucina lungo e sottile, la cui lama è macchiata di sangue nero. Lentamente se lo porta al collo. È una tentazione. Sarebbe così semplice.

D'improvviso si blocca e osserva la lama, che lentamente viene lavata dalla pioggia.

Sarebbe vile.

Poi crolla sulle ginocchia, piena di un'energia nuova. Con mani frenetiche e lacere di ferite scava nella sabbia.

Quando ha finito getta il coltello nella buca e rapidamente la riempie. Poi si guarda intorno ansiosa.

Il bambino, pensa. Devo fare in fretta.

La pioggia, la fresca pioggia che infonde vigore. Improvvisamente la pervade un intenso desiderio di vivere. Di non morire mai.

Prima che l'alba abbia scacciato le nuvole, la donna è scomparsa.

CAPITOLO 1

Il primo caldo dell'estate è soffocante e privo d'amore. È arrivato all'inizio di giugno. Ora Herman e Signe sono morti, ed è la notizia della loro morte ad aver bruscamente riportato Konrad Jonsson indietro nel tempo.

«Devi chiamarci papà e mamma», gli dicevano. A quel tempo spesso ubbidiva, ma non si sentiva mai del tutto sincero. Tutto ciò, oramai, appartiene a un passato remoto e la memoria si è affievolita.

Per Konrad è come se fossero ancora giovani, benché avessero quasi ottant'anni al momento della loro morte. Herman, che lavorava al mattatoio Scan, puzzava sempre come una carogna quando tornava a casa dopo un turno nel reparto di pulizia degli intestini. Ogni sera Signe lo aiutava a strofinarsi per tornare pulito. Poi splendeva come il sole, le sue gote tonde e rosse come mele. Si accontentava delle piccole cose della vita, Herman. Pare che il mattatoio sia chiuso da molti anni ormai.

E poi c'era Signe, che non si lasciava mai sfuggire un lamento, benché soffrisse di dolori alla schiena e alle ginocchia.

Certamente avevano i loro crucci, Herman e Signe. Konrad lo aveva presto percepito, nonostante nulla venisse mai detto. E lui aveva capito di cosa si trattava: Klas, il loro unico figlio, attorno al quale costantemente aleggiava una nube di disagio.

Si trovava lì adesso?

Quando improvvisamente appare il cartello per Röddinge un rapido impulso lo induce a svoltare dalla strada provinciale, oltrepassando la chiesa bianca, lasciando avanzare la macchina attraverso il paesino adagiato sul pendio.

La valle misteriosa. Forse è solo un pretesto per posticipare il momento del ritorno. Ma Konrad la vuole rivedere.

Sulla tortuosa strada di ghiaia incrocia un trattore e subito dopo una jeep verde scuro, per il resto tutto è quiete. In lontananza si sente un cane abbaiare, forse per avvisare che sta arrivando qualcuno. Dopo l'ultima casa comincia il bosco. Faggi slanciati, le cui foglie leggere giocano con i raggi del sole, querce nodose e abeti ombrosi. Piccoli gruppi di betulle. In una radura vede una mandria di mucche dal mantello giallo oro, che brucano nei pressi di una vasca da bagno arrugginita al di là del filo spinato.

Poi si apre la valle. La terra delle avventure. Konrad non può fare a meno di fermarsi sul ciglio della strada. Scende dalla Opel e inspira a pieni polmoni.

Spesso arrivavano fin qui in bicicletta e si lasciavano incantare dal paesaggio. Intorno a lui c'è odore di terra, di vegetazione di prima estate e anche un po' di merda di vacca. Tra le creste dei colli scorre il fiumiciattolo, circondato da giunchi e pioppi, proprio come se lo ricordava. Pensa agli allagamenti primaverili, che potevano trasformare i pascoli in un delta di laghi e isole. D'inverno si formava il ghiaccio. Konrad socchiude gli occhi guardando in direzione del sole, verso il colle più a sud, e vede le poiane veleggiare sopra le cime degli alberi.

Sospira tra sé. Dovrà tornare in questo posto. Ma l'altra questione non può attendere oltre.

Poco più avanti la strada di ghiaia si addentra nuovamente nel bosco, attraversa i campi e presto si ritrova sulla strada provinciale.

Prosegue verso est. "Verso casa". Konrad ripete queste parole nella sua mente, ma non suonano giuste. Solo dopo aver oltrepassato la stazione di servizio Statoil, al bivio, e dopo aver intravisto la vecchia università popolare, alleggerisce la pressione sul pedale del gas e lascia avanzare la macchina fino alla cima dell'ultima collina. *La ridente Tomelilla, con il vento sotto le ali*, così è scritto sul cartello di benvenuto del comune. È ornato dalla sagoma di un rapace con le ali spiegate. Sorride tra sé.

Al primo incrocio con semaforo, dove adesso si trovano tre capannoni trasformati in punti vendita, svolta a sinistra oltre il ponte della ferrovia e procede lentamente oltre il dismesso cinema Rio. Non c'è un'anima in giro per le strade. Si ferma presso il chiosco di hot dog di Bertil e scende dalla macchina.

«Il duplice omicidio di Tomelilla. La polizia diffonde un appello per ottenere informazioni», legge sulla civetta del giornale «Ystads Allehanda».

«L'ondata di caldo continua a interessare lo Skåne», assicura il quotidiano «Kvällsposten». I giornali più importanti sembrano già essersi lasciati la notizia alle spalle. Ormai sono passati cinque giorni.

Konrad stesso ha ricevuto la comunicazione nella tarda serata di ieri. Sono arrivate due telefonate nel giro di un'ora. Prima un'ispettrice della polizia giudiziaria di Ystad, che senza mezzi termini lo aveva informato che i suoi genitori adottivi erano morti e che la polizia avrebbe volentieri fatto quattro chiacchiere con lui. In via del tutto ufficiosa. Poi la telefonata di un avvocato che voleva discutere dell'eredità. «Ci sono un po' di soldi», aveva detto a voce bassa. Avrebbero parlato della somma in un'altra occasione.

In un primo momento Konrad rimase più che altro sorpreso. Tutto il passato, che pensava di essersi definitivamente lasciato alle spalle, adesso sarebbe tornato a galla?

Erano passati quasi tre decenni dall'ultima volta che aveva visto o addirittura parlato con Herman e Signe. E ad essere sinceri non è che gli fossero tornati in mente tanto spesso nel corso degli anni. Konrad aveva evitato di ripensare a quel paesino dal giorno in cui lo aveva lasciato. Non che sapesse esattamente spiegarsene il perché. I legami vengono recisi una volta per tutte. L'idea di riallacciarli lo aveva sempre riempito di angoscia. Neanche quando aveva toccato il fondo della depressione aveva valutato l'ipotesi di tornare.

La poliziotta che gli aveva telefonato lo aveva avvertito: «Le circostanze della morte sono estremamente sgradevoli».

"Possono essere più che morti?", aveva pensato Konrad.

«Hanno sparato alla nuca. A entrambi», aveva detto l'ispettrice della polizia giudiziaria al telefono. «Pensiamo si tratti di un omicidio a scopo di rapina».

Konrad rammentò vagamente di aver sentito parlare, all'inizio della settimana, di un omicidio a Tomelilla in un notiziario alla radio. In quel momento aveva a malapena reagito.

Ma quando era venuto a sapere che erano Herman e Signe ad essere morti, nella sua mente era cresciuta la consapevolezza di qualcosa di inevitabile: sarebbe dovuto tornare nella comunità che lo aveva visto nascere.

La strada di fronte al chiosco di hot dog è quasi deserta. Il sole arde rovente attraverso una coltre di foschia, facendo vibrare l'aria. La vetrina del vecchio negozio di articoli per cucito è stata frantumata da qualcuno; il vetro è tenuto insieme con il nastro adesivo e tappezzato con fogli di cartone. Il locale accanto è abbandonato. Era lì che il cieco aveva la sua bottega. Cartoline scolorite, vasellame polveroso e biglie di vetro. «Questa è magica», era solito borbottare il cieco dietro i suoi occhiali scuri, mentre si passava una biglia preziosa tra le dita. Accadeva che Konrad rubasse una biglia uscendo dal negozio.

Sulla panchina all'ombra del castagno davanti al negozio dismesso, sono sedute due donne con identici passeggini rosa pallido. Chiacchierano fra loro. Il silenzio fa sì che le loro voci in sordina si propaghino tra le mura delle case, come un'eco lontana. Un vecchio macilento arranca e sparisce dietro l'angolo, piegato sul suo deambulatore. Si lascia alle spalle, a terra, solo un'ombra insignificante.

Konrad si asciuga il sudore della fronte con la manica della camicia e sbircia il kebab che rosola sul grill dietro lo sportello del chiosco. Evidentemente qualcosa è cambiato in paese. Un tempo, quando alla sera le Chevrolet e le Volvo Amazon dei *raggare*[1] stazionavano in fila davanti al chiosco di Bertil, e il cinema Rio proiettava spaghetti western con Clint Eastwood, ad andare per la maggiore era l'hot dog extra size, con puré di patate e cetrioli sott'aceto e bevanda al cioccolato Pucko.

Konrad fa un cenno all'uomo del chiosco e compra un gelato.

Senza rifletterci troppo lascia la macchina e si avvia a passo lento verso la piazza. Il gelato è talmente dolce che lo butta nella spazzatura. All'entrata del vecchio tunnel pedonale sotto la ferrovia, dove gli ubriaconi erano soliti ritrovarsi nelle fredde sere d'inverno, dove c'era sempre puzza di piscio e dove i bambini si sgolavano per poi rab-

[1] Questo il nome con cui si indicavano i rappresentanti di una particolare subcultura motorizzata giovanile originatasi negli anni Cinquanta in Svezia (*n.d.t.*).

brividire di quella eco inquietante, qualcuno ha aperto un piccolo pub. L'uscio è socchiuso, ma il bancone del bar è deserto.

Intorno alla piazza c'è un po' più di movimento. La banca. L'hotel. Il Systembolaget[2] e il supermercato Konsum. La statua di Carl Milles con la fontana in cui i ragazzini d'estate versavano il detersivo, facendo strabordare la schiuma. Tutto è come prima. Ma dietro alla bancarella sulla piazza c'è uno straniero che vende frutta d'importazione.

Konrad pensa ad Agnes.

Era sempre stata diversa da tutti gli altri. Questo lo aveva capito già quando era ragazzo. A quel tempo non venivano molte persone da fuori. I polacchi si distinguevano, quasi quanto gli zingari che in primavera si accampavano vicino a Välabäcken.

Non deve essere stato facile per lei, Agnes.

Assapora il suo nome.

«Agnieszka».

Si sforza per richiamare un'immagine alla mente. Scava in profondità nella corteccia del cervello. Quel viso non vuole prendere forma e lui non ha mai posseduto delle fotografie che lo possano aiutare. La vede da una prospettiva sbilenca, dal basso, come se fosse inclinata verso di lui. Alcune ciocche di capelli scuri pendono lungo le sue guance e le fanno ombra agli occhi. Lì ritrova una limpidezza e una gentilezza che gli risvegliano una prepotente nostalgia. Gli sorride con la bocca e gli occhi malinconici. Un calore profumato irradia verso di lui.

È un'immagine reale o è solo un'antica proiezione della sua mente assetata d'amore?

"Agnes", era così che la chiamavano, ed è così che aveva capito che anche lui avrebbe dovuto chiamarla, se per caso ci fosse stata qualche ragione per nominarla. Nella casa di Herman e Signe non si pronunciava volentieri il suo nome. Se per sbaglio a qualcuno comunque capitava, la situazione si caricava di imbarazzo. Venivano scambiati sguardi silenziosi e si passava presto a un altro argomento di conversazione.

[2] Catena di negozi governativi. I soli negozi al dettaglio autorizzati a vendere bevande alcoliche sul territorio nazionale (*n.d.t.*).

Per la gente in città lei era "la polacca". Ma quando Konrad si trovava solo accadeva che sussurrasse tra sé, come per assaporare la parola: «Mamma».

L'incertezza prende il sopravvento su di lui, lì dove si trova, in piedi all'incrocio, abbracciando la piazza con lo sguardo. Da dove cominciare?

Forse è stata un'idea idiota quella di fare ritorno. Forse disseppellirà solo vecchi ricordi che dovrebbero rimanere sepolti.

Per un breve istante considera l'ipotesi di sfuggire a tutto quel passato, di sedersi in macchina e tornare indietro. Settanta chilometri per Malmö, non di più. Seicento chilometri per Berlino.

Sono passati ventotto anni da quando è partito e la vita lo ha portato in giro per il mondo. Qualche volta, tornando a casa, ci è passato pericolosamente vicino. Ma il paesino era rimasto sempre una zona vietata, un'area contaminata, dove non aveva mai avuto il coraggio di rimettere piede. Ora è in piazza e può constatare con i propri occhi che non c'è traccia di un'esplosione nucleare.

La notizia della morte di Herman e Signe forse è stata un segno.

«Possiamo incontrarci alla casa domani a mezzogiorno?», aveva chiesto l'ispettrice della polizia giudiziaria che gli aveva telefonato.

Konrad aveva esitato un istante. Ma poi si era deciso. Presto o tardi sarebbe comunque dovuto andare.

La vecchia casa di eternit di Herman e Signe, schiacciata su un fazzoletto di terra tra la ferrovia e il cimitero. Se la figura già davanti agli occhi. Ne percepisce gli odori. Un misto di aria viziata e stantia e la ruvida dolcezza dei biscotti appena sfornati di Signe. Dalla sua camera di quando era piccolo, al primo piano, Konrad riusciva a sentire le grida dal campo di calcio, quando c'era una partita. Ci andava molto di rado. Ovviamente aveva finito di appiccicare tutte le figurine della collezione sull'album con buon anticipo, prima che iniziassero i mondiali in Germania. Ralf Edström, Ronnie Hellström e Bosse Larsson. Konrad seguiva minuto per minuto quello che trasmettevano alla TV. Quando la Polonia con Lato, Deyna e Szarmach aveva battuto i brasiliani, e aveva conquistato il bronzo, il suo cuore aveva cominciato a battere un po' più forte. Beckenbauer, Neeskens e

Cruyff regalavano il più bello degli spettacoli, pensava. Niente a che vedere con i palleggi in quarta elementare, quando le partite puzzavano di fango e di vecchia sbornia.

La poliziotta gli aveva raccontato al telefono che i corpi erano stati ritrovati nella rimessa degli attrezzi. La casa quasi non era stata toccata. Era solo stata forzata una cassettiera nella camera da letto. Konrad non si era risolto a chiedere se Klas abitasse ancora lì.

«Certo», aveva risposto, invece. «Sarò lì a mezzogiorno».

Gli ci vuole meno di un quarto d'ora per recuperare la macchina e uscire dal centro, oltrepassando la chiesa in direzione della casa lungo i binari della ferrovia. Si trova un po' isolata, come se le altre ville non volessero averci nulla a che fare. L'eternit grigio, qui e là scurito a causa dell'umidità e dello sporco. La casa è più piccola di quanto Konrad ricordasse. Sul fronte ci sono un paio di cespugli di lillà e nel piccolo giardino sul retro adocchia due meli e un dondolo con i cuscini con una fantasia marrone a fiori. Sulla strada è parcheggiata un'auto della polizia.

Quando scende dalla macchina vede che qualcuno ha delimitato con dei nastri di plastica blu e bianchi la rimessa di legno dove Herman e Signe tenevano il tosaerba e le biciclette. Si avvicina con circospezione.

«Konrad Jonsson! Così è arrivato il momento di tornare, adesso...».

Inizialmente non capisce da dove provenga la voce. Poi vede qualcuno seduto su una sedia da giardino sotto l'ombra del melo più imponente.

«Ora che c'è da spartire l'eredità! Eh? È il momento di tornare volteggiando come un maledetto avvoltoio».

Konrad sente quel qualcuno schiarirsi la gola sotto l'albero e scatarrare sull'aiuola di rose.

«Konrad Jonsson senza puntini... Jönsson non era abbastanza raffinato, eh? Non era più abbastanza quando doveva diventare un giornalista con la puzza sotto il naso. No, fuori nel bel mondo non stava bene chiamarsi Jönsson con i puntini. Maledizione, allora sì che c'è di che vergognarsi. Konrad Jonsson suona molto meglio».

L'uomo nell'ombra non accenna minimamente a volersi alzare. Siede attaccato allo schienale della sedia. Sottili raggi di luce bianca si fanno strada attraverso le foglie e i fiori di melo appassiti spandendo un disegno a chiazze su un frammento del prato. Il manto di un leopardo. Da fuori è difficile intravedere sotto i rami. Tutto quel che Konrad riesce a distinguere è un grande corpo sprofondato sulla sedia. Ma dalla voce non c'è possibilità di sbagliarsi.

«Klas! Allora abiti ancora qui...».

«Puoi metterci la mano sul fuoco. Speravi che me ne fossi andato, non è vero? Eh no, come vedi sono sempre qui. Ma siediti, maledizione».

Dà un calcio alla sedia vuota sotto l'albero.

Konrad si avvicina lentamente. Quando i suoi occhi si abituano alla penombra può constatare che Klas è cambiato meno di quanto avesse pensato. È ancora grande e grosso. I muscoli che si delineano sotto la sua camicia a maniche corte sprigionano ancora forza. La mano che stringe la lattina di birra incute rispetto. I capelli biondo grano hanno degli sprazzi di grigio, ma sono folti e tagliati a spazzola. Il viso è gonfio, rosso lucido e floscio, come se fosse segnato da giorni di pianto.

«È da un bel po' che...», prova a dire Konrad.

Gli allunga la mano, esitante. Klas accetta la stretta e lo fissa ostinatamente. Benché si aspettasse quella manifestazione di forza, Konrad è costretto a mordersi il labbro per non cacciare un urlo quando le sue ossa vengono macinate una contro l'altra.

«Sono veramente dispiaciuto», dice a denti stretti. «Mi riferisco a quel che è accaduto a Herman e Signe».

«Sì, certo», borbotta Klas. «Eri così legato a loro. Sarà per questo che venivi a trovarli così spesso».

Konrad prova a ignorare l'ostilità.

«Vuoi raccontarmi cosa è accaduto?»

«Qualcuno li ha ammazzati. Gli hanno sparato alla nuca. Una fottuta esecuzione. Questo è quel che è successo, da quanto ho capito».

Improvvisamente gli si rabbuia la vista. No, non di nuovo! Il terrore si impadronisce del petto di Konrad, svuota l'aria dai suoi polmoni, proprio come quella volta. Vacilla e sprofonda nella sedia.

La testa gli si riempie di voci eccitate e acute che urlano e gridano. Si trova in uno scantinato buio, lontano, molto lontano. Tutto quello che sente è panico. Non vede nulla, è cieco, e la benda che gli copre gli occhi ha ferito le sue guance a sangue. Non capisce niente. Cosa vogliono? Perché sono tanto arrabbiati? Mahmoud implora di avere salva la vita. Si ritrova a urlare nel vuoto.

Poi si sente un unico colpo secco. I lamenti di Mahmoud si interrompono bruscamente. Konrad avverte odore di morte nelle narici. Qualcuno ride sommessamente. Poi gli viene assestato un potente calcio nella schiena, e un altro alla nuca, e tutto torna a essere vuoto.

Dopo una manciata di secondi interminabili riprende i sensi. Dapprima non si rende conto esattamente dove si trovi, dopodiché vede Klas ridacchiare incerto. Konrad si tira più in alto sulla sedia e scuote leggermente la testa.

«Sei svenuto?»

«Sì. No, non proprio. È stato come se non arrivasse più il sangue alla testa, sai come...».

Capisce lui stesso che la spiegazione non sembra convincente. L'altro lo osserva con uno sguardo indagatore.

«Pressione bassa?»

«Qualcosa del genere...».

Konrad siede totalmente immobile per lasciare che i suoi pensieri si chiariscano. Una vera e propria esecuzione! Sa che si porterà dietro quell'orrore finché vivrà.

Ma Klas non sembra essersi accorto di nulla. È tutto avvenuto così in fretta. Konrad tenta di riprendere il filo del discorso.

«Sai cosa...», comincia.

La risposta arriva rapida.

«Domanda a lei».

Klas fa cenno con la testa verso la rimessa degli attrezzi delimitata dal nastro, la cui porta è appena stata aperta.

«È il suo lavoro di sapere come stanno le cose. La poliziotta è stata qui quasi tutto il tempo da quando è successo».

La donna fa qualche passo sul viottolo di ghiaia, ma si ferma, come se avesse dimenticato qualcosa. Si gira e dice qualcosa a qualcuno che è rimasto lì dentro. Poi va loro incontro. Indossa un paio di jeans consumati e una T-shirt con aloni sotto le ascelle. Un leggero odore di sudore colpisce Konrad.

Si alza cautamente per salutare.

«Suppongo che tu sia Konrad Jonsson», dice. «È un bene che tu sia potuto venire. Mi chiamo Eva Ström e sono un'ispettrice di polizia giudiziaria. È stata la mia collega a telefonarti».

Fa una pausa e sposta lo sguardo tra Konrad e Klas, che rimane nella sua posizione semisdraiata sulla sedia da giardino.

«Non vi incontrate da un bel po' voi due, mi pare di capire?».

Nessuno dei due risponde.

Sposta lo sguardo intorno a sé, come se cercasse qualcosa, e torna a rivolgersi a Konrad.

«Vogliamo entrare...?».

Konrad annuisce. Klas lascia cadere la lattina di birra vuota sull'erba e accenna ad alzarsi.

«Preferirei parlare con voi uno alla volta», dice d'un fiato Eva Ström.

«Non sarò io a disturbare», sbuffa Klas e torna a sprofondare nella sedia con un'espressione accigliata.

La prima cosa che lo colpisce è quanto l'arredamento della casa sia rimasto uguale a come lo ricordava. Il divano in ciniglia rossa dove non avevano mai il permesso di sedersi è rimasto nell'angolo bello, ma si è comunque consumato e logorato agli spigoli. Il quadro con Maria e un Gesù bambino paffuto. La Bibbia appoggiata sullo scrittoio, proprio dove Signe era solita riporla. Tutte le vecchie foto in bianco e nero, negli stessi esatti posti. Konrad si riconosce bambino in due delle fotografie e non può per un momento evitare di abbandonarsi al ricordo. In una foto è in piedi da solo davanti alla casa di eternit. In pantaloncini corti e con la cartella sotto il braccio. Nell'altra è seduto sulle spalle robuste di Herman e ha l'aria veramente felice.

Poi distoglie lo sguardo dalle fotografie e lo lascia vagare: il salotto a righe più andante, dove potevano sedersi tutti i giorni davanti alla televisione. La libreria stipata di oggetti di nessun valore. Il vecchio orologio a muro dalla cornice laccata in oro e la lancetta metallica, che Herman non smetteva mai di aggiustare affinché indicasse finalmente l'ora esatta. Le tende di pizzo, che agli occhi di Konrad somigliavano alla biancheria lisa di Signe che pendeva attaccata con le mollette dal filo del bucato, sul retro.

Fa caldo nella casa, l'aria è stantia e soffocante, ma è rimasta una traccia del profumo dei biscotti.

Konrad getta un rapido sguardo allo specchio dell'ingresso. Non ritrova in quell'immagine il diciassettenne che è fuggito. Solo un quarantacinquenne trasandato con i capelli irti, il naso grosso e uno sguardo da animale braccato.

Sono seduti uno di fronte all'altra al tavolo della cucina, Eva Ström fruga nelle tasche ed estrae un blocco per gli appunti.

«Ok», dice. «Questa è più che altro una formalità».

Prima che inizi lui la interrompe.

«Avete qualche idea...?».

Lei scuote la testa.

«Ci stiamo lavorando», risponde vagamente. «Abbiamo delle piste...».

«Klas vive qui nella casa?»

«No, ha la sua casa». Si trova a poche centinaia di metri da qui, poco distante proseguendo lungo la ferrovia.

Konrad annuisce silenziosamente. Nel bosco oltre il complesso sportivo. È ovvio che Klas non sia riuscito a spostarsi più lontano di così.

«Ci è voluto un po' di tempo prima che riuscissimo a localizzarti», dice Eva Ström. «Ti sposti spesso?»

«Sì, si può dire così».

«Abbiamo fatto un po' di indagini sul tuo conto. Se ho capito bene hai vissuto con i tuoi genitori adottivi fino all'età di diciassette anni. Poi hai finito la scuola. Ti sei imbarcato. Hai girato il mondo. Ti arrangiavi con lavoretti occasionali. Alla fine hai cominciato a comparire come giornalista in una serie di giornali svedesi. Ma soprattutto su testate tedesche. Hai lavorato molto in Medio Oriente. Con Berlino come base. Esatto?».

Konrad annuisce nuovamente.

«Poi un paio di anni fa hai abbandonato...?»

«Ho perso la voglia».

«Sì, ho letto cosa è accaduto. Deve essere stato terribile. Ma sono costretta a chiedertelo comunque... Cosa hai fatto dopo?».

Cosa ha fatto? Konrad si sforza di pensare, ma gli sembra che gli ultimi due anni si confondano in un'unica poltiglia. Sonja si era stancata di lui, o era stato lui a gettare la spugna? Forse lo stava ancora aspettando a Berlino. E Maria, sua figlia, ha più di vent'anni adesso e se la cava da sola.

«Sono stato qui e là. Ho vissuto di vecchi risparmi. Saltuariamente ho fatto il tassista...».

Eva Ström lo osserva con sguardo indagatore per un attimo. Konrad si sente subito sotto accusa. Gli chiede cosa abbia fatto la settimana precedente e lui risponde di essersi trascinato nel monolocale sulla piazza Möllenvångstorget a Malmö, che ha subaffittato per un paio di mesi. Ha provato a continuare la stesura del romanzo, che non sembra voler prendere forma.

Per lo più si è ubriacato e ha dormito, a essere sinceri.

Lei gli racconta poi cosa sa la polizia a proposito degli omicidi: i corpi sono stati trovati dal ragazzo che consegna i giornali la mattina del lunedì 13 giugno. Erano riversi supini, uno accanto all'altra, sul pavimento della rimessa. Ognuno con un piccolo foro nella nuca e la fronte trapassata. Il sangue era su tutto il pavimento.

«Il medico legale sostiene che devono essere deceduti attorno alla mezzanotte. Un vicino ricorda di aver sentito un paio di colpi, ma di non essere riuscito a capire di cosa si trattasse».

Konrad riesce a immaginarli, stesi sul pavimento di pietra. Herman e Signe, che si accontentavano sempre di così poco in questa vita. Che forse non sempre capivano cosa accadesse intorno a loro, ma che non avevano mai dato sui nervi a nessuno. Chi mai avrebbe potuto voler loro del male?

«C'è un particolare che ci confonde», dice Eva Ström e lo fissa come se si aspettasse una risposta da lui. «Un cassettone nella camera da letto è stato forzato e a quanto pare era loro abitudine nasconderci un po' di contanti, o almeno questo è quanto sostiene Klas. Ma per quale assurdo motivo un paio di semplici rapinatori avrebbero dovuto giustiziarli in questo modo?».

Nella cucina cala il silenzio. Eva Ström sbircia rapidamente sul suo blocco di appunti, dove ha finora annotato solo un paio di brevi frasi. Prende il blocco e si sventola il viso largo, madido di sudore. Si alza lentamente, apre una finestra e la fissa al gancio.

Il verso di un merlo che canta dal ramo più alto del melo riempie la cucina. È un trillo malinconico, pieno di nostalgia.

Lo sguardo di Konrad si posa sul quadruccio ricamato all'uncinetto con ghirlande di fiori che era sempre stato appeso sopra alla cassapanca della cucina. Ogni mattina quando mandava giù la pappa di avena leggeva il motto: "L'orgoglio precede la caduta".

Sente dei passi sul viottolo di ghiaia. La portiera di un'auto si apre e si chiude. Il motore parte con fragore e l'auto se ne va. Entrambi ascoltano il rumore che lentamente si perde in lontananza.

«C'è un'altra cosa», dice Eva Ström.

Konrad attende.

«Herman e Signe Jönsson erano ricchi. Molto ricchi».

«Cosa?»

«Avevano vinto al Lotto qualche anno fa. Dodici milioni di corone[3]. E sembra che abbiano semplicemente lasciato i soldi in un conto a *Sparbanken*».

«Ma come...».

«Per noi che ci occupiamo di un caso di omicidio è senza dubbio interessante. Che ci sia un chiaro movente, intendo».

Dodici milioni di corone! Konrad è scosso. E finché Eva Ström non apre nuovamente bocca Konrad non capisce a cosa voglia arrivare.

«Herman e Signe Jönsson hanno due eredi: tu e Klas».

La stanza dell'hotel puzza di rancido. Un odore grigio medio, risultato di umori, profumi e acque di colonia di un incalcolabile numero di clienti che nel corso degli anni sono stati mescolati insieme sulla scala dei grigi. La moquette è macchiata e il tubo sopra al water gocciola.

Si lascia cadere pesantemente sul bordo del letto.

La ragazza alla reception avrebbe potuto essere sua figlia; forse è la figlia di qualcuno dei suoi vecchi compagni di classe, pensa. Aveva

[3] Circa 1,2 milioni di euro (*n.d.t.*).

sorriso dolcemente e si era informata se fosse la sua prima visita a Tomelilla.

«No, non proprio».

«Bentornato allora».

Konrad aveva mangiato un pasticcio di carne e patate bisunto nella sala da pranzo e aveva bevuto due birre forti. È stanco. Scosta le tende e sbircia in direzione della piazza deserta. Spalanca la finestra e lascia la fresca brezza notturna entrare nella stanza. In lontananza sente cantare delle voci stonate. Riempie i polmoni con un respiro profondo prima di tornare a letto.

Poi tira fuori il cellulare e scorre la lista dei contatti.

Sonja.

Passa molto tempo a fissare quel nome. Poi mette via il cellulare e appoggia la testa sul cuscino.

CAPITOLO 2

L'allunaggio di Sven Myrberg sarebbe rimasto a lungo sulla bocca di tutti.

Per la gente della zona si trattava della conferma che il bambino fosse allo stesso tempo un genio e un idiota.

Era il 20 luglio 1970, l'anniversario dell'impresa dell'Apollo 11, e tutto era stato predisposto con cura.

Sven aveva dieci anni e quello era il suo grande giorno. Un fresco vento da ovest spazzava piccoli batuffoli di nuvole attraverso uno splendente cielo azzurro e faceva una robusta pressione sulla terrazza artigianale, in bilico sulla sommità della casa della famiglia delle Formiche Rosse[1]. Il vento sarebbe stato di grande aiuto.

Per mille diavoli, era tempo di volare.

Il prato di fronte alla casa era invaso da persone eccitate per l'attesa. Principalmente ragazzini che avevano sentito correre la voce. Konrad se ne stava tra gli spettatori in prima fila, ma un poco scostato, come d'abitudine. Ma erano accorsi anche casalinghe e uomini in ferie, attirati dagli annunci spettacolari comparsi in paese negli ultimi giorni, sugli alberi e sui muri delle case. Pochi tra loro avevano messo piede prima d'allora nel giardino selvatico della famiglia Myrberg, e tanto meno avevano varcato la soglia di quella casa. Ma questa era un'occasione veramente speciale. Sbarcare sulla luna, adesso doveva proprio essere suonata una campana nella testa del figlio più piccolo.

Sven era stato a lungo come sotto un incantesimo. Era stato uno dei primi a procurarsi il poster dalla Texaco. L'immagine della nave spaziale in volo, circondata dalle tenebre. Aveva trascorso ore nella sua

[1] Il cognome Myrberg è composto dalle due parole svedesi *myra*: formica e *berg*: montagna. Da qui il soprannome di tutti i membri della famiglia (*n.d.t.*).

stanza a contemplare tutti i mari con quei nomi che facevano viaggiare la fantasia: *Mare Nubium*, il Mare delle Nubi. *Mare Crisium*, il Mare delle Crisi. E *Mare Tranquilitatis*, il Mare della Tranquillità. Sarebbero arrivati proprio in quel punto e Sven vi aveva già appuntato uno spillo con la bandiera americana.

«Sarà Neil a scendere per primo», aveva comunicato come se niente fosse con qualche giorno di anticipo. «È il migliore di cui disponga la NASA. Buzz dovrà aspettare».

Sven aveva smesso di chiamare gli astronauti per cognome già da un bel pezzo.

Il magico giorno in cui l'Apollo 11 era scivolato verso la superficie polverosa della luna, sedeva ammaliato davanti alla TV in bianco e nero di famiglia, schiacciato nel mucchio dei ciarlanti fratelli maggiori che non la finivano di indicare. Solo Sven rimaneva in silenzio. Forse fu proprio in quel momento che il suo grandioso piano aveva cominciato a prendere forma.

Inizialmente Sven aveva pensato a una sorta di capsula spaziale. Una volta ne aveva mostrato a Konrad uno schizzo. Una piccola scatola di assi inchiodate, rivestita di carta argentata, che aveva pensato di rubare alla madre. Un paracadute si sarebbe facilmente potuto cucire con delle vecchie lenzuola. Ma il piano affondò sulla catapulta.

«Come cavolo si costruisce una catapulta?», sospirava Sven sconfortato, mentre ciabattava sulla ghiaia nel retro del pollaio, dando calci nel vuoto con i suoi zoccoli di legno.

Infine si era reso conto che il piano andava rivisto. Si era precipitato in bicicletta fino alla biblioteca e aveva preso in prestito due libri: *Le basi dell'aerodinamica*, di Wolfgang von Schwarzkopf, un voluminoso mattone stipato di cifre, tradotto dal tedesco. E *I meravigliosi fratelli Wright*, di John McGregor. Quest'ultimo lo aveva preso per trarre ispirazione dalle immagini.

Per diverse settimane Sven era stato assorbito da entrambi i volumi, prendeva appunti e calcolava la forza dei venti, finché un giorno riapparve e si presentò sull'acciottolato dell'impianto sportivo, dove si giocava a calcio. Sotto il braccio portava un fascio di disegni colorati. Con espressione solenne ne aveva affisso uno sulla bacheca con una puntina, proprio sopra la tabella dei punteggi della squadra juniores.

Sensazionale! Il primo svedese sbarca sulla Luna.

L'immagine che illustrava la futura attrazione prometteva un'avventura straordinaria. Era una futuristica combinazione di disegni e collage di immagini ritagliate da riviste.

Quando Sven aveva affisso il suo manifesto si era voltato, aveva portato alla bocca le mani a mo' di megafono e aveva urlato verso il campo di calcio:

«Appuntamento giovedì. Alle tre in punto. E allora, maledizione, vedrete uno che vola fino alla luna».

Dalla casa della famiglia Myrberg la Luna distava centocinquanta metri buoni.

Ma sia le condizioni del vento che la topografia giocavano a favore di Sven.

Il vento soffiava quasi sempre da ovest, e, secondo i calcoli di Sven, si sarebbe dovuta formare una sorta di corrente termica ascensionale, risultante in una spinta verso l'alto lungo il lato corto sinistro dell'enorme casa di mattoni. Si era profondamente addentrato nei misteri del volo. Draghi. Albatros. E il talento di Ricky Bruch nel lancio del disco col vento contrario.

Dalla casa il terreno declinava ripido verso il lago Myrsjön, un piccolo specchio d'acqua scura e ferma, pieno di rane e di lasche.

Nell'acqua, poco lontano dalla riva, c'era la Luna.

L'isola era stata battezzata in questo modo a causa del suo aspetto. La montagnola liscia e tondeggiante che spuntava dallo specchio dell'acqua somigliava effettivamente alla superficie lunare, con scogli e avvallamenti. Un solo albero guastava la scena. Un solo albero, un imponente pino che si ergeva come l'asta di una bandiera al centro dell'isolotto.

Alle tre in punto si aprì la porta che dava sulla terrazza. Si alzò un brusio dagli spettatori sul prato. Poi tutto tacque. Tre cornacchie che si erano appoggiate sul comignolo volarono via impaurite.

Ci vollero alcuni secondi prima che Sven riuscisse a trascinarsi con tutto il suo armamentario fuori dalla porta. Poi rimase completamente immobile sul pavimento di assi di legno che ondeggiava sotto il suo peso, sopra la massa degli astanti.

«Ma che diavolo», mormorò un omone ben piazzato, proprio dietro Konrad.

«Oh mio Dio!», sospirò la donna al suo fianco.

«Gli alieni ci attaccano», strillò un adolescente brufoloso dai capelli ritti sulla testa, con finto terrore nella voce.

I suoi amici avevano cominciato a sghignazzare e le risa si erano propagate come un incendio estivo tra la gente raccolta nel giardino.

Konrad non riusciva a percepire altro che una smisurata ammirazione. Tratteneva il respiro. E presto l'ilarità scemò.

Ma il ragazzino pensava veramente di farlo? Dei suoi genitori non c'era traccia. Ma dove erano finiti? Sixten e Elsa Myrberg stavano sempre a casa. Che fossero ubriachi, come al solito? Forse stavano in casa al buio, a ronfare via l'ultima sbornia. Qualcuno non avrebbe dovuto fermarlo?

Sven sembrava godere di ogni istante. Era una visione imponente. Si era tolto gli occhialini tondi. Il vento gli gonfiava i ricci rossi. I collant turchesi sulle sue gambe rachitiche e la maglietta argentata brillante, che doveva aver preso in prestito dall'armadio delle sorelle, lo facevano risplendere, pensò Konrad. Ma era il dispositivo che si era legato su spalle e schiena con i fili del bucato a risultare l'elemento di maggiore impatto. Un enorme catafalco di canne di bambù, fil di ferro e stoffa di lenzuola sbiadite, colorate di tutte le sfumature dell'arcobaleno. Erano le ali che avrebbero portato Sven Myrberg sulla Luna.

Con un cipiglio serio sul viso lentigginoso, aveva cominciato a sollevare ed abbassare le braccia, come per testare la forza portante del marchingegno. Strizzò gli occhi miopi in direzione dell'isola e annuì tra sé. Andava tutto bene.

«Ti manca una rotella, non lo fare!», gridò sua sorella più grande giù dal giardino, dove ormai sempre più persone cominciavano a capire che faceva proprio sul serio.

C'erano come minimo dodici metri dalla terrazza al suolo.

«Qualcuno non dovrebbe fermarlo?», si lamentò una donna grassa che si era abbarbicata ad uno dei pali del cancello.

Ma la parte più giovane del pubblico sentiva l'odore del sangue.

«Salta! Salta! Salta!», scandiva la banda di adolescenti vicino all'aiuola di rose.

In mezzo a loro c'era Klas, che ci dava dentro più di tutti. Konrad lo vide e desiderò che il fratellastro non si trovasse lì. Quel pallone gonfiato. Perché doveva sempre rovinare tutto?

Sven aveva assunto la posizione di decollo. Si era messo in fondo alla terrazza con la schiena contro la porta e le ali spiegate. Davanti a lui si estendeva una pedana di avviamento di assi, per una lunghezza di quasi dieci metri, dritta verso il baratro. In quel punto aveva rimosso un paio di assi della ringhiera, per agevolare la libertà del salto.

Proprio nel momento in cui aveva tirato i muscoli sotto le calze per darsi lo slancio, sembrò mostrare segni di ripensamento.

Si piegò in avanti e tirò fuori un megafono, che aveva nascosto dietro a un cesto in plastica per i panni. Fogli di cartone arrotolati rivestiti di carta argentata. Sven se lo portò alla bocca.

«*This is a small step for man, but one giant leap for mankind*», biascicò nell'imbuto.

Le sue parole risuonarono metalliche e distanti giù nel prato. Come se il suono fosse stato trasmesso attraverso onde radio dallo spazio.

Poi si ricompose. Ondeggiò leggermente avanti e indietro con il corpo. Diede dei colpetti con le ali. Aspettò.

Quando una folata di vento di inusitata potenza soffiò attraverso la casa dei Myrberg, scattò.

Lo slancio fu un poco goffo. Era evidente che Sven avesse difficoltà a correre con la sua enorme costruzione sulle spalle. Barcollava come un gracchio ferito da uno sparo sul pavimento di assi di legno, ma non ebbe esitazioni sul baratro, e si slanciò senza paura, a pancia in giù, direttamente nel vuoto.

Per un decimo di secondo la forza di gravità lo tradì e precipitò. Ma il vento gonfiò le ali e Sven Myrberg volò. Veleggiò sopra il declivio del prato come un'aquila verniciata e lucente e un brusio rapito si levò dagli astanti. I bambini gli correvano dietro strillando. Gli adulti indicavano con le dita, producevano suoni bizzarri, o si coprivano semplicemente la bocca con la mano, fissandolo. Konrad era pietrificato. Gioiva dentro di sé, ma per la paura di distrarre l'audace viaggiatore lunare non aveva il coraggio di emettere suoni.

La direzione era indubbiamente quella giusta. Sven volava verso il lago e teneva le ali nell'inclinazione perfetta perché la corrente d'aria lo potesse sostenere. Ma tutto accadde rapidamente. Troppo rapidamente. E presto fu chiaro a tutti che il bambino Sven Myrberg, che era stato costretto a crescere troppo in fretta, aveva ben calcolato in che modo le leggi dell'aerodinamica gli avrebbero permesso di volare, ma che aveva dimenticato di pianificare l'atterraggio.

L'impatto fu raccapricciante, si poté vedere anche ad oltre cento metri di distanza.

Sven si schiantò con violenza contro il pino solitario, all'incirca tre metri al di sopra del suolo. Si udì un colpo sordo. Poi un gran fracasso quando le ali di bambù, fil di ferro e lenzuola si stracciarono contro la ruvida corteccia. L'astronauta di dieci anni Sven Myrberg cadde privo di sensi sulla superficie della Luna.

Dopo l'allunaggio Sven non fu mai più lo stesso. Era come se fosse cresciuto precocemente.

Il colpo si era ripercosso nel cervello, avevano detto i medici dell'ospedale di Ystad. Non che fosse diventato più scemo, al contrario. Sven Myrberg da allora fu solo sempre più ossessionato dalla matematica e dalla tecnica. La pila di libri accanto a quello di Wolfgang von Schwarzkopf, che non aveva mai restituito alla biblioteca, continuava a crescere. Man mano che i fratelli più grandi della famiglia delle Formiche Rosse dai capelli rossi lasciavano la casa, Sven si conquistò uno spazio sempre più ampio nella stanza dei ragazzi. Alla fine si dimostrò che aveva una mente speciale per i numeri; un solo sguardo alla tabella degli orari dell'autobus e tutte le partenze rimanevano scolpite nella sua memoria. Sven si riprese dalla commozione cerebrale senza danni alla testa.

Ma con qualche conseguenza a livello fisico.

Lo schianto sulla Luna gli costò tre costole rotte, due denti spaccati e un'anca fratturata. L'anca non si riaggiustò mai completamente. Sven continuò a zoppicare vistosamente per tutta la vita.

Dopo quasi un anno trascorso tra ospedale e casa, immobilizzato a letto con il gesso, fece ritorno a scuola. Dal momento che fu costretto a ripetere la quarta elementare, finì nella classe di Konrad. Il primo giorno entrò zoppicando dirigendosi verso l'unico posto che era rimasto vuoto. Quello vicino a Konrad.

Due emarginati.
Figlio di polacchi, l'uno. Strambo e allo stesso tempo genio e idiota, l'altro.
Accadde, naturalmente, che diventarono inseparabili.
Molti anni dopo la loro amicizia sarebbe stata sottoposta alla prova più dura.
Si era cominciato a vociferare che Sven non fosse come tutti gli altri. Neanche per quel che riguardava la sessualità.

CAPITOLO 3

Il sogno che lo tormenta quella notte non è lo stesso di sempre.

È più vago, non così nitido e assillante. Non colmo di terrore, più come un fastidio continuo.

Non si sveglia all'improvviso come al solito, è invece un tedioso e lento emergere dal sonno. Più volte, quasi arrivato a galla, sprofonda di nuovo, come qualcuno che affoga in un buco nel ghiaccio. L'acqua nera risucchia il suo corpo verso il basso, il respiro si fa affannoso.

E strano che il lago non sia freddo. Dovrebbe esserlo.

Ora si trova sotto la superficie dell'acqua. L'aria nei polmoni sta per finire, percepisce una pressione sul petto e un brusio nelle orecchie. Tenta di nuotare verso la macchia chiara che dovrebbe essere il buco nel ghiaccio, ma è come se non sapesse più nuotare. Il suo corpo non fa che fluttuare nell'acqua, senza direzione. La luce che arriva dal foro nel ghiaccio si allontana, sempre di più.

Stranamente non sente freddo, ma il dolore si acuisce. Alla fine diventa insostenibile. I polmoni urlano assetati d'aria. Il fracasso nella sua testa è assordante, il cervello ansima alla ricerca d'ossigeno e Konrad si sente precipitare nell'incoscienza. Ma nonostante tutto non ha paura.

Si sente solo.

Il buio intorno a lui è quasi avvolgente. Ma proprio lì, dove finisce la luce, proprio lì dove intuisce la presenza di alghe che serpeggiano verso la superficie inferiore del ghiaccio, intravede delle figure umane. Fluttuano tra le alghe, apparentemente senza volontà, proprio come lui.

Konrad tenta di distinguerle. Non ci riesce. Il suo sguardo è annebbiato. Hanno qualcosa di familiare, ma i loro contorni si confondono, e nel frattempo il dolore nel petto è diventato insopportabile.

Ha bisogno d'aria.

“Devo respirare!”, pensa, spalancando la bocca, lasciando che l’acqua nera gli riempia i polmoni.
«Dovrei morire ora».

Konrad spalanca gli occhi e fissa la sveglia sul comodino. I numeri digitali rossi indicano le otto e dieci.

Le lenzuola sono intrise di sudore e appiccicate al suo corpo come fossero alghe. Si guarda disorientato intorno e passa qualche secondo prima che si ricordi dove si trova.

Sente sbattere una porta nel corridoio. Un leggero odore di bacon lo raggiunge infiltrandosi sotto la porta e diffondendosi nella stanza come una nebbia insidiosa. La stanza che gli hanno dato è quella più vicina alla cucina. Le tapparelle alla finestra lasciano la stanza in una grigia penombra. Ma un raggio sottile e tagliente, che si insinua attraverso uno dei forellini delle lamelle, sollevando dei minuscoli granelli di polvere dalla moquette macchiata, rivela che il sole già picchia sulla facciata. A quanto pare farà caldo anche oggi.

Konrad rimane a letto un altro po’, cercando di riafferrare il suo sogno.

Chi erano le persone che ha intravisto tra le alghe del lago?

A poco a poco le immagini svaniscono, ma le sensazioni del sogno permangono. Sono sensazioni vaghe. Ma da qualche parte, nel profondo della sua anima, Konrad riesce a dar loro un nome.

Colpa.

Non riuscirà a vedere più chiaro di così.

Konrad si districa faticosamente dalle lenzuola appiccicose e va in bagno.

Lo specchio sopra il lavandino è spaccato. Si scruta attentamente. Le borse sotto gli occhi sono diventate più scure. I solchi che separano il mento dalle guance un po’ più profondi. La barba ispida di tre giorni. I capelli castani ingovernabili cominciano a ingrigire sulle tempie. E il suo sguardo, cos’ha il suo sguardo?

Impaurito?

Difficile dirlo, dato che la spaccatura dello specchio gli taglia il volto diagonalmente, dislocando di qualche centimetro le due metà del viso. Sposta la testa un poco di lato, ma lo specchio è troppo piccolo. Per quanto si sforzi la fenditura rimane lì, trasformandolo in un quadro di Picasso.

Si arrende.

Il suo sguardo cade di nuovo sul cellulare. Stavolta si fa coraggio e fa partire la chiamata.

Si sentono tre segnali, poi la voce registrata di lei:

«Ciao, sono Sonja. Come puoi capire sono occupata. Dì pure se hai bisogno di qualcosa. Buona giornata».

Che razza d'espressione, pensa, lanciando il cellulare sul letto. «Buona giornata!». Merda, non tiene mai il telefono acceso.

Ma in effetti è piuttosto sollevato che lei non abbia risposto.

Poi Konrad non riesce a rimandare oltre la scelta. Deve prendere una decisione. Restare o no?

Formalmente è libero di andarsene dove vuole. La polizia non ha nulla da obiettare a riguardo. Basta tenerli informati in modo che sappiano dove rintracciarlo. Eva Ström l'ha spiegato chiaramente. Lui ha comunque percepito un tono di accusa nelle sue parole.

Sono due gli eredi al patrimonio di Herman e Signe, rimasto segreto fino a pochissimo tempo prima. Lui stesso e Klas.

Naturalmente questa circostanza lo rende sospetto.

Se fuggisse ora, dove potrebbe andare? Il contratto dell'appartamento a Malmö scade comunque tra qualche settimana. E poi cosa farebbe lì? E Berlino... Konrad pensa a quella città, che in qualche modo è diventata la sua. Prenzlauer Berg. Gli ombrosi viali alberati. Le caffetterie a Kollwitzplatz, dove la gente sta seduta ai tavolini in piazza fino ad autunno inoltrato, con una coperta appoggiata sulle spalle. E Sonja, che sta sempre da qualche parte in città.

Decide nonostante tutto di fare colazione. Dopo una doccia veloce raggiunge la sala da pranzo dell'albergo. L'odore di bacon torna a colpirlo, ma ora non gli fa più schifo. Lo stomaco borbotta. Ha fame.

Nella sala c'è soltanto un altro ospite. Un uomo pallido con gli occhi stranamente spalancati. I capelli sono acconciati all'antica, un'aureola pettinata col phon che gli circonda le guance magre. Indossa una giacca tendente al rosa e una camicia a fiorellini. Sta seduto al tavolo rotondo in mezzo alla sala, mormorando tra sé. Canticchia, in effetti. Sembra una melodia d'orchestra da ballo. Accanto al suo piatto c'è un blocco per gli appunti, dove di tanto in tanto fa delle annotazioni. Poi annuisce soddisfatto e continua a canticchiare. Konrad lo guarda meravigliato. Pensa che l'uomo sembra felice. Indifeso, ma felice.

Ci sono alcuni giornali accanto al tavolo del buffet, ma Konrad non gli presta attenzione. Si serve un mucchietto di uova strapazzate e qualche fetta di bacon. Scaccia una mosca dal cesto del pane. Si siede a un tavolo con un solitario fiore in plastica in un vaso sottile, accanto a una finestra. Il primo sorso di caffè nero gli brucia la gola e lo fa trasalire. L'ansia, quella preoccupazione ossessiva si fa un po' meno assillante.

Poi, d'improvviso, se la trova seduta davanti.

Lei sorride ambigua.

La donna sembra avere qualche anno meno di Konrad. Forse intorno ai quaranta. I capelli color mogano le scendono in morbide ciocche sul collo. Lentiggini sparse sul naso e la pelle arrossata, come se fosse sensibile al sole. Lo guarda con occhi verdi. È lievemente strabica, il che conferisce una particolare intensità al suo sguardo. Konrad percepisce un leggero profumo di pelle tiepida; come se la giornata lavorativa di quella donna fosse iniziata già da ore.

«Non mi riconosci, vero?».

La osserva, cercando di scavare nella memoria. Si sente colto alla sprovvista. Come appena sveglio. La donna deve essere arrivata silenziosamente, scivolando sulla sedia mentre lui era intento a fissare l'altro ospite.

«No», ammette.

«Ad essere sincera all'inizio neanche io ti avevo riconosciuto. Poi ho sentito dire che eri tornato».

Konrad si scervella, ma non gli viene in mente niente.

«Vuoto assoluto, non è vero?».

Lui annuisce. Scuote la testa rassegnato.

Poi scoppia a ridere e un sorriso rimane sospeso sulle sue labbra.

«Gertrud», dice. «Gertrud Myrberg».

D'improvviso il tempo fa un vorticoso salto all'indietro. Poi realizza. "Gertrud delle Formiche Rosse". Nessuno della sua famiglia poteva sfuggire a quel nomignolo. Una ragazza magrolina che si muove da qualche parte sullo sfondo della grande casa dei Myrberg. Così insignificante che non l'ha mai nemmeno notata. La sorellina di Sven. Era lì, nella casa, che diventava sempre più desolata man mano che i figli grandi andavano a vivere per conto loro. Aveva degli amici? Konrad non lo sa. A quei tempi non gliene importava nulla. Ora, che ha capito chi è, Gertrud gli appare improvvisamente e inaspettatamente familiare.

«Gertrud», dice con tono sciocco. «È davvero passato tanto tempo».

Le porge la mano al di sopra del tavolo, fa per alzarsi, ma cambia idea. Si stringono la mano da estranei, quali effettivamente sono. Poi il silenzio.

«Lavoro qui», dice lei dopo un po'.

«Sì...».

«Dall'autunno scorso».

«Sì, io sono arrivato ieri e ho soltanto fatto in tempo a...».

«Sei stato nella casa...?», lo interrompe. «Nella casa di Herman e Signe?»

«Sì, ieri. È stato strano», dice lentamente.

Lo guarda con aria seria.

«Deve essere stato terribile. È impossibile capacitarsene. Un omicidio di quel tipo in questo paesino».

Konrad riflette. Cerca di capire cosa prova. Cosa prova, in effetti? Infine scrolla le spalle.

«È davvero passato tanto tempo. Il tempo, sai. Il tempo passa e uno cambia. I ricordi si fanno indistinti. E del resto loro non sono mai stati i miei veri genitori».

Gertrud lo scruta diffidente.

«Devi avere vissuto con loro... quanti anni saranno stati... dieci anni? Ti hanno addirittura adottato, non è vero?»

«Sì, è vero... e sono sempre stati gentili con me, non si tratta di questo».

Beve un sorso del suo caffè, che si è fatto tiepido. Sa di vecchio e amaro. Gertrud ha un aspetto impaziente, come se stesse aspettando il seguito. Soltanto ora Konrad vede il logo della catena alberghiera sulla sua camicetta bianca, sotto la giacca nera. Lei segue il suo sguardo e sfiora leggermente il marchio.

«È una cosa temporanea», dice, quasi a volersi scusare. «Questo lavoro, voglio dire. È stata l'unica cosa che ho trovato quando sono tornata. Mi occupo della reception e faccio un po' di tutto. Bisogna guadagnarsi da vivere, giusto?»

«Quindi sei andata via...?»

«Sì, faccio parte di quelli che non sopportavano di rimanere in questo posto. Ma questa è un'altra storia. Raccontami ancora di te, invece».

Konrad ignora l'invito e dice: «È stato così strano. La casa di Herman e Signe. È stato come entrare in un museo».

«Che esibiva una mostra della tua infanzia?»

«Sì, qualcosa del genere...».

«Quanto pensi di trattenerti?»

«Non so. In questo momento è tutto un casino», risponde evasivo.

Lei fa una smorfia. Konrad non riesce a capire se dietro a quella faccia vi sia disprezzo o una sorta d'impazienza. Ora lei è seria. Poi il suo sguardo si fa inquieto, come se si stesse preparando per andarsene. Konrad sente di volerla trattenere e si affretta a chiedere: «Sei sposata?».

Lei getta bruscamente la testa all'indietro e scoppia in una risata squillante.

Konrad fissa sorpreso il suo collo bianco.

«Sì, voglio dire, hai una famiglia e figli e cose del genere...».

«Scusami, ma mi è sembrato così buffo. Quasi come se chiedessi la mia mano».

Smette di ridere e si asciuga gli occhi con un tovagliolo del tavolo.

Konrad scuote la testa imbarazzato. Sente che arrossisce come non gli capitava da anni.

«Cerco soltanto di tenere in vita la conversazione».

Gertrud gli accarezza la mano con fare protettivo.

«Neanche io sono molto brava in questo genere di cose».

Si sente un ostinato rumore raschiante sul pavimento, poi un tintinnio di posate, tazze e bicchieri che traballano quando il compositore d'orchestra da ballo spinge indietro la sedia e si alza in piedi, urtando le ginocchia contro il tavolo. È alto come un pennone di bandiera e si guarda intorno impacciato. Quando il suo sguardo cade su Gertrud, si illumina.

«Grazie per oggi. Ci vediamo domani, piccola!», dice uscendo dalla sala da pranzo a passi vigorosi.

Lei sorride allegramente e lo saluta con la mano. Lo segue con lo sguardo mentre cammina verso la porta, prima di rivolgersi di nuovo a Konrad.

«Il nostro miglior cliente. Fa colazione qui ogni giorno. È il cantante della Leif Jörgenz. Avevano una canzone in hit parade negli anni Settanta. Credo che sia un po' innamorato di me ...».

«Ah, davvero...».

Improvvisamente Gertrud chiede, con un'espressione molto seria: «Li hai mai visti o sentiti in tutto questo tempo?»

«Vuoi dire...?»

«Herman e Signe, è ovvio!».

Lui scuote la testa e si affretta a spiegare.

«Sai, ero piuttosto giovane quando me ne sono andato. Stanco di tutto. Poi sono successe tante cose, e gli anni sono passati. Di colpo era trascorso troppo tempo per tornare a farsi sentire».

Konrad stesso sente quanto suonino vuote le sue parole. Ma non gli viene in mente niente di meglio. Lei lascia cadere l'argomento.

«Molte cose sono cambiate», dice.

Proprio quando lui sta per chiedere a cosa si riferisca, squilla il telefono della reception. Gertrud sembra considerare l'idea di lasciare perdere, ma poi si alza con una smorfia irritata e si dirige quasi di corsa verso la lobby. Lui la sente parlare al telefono. La sua voce è gradevole. Vocali morbide e tonde, consonanti che fanno il solletico alle orecchie.

Quando mette giù il telefono, tre uomini scendono le scale dal piano superiore. Konrad li intravede soltanto attraverso l'apertura della porta, ma un forte profumo di dopobarba penetra nella sala da pranzo mescolandosi all'odore di fritto. Sembra che stiano per pagare il conto. Sente Gertrud scherzare con loro.

Konrad decide di alzarsi. Non perché abbia un appuntamento da rispettare e nemmeno perché sappia dove andare. Ma gli formicolano le gambe e sente il bisogno di muoversi.

I tre uomini rimettono le loro carte di credito nei portafogli e trascinano le valigie verso l'uscita che dà sulla piazza.

«Konrad!», lo ferma Gertrud, proprio quando sta per svignarsela.
Konrad si blocca.
«Sì?»
«Non vuoi sapere di Sven?».
Konrad non si meraviglia. Lui sa che lei sa che la domanda è inevitabile. Ma vuole comunque aspettare. Ancora non è del tutto pronto.
«Più tardi, Gertrud. Vorrei tanto sapere di Sven, ma più tardi».
Improvvisamente è come se il suo sguardo non volesse lasciarla. Rimane lì qualche secondo. Lei è perfettamente immobile dietro al banco. Una fotografia, un film muto. Sembrano passare delle ore. Gertrud sposta una ciocca di capelli rossi dal collo, ma non dice più nulla.

Il caldo lo colpisce appena esce dalla porta dell'albergo. Umido, quasi tropicale. È ancora mattina presto, ma si rende subito conto che non avrebbe dovuto mettersi la canottiera sotto la camicia. Konrad vorrebbe tornare in stanza e indossare dei vestiti più leggeri. Ma significherebbe dover passare di nuovo davanti alla reception. In questo momento non gli sembra possibile. Comincia a sudare.
Cammina a passo lento, passando di fianco alla fontana e al fruttivendolo solitario in piazza, getta un'occhiata alla vetrina di Systembolaget e prosegue verso la chiesa.
Dovrei informarmi sull'orario del funerale, pensa.
Supera i binari ferroviari ed entra nel cimitero. La chiesa in mattoni rossi ha un aspetto piuttosto insignificante. Un imponente faggio rosso stende i propri rami come le braccia protettive del Signore sopra le tombe. Piccoli cumuli di terra testimoniano l'incursione delle talpe di notte, quando il becchino fa ritorno a casa. Ma le stradine di ghiaia sono accuratamente rastrellate. Più in là, accanto alla rimessa vicina a un'alta siepe di bossolo, vede il guardiano riporre il suo rastrello. Non ci sono altre persone in giro. Soltanto qualche gazza ladra si arrischia a saltellare sulle stradine impeccabili.
In quel momento vede il cane.
Uno scabbioso cane randagio di razza indefinita.
Sta completamente immobile, alla fine del vialetto di ghiaia, accanto a un ginepro, e lo fissa con le orecchie appuntite. È color marrone sporco, malandato, rachitico e acciaccato. Ma è curioso e vigile allo

stesso tempo. Benché si trovi a grande distanza, a Konrad sembra che gli occhi del cane brillino. Non si vede un padrone. Ci sono cani randagi da queste parti?

Scuote la testa e in quel mentre il bastardo ha un fremito, come se qualcosa l'avesse spaventato, e se la svigna dietro un cespuglio. Scompare.

"Voleva qualcosa da me?".

Lentamente Konrad cammina tra le file di lapidi di granito nero e rosso-marrone. Luminarie con candele consumate. Vasi con fiori mezzo appassiti. Legge i nomi e le date. Riconosce alcuni dei nomi. È passato tanto tempo, ma una volta camminava spesso qui.

Konrad cerca con lo sguardo, adesso come allora.

Ma sa che non troverà mai quello che cerca.

La tomba di Agnes.

Potrebbe trovarsi lì sotto il faggio rosso. Appoggia la schiena al grosso tronco e rivolge lo sguardo in su, verso il cielo, socchiudendo gli occhi ai raggi del sole che si fanno strada attraverso le foglie.

«Perché mi hai abbandonato, Agnes?», sospira.

CAPITOLO 4

Era stata la vecchia cagna a svegliarlo con il suo latrare. Grattava alla porta d'ingresso e mugolava miserabilmente. Le scappava da pisciare molto presto la mattina, come al solito. Sospirò scostando la coperta, e si alzò sulle sue gambe da vecchio, magre e rigide come bastoni.

"Vecchiacce, che non sanno trattenerla", pensò. "Bisognerebbe spararle, così eviterebbe di soffrire".

Ma quando incontrò lo sguardo triste di lei all'ingresso fu preso dal senso di colpa. Socchiuse l'uscio, così che il cane potesse sgusciare fuori. Poi andò al bagno anche lui. La tavoletta era già alzata. Osservò le gocce prive di forza che colavano sulla ceramica marrone dorato. Scrollò il pisello e lo rimise dentro ai mutandoni.

"Non serve più a molto questo coso", pensò. "Forse bisognerebbe sparare a qualcun altro oltre che al cane".

Prima soppesò l'ipotesi di tornare a rannicchiarsi sotto le coperte e provare a riprendere sonno, ma ci ripensò. Da quando era morta Rut aveva preso l'abitudine di alzarsi presto. Non che fosse mai stato un dormiglione, o che ci fosse molto lavoro da sbrigare da quando era andato in pensione. La scrofa era stata portata al macello con gli ultimi maialini nati, e le galline si accontentavano di qualche manciata di mais di tanto in tanto. In realtà era solo la cagna dal muso grigio ad aver bisogno di lui.

Si diresse incespicando verso la cucina e prese il barattolo del caffè dalla credenza. Mise un pentolino con dell'acqua sul fuoco, dosò una quantità di caffè nel filtro e si lasciò cadere su una sedia della cucina, in attesa che iniziasse a bollire. Il vecchio orologio a cucù sul muro, che Rut aveva comprato come ricordo del loro primo e unico viaggio all'estero, una gita in autobus sulle Alpi, segnava le quattro e un quarto.

"Devo aggiustarlo oggi", gli passò per la mente. Erano diverse settimane che quel ridicolo cuculo aveva smesso di saltare fuori e fare cucù a ogni ora, e benché avesse imprecato e sbraitato quando Rut l'aveva acquistato a Sant'Antonio, con il passare degli anni aveva finito per trovarlo piuttosto gradevole. Probabilmente c'era solo qualche ingranaggio da cambiare.

Fuori dalla finestra il cielo si era rischiarato, ma ci sarebbe voluto del tempo prima che il sole si alzasse sopra i campi di grano e le colline. Il viale di salici giù verso la strada provinciale era deserto. Solo un paio di cornacchie strepitavano vicino alla grondaia; dannazione se stavano costruendo un nido nella canna fumaria avrebbe dovuto chiamare lo spazzacamini.

Poi notò qualcosa che non si sarebbe dovuto trovare in quel posto. Una macchina stava parcheggiata proprio dietro la curva. La maggior parte dell'auto era nascosta dietro i salici e il grano, ma era di certo un pezzo del lunotto anteriore e del tetto di una macchina bianca che si scorgeva laggiù. Si sporse verso il vetro della finestra e aguzzò lo sguardo strizzando gli occhi. Tutto era quieto.

"Chi può volere qualcosa da me a quest'ora?", pensò il vecchio.

La donna delle pulizie non sarebbe passata prima di giovedì. Il postino non si presentava mai prima che fosse passata l'ora del pranzo. E aveva annullato l'abbonamento al giornale già molto tempo prima. Altre persone comparivano di rado lì fuori, di quei tempi.

Quando sentì l'acqua bollire si alzò per versarla nel filtro. Si accorse che la sua mano tremava leggermente. Questo lo infastidì.

Improvvisamente percepì un movimento proprio fuori dalla finestra. Era stato solo un battito fugace, come se qualcuno avesse rapidamente gettato un'occhiata all'interno e poi ritirato immediatamente la testa. Il battito cardiaco accelerò d'improvviso. Chi diavolo...?

Posò rumorosamente il pentolino facendo schizzare fuori l'acqua che crepitò sulla piastra. A metà strada in direzione della porta si bloccò.

La doppietta! Doveva prenderla. E le cartucce, dove diavolo aveva messo la scatola di cartucce che aveva comprato a Ystad?

Poi udì bussare.

Tre incerti colpi sulla porta, non particolarmente forti.

Il vecchio rimase immobile in ascolto. Percepiva un debole mormorio, ma non distingueva neanche una parola.

"Che diamine, nessuno arriva a quest'ora del giorno con dei propositi onesti", pensò.

Fortunatamente non si era curato del decreto che gli era arrivato dal Registro delle Armi di Polizia. Rinchiudere il fucile in una cassaforte che costava un occhio della testa. Baggianate! Aprì le ante dell'armadio il più silenziosamente possibile e afferrò l'arma. Le munizioni stavano nella cassettiera. Gettò uno sguardo rapido alla fotografia in bianco e nero del suo matrimonio, nella cornice dorata, che era stata scattata davanti alla chiesa mezzo secolo prima, e riuscì a infilare due cartucce nelle canne senza armeggiare troppo. Il calcio consumato e lucido del fucile gli infondeva tranquillità. Lo accarezzò delicatamente con il pugno.

La serratura sul retro era ben oliata e la porta si aprì senza emettere un cigolio. In calze di lana e mutandoni si avvicinò di soppiatto al primo angolo della casa. Vide la macchina più nitidamente. Era una vecchia Nissan tutta arrugginita. Il paraurti sinistro era ammaccato e il faro spaccato.

Cautamente sbirciò oltre l'angolo successivo della casa.

Lì se ne stava riversa la cagna. Sul prato, accanto al cespuglio di assenzio. Priva di vita, come un pezzo di carne morta.

«Ma che diavolo!».

Proprio mentre il vecchio si stava precipitando in avanti vide i due giovani uomini. Stavano in piedi proprio vicino alla porta e si voltarono, evidentemente sorpresi. Uno dei due teneva un tubo di ferro in mano. L'altro spalancò la bocca stupito.

«Cosa diavolo pensate di fare, fottuti stranieri di merda!».

Sentì come gli si surriscaldava la testa. Nelle sue tempie c'era un rimbombo come di campane in chiesa. Il suo sguardo viaggiava fra il corpo del cane e gli intrusi. Esitante. Poi li vide muovere qualche passo nella sua direzione. Li udì proferire qualcosa in una lingua che non capiva, poi qualcosa di poco chiaro in svedese che neanche riuscì a comprendere. Ma si avvicinavano, erano quasi arrivati al pozzo, e il più grosso teneva ancora in mano il piede di porco, l'altro gesticolava ed estrasse qualcosa dall'elastico dei pantaloni. Un'arma?

Dalla loro bocca fuoriuscivano solo suoni in un incomprensibile ostrogoto e la testa del vecchio ribolliva di paura e rabbia e improvvisamente avvertì la sensazione del calcio liscio come velluto contro la sua guancia. Senza esitare premette il grilletto, due volte in rapida successione, e i due uomini furono scaraventati come bambole di pezza contro il muro della casa.

L'odore della polvere da sparo gli pungeva le narici. Meccanicamente scaricò il fucile e i bossoli caddero sull'erba.

Poi non sapeva più cosa fare.

Guardò il suo cane. Avvertì una sensazione di vuoto nel petto. Sembrava così piccola ora che era morta, la vecchia cagna.

La villa dell'avvocato si trova in un giardino cupo, proprio accanto alla casa di riposo, circondata da nodosi alberi da frutto.

Un alto cespuglio di lillà la protegge da sguardi esterni. L'edera che si arrampica sui frontoni appuntiti vira verso il nero. L'ombra che si allunga sul prato accuratamente tosato odora di marcio, benché le mele acerbe abbiano fatto in tempo a diventare appena più grandi di cacchette di coniglio. Le mura della casa trasudano gelo.

Sulla piazzola lastricata di pietra di fronte al garage è parcheggiata una Mercedes, scura e lucente come un carro funebre.

Konrad esita un breve istante prima di suonare il campanello. Indietreggia di due passi e aspetta il maggiordomo dal portamento eretto che aprirà la porta, gli lancerà uno sguardo condiscendente e con voce lugubre lo esorterà a seguirlo attraverso tristi corridoi. Ma non accade nulla e suona ancora una volta. La pesante porta in legno di quercia continua a tacere. Il batacchio in ghisa è massiccio quanto l'incudine di una fucina. Lo solleva e lo lascia andare con la mano e si sente un rimbombo: metallo che colpisce legno nobile.

Nello stesso istante si apre il portone.

«Ciao ciao!», dice la ragazza e già si è voltata facendo perno sui tacchi, così che la sua gonna corta a scacchi svolazza come quella di una ballerina. È bionda e profuma di violetta, Konrad non riesce ad afferrare altro prima che scompaia nel corridoio. Ma immediatamente rispunta la sua testolina con la frangia dorata.

«E dai vieni, no?! Biggan ti sta aspettando».

Lo fissa con occhi grandi e stupiti, masticando freneticamente, poi con la bocca soffia impaziente un palloncino enorme che esplode sonoramente. La ragazza ricomincia a masticare.

Con un cenno della testa lo esorta a seguirla.

La porta dell'ufficio dell'avvocato Birger B. Berelius è socchiusa. Con un colpo del fianco la ragazza la spalanca e gli fa cenno di entrare. L'uomo dentro la stanza, in abito elegante, è già in procinto di alzarsi dalla sedia dietro la scrivania.

«Benvenuto Konrad, mettiti comodo».

Saluta con una mano bianca da impiegato e fa un gesto invitante in direzione della sedia riservata agli ospiti.

«Caffè?»

«Sì, grazie. Con un goccio di latte, se c'è».

«Emma, puoi portarcene due tazze?».

La ragazza sospira sonoramente.

«Non ce n'è più nel thermos».

«Allora puoi prepararne del nuovo».

«Ma avevi detto che potevo fare pausa».

L'avvocato sorride facendo uno sforzo.

«Forse puoi aspettare qualche minuto per la pausa, amica mia».

Lei alza gli occhi al cielo e si volta stizzita. «Non sono la tua cazzo di amica», soffia tra i denti con un filo di voce a malapena percettibile, mentre turbina fuori dalla stanza.

«Mia nipote. Aveva bisogno di un lavoretto estivo. La devi scusare...».

Konrad annuisce e lascia vagare lo sguardo nella stanza. La scrivania massiccia è in legno scuro. Il pavimento è coperto da un pesante tappeto orientale. Una parete è interamente stipata di libri, delle annate rilegate del "Nuovo Archivio giudiziario", di vecchi registri dell'Avvocatura e di periodici. Sulla parete di fronte sono appesi i ritratti di tre generazioni della famiglia Berelius, tutti membri dell'Ordine degli Avvocati Svedesi, a quanto riportano le piccole targhe in ottone apposte sulle cornici. Konrad riconosce Birger il giovane nel ritratto dipinto a olio in tinte più chiare rispetto agli altri.

L'uomo dietro alla scrivania ha fatto in tempo a mettere su qualche chilo da quando il quadro è stato realizzato. Sembra avere poco più di cinquant'anni, occhiali con la montatura argentata sul naso affilato e guance arrossate. Un paio di baffi sottili rafforzano l'impressione che gli manchi quasi completamente il mento. La voce è debole ma con un'intonazione acuta e venature rauche, come se in gioventù Berelius si fosse sforzato di assumere un tono virile.

«Questa è veramente una sorpresa», dice aprendo una cartellina blu scuro. «Intendo che ci fossero tanti soldi nell'asse ereditario. Chi avrebbe potuto immaginarlo?».

Sfoglia tra le sue carte.

«Pensavo di essere a conoscenza della maggior parte dei fatti che accadono a Tomelilla. È un posto piccolo, come sai. Tutti conoscono tutti. O almeno è quel che si pensa comunemente».

Konrad si schiarisce la voce e sente che è il momento di dire qualcosa. Fin da quando è entrato in quella casa triste ha scavato nella sua memoria. L'avvocato dovrebbe avere l'età di Klas. Konrad prova a figurarselo trent'anni più giovane, ma non ci riesce.

«Sì, io non ne avevo la più pallida idea», dice Konrad, come in attesa.

«Certamente no...».

Berelius si zittisce e lancia un'occhiata ambigua a Konrad.

«Tra l'altro...», continua cambiando argomento come se avesse letto nei pensieri di Konrad. «Io e Klas eravamo compagni di classe alle medie. Forse te ne ricordi? Tu eri molto più giovane di noi. Certo, non che ci frequentassimo veramente... e poi io sono sparito per fare il liceo a Ystad e l'università a Lund».

«Hai ereditato l'attività da tuo padre?»

«Che lo aveva ereditato da suo padre. Sì, è come se tutto fosse stato stabilito fin dall'inizio. Ma non mi lamento. Se si è l'unico avvocato della zona non ci si può assolutamente lamentare. Eh no, che diamine».

Sbircia in direzione dei gravi signori appesi al muro e si gratta pensoso sotto la bocca, dove avrebbe dovuto trovarsi il mento.

«Da quanto ho potuto capire tu invece hai viaggiato in giro per il mondo. Lavoro interessante. Deve esserlo, no?»

«Sì sì...».

Konrad non ha nessuna voglia di raccontare qualcosa di sé. La gente a cui piace fare conversazione lo ha sempre ammutolito. Adesso vuole solo sapere perché l'avvocato lo ha convocato lì.

Cala il silenzio per alcuni secondi. Berelius decide di appendere la giacca sullo schienale della sedia. Ha una spilla del Rotary sul bavero. Il fermacravatta è lucido e vistoso.

«*Ok, back to business*. Sono stato designato per fare l'inventario dell'asse ereditario. Sono solo formalità, ma è importante attenervisi. Le cose stanno così. Appena ci danno il via libera dalla polizia dobbiamo fare un resoconto dell'asse ereditario. In realtà è sufficiente che lo faccia uno degli eredi, ma dal momento che sia tu che Klas siete qui, possiamo farlo insieme. Dobbiamo fissare un appuntamento. Non penso che Herman e Signe abbiano lasciato dei pezzi di grande valore nella casa. Ma un bel gruzzolo in banca sì. E una volta che il quadro sarà completo dovremo suddividere l'eredità. Non ci sono...».

Si interrompe quando la ragazza fa irruzione nella stanza e sbatte un vassoio con due tazze di caffè sulla scrivania. Gli lancia uno sguardo pieno di disprezzo ed esce senza dire una parola.

«Non ci sono stranezze», prosegue l'avvocato, scrollando le spalle.

«In questo caso dobbiamo solo metterci in moto», dice Konrad.

Capisce che le sue parole non esprimono un sufficiente interessamento. È come se la circostanza di ereditare diversi milioni non abbia ancora attecchito nella sua mente. Come se non volesse farla sua. Il pensiero dei soldi di Herman e Signe lo mette solo a disagio. Perché non si erano goduti la vincita al lotto quando ne avevano avuto la possibilità? Perché non si erano concessi una crociera di lusso o almeno una macchina nuova? Perché non avevano devoluto i soldi a Save the Children? Konrad conosce la risposta. Non avevano idee. Herman e Signe semplicemente non sapevano cosa farsene, così avevano lasciato quei soldi sul conto in cui erano stati depositati.

Soldi intrisi di sangue, pensa.

Konrad non vuole soldi intrisi di sangue. Vuole solo sapere cosa è accaduto.

«In realtà, non è così semplice», dice Berelius.

«Cosa?»

«Ripartire l'eredità...».

«Ah no?»

«Comunque, non credo ci saranno grandi problemi...», dice l'avvocato.

Si appoggia indietro allo schienale e incrocia le dita dietro alla nuca, come a voler assumere un atteggiamento rilassato. Gli aloni di sudore sotto le ascelle rivelano, al contrario, la sua insicurezza.

«È la polizia. Ritengono che si debba attendere finché... sì, finché la questione non verrà chiarita».

Konrad lo guarda senza capire.

«Suona strano. Un po' brusco se posso dirlo. Non c'è nessuno in realtà che pensi che tu... Ma secondo la legge un assassino non può ereditare dalla propria vittima».

Berelius sembra quasi terrorizzato da quel che ha appena detto. Sorride con l'aria di volersi scusare.

«Se vuoi posso...».

Accenna al movimento di alzarsi per prendere il Codice dallo scaffale.

«Grazie», lo ferma Konrad. «Credo di aver capito».

Nessuno dei due ha altro da dire. Con poche parole si accordano per parlare con Klas e fissare un appuntamento per fare l'inventario dei beni nella casa di Herman e Signe. Poi l'avvocato accompagna Konrad alla porta.

La nipote è scomparsa. Ma dalla radio in cucina di sente musica commerciale ad altissimo volume. Proprio quando si stringono la mano la musica si interrompe:

Buona sera! Qui le notizie di Radio Kristianstad. Due giovani uomini sono stati uccisi questa mattina presto presso una casa nei pressi di Onslunda. Secondo la polizia, con tutta probabilità è stato il proprietario dell'abitazione a sparare i colpi mortali. La polizia mantiene il più stretto riserbo sulle circostanze per questioni di segretezza sulle indagini, ma secondo le fonti di Radio Kristianstad gli indizi portano a ritenere che i due uomini siano stati sorpresi dal proprietario mentre tentavano di fare irruzione in casa sua. Torneremo a parlare di questa tragedia nei prossimi notiziari per fornirvi maggiori dettagli...

Rimangono sull'uscio un lungo momento a guardarsi. Konrad si sforza di capire quello che ha appena ascoltato. Ma senza lasciargli il tempo di trarre qualsiasi conclusione, Berelius sbotta: «Porca miseria!».

Il volto dell'avvocato si apre in un'espressione entusiasta. Scocca una scintilla dietro gli occhiali dalla montatura argentata.

«Riesci a capire cosa può significare questo?».

Konrad non capisce affatto. Cosa sta succedendo in questo buco? Gli sembra di essere in una Chicago malavitosa! Scuote la testa.

«Teppisti che penetrano nelle case dei vecchi», dice Berelius trionfante. «Li derubano. Scommetto un occhio della testa che sono stati loro ad ammazzare Herman e Signe».

CAPITOLO 5

Il tempo prima dell'abbandono. Konrad ha spesso tentato di riportarlo alla mente, ma non ci è mai veramente riuscito.

Appaiono solo rare immagini sconnesse, sfocate e difficili da interpretare. E sensazioni, spesso sensazioni sgradevoli che si confondono in una palude nebbiosa, che non è completamente sicuro di voler indagare.

Naturalmente ha fatto i conti, a ritroso nel tempo. Doveva avere sette anni l'estate in cui Agnes sparì. Era il 1968, questo lo sa. L'anno delle rivoluzioni. C'erano scontri a Parigi e goffe occupazioni non troppo violente nelle università svedesi. Due uomini neri che innalzano i pugni al cielo sul podio olimpico. Per Konrad sono solo immagini della TV in bianco e nero di un remoto passato. I carri armati sovietici che demolivano corpi umani e sogni a Praga.

Si ricorda bene della solitudine. Un bilocale con la carta da parati grigia, con una fantasia di ghirlande a fiori in una tonalità di grigio più scuro. Osserva attentamente le ghirlande, le segue a partire dal pavimento di linoleum dal colore scialbo, su verso il soffitto ingiallito. Ragnatele in un angolo. Non c'è odore di niente, affonda il naso nella sua ascella per sentire almeno qualcosa. Un mucchio di panni sul divano e sul tavolo della cucina, e in linea con il suo sguardo c'è un tagliere con un filone di pane e un coltello.

Quando la vede, Agnes è seduta immobile e guarda fisso fuori dalla finestra. La pioggia batte contro il vetro e le gocce scivolano come lacrime fredde verso il davanzale. Il fogliame del castagno si spande fino ad assumere i contorni di una nuvola verde scuro. C'è silenzio, a parte il martellare monotono della pioggia. Il geranio sul cornicione di marmo ha quasi perso tutte le foglie. Ha l'aria triste, rassegnata, come se avesse capito che nessuno verrà a salvarlo.

Di tanto in tanto Agnes si volta per guardare verso Konrad. Si sforza di fare un sorriso e le si formano delle belle rughe sottili intorno agli occhi, ma il suo sguardo esprime qualcosa di totalmente diverso. Tende la mano e gli accarezza i capelli. Le dita sono fredde e prive di forza. Bruscamente lui scosta la testa, anche se in realtà non vorrebbe.

Konrad vorrebbe disperatamente essere abbracciato. Deve essere stato così, no? La nostalgia si mischia a un'altra sensazione. Una rabbia profonda. Vuole uccidere chi l'ha resa tanto infelice.

Tre giorni prima dell'inizio della scuola aveva traslocato nella grigia casa di eternit tra il cimitero e il campo sportivo. Herman e Signe stavano sulle scale ad aspettare il suo arrivo. Si erano scambiati sguardi incerti. Tutto era stato deciso così in fretta.

«Quanto tempo?», aveva provato a chiedere Konrad.

Ma sia il poliziotto che la severa assistente sociale, che lo avevano aiutato a mettere insieme i suoi vestiti, avevano glissato sulla questione. Lei era imponente e rigida come un pino, avvolta in un brutto cappotto grigio che strusciava quasi per terra. Dall'orlo del cappotto spuntavano solo un paio di grandi scarpe marroni con un fiocco in cuoio e il tacco largo. Gli aveva stretto la mano tanto forte da fargli male quando lo aveva trascinato fuori dalla macchina. Non si era chinata neanche una volta e lo sguardo di Konrad non raggiungeva il viso di lei.

«La tua mamma ha bisogno di riposo. Ma starai bene da Herman e Signe», aveva detto.

«Ma lei dov'è?»

«In un sanatorio. Non pensare a lei adesso».

Konrad non sapeva cosa fosse un sanatorio. Non sembrava qualcosa di piacevole. Ma non aveva il coraggio di chiedere altro e quindi era rimasto in silenzio durante il breve viaggio verso la sua nuova casa.

L'uomo e la donna sulle scale davanti alla casa grigia avevano le mani ruvide. E un odore estraneo. Ma sembravano gentili. Le loro figure avevano forme rotonde. Gli accarezzarono delicatamente la testa. Dopo essersi occupati della valigia, Konrad aveva affondato le mani delle tasche dei pantaloni, fissando il pavimento. Nel mobiletto all'ingresso stavano un paio di stivali di plastica infangati e tre paia di zoccoli di legno neri. Dalla cucina proveniva il profumo di cibo appena sfornato, e questo era sempre qualcosa. Un vassoio di dolci alla cannella zuccherati stava in bella vista sulla tavola.

Mangiarono in silenzio. Herman sorseggiava rumorosamente la sua tazza di caffè. Signe girava lo zucchero con il cucchiaino urtando contro la porcellana. La signora dei servizi sociali sedeva al posto più vicino alla porta. Non si era levata il cappello e distendeva il mignolo quando sollevava la tazza. A Konrad venne servito un succo di lamponi acquoso.

«Speriamo che ti troverai bene da noi», disse Signe.

Konrad tacque.

«Abbiamo dei conigli in una gabbia sul retro», disse Herman. «Poi te li faccio vedere».

Dopo dieci minuti la signora dei servizi sociali se ne andò.

«Bene, allora è tutto per questa volta. Stiamo a vedere come procedono le cose», disse facendo un cenno con la testa a Herman.

«Dobbiamo avere fiducia in Nostro Signore», sospirò Signe.

«Comportati bene adesso», disse la signora dei servizi sociali.

La accompagnarono all'ingresso. Konrad rimase al tavolo della cucina, incerto sul da farsi. Quindi prese un altro dolce alla cannella, più che altro per colmare quel vuoto doloroso nello stomaco. Sopra i meli fuori dalla finestra pesavano delle nuvole scure. Un passero svolazzava tra i rami. Dall'ingresso si udirono mormorii, poi la porta aprirsi e chiudersi. Quindi furono nuovamente lì, in piedi, a fissarlo.

Herman si grattò la testa.

Signe cominciò a sparecchiare la tavola.

«Forse vuoi vedere la tua stanza?».

Senza attendere risposta Herman si voltò e salì le scale. Konrad fissava lo sguardo sui suoi pantaloni da lavoro consunti che si allentavano sul sedere, e lo seguì con un ultimo dolce nella mano.

Lassù c'erano quattro porte. Quella a destra portava alla camera da letto di Herman e Signe. Era socchiusa e Konrad poté scorgere un pezzo di un cassettone e di carta da parati verde a fiori. La porta centrale era chiusa. Vi era appeso un disegno con un teschio e le ossa crociate, con una scritta a pennarello nero: "Whites only". A sinistra del bagno c'era la camera di Konrad.

«Quella è la stanza di Klas», disse Herman indicando la porta chiusa. «Non devi far troppo caso a lui»,

Konrad fissò il cartello intimidatorio. Non capiva quelle parole. Ma il teschio aveva l'aria davvero minacciosa.

«È pericoloso?».

Herman si voltò e rise.

«No, no, niente affatto. È solo un ragazzo. Ma presto diventerà un adulto».

Konrad non capiva cosa ci fosse di divertente. Entrò nella sua stanza. C'era odore di chiuso, come se la finestra non fosse stata aperta da un bel pezzo. In un angolo c'era un letto stretto con un copriletto verde. Una tavola di legno appoggiata su due cavalletti da segheria fungeva da scrivania. Un tappeto di stracci sul pavimento. E sulla parete con la fantasia grigia di fronte alla finestra pendeva un quadruccio ricamato all'uncinetto che raffigurava Gesù bambino nella mangiatoia con i tre Magi. Il volto di Giuseppe era poco leggibile, perché si erano allentate le maglie e un paio di fili penzolavano.

«Possiamo di certo sistemarla un po', con il tempo», disse Herman. «Appendere dei poster o cose così».

Guardò Konrad titubante con i suoi occhi lucidi e grigi, e poi voltò nuovamente la schiena, come per ispezionare la stanza, pensando a diverse soluzioni di arredamento.

«Si può fare molto...».

Cominciò a fischiettare, ma si zittì quasi subito. Dopo un po' disse, con un tono di voce completamente diverso: «Non essere triste, Konrad. Ci sono tante cose che non si possono ancora capire alla tua età. Ma andrà tutto... bene».

Herman si schiarì la gola e deglutì.

«Cerca di non essere triste», ripeté ancora una volta e le sue parole risuonarono come una preghiera, ma Konrad non ne era sicuro perché tutto quel che riusciva a vedere di Herman era il largo posteriore dei pantaloni e la schiena di flanella a quadri.

Triste?

Konrad non era triste.

Era un vulcano spento. Per oltre due settimane dopo la notte in cui Agnes non era tornata a casa aveva sputato lava bollente. Aveva strepitato e urlato, si era infuriato e aveva graffiato. Aveva pianto e si era interrogato, aveva accusato e maledetto, finché era rimasto senza forze.

Ora era solo vuoto.

Un fantasma di bambino che si aggirava tra le bambole di cera e le scenografie di quella che non aveva ancora capito sarebbe stata la sua nuova vita.

Konrad rimase sdraiato nel letto chiudendo stretti gli occhi finché poté resistere, benché gli scappasse la pipì tanto che la pancia sembrava scoppiare. Alla fine fu costretto ad arrendersi.

Non aveva intenzione di pisciarsi addosso la prima notte in quella casa nuova.

A tastoni nel buio cercò l'abat-jour e la accese. La luce intensa lo costrinse a socchiudere gli occhi. Si guardò intorno. Tutto quello da cui era riuscito a sfuggire nel sonno si trovava di nuovo lì. Con un'aria più minacciosa di quando era andato a dormire. C'era un odore estraneo. La spalliera del letto dove aveva appeso i vestiti proiettava delle ombre fantasmagoriche contro la porta. Nero. Una strega con una falce sopra la spalla. Si stava muovendo? Konrad orientò la lampada verso la parete.

Cautamente scivolò giù dal letto sui piedi nudi. Il pavimento era freddo e produceva dei rumori sinistri.

Dove si trovava il bagno?

Prima di andare a letto aveva fatto pipì, ma in quel momento era così stanco che non riusciva a ricordarsi dove si trovasse. Herman e Signe gli avevano dato la buonanotte sulla porta e avevano spento la luce. Si era addormentato immediatamente.

Abbassò delicatamente la maniglia della porta. L'ultima cosa che voleva era svegliarli. Solo pisciare velocemente e rimettersi a dormire.

Una lampada da muro in truciolato illuminava fiocamente di giallo il corridoio.

Lo aiutò a trovare la strada giusta. Richiuse silenziosamente la porta alle sue spalle, alzò la tavoletta e indirizzò il getto quanto meglio poteva al buio. La pipì gorgogliò nel water e Konrad alzò leggermente il getto per attutire il rumore contro la porcellana.

Proprio nel momento in cui stava per sgattaiolare in camera udì delle voci. Provenivano dalla cucina, deboli mormorii. Dapprima pensò di non curarsene, ma poi una delle voci esplose in uno sbotto acuto.

«Il ragazzino della puttana polacca!? Cazzo, ma siete bacati!».

Konrad si congelò. Sentì qualcuno che tentava di calmare quella voce agitata. Doveva trattarsi di Herman e Signe. Ma non riusciva a distinguere le loro parole.

Lentamente si avvicinò alla ringhiera delle scale. Schiacciò la fronte tra due sbarre e guardò verso il basso. La porta della cucina era socchiusa. La luce che usciva dalla fessura illuminava una striscia del tappeto all'ingresso.

Konrad aumentò la pressione contro il legno di pino per poter vedere dentro la cucina. C'era un ragazzo robusto in maglione a righe blu. Aveva i capelli biondi a spazzola e quando girava la testa Konrad riusciva vedere che il suo volto era rosso di rabbia. Brandiva il pugno serrato.

«Cazzo ma siete totalmente matti!».

«Ma Klas caro», udì la voce di Herman. «Non sarà poi così grave. È un bambino gentilissimo...».

«Me ne sbatto se è gentile. Deve andarsene da qui!».

Il ragazzo urlò le ultime parole. Nella cucina calò il silenzio. Konrad poteva sentire il suo cuore battere. Premette la mano contro il petto per calmarlo. Poi la voce sconosciuta tornò più composta, ma piena di rabbia repressa.

«Dovete avere una cosa ben chiara in testa. Si tratta di scegliere tra lui e me. Il ragazzino polacco o vostro figlio».

Il silenzio durò alcuni secondi. Poi sentì parlare Signe. A malapena riuscì a riconoscerla. Perché la sua voce, che di giorno era stata dolce e insignificante come un battito d'ali di farfalla, adesso suonava inflessibile.

«Abbiamo il peccato nel sangue», disse. «Non parleremo mai più di questo argomento, Klas. Ma tu lo sai. E noi lo sappiamo. Che abbiamo commesso un peccato, e dobbiamo espiarlo».

Konrad non capiva tutto. Ma abbastanza per comprendere che stavano parlando di lui.

Senza curarsi di non fare rumore, corse nella sua camera. Affondò il viso nel cuscino, si tirò la coperta fin sopra le orecchie e serrò stretti gli occhi.

CAPITOLO 6

Il secondo giorno Konrad realizza che Örjan Palander è ancora là. Riesce a fatica a riconoscere il volto dalla piccola fotografia sul giornale, ma il nome è inequivocabile. È impossibile che ci siano due giornalisti con quel nome. Almeno nella stessa redazione.

Ma santo Dio, quell'uomo deve avere cent'anni.

Konrad se lo ricorda com'era un tempo. Un uomo grosso e grasso con un berretto a quadri calato sulla testa liscia come una palla da biliardo. Sempre in movimento, con le gote accaldate, ansimante, con la sua Nikon ciondolante sul ventre. La gente lo riteneva probabilmente un tipo eccentrico. Forse perché di tanto in tanto dava sfoggio della sua formazione umanistica. Correva voce che Örjan Palander avesse perso qualche rotella per aver macinato troppi libri nel corso della sua giovinezza. Forse era meno vecchio di quanto la gente potesse pensare, tratta in inganno dalla sua calvizie.

A giudicare dalla foto sul giornale, Palander si era lasciato crescere un paio di folti baffi, che lo facevano somigliare a un tricheco. Konrad decide di rintracciarlo.

Ma prima di alzarsi dal tavolo della colazione nella sala da pranzo dell'hotel, legge attentamente le notizie riportate dai quotidiani sui fatti avvenuti a Onslunda. Il bagno di sangue, come lo chiamano i giornalisti. Le notizie sull'«Ystads Allehanda» non si discostano molto da quel che ha sentito al notiziario di «Rapport» la sera prima, o da quel che ha letto su «Sydsvenskan». Entrambi gli uomini avevano vent'anni. Appartenevano a famiglie albanesi kosovare, che si erano rifugiate in Svezia negli anni Novanta. A giudicare dalle circostanze i due erano stati colti in flagrante mentre cercavano di fare irruzione nella casa dell'anziano signore. Erano stati entrambi colpiti da proiettili di grosso calibro in faccia e al collo, e dovevano essere morti sul colpo.

I giornali naturalmente speculano sui possibili collegamenti tra quel che è accaduto a Onslunda e l'omicidio di Herman e Signe. Quattro persone uccise con armi da fuoco nel giro di una settimana all'interno dello stesso comune. Non può facilmente trattarsi di una coincidenza. Ma nessuno ha in mano delle prove concrete e tutti sono costretti a rivolgersi alla polizia, che si dice mantenere un rigoroso riserbo.

Palander scrive in un editoriale che negli ultimi tempi sono avvenuti dei disordini a Tomelilla. Ci sono stati scontri tra gli albanesi del Kosovo e alcuni giovani della zona. Resta da chiarire se i morti di Onslunda abbiano qualcosa a che fare con questa situazione, constata.

Su un punto Palander è leggermente più esaustivo dei suoi concorrenti. Riguardo l'uomo che ha sparato. Viene descritto come un vedovo settantacinquenne. Un ex contadino, con la fedina penale pulita, che ora è in stato di fermo e presto sarà arrestato con l'accusa di omicidio colposo. Örjan Palander riporta che l'uomo ha fatto servizio in qualità di giurato presso il tribunale di Ystad, nominato dai Sverigedemokraterna[1].

Proprio nel momento in cui Konrad sta per lasciare l'hotel, squilla il suo cellulare. È Maria, e ha la voce agitata.

«Ciao papà, perché non ti sei fatto vivo?»

«Maria, ciao tesoro. Certo che avevo pensato di chiamare...».

Lo interrompe bruscamente.

«Qui si legge di un sacco di omicidi a Tomelilla, e improvvisamente uno si accorge che si parla dei propri familiari. O quello che sono. Non che tu me li abbia mai fatti conoscere, ma comunque!».

«Genitori adottivi. Herman e Signe, mi hanno adottato quando ero piccolo. Il tuo nonno adottivo e la tua nonna adottiva...».

«Certo, ma chi se ne frega di come si devono chiamare. Tu come stai?».

Konrad inspira profondamente e riflette sulla domanda.

«Credo che vada abbastanza bene. Sottosopra. Più che altro penso di sentirmi sottosopra».

[1] Si tratta dei Democratici Svedesi, un piccolo movimento politico di matrice nazionalista attivo in Svezia (*n.d.t.*).

«Cavolo, che morti spaventose. Ma da che razza di posto vieni? Dovrei mettere su il mio studio d'avvocato da quelle parti, quando avrò finito gli studi».

Konrad sorride tra sé. Ha il suo stesso sangue che scorre e ribolle nelle vene. Eppure è tutto quel che lui non è mai stato. Molti anni prima sua madre aveva deciso di smettere di parlare con Konrad. Maria era cresciuta in queste circostanze. Ma non sembra averne riportato dei danni. Adesso è sulla buona strada per la sua laurea in giurisprudenza, decisa a diventare avvocato penalista.

«Ho incontrato l'avvocato della zona ieri. Un tipo che ha ereditato l'attività dal padre e dal padre di suo padre. Gli gioverebbe senz'altro un po' di concorrenza».

Maria ride bruscamente all'altro capo della linea.

Konrad pensa a quanto tempo è passato dall'ultima volta che ha parlato con lei. Deve essere trascorso più di un mese.

«Dovremmo incontrarci», dice vagamente.

«Basterebbe semplicemente salire sul treno per Stoccolma, sai dove trovarmi».

Non è sicuro che ci sia un tono d'accusa nella voce di lei.

«Come ti vanno le cose, Maria?»

«Non devi preoccuparti per me. Sai che sono equilibrata. Come sia possibile con dei genitori come i miei proprio non lo so. A proposito, ho appena parlato con mamma. Ci ha tenuto a chiedermi di non salutarti da parte sua. Cavolo, è assurdo quanto riusciate a essere infantili!».

«Ma non sono io che non...», inizia Konrad, ma realizza subito che si tratta di una discussione senza senso.

Se c'è un capitolo veramente chiuso nella sua vita si tratta del suo matrimonio. Come può una persona che ha dato alla luce tua figlia, con cui hai diviso il letto, il frigorifero e il cesto della biancheria per molti anni, improvvisamente risultarti indifferente come una confezione di bastoncini di pesce?

«Be', allora non renderle il saluto», dice con forzata allegria.

Parlano ancora per qualche minuto mentre Konrad passeggia avanti indietro nel foyer dell'hotel. Lo interroga sugli omicidi e su cosa sappia delle indagini della polizia. Lui le fa la solita domanda per sapere di un possibile fidanzato, sapendo già che non otterrà risposta, e promette di andare presto a Stoccolma. Konrad ha nostalgia di sua figlia. Ma non riesce a esprimerlo. Per un momento soppesa l'ipotesi di raccontarle dell'eredità di Herman e Signe. Tutti quei milioni sono così irreali. Il pensiero di quei soldi sfrega come un ruvido maglione di lana contro la pelle nuda. Improvvisamente diventerà ricco. Se adesso la polizia non si fissa con l'idea che sia lui stesso l'assassino, beninteso. Konrad non riesce a prendere sul serio neanche questa ipotesi. È impossibile che siano tanto idioti. Si decide a non fare menzione dei soldi con Maria.

«E Sonja, come vanno le cose con lei?».

La domanda lo sorprende, anche se non dovrebbe.

Come vanno le cose con Sonja? Davvero non lo sa.

Sonja Kronstadt, artista di origine tedesca e di famiglia altolocata, che non vuole sentir parlare di Maria. Tornata a Berlino da quasi due decenni riscuote oggi un discreto successo nelle piccole gallerie dalle parti di Penzlauer Berg. Principalmente nota per una performance di body art a metà degli anni Novanta che ha ricevuto grande attenzione, *Die Mauer in uns*, che secondo il recensore del «Berliner Zeitung», «smaschera senza compromessi i muri psichici che l'uomo moderno erge dentro di sé». Ma anche un'industriosa produttrice di arte pop nello stile di Andy Warhol, nel suo atelier nel quartiere della Zionskirche. Sonja è in poche parole un'artista che fa un sacco di soldi. Principalmente è stata, nel corso degli ultimi dodici anni, a fasi alterne, l'oggetto della forte passione di Konrad.

Come vanno le cose con Sonja? Konrad non sa neanche come vorrebbe che andassero. Evita una risposta diretta alla domanda della figlia.

«Per adesso ci teniamo un po' bassi».

«Capisco». La voce di Maria è aspra.

«Ci sentiamo al telefono. Ogni tanto. Vediamo un po' come va», dice Konrad.

La sente sbuffare e gli sembra di vederla scuotere i ricci scuri, rassegnata.

«Sei senza speranza», dice.

«Anch'io ti voglio bene», replica Konrad.

«Ogni tanto mi domando se crescerai mai».
«Forse è proprio quello che sto cercando di fare», dice serio.

Örjan Palander ha appena aperto la sua prima birra Norrlands Guld quando Konrad apre la porta. Un campanello produce un suono gradevole all'ingresso, ma il redattore si irrigidisce e copre discretamente con un giornale la sua birra mattutina, prima di alzare lo sguardo verso il suo ospite.
«Diavolo, che spavento mi è preso. Pensavo fosse Solveig», dice gettando il giornale in un angolo.
Chiude gli occhi e manda giù due bei sorsi. Konrad può scorgere il pomo d'Adamo andare su e giù, e un paio di gocce di sudore farsi strada lungo la tempia, verso il collo della camicia.
Solo dopo aver emesso un sospiro di piacere, seguito da un rutto sonoro come un terremoto, Palander solleva le palpebre.
«Ci hanno comprati un paio di anni fa», dice come per scusarsi, come a spiegare tutto. «Bonniers intendo. Posseggono tutto di questi tempi. «DN», «Sydsvenskan», «Expressen», «TV4», *and you name it*. Mi hanno mandato una nuova venditrice di spazi pubblicitari e da quel momento non ci si può fare una birra senza doversi sorbire un sacco di lagne».
Benché ci sia un ventilatore in azione sull'armadio in metallo proprio davanti alla scrivania, fa caldo nella stanza. Quasi tanto caldo quanto fuori in piazza. Konrad si sente tutto sudato, dopo il breve tragitto dall'hotel. Palander deve aver notato il suo sguardo.
«Hai l'aria di volerne una...?».
Konrad annuisce e Palander si dirige ondeggiando verso il frigorifero. I suoi pantaloni kaki sono consumati sul sedere e le tasche del gilet da pescatore sembrano piene di roba. La lattina che gli porge è appannata.
«Dovrai cavartela senza bicchiere».
Konrad apre la lattina di birra e manda giù un paio di sorsi. Si concede anche lui un piccolo rutto, per una questione di cameratismo virile, e guarda fuori attraverso le persiane tirate su a metà.
«Sembra che farà caldo anche oggi...».
Örjan Palander si liscia i baffi con le dita e Konrad può notare che

effettivamente sono incerati. C'è ancora gente che fa questo genere di cose?

«Eh sì», dice Palander e si lascia andare sulla sedia. «Tutta la settimana persisterà un'ondata di caldo, a quanto dice quel tipo con i capelli lunghi. Sai, quello che fa gli annunci del tempo in TV. Che sembra uno dei Deep Purple al ritiro della prima comunione».

Passa il palmo sulla palla da biliardo facendo schizzare qualche goccia di sudore verso il pavimento. Poi lancia a Konrad uno sguardo furbo, ridacchia e comincia a declamare con voce solenne: «E portiamo il vitello grasso per macellarlo, mangiarlo ed essere lieti. Perché questo mio figlio è tornato alla vita».

Konrad scoppia in una risata, ma sente che suona più come uno sbuffo.

«Il Vangelo di Luca», spiega Palander. «Il figlio perduto. Perché è quello che sei, giusto? Il figlio perduto che fa ritorno a casa?»

«Il figliol prodigo? Io? Stai scherzando...».

«No, è chiaro, forse sarebbe difficile affidare il ruolo del padre in questa rappresentazione».

Si zittiscono entrambi, incerti su cosa dire. Konrad realizza che non si sono salutati. Ma una presentazione sembra superflua. Lui stesso non ricorda di aver mai parlato con Örjan Palander, solo di aver sentito delle chiacchiere sul suo conto e di averlo visto passare per strada in bicicletta.

«Evidentemente sai chi sono?»

«Lo sanno tutti qui in paese. Certo, non farti illusioni, non sanno nulla delle tue imprese giornalistiche. Ma dopo l'omicidio di Herman e Signe le chiacchiere sono volate».

«Cosa dice la gente?»

«Sembrano non sapere cosa pensare. Quelli un po' più anziani si ricordano che tua madre era scomparsa e che tu eri stato adottato. E le voci sulla vincita al lotto hanno sicuramente cominciato a girare».

«Grazie per non averne parlato sul giornale».

«Non ti preoccupare. Sarà la notizia in prima pagina di domani. Almeno spero».

«Ma così avrò tutti i tuoi colleghi alle calcagna?»

«Probabile. Dovrai trovare un modo per scrollarteli di dosso».

Konrad beve l'ultimo sorso di birra, schiaccia la lattina vuota e la getta nel cestino di Palander. È una birra forte e sente che fa il suo effetto, in quel caldo.

«La gente è sotto shock», dice Palander. «Devi capire. Hanno il diritto di essere informati. Prima un brutale duplice omicidio. E poi lo *shoot out* di Tore Torstensson a Onslunda. Un po' troppo movimento per un buco di paese come questo».

«È questo il suo nome? Tore Torstensson?»

«Exactamente!».

«Hai scritto che è dei Sverigedemokraterna...».

«Eh sì, ne abbiamo un bel po' in questa zona. E non ne andiamo particolarmente fieri. Lo sai che in Svezia c'è un solo posto dove quegli idioti hanno sfilato con le loro bandiere gialle e blu lo scorso primo maggio? Indovina dove!».

«Qui?»

«Precisamente. I Socialdemocratici hanno annullato il loro corteo. E invece abbiamo avuto una patetica piccola processione di nazionalisti. Non saranno stati più di un paio di dozzine, ma comunque».

«E Torstensson?»

«Lui c'era. Puoi contarci».

Örjan Palander lo fissa intensamente per un secondo e Konrad vede che la sua pelle è abbastanza liscia intorno agli occhi. Ma certo dovrebbe essere vicino all'età della pensione, come minimo.

Il redattore farfuglia qualcosa di incomprensibile, scava in un'ampia tasca della giacca e pesca una scatolina di latta con dei sigaretti neri come pece. Ne offre a Konrad, che scuote la testa in segno di diniego, e poi se ne accende uno. La nuvola di fumo puzza come una fogna.

«Li compro in Polonia. Roba originale, cubana. O almeno è quello che sostengono i polacchi. Dannatamente economici. E maledettamente forti. Bisogna approfittarne quando l'orco è fuori», dice e fa cenno con la testa verso la scrivania vuota della venditrice di spazi pubblicitari.

«Credi sussista qualche legame tra i due episodi?», chiede Konrad.

Si accorge di avere una voce leggermente impaziente.

«Tra gli omicidi, intendo. Forse sono stati quei giovani kosovari a sparare a Herman e Signe?».

Palander scrolla le spalle e guarda poi su verso il soffitto, come se cercasse qualcosa nella memoria.

«Dammi sei righe scritte dal pugno del più onesto tra gli uomini e ti troverò un pretesto in esse per impiccarlo domani».

Konrad alza le sopracciglia con aria interrogativa.

«Richelieu. Il cardinale francese, sai. Lui sì che la sapeva lunga. Non perché quei ragazzi a Onslunda fossero particolarmente onesti. Ma puoi tranquillamente partire dal presupposto che qui ce n'è più di uno che ritiene che Torstensson abbia agito nel pieno dei suoi diritti, a farsi giustizia facendogli saltare le cervella».

«E tu sei fra questi?»

«Difficile saperlo. Forse si è trattato di legittima difesa...».

Palander comincia improvvisamente a rovistare tra il mucchio di carte sulla sua scrivania. Borbotta tra sé finché non trova quello che sta cercando.

«A proposito, hai visto questo?».

Sventola un volantino giallo tra pollice e indice. Konrad lo prende e legge:

Rilasciate Tore Torstensson!!

Un onesto abitante di Onslunda è stato illegittimamente arrestato. Il suo unico crimine è stato di aver difeso la sua casa e la sua vita da malviventi. Partecipa anche tu per protestare contro questo crimine contro il diritto. Giovedì ore 20.00 sulla piazza grande di Tomelilla.

«È stasera», sospira Palander.

«Chi è che fa circolare questa roba?»

«Lo vedi da solo, non è firmato».

«Prevedi grande partecipazione?», chiede Konrad.

Vede davanti a sé una folla pronta al linciaggio, come in un film western americano degli anni Sessanta. Con fiaccole e *lazos*. Ma se c'è qualcuno che verrà impiccato evidentemente non si tratta di Torstensson.

Palander si massaggia il mento rasato.

«Posso immaginare che saranno in molti. C'è un'atmosfera piuttosto tesa qui a Tomelilla da un po' di tempo. Si sono trasferite diverse famiglie di immigrati nelle case in affitto sopra la vecchia scuola.

Quando sei andato via immagino che ci fossero soprattutto campi coltivati in quella zona. La maggior parte di loro sono sicuramente brave persone. Ma ci sono anche dei maledetti teppisti. E la gente gli addossa volentieri la colpa per tutta la merda che succede nei dintorni. E così a volte ci sono stati degli scontri. Chi abbia scagliato la prima pietra non lo sanno né Dio né Allah...».

Palander viene interrotto dallo squillo del telefono. Risponde seccamente, principalmente ascolta intervenendo con dei commenti a monosillabi. Konrad si alza dalla sedia per sottolineare che non ha intenzione di origliare. Fuori dalla finestra la piazza stranamente è quasi deserta. Neanche il fruttivendolo ha aperto la sua bancarella oggi. La fontana è chiusa e l'acqua immobile è coperta da un leggero strato di polline. Sulla panchina all'ombra, proprio davanti al Systembolaget, è seduto un tipo emaciato che sembra stia dormendo. Oppure è morto.

Konrad sente Palander schioccare le dita. Si volta e vede il redattore indicare il frigorifero e poi alzare due dita nell'aria. Esegue l'ordine e prende altre due lattine di birra, mentre Palander mette giù la cornetta.

«Un collega di "Expressen". Voleva sapere se gli potevo fornire degli indizi. C'è una frotta di giornalisti da Malmö e Stoccolma all'hotel, forse ci avrai fatto caso. Ma domani se ne saranno andati».

«Gli hai dato qualcosa?»

«Tipo?»

«Suggerimenti».

Palander sbuffa sdegnato.

«Eh, no. Dovrà prima comprarmi con una cena costosa. D'altronde io non so niente che lui stesso non avrebbe potuto capire con un minimo di cervello...»

Improvvisamente lo sguardo di Palander si fa pensieroso, come se un'idea improvvisa lo avesse appena colpito.

«E tu allora? Hai intenzione di scrivere qualcosa su tutto questo?».

Konrad si stupisce della domanda. Il pensiero non lo aveva mai toccato.

«No, per diamine. Sono troppo invischiato in questa storia. E, inoltre, ci ho dato un taglio. Almeno credo».

«Dopo quello che è successo a Bagdad?».

Annuisce e Palander apre la bocca per continuare con le domande, ma ci ripensa e la finisce là. Konrad gli lancia un'occhiata riconoscente. Quell'uomo comincia a piacergli. Forse in un'altra occasione...

«Dimmi cosa sai tu di Herman e Signe», rilancia invece Konrad. «Ne saprai più di me».

«Non credo. Ho cercato nel nostro archivio e non ho trovato una riga che parlasse di loro. Sì. In effetti una volta Signe viene nominata in un pezzo sul mercatino delle pulci della chiesa. Vendeva ricami fatti a mano. Ma devi sapere che quando si vive in una comunità tanto piccola, tutti, e voglio dire tutti, si ritrovano prima o poi citati sulla stampa locale. Tranne Herman e Signe Jönsson. Dovevano essere state delle figure particolarmente sbiadite».

Konrad prova a vederseli davanti. Sì, è vero che erano grigi. Tanto scialbi da mimetizzarsi con la carta da parati. Lo meraviglia constatare che lui stesso sappia così poco di loro. Che nutra dei sentimenti a tal punto indifferenti per quelle persone che malgrado tutto si sono prese cura di lui da bambino, gli hanno dato da mangiare, dei vestiti e un tetto sopra la testa per dieci anni. Forse non era in loro che qualcosa che non andava...

Non fa in tempo a concludere il pensiero.

«Perché ti hanno adottato in effetti?»

«Non lo so», risponde indugiando, ancora assorbito dai suoi pensieri. «Quando mia mamma sparì... non c'era nessun altro».

«Polacca, vero? Ne ho sentito parlare, ma è avvenuto molto prima che io cominciassi a lavorare qui a Tomelilla. Il tuo nome era polacco tra l'altro, vero? Konrad. Così la tua mamma semplicemente è scomparsa. E nessuno si è dato la briga di cercarla?»

«Immagino che l'abbiano cercata. Ma non ricordo quasi nulla di quel tempo. È come se il ricordo si fosse cancellato».

Konrad finisce la seconda lattina, la mette via sulla scrivania e si alza. Sente che gli gira la testa. La camicia gli si appiccica sulla schiena. Fa un cenno con la testa a Palander.

«Grazie per le birre, per il momento. Immagino che ci rincontreremo».

Quando sta già con la mano sulla maniglia della porta qualcosa lo colpisce.

«Senti, Örjan. Mi chiedevo solo... Ma quanti anni hai in realtà?»

«Perché lo vuoi sapere?».

Konrad si stringe nelle spalle. In quel momento la faccia tonda di Palander si allarga in un ampio sorriso. Accarezza delicatamente i suoi baffi incerati e declama: «L'annata è una misura che interessa le donne, il vino, e i modelli delle auto».

«Non un vecchio giornalista, pertanto», chiarisce. «Mi considero eternamente giovane».

Konrad deve aspettare un bel pezzo per ricevere una spiegazione.

«Una citazione dall'abbecedario del programma televisivo *Hylands hörna* del 1966. Alla lettera A. Una delle definizioni migliori, a mio parere».

«Non ne avevo mai sentito parlare prima», conclude Konrad e chiude la porta alle sue spalle.

CAPITOLO 7

Solo un gelato, un normalissimo Top Hat, e Konrad avrebbe tenuto duro, se non fosse stato per il ghigno altezzoso di Göransson.

Sghignazzava apertamente, lo stronzo.

Si godeva ogni secondo.

Konrad non avrebbe mai più dimenticato quello sguardo trionfante e l'implacabile dito puntato del maestro, che indicava inesorabile il cestino accanto alla vasca delle foche. Certamente nel corso della sua vita sarebbe stato esposto a prove ben più dure. E da un certo punto di vista si trattava di una stupidaggine. Una semplice bagattella, che il resto della classe avrebbe dimenticato già il giorno dopo. Ma nella memoria di Konrad quella risatina sarcastica si era ormai impressa a fuoco.

Konrad aveva dieci anni. Donald Göransson, il maestro di matematica, non si sarebbe potuto esprimere in maniera più chiara. Neanche se avesse messo un annuncio a pagina intera sull'«Ystads Allehanda» o se lo avesse gridato con un megafono davanti a tutta la scuola: «Konrad Jönsson è un bastardo. Un figlio di polacchi. Non è uno di noi!».

Era risaputo che Göransson fosse un infame incallito. Certi adulti dicevano che era severo, ma corretto. Davvero non sapevano di cosa stessero parlando.

Oppure gli adulti sapevano bene chi fosse veramente quell'uomo.

Il maestro non lesinava le moine con i genitori danarosi e influenti. Quando avanzava lungo il corridoio, con la folta zazzera grigia e il temuto mazzo di chiavi pronto a colpire, non erano mai i loro figli a beccarsi una botta in testa se non si scanzavano abbastanza in fretta. Benché Göransson procedesse a passo spedito e a testa alta nel corso delle sue spedizioni punitive, sapeva precisamente quali teste sarebbero state il suo bersaglio. Con un colpo bene assestato riusciva a far vedere le stelle a qualsiasi malcapitato bambino. Ma era estremamente raro che la progenie della borghesia venisse sottoposta a tale trattamento.

Gunnel era una delle sue vittime preferite. Sedeva nel banco in fondo alla classe, vicino alla finestra, e a ogni lezione di matematica, per un intero anno scolastico, venne sottoposta alle torture psicologiche di Göransson.

Gunnel era grassa. Di aspetto piuttosto insignificante, ma non brutta, con lo sguardo un po' sciocco. Figlia di una ragazza madre che lavorava nel caseificio. Ruminava tutto il tempo la sua gomma americana e aveva problemi nello studio. In particolar modo non le riusciva imparare la tabellina del sette.

Questo fatto veniva sistematicamente sfruttato da Göransson, che introduceva ogni lezione con la stessa domanda: «Gunnel, quanto fa sette per otto?».

La bambina impallidiva regolarmente. Balbettava e tirava a indovinare, e una volta per la tensione aveva vomitato sul quaderno. Naturalmente dava sempre la risposta sbagliata, e la classe scoppiava ogni volta in una risata selvaggia, cosa che col tempo divenne un rituale. Göransson riceveva la sua ricompensa con un sorriso compiaciuto.

Una volta, nel corso di una riunione del consiglio degli studenti, una delle vittime aveva provato a parlare delle angherie che Göransson infliggeva agli alunni col suo mazzo di chiavi. Ma benché si fosse negli anni Settanta, nell'epoca delle riforme scolastiche e della democrazia che si faceva strada nella scuola, la proibizione delle punizioni corporali e simili novità pedagogiche non si erano ancora affermate a Tomelilla. E la questione scivolò ben presto nel silenzio. In verità Donald Göransson non era l'unico insegnante a tormentare i bambini con le sue angherie.

Konrad aveva atteso con impazienza la gita scolastica allo zoo dello Skåne. C'erano lupi, linci e vipere, era stato loro raccontato.

«Velenosi come il diavolo», aveva promesso Sven Myrberg mentre salivano sull'autobus.

Come al solito si era preparato bene.

«Se si viene morsi, le vene si spappolano. Per fortuna non hanno un cobra sputatore. Avrebbe potuto ucciderci con uno sputo mentre stavamo lì a guardarlo».

«Stai di nuovo esagerando con la fantasia, Sven», lo interruppe Göransson.

Se ne stava in piedi vicino all'autista del pullman ascoltando senza che i bambini si fossero accorti di lui. Con il binocolo appeso al collo, una giacca Fjällräven e scarponi da escursione, pronto per quella giornata.

«Non esistono serpenti che sputano. E del resto non dovresti temerli, Sven. Come saprai bene le formiche rosse uccidono i serpenti».

L'autista e i bambini che avevano colto la sua battuta cattiva scoppiarono in una risata forte e sguaiata. Sven si ammutolì e andò a prendere posto. Premeva la fronte contro il finestrino mormorando qualcosa; il suo alito si cristallizzò come condensa sul vetro. "Cazzone", scrisse con l'indice, ma lo cancellò immediatamente per paura che qualcuno potesse fare la spia.

Ci volle meno di un'ora per arrivare a Frostavallen e già a metà strada nel pullman c'era odore di calzini di lana, banane marce e panini stantii. Konrad aprì il suo cestino per dare un'occhiata. Signe ci aveva infilato tre panini con il salame, un uovo sodo e una brioche alla cannella. Aveva una bottiglietta di succo d'arancia e due corone per comprare il gelato al chiosco. I soldi li aveva ottenuti solo dopo un'insistenza sfiancante.

«Non dire niente a mamma», aveva sussurrato Herman alla fine, mentre gli porgeva le monete e dopo aver gettato uno sguardo preoccupato verso la cucina.

Non c'erano molti soldi nella grigia casa di eternit degli Jönsson e Signe predicava costantemente che la parsimonia era una virtù. Terrorizzata com'era dalla povertà, preparava tanti succhi e marmellate da riempire di barattoli di vetro tutta la cantina. Alla sera se ne stava sempre seduta davanti alla TV a metter toppe o a cucire i vecchi abiti dismessi di Klas. Konrad odiava quei vestiti e detestava il suo fratellastro. Era come se il suo odore non lasciasse mai quella stoffa, che pungeva la pelle e faceva venire il prurito, ma ogni mattina, seduto in mutande sul bordo del letto, finiva per doversi infilare proprio quelli.

Adesso Konrad accarezzava le corone che aveva ricevuto da Herman nella tasca dei pantaloni e rivedeva il cartello dei gelati nella sua mente. Päronsplitt e Puckstång valevano il prezzo, ma erano un po' banali. Ad essere furbi si potevano ovviamente comprare ben due Igloo. Si chiedeva se sarebbe persino riuscito a trovare del gelato sciolto. Non avrebbero potuto comprarsi le caramelle, questo Göransson lo aveva detto chiaramente fin dall'inizio. Dopo pranzo avrebbero invece avuto il permesso di comprarsi il gelato.

Gironzolarono un paio d'ore tra gabbie e recinti, vedendo un sacco di alci, cinghiali e capre, prima che Göransson annunciasse che era ora di pranzo. Cadeva una pioggia leggera e i bambini provarono come meglio potevano a stringersi sotto la tettoia di plastica tra il recinto dei cervi e la vasca delle foche. Il maestro stava seduto per conto suo, mangiando un panino con hamburger e uovo fritto, sorseggiando una birra.

Dopo aver mangiato i panini e il dolce e gettato l'uovo in un cespuglio di ortiche, Konrad non poté aspettare oltre. Si diresse verso il chiosco.

«Un Top Hat, per favore!».

«Sono due corone», disse la ragazza allo sportello. Aveva le trecce chiare e lo fissava sospettosa, come se fosse convinta che non avesse così tanti soldi.

Konrad mise come se niente fosse le monete sul banco.

«Mettici anche un po' di scaglie di cioccolato».

«Le scaglie di cioccolato si possono avere solo sul gelato sciolto», puntualizzò stizzita.

«E allora non importa», disse Konrad.

Proprio quando ebbe afferrato il gelato, lo coprì un'ombra. Una nuvola scura e minacciosa foriera di infelicità. Konrad non aveva bisogno di voltarsi per sapere di chi si trattava. Sentì una morsa gelida stringersi intorno al suo cuore.

«E tu cosa stai facendo, se è lecito chiedere?».

Donald Göransson lo osservò, come se avesse appena scoperto di aver acchiappato un topolino in una trappola e stesse riflettendo quale modo di ucciderlo potesse essere il più atroce. Sorrideva sornione.

«L'ho comprato con i miei soldi», pigolò Konrad miseramente.

Göransson si girò verso la classe per assicurarsi di avere l'attenzione di tutti. Alcuni degli alunni ridacchiavano eccitati nell'attesa di quanto sarebbe avvenuto di lì a poco. Altri trattenevano il respiro terrorizzati.

«Non riesco a ricordare di aver dato il permesso per questo», disse il maestro fingendo sorpresa.

Konrad taceva.

«Giusto bambini? Qualcuno di voi mi ha sentito dire che potevate andare a comprare il gelato?».

Si udirono mormorii e risa soffocate dal gruppo. Nessuno osava dire niente a voce alta.

«Ebbene. Adesso vai a buttare il tuo gelato nel cestino laggiù».

Donald Göransson puntò l'indice nodoso, il suo volto era atteggiato in una smorfia di falsa dolcezza, come un predicatore evangelico. Restò immobile per un lungo istante, come stesse là in posa per la statua di un re.

Poi rise con sarcasmo, l'infame.

Un sorriso quasi impercettibile, ma carico di godimento e di disprezzo.

Con il pianto in gola Konrad si diresse verso il cestino e infilò il suo Top Hat da due corone tra bucce di banana e panini del pranzo mezzo mangiati. Il suo sguardo era nero di rabbia soffocata, quando si volse nuovamente verso Göransson.

«Bene, anche questa è fatta», disse il maestro con tono allegro. «E adesso penso che sia ora, per quelli a cui sono rimasti dei soldi, di comprare il gelato».

È sul pullman verso casa che Sven Myrberg gli chiede per la prima volta di Agnes.

È la prima volta che qualcuno gli rivolge questa domanda. E Konrad ha sempre pensato che non fosse il caso di tirar fuori lui stesso l'argomento.

«Ma dove si trova tua madre in realtà?»

«Signe?»

«No, la tua vera mamma...».

Konrad fa un cenno con le spalle e volge lo sguardo fuori dal finestrino. È buio là fuori. Il pullman procede lungo la strada provinciale attraverso un fitto bosco di abeti e l'unica cosa che riesce a scorgere sono i riflessi distorti dei volti dei suoi compagni di classe. Con le mani a cupola guarda attraverso il vetro, ma neanche così riesce a vedere un granché. Non riuscirebbe neanche a scorgere un alce fuggito dallo zoo. A Konrad piacciono quei grandi animali dall'aspetto regale, che ruminano con i loro larghi musi, al di là dello steccato. Hanno un odore pungente e buono. "Dovrebbero scappare", pensa. Non dovrebbe essere così difficile saltare la staccionata e sparire nel bosco infinito.

«È vero che veniva dalla Polonia?», insiste Sven.

«Sì, e con questo?», sibila Konrad.

«Niente», dice Sven e lascia correre.

Rimangono in silenzio per un bel po'. C'è odore di scorreggia e di sudore di piedi adesso. Molti dei bambini si sono addormentati.

«Ma pensi che sia viva?».

Konrad sente un gran freddo e vuoto dentro di sé.

«O è morta?».

Si gira bruscamente verso Sven.

«Ma certo che è viva!».

«Almeno credo», aggiunge più piano. «Una volta hanno detto che era andata a stare in sanatorio...».

Sven Myrberg non chiede cosa sia un sanatorio. Ha l'aria di sapere già di cosa si tratti.

«Maledetto bastardo, quel Göransson», aggiunge invece pensieroso. «Bisognerebbe infilargli uno spiedo arroventato nel culo».

CAPITOLO 8

La pizzeria si chiama Bella Napoli, ma il gestore è un turco originario di Kiruna. Il locale, che conta quattro tavolini rotondi, è impregnato di un odore stantio e di una nostalgia mai sopita. Tovaglie a quadri rossi e bianchi, fiori di plastica, candeline in piccoli contenitori di vetro. Sulla parete sono appesi due poster incorniciati. In uno il sole tramonta su Capri, nell'altro la stessa palla infuocata affonda dietro la Moschea Blu di Istanbul.

Il menù plastificato è talmente consunto e rigato che a malapena si riesce a leggere cosa ci sia scritto. Ma un cartello sopra al bancone dà dei consigli. "La top ten del mese" indica che la pizza al bacon ha venduto più di tutte, seguita a breve distanza dal "Göksin speciale". Konrad non può fare a meno di approfondire la cosa.

«Una volta la facevo con carne di alce», risponde l'uomo dietro al bancone, con l'accento melodioso del Norrland. «È stato un dannato successo. L'alce lo avevo messo sotto con la macchina io stesso, appena fuori Sjöbo».

La pelle del viso del turco è ricoperta di piccoli crateri rossastri. Un paio di baffi fini e lanuginosi si sparpagliano sul labbro superiore. Dalla sua maglietta a strisce orizzontali da gondoliere, sporca di farina, spuntano a mo' di braccia due pezzi di carne pelosi. La catena d'oro attorno al collo sembra pesare mezzo chilo.

«Alce?»

«Sì, ma per la maggior parte sono avanzi. Tipo kebab. Di solito la faccio a un prezzo speciale. E nella maggior parte dei casi ha un gusto di merda, se proprio devo essere sincero. Vuoi provarla?».

Tira fuori un pezzo di impasto da un contenitore di plastica nel frigo e comincia a stenderlo sul banco di marmo.

«Credo che prenderò una semplice margherita», dice Konrad cautamente.

«Saggio», borbotta il turco del Norrland senza alzare lo sguardo.

Non ci sono clienti agli altri tavoli. Alcune mosche ronzano allegramente intorno a un piatto con una crosta avanzata di pizza. Un grosso gatto marrone tigrato si struscia tra le gambe delle sedie e lancia occhiate fameliche. Per un momento sembra riflettere sulla possibilità di balzare sul tavolo e sgraffignare qualche resto di cibo, salvo poi decidersi che non ne vale la pena. Konrad segue il gatto con lo sguardo finché non lo vede infilarsi in cucina.

Poi lancia uno sguardo fuori verso la strada attraverso la polverosa palma di yucca vicino alla finestra. Sembra tutto calmo in piazza, benché manchi solo mezz'ora all'inizio della manifestazione. Ci vede un po' male, perché il vetro è attraversato da una crepa a malapena tenuta insieme con mastice e nastro adesivo.

«Prenditi una Efes», propone il turco. «Così sarà una cena mezza turca e mezza italiana».

Konrad annuisce.

«Sei tu Göksin, suppongo».

«In persona!».

«Hai dei nemici», dice Konrad e indica con il pollice la finestra rotta.

«Hai ragione. È la quarta volta in sei mesi. L'ultima volta è andata tutta in frantumi. Mi è costato dodicimila corone cambiarla. Quindi adesso mi devo accontentare di una riparazione».

Infila nel forno l'impasto della pizza che ha steso rapidamente, prende due birre dal frigo e si siede, senza che nessuno glielo abbia chiesto, sulla sedia di fronte a Konrad. Fa saltare i tappi con un apribottiglie che gli pende attaccato a una catena dall'elastico dei pantaloni. Poi ride rassegnato e scuote la testa, come a un ricordo divertente.

«Sono così fottutamente bacati...».

«Chi?»

«Ma, la gente... che ne so...».

Göksin tira fuori dalla bocca una presa di tabacco e si guarda intorno incerto. Dopo uno sguardo al vaso vicino alla finestra butta via il tabacco sul piatto con la pizza mezza mangiata. Poi si appoggia sui gomiti, rivolgendosi a Konrad in tono confidenziale.

«Quando arrivai qui tre anni fa dicevo a tutti che ero di Kiruna. È la verità. Mio padre si era trasferito lassù negli anni Sessanta, qualche anno prima che nascessi. Lavorava in miniera. Be', anche io ci ho lavorato, finché un mattino, mentre stavo nell'ascensore traballante della miniera, mi ha colpito un pensiero: col cazzo che mi ammazzo di lavoro in questo inferno buio per il resto della vita. E così sono ritornato su con l'ascensore, sono andato dritto dal capo, gli ho lanciato il casco sulla scrivania e mi sono licenziato. Poi mi sono allontanato il più possibile dal freddo e dal buio. Sono venuto qui. Ho ottenuto dei sussidi per iniziare l'attività, e tutto il resto. E sai, quando ho battezzato la pizzeria Bella Napoli tutti pensavano che fossi italiano. E per loro ero ok. Membri dell'Unione Europea eccetera. Ma alla fine qualcuno l'ha scoperto».

Konrad lo guarda senza capire.

«Scoperto cosa?»

«Mica ci sono italiani che si chiamano Göksin».

«No, è chiaro...».

«Alla fine qualche mente brillante deve esserci arrivata. Il tipo del Norrland è un turco. Un maledetto straniero. È stato allora che hanno cominciato a tirare pietre contro la mia finestra».

Getta la testa all'indietro, apre la bocca e compie un rapido gesto impugnando la birra e facendo scomparire il liquido giù per la gola. Si sente gorgogliare, come quando l'ultima acqua della vasca da bagno viene risucchiata nelle tubature. Sbatte la bottiglia vuota sul tavolo e la schiuma schizza dappertutto.

«Quattro virgola otto secondi! È il mio record. È stato sufficiente per l'argento ai campionati di bevute di birra di Gruvtolvan».

Konrad è impressionato. Sorseggia la sua Efes e non può evitare di sentirsi poco virile.

«Chi sono loro?», domanda.

«Quelli che lanciano i sassi? E che cazzo ne so io. C'è anche gente per bene qui, mica dico di no. Ma vorrei mettere le mani su quei codardi di merda che hanno fatto quella roba lì».

«Forse si tratta solo di una ragazzata?».

Göksin lo guarda titubante.

«Per quattro volte di fila?».

Si alza e afferra la pala di legno e tira fuori la margherita di Konrad dal forno in pietra. La pizza sprigiona vapore. Ha un odore veramente buono. Konrad realizza che è dalla mattina che non mette qualcosa sotto i denti. Il suo pomeriggio era trascorso in un sonno senza sogni sul letto dell'hotel. Göksin mette sul tavolo una scodella di insalata di crauti condita con molto olio e pepe nero.

«Non che abbia la minima importanza: ma io sono nato in Svezia, che diavolo!».

Konrad annuisce e prende un boccone. Brucia. Formaggio filante che scotta. Si lancia sulla birra.

«Diavolo!».

Per un attimo l'immagine di Göksin si confonde nei suoi occhi appannati dalle lacrime. Konrad sbatte le palpebre e si asciuga gli occhi con il pollice. Quando la vista si schiarisce vede il turco che ridacchia canzonatorio. Tira su col naso e affonda ancora il coltello nella pizza.

Dopo un po' Konrad prova nuovamente a guardare fuori verso la piazza, oltre la palma di yucca e la finestra spaccata. Sembra che cominci a esserci un po' di movimento davanti al Systembolaget. Göksin prende il piatto dal tavolo vicino e spazza via le briciole dalla tovaglia. Borbotta qualcosa fra sé. Konrad finisce velocemente di mangiare, in silenzio.

«Forse stanno tra la gente lì fuori», dice poi.

«Chi?»

«Quelli a cui non piacciono i turchi».

Konrad mette una banconota da cento sul tavolo e si prepara a uscire dal locale.

«Neanche gli albanesi, se è per questo».

Proprio quando esce sul marciapiede, l'inno nazionale risuona fragoroso in tutta la piazza.

Oh antico, oh libero, oh montuoso nord..., gracchia un coro maschile da due altoparlanti piazzati sul tettuccio di un camion. Al lato pende una bandiera gialla e blu.

Davanti al camion c'è un mucchio di uomini e donne con i volti gravi e seri, rigidi come a un funerale. Qualcuno si raddrizza di malavoglia in un goffo sull'attenti. Qualcuno si guarda intorno inquieto. Alcuni accompagnano il canto dell'inno, ma la maggior parte della gente muove solo le labbra senza un'idea precisa, come a cercare le parole. In mezzo a loro sta un manipolo di ragazzi con tutt'altro aspetto. I loro crani bianchi sono rasati e ruvidi come certi tipi di funghi. Tatuaggi guerrieri ornano le loro nuche e le loro spalle. Hanno l'aria di essere sul piede di guerra.

Poi la musica si interrompe. Un giovane uomo con la frangia bionda e le guance rosse affida la sua bandiera al vicino e sale sulla pianale. Indossa dei pantaloni di velluto a coste ben stirati e un maglioncino di lana gialla sopra la cravatta, nonostante faccia molto caldo.

Afferra il microfono.

«*Skuiiiiiiiiik...*», stridono gli altoparlanti e tutti hanno un soprassalto.

Il secondo tentativo va a miglior fine: «Il diritto svedese ha capitolato di fronte alla criminalità degli stranieri», introduce l'oratore e abbraccia la piazza con uno sguardo, un'espressione altezzosa in volto.

A parte i partecipanti, che sono una quarantina, si sono radunati dei piccoli gruppetti di curiosi. Le lunghe ombre morbide della sera si distendono sulla pavimentazione in pietra. Konrad abbraccia con lo sguardo le persone e prova a inquadrarle. Ordinarle in uno schema. In fondo è per questo che si trova qui. Per creare un qualche tipo di struttura. Ma non ci riesce. Su qualche volto gli pare di riconoscere tratti che gli ricordano qualcosa. Un battere di ciglia. Un modo di inclinare la testa di lato. Uno sguardo inquieto. Ma quelle impressioni svaniscono e tutti restano ugualmente anonimi.

Questa società non la riconosce più. Non è la sua. Forse non lo è mai stata.

Una troupe televisiva di Sydnytt è sul posto e così anche un bel po' di giornalisti venuti per l'occasione. Konrad non ne riconosce nessuno. Örjan Palander ha sapientemente piazzato una sdraio da spiaggia a righe vicino alla fontana, come aspettandosi che lo spettacolo sarebbe durato a lungo. Ha un blocco per gli appunti sulle ginocchia e osserva carico d'attesa il picchetto della polizia, arrivato per l'occasione da Ystad. Davanti al chiosco staziona una banda di ragazzini e di giovani, che si distinguono in maniera evidente dagli altri. C'è un qualcosa nei loro occhi. Aggressività, anche se cercano di assumere un'aria distaccata. Forse una sorta di timore. Fumano lanciando sguardi di disprezzo verso il gruppo vicino al camion.

«Tore Torstensson è un eroe!», urla l'uomo al microfono.

La voce è carica di rivalsa. Da lontano si vede il suo viso congestionato. Lascia che le parole si posino. C'è un silenzio di tomba nella piazza.

Improvvisamente Konrad sente che qualcuno lo sta fissando. Come una sensazione di calore sulla guancia. Cerca lo sguardo sconosciuto. Dapprima non capisce da dove provenga. Poi lo vede. È Klas. Se ne sta per conto suo, vicino al gruppo dei manifestanti, ma scostato di qualche metro, come se non riuscisse veramente a decidersi se farne parte. Porta zoccoli di legno e un'ampia maglietta con su scritto "Caseifici dello Skåne".

Per un istante i loro occhi si incrociano. Klas ha uno sguardo vuoto e inespressivo, come se il suo cervello stesse cercando qualcosa altrove. Lontano, molto lontano. Poi è come se improvvisamente tornasse in sé. Fa un impercettibile cenno con la testa in direzione di Konrad e volge di scatto la testa verso l'oratore.

«Tore Torstensson è un eroe, perché ha fatto quel che ogni svedese onesto sa di dover fare».

La voce dell'uomo sul pianale del camion è quasi arrivata in falsetto. Abbassa la tonalità di un'ottava prima di riprendere il discorso.

«Tore ha difeso la sua casa dagli intrusi. E ora è stato sbattuto in prigione. Quel che si sta perpetrando è un vero e proprio crimine contro il diritto ed è nostro dovere di svedesi protestare».

L'oratore alza una mano verso il cielo serale, ma la riabbassa immediatamente, lanciando uno sguardo preoccupato verso i fotografi. La sua piccola cerchia di sostenitori lo applaude. Konrad vede come Klas affonda le mani nelle tasche dei pantaloni tirando su le sue spalle possenti da toro.

Improvvisamente una voce supera le altre.

«*Maledeti asassini!*».

L'urlo del ragazzino davanti al chiosco lascia tutti a bocca aperta. Avanza di due passi in direzione del camion e alzando il dito medio a mo' di insulto. Gli occhi ardenti. La bocca tirata in una striscia sottile. I compagni del ragazzo si agitano per la tensione, soppesano la rabbia, valutano le possibilità, come se non riuscissero a decidersi sul da farsi. Konrad vede che ci sono anche un paio di ragazzine tra loro.

«*Maledeti asassini!*».

Stavolta anche altri si uniscono a quel grido, come in un'eco.

I manifestanti si scambiano sguardi disorientati, a eccezione delle teste rasate che lentamente cominciano a spostarsi verso il gruppo dei giovani stranieri davanti al chiosco. Il giovane che ha urlato è ora immobile come una statua, con il medio nell'aria.

Forse quelle due parole storpiate sono le uniche che conosce in svedese, ma il messaggio è chiarissimo a tutti. L'oratore sul pianale è ammutolito, lascia vagare lo sguardo, e i curiosi sono indietreggiati di un pezzo. Le macchine dei fotografi scattano.

Per un attimo è come se tutto fosse sospeso e in bilico, come se lo stoppino fosse acceso e la scintilla sfrigolasse contro la polveriera, senza che nessuno abbia intenzione di spegnerla.

I crani rasati sorridono pronti allo scontro. Muscoli facciali tesi e pugni serrati giù al chiosco. Un'esplosione sembra inevitabile.

Avanza un gruppo di poliziotti. Si schierano a gambe larghe tra il gruppo di immigrati e il camion.

«Ora ce la prendiamo con molta calma qui», dice l'omone che deve essere il comandante e si caccia i pollici nella cintura. «C'è libertà di manifestare in questo paese».

Il giovane straniero lo fissa. Respira pesantemente, sbircia verso i suoi compagni, implora il loro sostegno. Porta quindi giù il medio e sputa rabbioso per terra. Un amico lo tira per la manica e lo fa allontanare controvoglia. La banda si dilegua dietro un angolo. L'ultimo a scomparire è un bambino magro, che non sembra avere più di dieci anni.

«*Fuck you!*», squittisce e lancia uno sputo anche lui prima che una ragazza, forse sua sorella, lo tiri via per un braccio, per sbrigarsi a raggiungere gli altri.

Quando l'uomo sul pianale riprende in mano il microfono, un piccolo sorriso indulgente si allarga agli angoli della sua bocca.

«Quel che abbiamo appena potuto osservare è l'ulteriore prova del fatto che alcuni soggetti trovano molto difficile rispettare la democrazia e la libertà di parola», proclama trionfante.

I seguaci ridono forzatamente.

Mentre l'oratore prosegue, la troupe televisiva comincia a riporre l'attrezzatura. Lo spettacolo è finito per quella sera. I giornalisti venuti da fuori si allontanano verso l'hotel per scrivere il loro pezzo, scegliere qualche immagine e inviare il materiale alle rispettive redazioni. Se si sbrigano fanno in tempo a bersi un paio di birre prima che chiuda il bar. Konrad tira un sospiro di sollievo nel constatare che nessuno di loro sembra averlo riconosciuto.

Proprio mentre se ne sta per andare sente una mano pesante sulla sua spalla.

È Palander.

«Mats Blomberg», dice, facendo cenno con la testa verso l'uomo col maglioncino di lana che ancora non ha terminato il suo discorso. «È uno dei nuovi furbetti. Non è di qui. È venuto da Malmö per cogliere l'attimo fuggente, per così dire. Rigirata nella maniera giusta questa storia può valere oro nelle mani di quei tipi».

Pesca la sua scatolina di latta da una tasca della giacca e si accende uno dei suoi sigaretti neri. Konrad lo blocca con un gesto improvviso prima che abbia avuto il tempo di reinfilare la scatolina nei pantaloni. Quei sigari polacco-cubani hanno un buon odore.

«In effetti potrei proprio pensare di fumarmi uno di quei...».

Palander solleva stupito un sopracciglio e lo fa accendere. Konrad aspira avidamente. Il catrame brucia come acido fin dentro ai polmoni. Gli occhi gli lacrimano per la seconda volta quella sera e comincia a tossire.

«Cazzo!».

Örjan Palander ride e la sua pancia sobbalza e risuona come un gorgoglio. Palander sembra avere una battuta sarcastica sulla punta della lingua, ma decide di non dire niente.

«Che vuoi dire?», gracchia Konrad quando finisce di tossire.

Palander ha l'aria di saperla lunga. Fa segno con il sigaro in direzione del pianale del camion, dove Blomberg sembra essere al gran finale.

«Uomo bianco aggredito da due stranieri di merda. Difende la casa e la patria. E viene chiuso in gattabuia per questo. Che sia membro del partito poi, fa il loro gioco. Quei tipi adorano alimentare intorno a loro il mito delle vittime. Questo qui è un vero scenario da sogno per loro».

Konrad lascia cadere il sigaro a terra dietro di sé, sperando che l'altro non lo noti.

«Ma la loro gente qui fuori è un po' troppo stupida per capire come poter sfruttare la situazione», prosegue Palander. «Sono dei veri perdenti in questa nuova epoca. Sentono di aver perso il treno. La paura li rende furiosi. Così si sbracciano verso le ciambelle di salvataggio come se stessero affogando: "Riportate indietro l'orologio! Buttate fuori tutti quelli che mandano in malora la nostra terra!". E tornano poi a sognare i vecchi ideali di un tempo, la vecchia Casa del Popolo, dove tutti mangiavano la stessa salsiccia e tutto era tranquillo e rassicurante. "Papà rema e mamma è cara", sai come fa la filastrocca che si impara in prima elementare no? E tutti sono felici e contenti».

«Ma è mai stato così?»

«Certo che no. L'immagine è quel che conta. In quella sta il loro essere nazionalisti. L'immagine idealizzata della Casa del Popolo».

Konrad guarda verso i manifestanti, che se ne stanno in piedi davanti al camion. La maggior parte sono donne e uomini di mezza età. Prova a leggere nei loro pensieri. Rabbia? Sete di vendetta? No, niente di tutto ciò. La maggior parte di quei volti sono inespressivi. Alcuni hanno l'aria imbarazzata, come se desiderassero che tutto fosse già finito. Konrad immagina che in quel momento vorrebbero essere a casa davanti alla TV a giocare al bingo.

«In ogni caso», dice Palander. «Quando la situazione si scalda e sanno che la stampa sarà sul posto, il partito manda un tipo sveglio come Mats Blomberg».

«E cosa credi che succederà adesso?»

«Difficile dire. Blomberg aveva sicuramente sperato in un po' più di movimento per stasera. Magari un attacco in piena regola da parte di quei ragazzini immigrati, con l'intervento della polizia. Sarebbe stato bello. In realtà non vogliono più avere tra le loro fila i crani rasati. Combinano troppi di casini».

«Chi erano gli altri?»

«Il gruppo degli immigrati? Non lo so bene. Non mi stupirebbe se qualcuno di loro fosse imparentato con i poveracci a cui è stata fatta schizzare via la testa a Onslunda. Avevo pensato di fare qualche domanda a quel ragazzo con il dito alzato, ma si è defilato talmente in fretta. Sarà per domani».

Un applauso stanco indica che la riunione è finita. Palander si scusa frettolosamente e si dirige verso Blomberg. Konrad lo vede inclinare la testa, porgli qualche domanda e annotare qualcosa sul suo blocco di appunti. Blomberg ha l'aria di avere molto da dire e Palander è costretto a interromperlo più volte. Indica e gesticola agitando la penna. Dopo qualche minuto pare soddisfatto.

Quando si volta la piazza è già sul punto di svuotarsi. Konrad vede facce esitanti, come se le persone non fossero certe di ciò cui hanno assistito. Il sole è ormai sparito dietro al palazzo della Sparbanken, ma manca ancora un po' al crepuscolo. Forse sono i baffi da grossista di Palander che porta Konrad a pensare che deve mancare meno di una settimana al giorno di mezza estate.

«Dunque?», domanda incuriosito.

«Ci sono tre tipi di bugie: le bugie, le dannate bugie e le statistiche».

«Mark Twain», replica subito Konrad.

Palander lo guarda impressionato.

«La statistica dei crimini scroscia dalla bocca di Blomberg come un fiume in piena. Volendo credere a tutto quello che dice, non c'è un solo svedese nativo che si sia reso colpevole di omicidio o di stupro negli ultimi cinquant'anni».

«Niente di nuovo quindi?»

«Sempre le stesse chiacchiere. È viscido come un'anguilla».

«Ho riflettuto su quel che mi hai detto», dice Konrad.

«Ebbene?»

«Potrebbe anche verificarsi l'opposto. Forse non si tratta affatto di un sogno per loro, piuttosto di un incubo. Alla fine la notizia potrebbe effettivamente essere diversa da quella in cui sperano: un membro dei Sverigedemokraterna giustizia a sangue freddo due giovani innocenti».

Palander scuote scettico la testa.

«Forse... Ma non credo che cambierebbe qualcosa per loro».

«Cosa vuoi dire?»

«Credo che il punto fondamentale sia il conflitto. La paura. Continuare a portare acqua al loro mulino, lamentarsi che la multiculturalità non funziona. Che tutto va a farsi fottere se si mescolano il bianco e il nero».

Si stringono la mano e si separano. Palander per scrivere l'articolo. Konrad per... mah, in realtà non ne ha idea. Forse per ammazzare un'ora al bar. Non sembra una prospettiva particolarmente allettante.

Mentre si avvia verso l'hotel lo sguardo gli cade su un'altra figura che riconosce.

Gertrud.

Ha appena oltrepassato il pub irlandese e la salitella del passaggio a livello, e sta per scomparire dietro l'angolo verso la stazione.

Fa giusto in tempo a scorgere il profilo del suo volto. I capelli rossi agitati da una folata di vento.

Ma non ci sono dubbi. È Gertrud.

CAPITOLO 9

Il caldo fa tornare a Konrad la nostalgia del mare.

Una volta, molto tempo prima, aveva cercato l'avventura negli oceani per andarsene lontano. Quanto più lontano possibile.

Diciassette anni, appesantito da ricordi amari e dalla vecchia valigia marrone a quadri di Signe, con il manico che gli feriva la mano, aveva comprato un biglietto di sola andata per Malmö. Era presto al mattino, dopo l'ultima notte in quella casa. Il vuoto aveva sgombrato la rabbia dal suo petto. Per nulla al mondo avrebbe più fatto ritorno. Era una promessa solenne che faceva a se stesso. Il manico del mazzuolo di Herman, che aveva stretto forte tra le mani quella notte, lo aveva lasciato alla stazione. Era stato pericolosamente vicino a uccidere. Dopo che il treno aveva lasciato la stazione non si era più voltato indietro.

«È per il tuo bene, Konrad. Se ti vede, credo che ti ammazza».

Le parole di Signe, l'infelicità nel suo sguardo, lo accompagnarono per un tratto di strada. L'ombra di Herman, in piedi dietro alla finestra della cucina mentre lo salutava con un cenno della mano. Improvvisamente erano svaniti, per sempre.

Non ricorda più perché avesse preso proprio la strada per Oslo, e cercato un ingaggio su una nave. Forse gli avevano dato una dritta, forse i soldi bastavano solo per arrivare fin lì. Ma l'armatore non faceva domande e la paga era buona.

Durante le prime settimane le lunghe onde dell'Atlantico lo avevano fatto vomitare giorno e notte. I marinai con la pelle indurita dal sole ridevano di lui. Non provava mai nostalgia di casa, neppure per un solo secondo. Quando si erano avvicinati per la prima volta allo Stretto di Hormuz, Konrad aveva già i calli sulle mani, come un uomo fatto.

La petroliera *Knut Hamsun* contava un equipaggio di ventisei uomini. Konrad era il più giovane, ma non per questo asservito alle mansioni più umili; quelle erano riservate ai mozzi filippini, senza distinzione d'età. Ben presto i norvegesi gli insegnarono che bisognava tenere a bada i musi gialli.

A Konrad piaceva la vita in mare. Si era lasciato alle spalle tutto lo squallore, le meschinità. Le insidie e quello che gli era fin troppo conosciuto. Gli sguardi malevoli e i pettegolezzi.

Sul mare si sentiva libero. Almeno così gli apparivano le cose all'inizio. C'era ordine e pulizia, si sapeva chi era a decidere e che quando la situazione si faceva complicata era meglio tenere la bocca chiusa.

Le navi cisterna e le navi cargo lo portavano in posti che aveva visitato solo nei suoi sogni. Arrivò a New York e Rio, Rotterdam e Aqaba, e ogni tanto giù, fino al Golfo Persico.

Konrad venne infine preso dalla noia. Dopo sette anni ne aveva avuto abbastanza. Non per la fatica, ma per la monotonia. Per la maggior parte del tempo vedeva solo cielo e mare. Ogni giorno era uguale all'altro. Rimaneva troppo tempo per pensare. Le uniche cose a cambiare erano le sfumature del tramonto.

Il gelo al nord e le tempeste ululanti. Il ferro della nave che inesorabilmente si apriva la strada attraverso grigie masse acquatiche.

Tutto questo ormai è parte del suo bagaglio.

Ma Konrad pensa più spesso alla brezza fresca. E quando arriva il caldo torna sempre in lui la nostalgia del mare.

È quasi una liberazione quando Eva Ström gli telefona per chiedergli di andare a Ystad. Il termometro fuori dall'hotel segna ventisei gradi all'ombra, benché sia ancora mattina.

«Si tratta solo di alcuni punti interrogativi da chiarire», gli spiega.

«Sembra facile», risponde con leggerezza Konrad e infila il cellulare in tasca.

Uscendo lancia uno sguardo alla reception per catturare uno scampolo di Gertrud, ma lei non c'è. Konrad non è più riuscito a parlarle da quella prima mattina all'hotel. Non ne ha più visto l'ombra da quando è svanita il giorno della manifestazione in piazza.

In linea d'aria Tomelilla dista dalla costa meridionale non più di una quindicina di chilometri. Ci vuole poco più di un quarto d'ora per uscire dal paese in macchina, prendere in direzione sud per la chiesa di Benestad e scivolare dentro Ystad con i finestrini abbassati, oltre la vecchia torre dell'acqua che somiglia a un biberon. Parcheggia la sua Opel di fronte alla stazione di polizia e prima di entrare rimane per un momento a osservare la brutta costruzione in mattoni.

Alla reception è seduta una donna in uniforme. Porta i capelli tirati su disordinatamente in una crocchia trattenuta da una penna, e ha l'aria infinitamente annoiata. Konrad frena l'impulso di chiedere di Kurt Wallander[1]. Per un secondo intravede la figura del celebre commissario uscire dalla stanza della pausa caffè e avanzare barcollando lungo il corridoio, con i postumi di una sbornia.

«Eva Ström», dice invece. «Sto cercando Eva Ström».

«E tu chi saresti?».

La donna alla reception conclude la domanda con la bocca aperta, come se non potesse ascoltare la risposta e masticare contemporaneamente. Una scatola di chewing gum alla nicotina sta sul banco vicino a lei. Ha l'aria impaziente. Da un orecchio pende un cavetto dell'iPod. Konrad nota che tiene il ritmo di nascosto tamburellando con le dita sul bancone.

«Konrad Jonsson. Mi ha chiesto di venire qui».

«Siediti!», ordina la donna con un cenno verso un salottino di divani in pelle nera sotto la bacheca.

Solleva la cornetta, ma prima che Konrad faccia in tempo a sedersi, si spalanca una delle porte in vetro blindata. Eva Ström sembra avere fretta. Ha un'aria decisamente più seria dell'ultima volta. Non si concede quasi il tempo di salutare.

«Dovrai parlare con il commissario», dice.

«Wallander?», gli sfugge. Lei strizza gli occhi obliqui, e il suo viso diventa ancora più largo.

Konrad non riesce a stabilire se si tratti di un sorriso o di altro. Forse ha del sangue eschimese nella sua linea di parentela, riflette.

«Non proprio», dice Eva Ström. «Piuttosto il contrario. Se si può dire così. Si chiama Björn Bernhardsson. E sai quante volte ha già sentito quel genere di battute su Wallander?».

[1] Commissario di polizia svedese creato dallo scrittore Henning Mankell. È il protagonista di molti dei suoi romanzi, tradotti con successo in varie lingue, vive e lavora proprio a Ystad (*n.d.t.*).

Con sua grande sorpresa Konrad non viene condotto nell'ufficio del commissario. Ma neppure nella stanza degli interrogatori, dove poliziotti, testimoni e vittime lo possano osservare attraverso vetri oscurati. La prima cosa che vede quando Eva Ström apre la porta è un grande tavolo ovale in legno chiaro di betulla. Dietro il tavolo c'è una lavagna a fogli. Qualcuno ci ha disegnato a pennarello un intricato groviglio di frecce e le ha corredate di cifre. Forse il piano di un blitz della polizia. Konrad intuisce che si trova in una sorta di sala conferenze. Forse vogliono cullarlo nella tranquillità, prima di far scattare la trappola. Almeno l'ambiente è rinfrescato da un condizionatore.

Bernhardsson si trova già là. Quando Konrad lo vede capisce a cosa si riferisse Eva Ström.

Il commissario è un ometto di piccola statura. È magro e nervoso e il suo cranio liscio e bitorzoluto gli conferisce l'aspetto di una lucertola. Bernhardsson indossa una camicia bianco abbagliante, cravatta di seta verde lime e un completo gessato dall'aria molto costosa. Il suo sguardo acido dimostra con evidenza che non è in vena di leggerezze. Né oggi né nessun altro giorno.

«Caffè?».

Bernhardsson deve avere intorno a sessant'anni, ma ha il tono di un adolescente che non abbia ancora cambiato la voce. Konrad annuisce e accetta la tazza di plastica marrone. Eva Ström scuote la mano in segno di diniego.

«Stomaco da poliziotto. Cerco di non andare oltre la soglia di due tazze al giorno», puntualizza sprofondando nella poltrona più vicina alla porta.

Bernhardsson sorseggia il suo caffè fumante. Si è portato dalla stanza la sua tazza personale, con su scritto "Nonno è il migliore". Lancia a Konrad uno sguardo inquisitore da dietro la tazza.

«Abbiamo un casino di cose da fare», comincia il commissario. «Quattro omicidi da indagare contemporaneamente. Non rientra nella consuetudine qui a Ystad».

Indica con la tazza una sedia e si siede su un'altra. Leggermente troppo vicino perché Konrad possa sentirsi a suo agio. Bernhardsson fa una smorfia, ma non riesce a soffocare del tutto un rutto silenzioso. Konrad discosta discretamente un poco la sedia per sottrarsi al suo alito.

«Hai già incontrato l'ispettrice di polizia giudiziaria Eva Ström. Ma ci sono alcune cose che dobbiamo chiarire. Il fatto è che non riusciamo a raccapezzarci sull'omicidio dei tuoi... genitori adottivi».

«Non avete delle piste?».

Bernhardsson ignora la domanda. Estrae dei fogli da una cartellina marrone.

«Vorrei che ci raccontassi precisamente cosa hai fatto il dodici e il tredici giugno scorsi. È la notte tra questi due giorni che Herman e Signe Jönsson sono stati uccisi».

Non c'è possibilità di sbagliarsi sul suo sguardo. Il commissario è una lucertola velenosa a caccia della preda. Alla minima esitazione o tentativo di fuga morderà. Konrad sente lo stomaco stringersi in una morsa.

«L'ho già detto», dice, ma si pente immediatamente di non aver semplicemente fatto come gli è stato richiesto.

Bernhardsson si passa la lingua sulle labbra sottili.

«Sì, insomma», dice rapidamente Konrad. «Devo essere stato nell'appartamento a Möllan. Cioè la piazza di Möllevångstorget a Malmö. Ho preso in subaffitto un monolocale da qualche mese a questa parte».

«Devi essere stato...?»

«Sì».

«Ma stai tirando una conclusione? O è qualcosa che veramente ricordi?».

Konrad guarda Bernhardsson e poi Eva Ström, ma capisce che non hanno alcuna intenzione di venirgli in aiuto.

Chiude gli occhi e si sforza di fare il conto dei giorni. Non riesce a schiarirsi la memoria. Da quando è accaduta quella cosa a Mahmoud, e Konrad è tornato a Berlino, la sua vita è stata un marasma. Sonja e i vecchi amici, improvvisamente sentiva di non riconoscerli più. E la situazione non era migliorata con il trasferimento a Malmö. Forse era stata una fuga priva di senso. O presagiva già allora che sarebbe venuto il tempo di fare ritorno... a casa?

Quella parola lo irrita: quale casa?

A Berlino almeno guidava il taxi ogni tanto, tra una sbornia e l'altra, e questo lo costringeva a tenersi sobrio. Ma a Malmö ... Dove erano andati a finire i giorni? Konrad ha soprattutto ricordi annebbiati di se stesso seduto davanti al computer in quella stanza angusta. Per la maggior parte del tempo dannatamente troppo sbronzo per riuscire a scrivere qualcosa di sensato. Deve aver dormito molto.

«Non hai con te un'agenda che potresti consultare?»

«No».

Improvvisamente la rabbia comincia a ribollirgli in corpo. Che ragione c'è di starsene lì seduto a vergognarsi? Solo perché questi sbirri di campagna da quattro soldi non sanno fare il loro lavoro. Cosa hanno a che fare con la sua vita? La sua cazzo di vita senza speranza. Konrad si blocca all'ultimo momento. Non deragliare. Nessun patetico impeto d'ira.

«Non potete veramente pensare che io...».

«Di cosa vivi attualmente?», lo interrompe Bernhardsson.

«Cosa?»

«Dovrai ben avere qualche entrata. Non vivrai mica sulle spalle dei contribuenti grazie ai sussidi sociali?»

«No, ho un po' di soldi... O meglio, avevo».

«Dalla tua attività come giornalista a Berlino?».

Lo sguardo di Bernhardsson è glaciale. La voce è carica di scetticismo.

«Sì, mi è andata piuttosto bene per un certo periodo. Ho lavorato come freelance per una serie di grosse testate tedesche. Mettevo da parte qualcosa per la pensione. Poi c'è stato un... incidente, diciamo. Così ho smesso».

Konrad deve sforzarsi per scacciare i ricordi. Non ci sono immagini. Solo buio. Suoni e odori. Voci eccitate. Le suppliche pietose di Mahmoud. L'eco del colpo che rimbomba nella sua testa. E poi gli odori. Acciaio, polvere da sparo e sangue caldo.

Perché non aveva fatto niente?

Konrad scaccia via gli ultimi sprazzi di memoria e riapre gli occhi.

«Ora i soldi sono quasi finiti», dice.

«Mi spiace», sospira Bernhardsson, e sembra effettivamente credere in quello che dice.

«Questa storia ha suscitato un bel po' di interesse qui», interviene Eva Ström.

«Sui giornali, i notiziari e così via. Ma tu te ne sei tenuto fuori. Non hai mai raccontato la tua versione dei fatti pubblicamente?»

«No».

«Non è il momento di approfondire la questione adesso. La cosa che dobbiamo indagare è se in qualche modo puoi confermare dove ti trovavi quella notte. La notte del tredici giugno».

La chiara voce da ragazzo del commissario è nuovamente lontana dall'ammettere compromessi. Si sistema la cravatta verde.

«Purtroppo».

Konrad scuote la testa.

«Non ho probabilmente nulla di concreto... Semplicemente non ricordo».

«Ma ti trovavi a Malmö?»

«Sì, assolutamente. Deve essere stato così».

«Abbiamo un testimone altamente attendibile che sostiene diversamente».

Bernhardsson si arresta nel mezzo di un movimento. Aspetta in agguato la sua preda, come se volesse farla muovere. Avvicinarsi. O prendere la fuga.

«Chi?»

«Non posso rivelarlo».

Konrad si volta verso Eva Ström. Lei lo fissa senza battere ciglio, dritto negli occhi. Una faccia da eschimese. Il suo sguardo lo mette in guardia. Non ha intenzione di andare in suo soccorso.

«La persona di cui parlo ti ha visto qui a Tomelilla. Tardi la sera del dodici giugno. Effettivamente meno di un'ora prima dell'ora in cui hanno sparato a Herman e Signe Jönsson, secondo il medico legale».

L'aria nella stanza sembra improvvisamente diventare irrespirabile. Che abbiano spento il condizionatore? Konrad suda. Sente fili di ragnatele appiccicose che lo avviluppano. Invisibili, ma stopposi e resistenti.

«Le cose si mettono male», dice Eva Ström. «Se c'è qualcosa che ci stai nascondendo è il momento di vuotare il sacco».

Buio assoluto. Konrad scuote rassegnatamente le spalle.

Tutti e tre siedono a lungo, in silenzio. Sembra trascorrere un'eternità. Ma l'orologio digitale sulla parete fa solo in tempo ad avanzare di un minuto prima che Bernhardsson si alzi.

«Mi sono consultato con il procuratore prima che tu arrivassi. Devi sapere, Konrad, che sei molto vicino a essere arrestato. Hai un movente e nessun alibi. Ma il procuratore pensava fosse meglio attendere...».

Apre la porta sul corridoio.

«Rifletti se puoi tirar fuori qualcosa in grado di provare che non stai mentendo. Una ricevuta del bancomat. Uno scontrino della stazione di benzina. Un pagamento con la carta in qualsiasi luogo», insiste Bernhardsson.

Che non stai mentendo. Konrad vorrebbe protestare per la formulazione di quella frase, ma sente di non averne la forza.

Si alza, fa un cenno con la testa in direzione di Eva Ström ed esce dalla stanza.

Dopo qualche passo nel corridoio viene bloccato dalla voce acuta del commissario.

«Vogliamo che tu ti faccia sentire almeno una volta al giorno. Fino a nuovo ordine. Lo ha stabilito il procuratore».

Konrad prende il biglietto da visita con il numero di telefono da chiamare e lascia la stazione di polizia senza una parola.

Il calore lo colpisce come un muro. Nel parcheggio non tira un alito di vento. Deve esserci una tempesta in arrivo, pensa. Sarebbe bello un temporale che alleggerisse la pressione. Ma il cielo è limpido e azzurro, senza una nuvola. La strada è quasi deserta. Solo una cinciallegra cinguetta pigramente sulla cima di una betulla.

La macchina è rovente come un forno. Tira giù i finestrini e mette in moto più in fretta che può. È già un bel po' che il condizionatore ha smesso di funzionare, ma almeno lo stereo si sente bene. Konrad fruga nel cruscotto e trova un CD di Springsteen. Lo inserisce e alza il volume.

Lascia che il vento rinfreschi il cervello, pensa. Aria pulita tra i miei pensieri.

Aumenta la velocità verso est, attraverso Sandskogen, e il vento gli agita i capelli. Il sassofono mugghiante di Clarence Clemons. Konrad è solo e urla nel vuoto:

Baby, this town rips the bones from your back.
It's a death trap, it's a suicide rap.
We gotta get out while we're young
'Cause tramps like us, baby, we were born to run[2].

Il traffico è praticamente inesistente. Nessuno ha previsto che il caldo potesse arrivare tanto presto. Il grosso dei villeggianti arriverà probabilmente dopo il giorno di mezza estate. Per adesso la maggior parte della gente se ne sta al lavoro a sudare.

Il mare.

Era stato il mare ad attirarlo. Konrad decide di seguire la costa verso nord-est.

Mentre passa vicino al bosco di pini nei dintorni di Sandhammaren, su verso Simrishamn, i pensieri lo sopraffanno. Dopo la notizia della morte di Herman e "Signe si è sempre mantenuto sobrio. Ma comunque sente che sta perdendo il sostegno sotto i piedi, come se stesse per essere risucchiato in una palude senza fondo. La decisione di fare ritorno non appare più così sensata. Ma aveva avuto scelta? Konrad maledice la sua debolezza e tutte le volte che si è ubriacato in una sorta di miserabile vittimismo. bancarella

Cosa diavolo dovrebbe fare? Sospira tra sé. Le alternative non sono molte. Non può dare ascolto all'impulso di fuggire che gli parte dalla spina dorsale. La polizia lo rintraccerebbe rapidamente. La prospettiva di essere arrestato e rinchiuso in una cella è insostenibile. Tra l'altro, lo staranno pedinando adesso? Intercettazioni telefoniche? Konrad sente i brividi lungo la schiena, come se degli insetti gli stessero strisciando sotto la camicia. Cerca di scrollarsi di dosso il sospetto.

Effettivamente, si persuade, è fondamentale che almeno lui sia convinto della propria innocenza. La giustizia svedese non può essere tanto cieca da condannare un innocente. Ma chi può dirlo...

«Devi scoprire da solo la verità», si dice ad alta voce e sente le parole volare via con Springsteen fuori dal finestrino.

La verità riguardo cosa?

Su chi ha ucciso Herman e Signe, è ovvio.

[2] Da *Born to Run*, di Bruce Springsteen. "Piccola, questa città ti strappa le ossa dalla schiena. / È una trappola mortale, un invito al suicidio. / Dobbiamo fuggire finché siamo giovani / perché i vagabondi come noi, piccola, sono nati per correre" (*n.d.t.*).

Ma un altro mistero continua ad affacciarsi alla sua mente.

Piccoli, minimi frammenti di ricordi si ricostituiscono lentamente in pezzi compiuti. Le immagini sono ancora illeggibili, a malapena distinguibili. Ma Konrad comincia a intuire che un giorno riuscirà a intravedere cosa rappresentano.

Agnes, che fine hai fatto?

Il cellulare lo risveglia dai suoi pensieri. È buttato sul sedile del passeggero e vibra, Konrad presagisce il peggio. Non riconosce il numero sul display.

«Sì?»

«Ciao, sono Linus Persson di "Expressen". Non attaccare, sii gentile».

Konrad sospira profondamente. È la terza proposta che gli arriva dopo la pubblicazione dell'articolo di Palander che racconta di lui e dell'eredità di Herman e Signe.

«Non sono interessato».

«Aspetta», ansima la voce eccitata. «Tu stesso sei un giornalista, ti renderai conto che la tua storia è di enorme interesse pubblico?»

«Con questo vuoi dire che la gente è curiosa? Non credo possa essere un mio problema».

«Ho pensato a un'intervista più ampia, dove parli di quel che è accaduto a Bagdad oltre che dell'omicidio dei tuoi genitori adottivi. Il caporedattore della cronaca mi ha dato il via libera per offrirti una certa ricompensa...».

«Mi spiace, sei il terzo che me lo chiede».

«Dai, mostra un po' di solidarietà nei confronti di un collega».

«Non ne ho più il tempo».

Improvvisamente l'ossequiosità svanisce dalla voce di Linus Persson.

«Capisci bene che scriveremo in ogni caso quello che vogliamo. Maledizione, sei sospettato di omicidio!».

«Fa' come ti pare...».

Konrad interrompe la conversazione. Impreca silenziosamente tra sé. In realtà vorrebbe spegnere il cellulare. Ma la polizia potrebbe pensare che si stia nascondendo. Chi se ne frega di cosa scriverà Linus Persson nel suo maledetto giornale.

La locanda a Svinaberga si trova all'ombra di due imponenti querce, proprio vicino alla strada. Una costruzione triste, circondata da una profonda vegetazione che si arrampica su per il pendio, e più lontano un campo con cespugli di ginepro, ammassi di pietre e mucche gialle e bianche che si stringono sotto gli alberi. Sul piazzale c'è una pompa di benzina, qualche cassetta per la frutta impilata e un piccolo arcaico trattore rosso.

Konrad non può fare a meno di fermarsi. Facendo ingresso nella penombra non riesce a distinguere nulla. Poi comincia a intravedere un locale squallido e sgombro, con uno scarno arredamento in legno scuro e moquette di feltro. L'odore di birra versata e di vecchia sbornia è rimasto impregnato nei muri. Su una lavagna c'è scritto che si può ordinare pancetta fritta e salsa alla cipolla per sessantacinque corone.

Dietro alle cannelle della birra c'è un uomo che si qualifica come proprietario, cuoco, cameriere e barman. È grasso. Porta l'orecchino e pantaloni a quadretti macchiati di salsa. L'addome, costretto in una camicia nera, pende come un canotto di plastica floscio sopra la cintura.

Oltre al titolare c'è una sola persona nel locale. Una bambina magra siede al tavolo in un angolo, con una montagna di polpette e una bottiglia di ketchup davanti a sé. Il suo viso è rugoso, come se fosse invecchiata prima del tempo. La fronte è attraversata da profondi solchi di preoccupazione. Stringe forte al petto una bambola e fissa pensierosa le polpette.

«Prendo la pancetta con salsa di cipolle», dice Konrad esitante e prova a distogliere lo sguardo dalla bambina.

«Dannatamente gustoso», approva il grassone. «E riempie. Ti sazia proprio a lungo».

Dieci minuti più tardi serve al tavolo un piatto con un'imponente montagna di fette di carne di maiale e patate novelle affogate nella salsa. La bambina, forse sua figlia, è scomparsa.

«Come vanno gli affari?».

Il cuoco-cameriere si blocca. Ha un'espressione afflitta.

«Lo puoi vedere da solo. Vuoto. È quasi sempre così».

«Ci dovrebbe essere un sacco di gente qui», dice Konrad, senza addurre ulteriori tesi alla sua opinione.

«Sì...».
A Konrad torna in mente qualcosa del suo passato.
«Una volta c'era un sala da ballo, in alto, tra le coltivazioni di meli. Parlo degli anni Settanta...».
La faccia malinconica del ristoratore si illumina di un fugace sorriso, ma le sue guance tornano subito ad afflosciarsi.
«Sì, quello è un posto di cui ci si ricorda bene», afferma nostalgico. «Magic Eye, si chiamava. L'occhio magico. Stava nella cantina di un vecchio magazzino per la frutta, un pezzo in su lungo la salita. Maledizione, che spasso tra quei meli. Lì è andata perduta più di una verginità».
«Non è più lì, vero?»
«Proprio no».
Il grassone scuote la testa. Ma rimane accanto al tavolo con l'aria di chi non ha nulla in contrario a rimanere a chiacchierare un altro po'. Dei suoi affari sfortunati, ad esempio.
«Sono i turisti», continua. «A loro non piace la cucina casalinga. Quelli che vengono da Stoccolma sono i peggiori. Spocchiosi maledetti. Tutto deve avere uno stile sobrio e di classe. Quel genere di posti va alla grande oggi come oggi. Due asparagi e un gamberetto ammucchiati uno sull'altro. Ma chi si sazia di una roba così?».
Konrad annuisce.
«Ho cominciato con pizza e kebab e per un certo periodo non andava niente male», sospira il proprietario del locale.
Lancia uno sguardo accanto al bancone del bar, dove si trova un forno in metallo per la pizza su un desco attaccato alla parete.
«Ero riuscito a far venire qui un pizzaiolo montenegrino. Uno abbastanza bravo. Ma poi questo inverno il maledetto è scappato via».
«Scappato?»
«Sì, se l'è data a gambe senza dire una parola. E io mi sono ritrovato qui, con un forno nuovo di zecca. Non riesco purtroppo a occuparmi di quello e della cucina contemporaneamente».
«Peccato», dice Konrad.
L'altro annuisce pensieroso.
«La cosa peggiore è che si è portato via anche mia moglie...».
Niente di strano se la bambina aveva quell'aria così infelice, riflette Konrad quando poco più tardi si rimette in macchina.

Sul campo della fiera sopra Kivik, il prato comincia a ingiallire, benché manchi ancora un intero mese prima che la gente cominci a spingersi tra banchi di cesti, chioschi per le caramelle, carretti ambulanti di salsicce dello Småland, assillanti venditori di coltelli e i caroselli chiassosi del parco dei divertimenti. Adesso non si vede quasi anima viva.

Dopo qualche altro chilometro Konrad svolta verso il campo di tiro di Ravlunda. Imbocca una polverosa strada di ghiaia che attraversa il bosco. Faggi, aceri e pini. Qui e là scorge piccole radure con campi pieni di grosse pietre, erba dolce e querce nodose.

Quando il paesaggio si apre nuovamente intravede cavalli che pascolano indolenti sull'erica. Allodole cinguettanti vibrano nell'aria, rasenti al terreno. Greggi di pecore bianche e grigio-nere si stringono ovunque riescano a trovare dell'ombra.

E poi il mare.

Dolce e scintillante.

Parcheggia la macchina sotto un vecchio ciliegio e passeggia per l'ultimo tratto. Si ferma a sedere dove l'erbosa duna di sabbia precipita verso l'acqua. Dal porto di Vitemölla esce al largo un piccolo peschereccio, producendo un rumore sordo, e oltre il peschereccio Stenshuvud riposa il suo corpo verde scuro nel mare. A nord scorge il contorno del silos nel porto a Åhus.

Konrad riempie i polmoni di aria e si allunga per terra. Un paio di gabbiani fanno baccano sopra di lui.

Il terreno odora di buono, di erba e di timo selvatico.

Senza preavviso Sven Myrberg fa capolino tra i suoi pensieri.

Accadeva che per arrivare fin lì facessero l'autostop, o arrancassero da Tomelilla in bici. Era un'impresa per Sven, che doveva fare i conti con l'andatura zoppicante. A volte avevano il permesso di andare con qualche pescatore e stendere le reti per le platesse, per il puro divertimento di farlo. Entrambi amavano scorrazzare in giro per i boschi.

Konrad sorride tra sé al pensiero dell'andatura ondeggiante dell'amico. Ma la sensazione di disagio persiste.

Quando la fiera arrivava a Kivik, Sven non si saziava mai dei motociclisti della morte di William Arne. Sven trascinava Konrad nell'arena rombante, ancora e ancora, dove quegli uomini temerari volavano sulle loro motociclette come mosche arrabbiate. E poi si lanciava in entusiastiche lezioni su come la forza centrifuga fosse in grado di sconfiggere la forza di gravità.

«Bisogna dargli giù col gas. Alzare la velocità. Se uno ha paura è finita. Allora sei morto».

Quando Konrad e Sven diventarono più grandi, la maggiore attrazione divennero le spogliarelliste dell'Eldorados e il live show al Rubino Rosso.

I soldi non bastavano quasi mai per il biglietto d'ingresso. Ma le signore vestite di paillettes mettevano in mostra un bel po' di attraente pelle candida già sulla balaustra fuori dal tendone, mentre venivano annunciati i loro numeri acrobatici. A volte si riusciva a sbirciare attraverso le finestre dei loro camper, dove si supponeva che ricevessero i loro clienti. E se si aveva veramente molta fortuna si poteva strisciare sotto la tenda, sul retro, e vedere un intero spettacolo gratis.

«Ho pensato a quella con quel culo gigantesco per tutta la notte», gli confidò Sven una mattina. «Mi sono fatto sei seghe».

«Anche io», ammise Konrad.

Molto più tardi un pensiero lo avrebbe colpito: Sven Myrberg non aveva mostrato alcun segno di essere particolarmente diverso quando si intrufolavano dalle spogliarelliste a Kivik.

CAPITOLO 10

Herman e Signe credevano alla Parola della Bibbia che veniva predicata nella chiesa del pastore Waltersson.

Dio creò il mondo in sei giorni, e il settimo riposò. Che Herman non fosse più costretto ad andare a lavorare nel reparto pulizia degli intestini del mattatoio *Scan* per più di cinque giorni la settimana, e che Signe fosse risparmiata dal pulire le scale al sabato e alla domenica, dovevano pur trattarsi di conquiste che i Socialdemocratici erano riusciti a ottenere dal Signore stesso. I coniugi Jönsson si fidavano ciecamente di entrambe le parti, benché quella celeste fosse ovviamente al di sopra di quella terrena.

«È di quelli delle chiese evangeliche che bisogna guardarsi. Pensaci, Konrad», chiocciava Herman bonariamente intento a sorseggiare il suo caffè, al tavolo della cucina sotto il quadruccio ricamato all'uncinetto.

Erano parole di Waltersson. Ogni domenica, dopo la celebrazione della messa, era solito prendere da parte Herman e Signe sotto il portone della chiesa, per un paio di parole di ammonimento. I coniugi Jönsson non erano gli unici a subire questo destino. Il prete sapeva bene quali anime nella sua comunità fossero facilmente influenzabili. Ed era dotato di sufficiente buon senso per capire che Satana poteva manifestarsi sotto vesti sempre diverse, a seconda di chi intendesse far precipitare in rovina.

Per Herman e Signe la tentazione non era nella bottiglia. E ancor meno assumeva l'aspetto di fuorvianti indottrinamenti politici; nessuna corrente rivoluzionaria di sinistra aveva d'altronde raggiunto quel luogo, benché si fosse già negli anni Settanta. E se anche ne fosse giunta una debole eco, Herman e Signe sarebbero stati gli ultimi a lasciarsene toccare.

Il loro rapporto con la politica era quel che era. Una volta ogni quattro anni indossavano i loro abiti migliori, passeggiavano fino all'università popolare e davano il loro voto a Erlander, e più tardi a Palme, benché in fondo ai loro cuori nutrissero una leggera ritrosia nei confronti del carattere intemperante di quest'ultimo. Ma per una volta i Socialdemocratici avevano organizzato le cose talmente bene che si poteva chiudere un occhio.

In chiesa Signe cantava più forte di tutti. Non solo per il timbro, ma anche in termini di decibel. Era come se la prossimità a Dio Padre conferisse alla sua figura, altrimenti tanto mite, una forza soprannaturale. Con i capelli precocemente ingrigiti raccolti in una casta crocchia sulla nuca, si sgolava a tal punto che una volta il cantore, un uomo paziente dalla faccia pallida, era stato costretto a chiedere di abbassare la voce per non sovrastare il coro sulla tribuna dell'organo.

Sicuramente era quella passione, combinata all'ottusità di Herman, che avevano indotto il pastore Waltersson a temere che i coniugi Jönsson potessero essere esposti agli approcci da parte di altri cacciatori di anime.

La tentazione abitava nella torre bianca dietro il Parco del popolo. Così almeno la pensava il pastore, e tale previsione si dimostrò piuttosto esatta.

«Quelli delle chiese evangeliche, Konrad. Non lasciare che ti inducano in tentazione», ammoniva Herman agitando il suo dolce alla cannella.

Signe, che come al solito se ne stava ai fornelli, annuiva per confermare quella posizione. Ma c'era tristezza e nostalgia nel suo sguardo. Il severo messaggio luterano poteva risultare gelido nell'interpretazione di Erik Waltersson. Rosso in faccia come un pomodoro e con i capelli simili a cespugli ingarbugliati, era uno degli ultimi predicatori della Chiesa di Stato che ancora riusciva a incutere timore nei suoi parrocchiani con il giorno del giudizio.

Avrebbe forse potuto trovare un maggior calore da altre parti?

I testimoni di Geova non erano numerosi a Tomelilla. Ma la concorrenza riguardo le anime era spietata. Pentecostali, Elim e quelli della confederazione delle chiese evangeliche avevano già la loro parte. Bisognava quindi lavorare sodo. Così un grigio giorno d'autunno bussarono alla porta della casa di eternit, chiazzata di umidità, tra il camposanto e la ferrovia.

Erano un uomo e una donna, vestiti in modo accurato, e dal momento che tenevano tra le mani una Bibbia ciascuno e avevano chiesto di poter entrare un momento, non passò molto prima che si fossero sbarazzati dei soprabiti e che si fossero seduti al tavolo della cucina.

Dopo un po' la porta si richiuse. E quello che accadde esattamente quel pomeriggio nella cucina di Herman e Signe sarebbe per sempre rimasto un mistero. Il risultato si rivelò alquanto drammatico. Già la stessa sera i coniugi Jönsson si recarono alla sala del Regno per inaugurare il loro percorso di studi biblici, fermamente risoluti a lasciarsi immergere nella piscina rivestita di mattonelle della torre bianca per battezzarsi per la seconda volta nella loro vita. Questa volta però non nel nome del Padre, del Figlio e dello Spirito Santo, giacché il loro nuovo protettore negava la trinità. Questa volta il battesimo li avrebbe consacrati all'unico Dio Geova.

Per due settimane Signe se ne andò in giro per la casa con un non so che di beato nello sguardo. Konrad aveva solo dodici anni all'epoca, ma aveva chiaramente notato che era avvenuto qualcosa. Signe canticchiava salmi che non gli era mai capitato di sentire prima di allora. Rispondeva a malapena se le si chiedeva qualcosa. E a volte, mentre strofinava con lo straccio il lavandino, capitava che si arrestasse nel mezzo di un movimento e cominciasse a fissare fuori dalla finestra, oltre il melo muschiato e oltre il cespuglio di lillà, verso un orizzonte che doveva trovarsi molto lontano da lì.

Herman era per lo più come al solito, ma si intuiva che non era pienamente convinto. Anche lui aveva promesso che avrebbe ricevuto il battesimo, ma probabilmente più che altro per seguire l'esempio di Signe. Konrad capiva che condivideva parte della sua preoccupazione.

Sul fare della sera della domenica, quattordici giorni dopo la conversione, arrivò una nera nuvola foriera di tempesta a oscurare il cielo sopra la casa di eternit. Un pugno nodoso picchiava sul portone, pesante e intimidatorio. Herman e Signe capirono immediatamente di chi si trattasse. Si scambiarono sguardi terrorizzati. Signe si asciugò le mani sul grembiule e lo appese rapidamente nel ripostiglio. Herman si alzò con un'espressione di vergogna dal divano marrone a quadri e spense la TV, come se fosse stato colto in flagrante nel commettere qualcosa di proibito.

«Buona sera di casa!», risuonò la voce del prete e salutò facendo clementi cenni con il capo.

Senza strette di mano e senza attendere di essere invitato a entrare fece qualche lungo passo nel soggiorno. Il divano in ciniglia rossa nell'angolo bello scricchiolò sotto il suo peso.

Herman e Signe stavano in piedi in mezzo alla stanza, come due scolaretti in attesa del rimprovero. Lui con la testa piegata così che i ciuffi di capelli fini, pettinati con l'acqua, scivolarono via dalla testa pelata, con il maglione slabbrato e sbottonato e con il calzino bucato sull'alluce sinistro. Lei in camicetta blu a fiori e pantofole da nonna logorate sul bordo. Non gli venne neanche in mente di offrirgli del caffè.

Waltersson li osservava da sotto le sopracciglia, ispide come setole di porco.

«Sono qui per parlarvi molto seriamente», disse scandendo le parole.

Forse Erik Waltersson non avrebbe mai avuto il coraggio di fare in altre case una ramanzina come quella che seguì. Se se lo fosse permesso nella casa sbagliata avrebbe senza dubbio rischiato di essere buttato fuori o di essere mandato al diavolo. Si era comunque in tempi moderni e davanti a lui, in piedi sul tappeto, si trovavano dopotutto due persone adulte. Ma Herman e Signe non erano come gli altri. E il pastore era un uomo intelligente, che conosceva le pecore del suo gregge.

«Sappiamo di cosa si tratta», mormorò Herman.

«Perdonaci», sussurrò Signe.

«È dunque vero quel che ho sentito, che avete cominciato a frequentare i testimoni di Geova?».

La voce di Waltersson era grave e minacciosa. Herman e Signe annuirono e fissarono lo sguardo a terra.

«Sapete che i testimoni di Geova considerano i fedeli della Chiesa di Stato come seguaci di Satana? Non si fanno scrupoli pur di raggiungere i propri scopi. Ma io vi dico qui e ora che sono loro a servire il Signore delle tenebre!».

Minacciava con un indice nodoso. «Non lo dimenticate mai».

Konrad sedeva immobile con il viso schiacciato tra le assi della ringhiera al piano superiore. Tratteneva il respiro. Più per la curiosità che per la paura di essere scoperto. Se Waltersson sapeva che lui era lì non lo aveva comunque dato a vedere.

Perché sono tanto spaventati?
Quando Konrad era più piccolo lo avevano portato in chiesa. Negli ultimi tempi si era fermamente opposto. La nuda umidità, le dure panche di legno e l'odore di morte lo avevano allontanato. Per non parlare delle prediche infinite di Waltersson. Non che prestasse attenzione al loro contenuto.
Konrad aveva dedicato molte delle ore in cui era stato seduto sulle panche della chiesa a inventare testi di canzoni, che progettava di mettere in musica non appena avesse finalmente imparato a suonare la vecchia chitarra di Herman, o a ingegnarsi su come avrebbe potuto aggiustare l'ultimo macchinario ideato da Sven Myrberg. Ma la voce martellante del prete gli penetrava nel cervello, quel tono monocorde gli faceva venire la tremarella alle gambe, ed era impossibile riuscire a restare concentrato.
Quando Signe aveva accennato al fatto che Konrad avrebbe dovuto cominciare a prepararsi per la comunione, aveva fatto finta di non sentire.
Perché sono così spaventati da quel maledetto prete? Si domandava meravigliato e guardava giù attraverso la ringhiera delle scale verso Waltersson, che ora aveva montato il suo sermone punitivo a tal punto che era stato costretto ad alzarsi dal divano di ciniglia, con il viso gonfio e rosso come un camino pieno di brace.
«Dio non ha pietà per gli infedeli!», ruggiva. «La vostra unica salvezza è pregare sulle ginocchia nude per la grazia di poter fare ritorno al suo pascolo!».
Herman e Signe avevano le braccia penzoloni, atterriti e visibilmente incapaci di prendere una qualsiasi iniziativa. Dal quadruccio sulla parete sopra al salotto di ciniglia la vergine Maria e Gesù bambino guardavano giù verso di loro, soavi e compassionevoli.
«Ebbene, pensate di perseguire la strada del peccato? O di pregare il Signore Dio per chiederne il perdono?».
Il silenzio incombeva sulle loro spalle come piombo. Gli occhi di Waltersson ardevano di convinzione nella propria fede.
«Cosa dobbiamo fare?», mugolò Signe con un filo di voce appena percettibile.
«Inginocchiatevi! Dovete pregare Dio Padre qui e ora per il suo per-

dono e promettere con tutto il vostro cuore di non dubitare mai più del giusto insegnamento!».

Il prete indicava intimante il pavimento.

E senza scambiarsi uno sguardo, i coniugi Jönsson si gettarono in ginocchio ai piedi del pastore. Piangenti e singhiozzanti se ne stavano lì sul tappeto del salotto con i loro sederi rotondi all'aria, finché Waltersson, dopo un bel pezzo, li accarezzò sulla testa con la sua mano punitrice comunicando loro che potevano rialzarsi.

«C'è un'altra cosa che vorrei sapere», disse con voce clemente.

«Cosa?».

Il labbro inferiore di Signe tremava e Herman si accucciava come un cane sotto la frusta.

«Il bambino, è venuto con voi a quello spettacolo pagano?»

«Klas? Ormai è grande e in ogni caso non fa quello che noi gli...».

«Naturalmente parlo di Konrad», interruppe bruscamente il prete.

Herman e Signe scossero energicamente le teste.

«No», confermarono con una sola voce. «Neanche lui».

Waltersson li osservò con sguardo indagatore, come se non fosse veramente sicuro di potersi fidare di loro.

«Bene», disse poi. «Con lui le cose vanno già abbastanza male...».

Senza preavviso si diresse alla porta e prese il cappotto. Lì si voltò di nuovo.

«Sì, mi riferisco a... al suo passato».

Herman e Signe rimasero all'ingresso a fissare la porta chiusa finché udirono il suono del motore della Volvo nera del prete allontanarsi e poi svanire. Allora se ne andarono, senza una parola, ognuno dalla sua parte. Signe in cucina e Herman su per la scala, con passi pesanti e stanchi.

Lì scorse Konrad.

Herman si bloccò e aprì la bocca. Konrad restò in attesa. Ma non ne uscirono parole.

Le gote a forma di mela, che si illuminavano di solito con un sorriso, rimasero flosce e pallide. Distolse lo sguardo e oltrepassò Konrad per entrare nella camera da letto, dove si accasciò sul copriletto come un sacco privo di volontà.

CAPITOLO 11

Non era solo per via del nome, ma sicuramente anche quello aveva il suo peso. Ben presto si sentì diviso tra l'amarlo e il detestarlo.

«Konrad. È un bellissimo nome», disse la supplente di svedese e inglese in prima media.

Si era appena laureata in pedagogia all'Università di Kristianstad e questo spiegava il perché del suo atteggiamento positivo nei confronti della maggior parte delle cose. Donald Göransson e gli altri veterani conservatori della "vecchia scuola" la giudicavano un'ingenua. Al limite del naïf, in realtà, per la sua convinzione che in ogni ragazzino ci fosse qualcosa di buono.

A Konrad piacque immediatamente. Si chiamava Veronica, disse presentandosi il primo giorno di lezione. Solo per questa piccola cosa, presentarsi con il suo nome. E consentire agli alunni di darle del "tu" e di poter parlare senza dover prima alzare la mano. Non era affatto una cosa normale a Tomelilla.

«Anarchia, ecco a cosa andiamo incontro», ringhiava Göransson in sala professori. «Non avrà vita lunga qui». Nel corridoio le passava ostentatamente accanto senza degnarla di un saluto.

Veronica era minuta e rotonda. Aveva capelli biondo grano, sempre acconciati in una cipolla in alto sulla testa, sicuramente per compensare la sua piccola statura. Indossava jeans attillati consumati, e per lo più scarpe con il tacco alto, che facevano ondeggiare il suo fondoschiena in modo semplicemente divino. Soprattutto aveva delle carnose labbra rosse, e occhi che brillavano d'ingenuità. Era in poche parole il sogno bagnato di qualsiasi ragazzo appena entrato nell'adolescenza.

Gli insegnanti più anziani la osservavano con disapprovazione. Sussurravano e bisbigliavano nell'ufficio del preside e la guardavano con sospetto in sala professori. Se non era comunista doveva esserci qualcos'altro di marcio. Veronica non lo percepiva, oppure faceva finta di non vedere, decidendo di non tenere conto delle chiacchiere.

«Polacco», disse Konrad con un certo orgoglio.

«Ah, credevo che Konrad fosse un nome tedesco».

Piegò la testa da un lato per riflettere.

«Konrad Adenauer era un cancelliere tedesco. E poi abbiamo Konrad Lorenz, che ha ricevuto il premio Nobel per la medicina questo autunno. Ma lui era austriaco».

«È polacco. Me lo ha dato mia mamma. Lei era polacca».

Un risolino insidioso si propagò nella classe. Veronica si guardò intorno, senza riuscire a capire il motivo di quell'ilarità.

«In ogni caso è un bel nome», disse in modo conciliatorio, voltandosi verso la lavagna.

"*Konrad is a nice name. It's Polish*", scrisse sotto le altre strutture sintattiche inglesi.

Konrad sentì Sven Myrberg assestargli una gomitata.

«Mezzo dentro», sussurrò facendogli l'occhiolino.

«A me sembra che suoni come calzone», disse Benny dall'ultima fila di banchi, con voce alta e molesta.

Era il più massiccio della classe e giocava nel ruolo di difensore centrale nella squadra di calcio della scuola. Un tredicenne con i capelli a spazzola, fatto di cemento armato e con un sorriso malvagio costantemente stampato sul volto.

Nella classe calò il silenzio. Veronica si guardò intorno senza sapere cosa fare. Era solo la sua terza settimana e questa era una situazione totalmente inaspettata. Esitò qualche secondo di troppo.

«Oppure cornuto», intervenne Roland, compagno di banco e amico di Benny.

«No, suona come caccone», proseguì Benny con un sorriso sicuro di sé. «Caccone nel calzone».

Scoppiò in una risata sgangherata, con il dito puntato.

«Lì è seduto Konrad culone in persona!».

Ora tutta la classe rideva. Dapprima con un po' di esitazione. Poi, quando i ragazzini si resero conto dell'indecisione di Veronica, sempre più forte. Un paio di fogli di carta appallottolati volarono verso Konrad.

«Basta, adesso dovete smetterla...», provò a dire Veronica e mosse qualche passo verso Benny e Roland, ma si bloccò immediatamente. Qualcosa doveva averle suggerito che era troppo tardi. Le risate di scherno la fecero indietreggiare.

Konrad sentì l'ira ribollirgli dentro. Maledetti prepotenti! Ma il terrore dei duri pugni di Benny era grande quanto la sua stessa rabbia. Lanciò uno sguardo a Sven, per vedere se poteva aspettarsi un sostegno da lui, ma come al solito, quando si arrivava al dunque, la Formica Rossa volgeva lo sguardo altrove. Konrad capì che il suo unico amico si stava tirando indietro.

«Konrad cazzone! Konrad cazzone! Konrad cazzone!», scandiva quel duetto dall'ultima fila di banchi, sicuro ormai di avere la vittoria in pugno.

Avevano ottenuto il consenso generale della classe. All'improvviso l'aula aveva preso a rimbombare di grida come in uno stadio gremito. Gomme da cancellare fendevano l'aria, mentre persino le bambine più educate, che di solito si tenevano fuori da quel tipo di cose, strillavano e ci davano dentro come tifosi accaniti.

Veronica era al centro dell'aula e urlava con tutto il fiato che aveva. I suoi occhi non brillavano più, adesso erano solo disperati. Si vedeva che era sul punto di piangere.

«Smettetela! Non è affatto divertente. Adesso smettetela immediatamente!», urlò con la voce spezzata.

Improvvisamente Benny alzò la mano, e come un conquistatore vittorioso riuscì a calmare la massa. I ragazzini lo fissavano con un'ammirazione mista a timore. Benny incurvò le labbra in un sorriso dispotico. Aveva l'aria di godersela con tutto se stesso.

«Credo in effetti che la maestra abbia voglia di un succoso cazzo polacco nella fica», disse in tono suadente. «Dai Konrad, cazzone, adesso facci vedere cosa vali, pezzo di merda!».

La terribile battuta finale di Benny scatenò tre reazioni, che furono tutte ugualmente violente a loro modo.

La classe letteralmente esplose in risate, urla e grida. Penne, libri, tutto quello che non era inchiodato al pavimento o sulle pareti cominciò a volare attraverso l'aula in direzione dell'insegnante spaventata a morte e di Konrad.

Veronica scoppiò a piangere e si precipitò fuori dalla classe con le lacrime che le scrosciavano lungo le guance.

Konrad allora si alzò dal banco e si scaraventò contro il suo nemico con occhi infuocati. Il primo colpo andò pienamente a segno, e Konrad sentì l'odore del sangue. Benny era stato talmente assorbito dalla propria impresa che aveva dimenticato di mettersi in guardia. Per un breve istante rimase seduto a fissare sorpreso la zuppa rossa che gocciolava dal suo naso sul libro di testo.

Poi si scatenò l'inferno.

Con un ruggito da toro in calore, Benny si scaraventò contro il suo avversario. Per Konrad fu come essere investito da un autobus. Venne catapultato indietro per molti metri e atterrò sul pavimento con buoni ottanta chili di tredicenne massiccio sopra di sé. Tutta l'aria venne spremuta fuori con un sibilo dal suo petto esile. E quando il pesante pugno di Benny si schiantò sulla sua faccia, tutto si fece nero come la pece.

Ma fu quel che accadde dopo a incidere quelle profonde ferite che sarebbero in seguito diventate vere e proprie cicatrici nell'animo del giovane Konrad.

Trascorse due ore dal dramma, Konrad si trovava seduto al banco degli imputati, nell'ufficio del preside. Sulla porta aveva incontrato Benny, con un batuffolo di ovatta insanguinata nella narice, e la sua consueta espressione beffarda. Proprio mentre si incrociavano pronunciò con il labiale un muto «Konrad cazzone», che nessun altro fu in grado di vedere.

La ferita di Benny non era niente a confronto di quelle di Konrad. Il labbro gonfio e un occhio pesto e nero, un mal di testa che gli sembrava di avere un concerto di basso tuba nel cervello. Quando aveva ripreso conoscenza aveva sentito con la lingua un molare traballante.

Dietro la scrivania stava seduto il preside Sune Alling e il suo assistente, che altri non era se non Donald Göransson. Alling era il classico tipo sportivo. Un vecchio insegnante di educazione fisica che aveva educato i suoi alunni nello spirito di Ling[1] ed era stato nomi-

[1] Pehr Henrik Ling, nato nel 1776, considerato il padre dell'educazione fisica svedese (*n.d.t.*).

nato preside quando era ormai prossimo alla pensione. Era ancora robusto. Baffi sottili e collo nervoso. Se tratteneva la pancia durante le sue ronde nel cortile della scuola, poteva convincere almeno se stesso di avere ancora l'aspetto di un atleta.

Correva voce che in gioventù Alling fosse stato un simpatizzante nazista. Forse si trattava solo di chiacchiere. In ogni caso solo un cieco poteva non accorgersi che prediligeva di gran lunga atleti biondi e ben piantati a un gracile ragazzino polacco.

«Questa è una storia estremamente seria», esordì Alling con tono grave.

Göransson annuì a mo' di conferma, passandosi la mano nella folta zazzera grigia.

«Rissa in aula e aggressione contro un compagno di classe. Naturalmente noi non possiamo tollerare questo genere di cose», disse.

«Pensa se avessi ferito Benny seriamente. È l'elemento più importante nella squadra della nostra scuola. E presto ci sarà la partita contro Sjöbo», lo informò Alling.

«È stato lui a cominciare», squittì Konrad.

Göransson e Alling lanciarono un'occhiata di disgusto alla sua faccia gonfia.

«Questo non corrisponde alle informazioni che ci sono state fornite», sottolineò Göransson. «Tutti i testimoni sostengono che sei stato tu ad assestare il primo colpo. Che del resto ha provocato una emorragia al tuo compagno».

«Che poi tu sia più debole è un'altra questione», continuò Alling.

Konrad sentì il pianto che saliva su, ma riuscì a reprimerlo facendosi forza. Almeno non gli avrebbe dato quella soddisfazione, a quei pezzi di merda. Sarebbe stata la sua unica vittoria.

«Benny ha detto che ero...».

Ammutolì.

«Cosa?».

Göransson lo fissava inesorabile.

«Chi cazzo se ne frega...».

«La questione non migliorerà se usi espressioni volgari nell'ufficio del preside», esclamò Alling offeso.

Dopo qualche ulteriore minuto di predica emisero la sentenza:

Konrad sarebbe restato a scuola un'ora in più dopo la fine delle lezioni, per una intera settimana. E il voto in condotta di Konrad era senza dubbio a rischio.

Tre giorni più tardi Benny segnò due gol di testa nella partita contro Sjöbo e la sua foto venne affissa sulla bacheca della mensa scolastica.

Veronica non si fece mai più vedere in quella scuola. Da quel che trapelò dalla sala professori si era rapidamente decisa ad accettare la proposta di una supplenza a breve termine a Lund.

Herman e Signe ricevettero una telefonata da Sune Alling. Quando Konrad tornò a casa la sera successiva stavano in piedi accanto alla tavola apparecchiata e lo guardavano con occhi pieni di umiliazione.

Qualcosa bolliva nella pentola sul fuoco e Konrad riconobbe immediatamente dall'odore di cosa si trattava. Il coniglio a macchie grigie che aveva visto dimenarsi quando quella stessa mattina Herman lo aveva tirato fuori dalla gabbia sul retro e lo aveva messo sul ceppo.

Konrad non aveva per niente appetito in quel momento.

«Bisogna comportarsi bene a scuola», sospirò Herman.

«Il preside sembrava molto arrabbiato», disse Signe tristemente.

«Fa male?», domandò Herman e fece per accarezzargli il capo.

Konrad si tirò indietro. Li osservò per un momento, incerto su cosa dire. Poi andò rapidamente su per le scale e chiuse la porta della camera alle sue spalle.

Quella sera andò a dormire con i vestiti addosso. Il viso gonfio premuto contro il cuscino. Ma neanche la più piccola lacrima rigò il suo volto.

«Quei maledetti porci non mi vedranno piangere», pensò un istante prima di addormentarsi.

CAPITOLO 12

Quel mattino Konrad fa tre telefonate.

La prima alla Dresdner Bank di Berlino, dove lo informano che le sue finanze si sono assottigliate con preoccupante rapidità.

La seconda al padrone dell'appartamento di Malmö, per informarlo di non essere più interessato ad affittare l'appartamento a Möllevångstorget. Le poche cose di valore se le è già portate via in macchina. Quel che è rimasto là se lo può vendere oppure buttare, come preferisce. L'affitto è stato pagato in anticipo.

La terza telefonata è per Sonja.

È passato un bel po' di tempo dall'ultima volta che ha parlato con lei e prova una vaga ansia quando lei gli risponde.

La sua voce è formale. Quasi come se già avesse cominciato a escluderlo dalla sua vita.

Il tedesco è una lingua glaciale, pensa Konrad. Fredda come un divorzio.

Lei gli domanda come sta. Sì, tutto a posto. Considerate le circostanze, in ogni caso. Mentre gli racconta della sua ultima mostra, che ha attirato molta gente, Konrad prova a immaginarsela accanto.

Sono seduti a un piccolo tavolo rotondo del ristorante italiano in Rosenthaler Platz. La fiammella di una candela si riflette negli occhi di lei, il suo sguardo vaga come se avesse in corpo un'inquietudine. La bottiglia di vino è quasi vuota. Lei continua a chiacchierare senza sosta mentre appallottola il tovagliolo in una mano.

Poi la vede in casa, nell'appartamento al quarto piano della Zehdenicker Strasse. È tutta sudata. Il letto è disfatto. Ciocche umide dei suoi capelli appiccicate sul collo. I seni, che lui teneva un momento prima tra le mani, si sollevano con il respiro affannoso. Si sistema dei cuscini dietro la schiena, poi ci ripensa e si allunga per raggiungere le sigarette. Sonja scoppia in una risata quando lui lascia scivolare la lingua lungo la sua nuca. Le sue vertebre dorsali sono aguzze. Fa un tiro profondo dalla sigaretta e lui vede come il suo sguardo si perde, fuori, attraverso la finestra.

Konrad tornerà?

Certo che tornerà. Ma non sa bene quando.

La voce nella cornetta risuona talmente familiare, e allo stesso tempo per niente. C'è qualcosa nel tono della voce di lei che lo rende insicuro. Forse aveva sperato che avrebbe parlato con un tono più interessato.

Decide di non fare la richiesta che era il vero motivo della telefonata. I soldi li dovrà trovare in altro modo.

Konrad conclude la telefonata come al solito. Sonja sembra improvvisamente tornata quella di sempre.

Mi manchi. Un abbraccio. A presto.

Konrad mette giù la cornetta e si sente confuso.

La quarta telefonata non la fa. La villa dell'avvocato Birger B. Berelius è comunque talmente vicina. Dista meno di dieci minuti a piedi dall'hotel. La cupa casa in mattoni lo fa esitare, proprio come la prima volta.

L'edera e tutte le ombre in fondo al giardino, ha la sensazione che potrebbe non trovare mai la via d'uscita. C'è qualcosa lì che impedisce al sole di penetrare, anche ora che picchia da un cielo azzurro chiaro. Cerchi di fate nel prato, formati da piccoli funghi. Mele che marciscono prim'ancora di maturare.

È l'avvocato in persona ad aprire. Konrad si sente come un mendicante che chiede l'elemosina con il cappello in mano.

Ma Berelius lo accoglie calorosamente, benché l'arrivo di Konrad non fosse annunciato.

«Konrad Jonsson, che sorpresa!».

«Disturbo?», chiede Konrad e si maledice per quel tono tanto servile.

«Per niente. Entra pure».

Berelius gli porge la mano e lo introduce nell'ingresso. Non c'è traccia della nipote imbronciata che aveva bisogno di un lavoretto estivo. Forse si è già stufata. O forse è stata licenziata.

«Ho qui un ospite che dovresti salutare», dice l'avvocato dandogli le spalle.

C'è un uomo seduto sulla poltrona accanto al tavolo delle visite. Konrad vede inizialmente soltanto la sua nuca nuda, oltre lo schienale alto. Una capigliatura candida e ondulata scende verso il colletto della camicia. Il profumo che avvolge l'ospite sa di vecchio. Di lozione per capelli. O di dopobarba di una marca antiquata.

«Ecco, Arvid, qui c'è Konrad Jonsson, la persona di cui ti parlavo proprio ora», dice Berelius.

Tira leggermente Konrad per un braccio ed entrambi si ritrovano di fronte al vecchio seduto in poltrona.

«Ti presento Arvid Linder. Professore emerito in diritto penale. Il mio insegnante preferito ai tempi della facoltà di giurisprudenza a Lund. Severo, ma giusto. *Nullum crimen sine lege*. Nessun crimine senza legge. Era questo genere di cose che Arvid inculcava nel cervello di noi studenti ottusi. Ma ormai parliamo di molti anni fa».

La risata di Berelius suona leggermente forzata. È evidente che nutre ancora grande rispetto per il suo vecchio maestro.

Arvid Linder indossa un paio di pantaloni chiari estivi e una giacca sportiva leggera sopra a una camicia a strisce blu, abbottonata fino al collo. Sotto la pelle rugosa si intravede un appuntito pomo d'adamo. Il viso è abbronzato e ispessito dal sole, come avesse passato una vita all'aria aperta. Le sue mani sono grandi e Konrad ha d'un tratto l'impressione che abbia maneggiato oggetti ben più pesanti di tomi di legge. Arvid Linder sembra alto, anche se è difficile dirlo mentre se ne sta lì seduto. Osserva Konrad con un paio di occhi grigio metallico, cortesi. Ma non fa alcun accenno ad alzarsi per salutare.

«Mi devi perdonare se non mi alzo in piedi. Alla mia età sforzi di questo tipo vanno razionati».

«Non ti preoccupare», dice Konrad.

Tende rapidamente la mano. Il palmo di Linder è secco come fosse pergamena.

Sorride malizioso.

«Sei capitato in qualche guaio, mi pare di capire», dice il professore.

Il tono è accademico e formale, ma allo stesso tempo pieno di curiosità. Konrad intuisce che lui stesso sta sempre più assumendo l'aspetto di un caso giuridico davvero interessante.

«Sì, sono passato perché ho... un problema. È un po' imbarazzante. Si tratta di soldi».

Konrad non sa quanto si possa azzardare a dire in presenza del vecchio professore. Una vaga irritazione, che non vuole veramente assumere una forma precisa, aleggia nel profondo della sua mente. *Konrad Jonsson, la persona di cui ti parlavo proprio ora.* Gli avvocati non hanno il segreto d'ufficio?

«Il professor Linder è uno dei maggiori esperti nazionali in materia penale. Per non dire il più insigne».

Berelius continua a chiacchierare come se non si fosse accorto che Konrad ha appena tentato di porgli una domanda.

«Mi trovo nella felice situazione di poterlo consultare di tanto in tanto per cause penali un poco più complicate».

«Suvvia», dice Linder per minimizzare. «Niente di che. Solo piccolezze, in effetti».

Guarda Konrad con occhi bonari e agita il pollice sopra la spalla in direzione della finestra.

«Sai, abito comunque qui in zona. È piacevole tenere attivo il cervello in età avanzata. Non vorrei raggrinzirmi con l'Alzheimer, se fosse possibile evitarlo. E Birger ha bisogno di tutto l'aiuto che può ottenere».

Queste ultime parole vengono seguite da un occhiolino. Konrad non può fare a meno di sorridere. Per un istante scorge un lampo sotto le sopracciglia chiare del professore.

«Ad ogni modo», dice Berelius, senza riuscire a mascherare la sua disapprovazione per quell'ironia. «Ho raccontato ad Arvid della tua posizione, in caso le cose dovessero peggiorare. Certo, è stato scritto quasi tutto sui giornali, ma comunque. Le cose potrebbero prendere una piega che richiederebbe il suo sostegno».

«Non c'è problema», dice Konrad controvoglia.

Quelle parole lo infastidiscono. Di cosa cazzo sta parlando? Non ricorda di aver mai chiesto a Berelius di fare il suo avvocato difensore. Il pensiero che potesse servirgli una cosa simile non lo ha mai neanche sfiorato.

In quel momento compare la nipote. Il profumo di violetta riempie la stanza. Ignora Konrad, ma sorride dolcemente adagiando una delicata tazza di caffè con una decorazione a fiorellini davanti al professore.

«Prego, zio Arvid. Spero che sia di tuo gradimento».

«Grazie, piccola Emma».

Linder volge impercettibilmente la testa per poterla seguire con lo sguardo ancora un momento quando sgattaiola fuori dalla stanza. La gonna di jeans arriva giusto sotto il bordo delle mutandine.

«Credi sul serio...?», riprende Konrad.

«Non si sa mai», lo interrompe Berelius e gira il cucchiaino nella tazza con un movimento ricercato.

Abbassa la voce a una tonalità confidenziale.

«Personalmente sono pienamente persuaso della tua innocenza, è ovvio. Ma ho parlato con il procuratore oggi. Cecilia Bengtsson. Ha sottolineato che la tua situazione è molto seria. Un movente pesante. Nessun alibi. Dove ti trovavi in realtà quella notte, Konrad?».

La rabbia monta improvvisamente, gli attraversa il corpo come un getto bollente. Konrad salta su dalla sedia.

«Ma chi cazzo ti ha dato l'autorizzazione di ficcare il naso nella mia vita?».

Le tempie pulsano e la sua voce è acuta.

«Maledizione, non sono accusato di niente! E tu devi solo amministrare un asse ereditario. Niente di più».

Birger Berelius indietreggia intimorito. La sua bocca è rimasta aperta, e forma un buco nero sotto i baffi radi. Ha l'aspetto di un pesce. Il tremolare della tazza contro il piattino produce un debole tintinnio.

Konrad si siede di nuovo. La rabbia svanisce. Lo pervade all'improvviso una terribile spossatezza.

Arvid Linder li osserva entrambi con un'espressione leggermente divertita, come se fosse a teatro. Sorseggia il caffè.

«Non dobbiamo precipitare gli eventi», interviene.

«Chiedo scusa per essermi infuriato», borbotta Konrad.

«Sei sottoposto a una forte pressione. Non c'è niente di strano. Una reazione assolutamente normale», commenta Linder.

Berelius ha ancora l'aria scossa.

«Quel che Birger sta tentando di spiegare è che se le cose non si dovessero mettere a posto, lui si considera a tua disposizione. E forse anche la mia esperienza potrebbe esserti utile».

Konrad annuisce. Dovrebbe provare a mostrare della riconoscenza.

«Ma è di gran lunga troppo presto. Per il momento la cosa più saggia che puoi fare è aspettare», dice il professore.

Poi il vecchio si alza, più agilmente di quanto Konrad lo avesse reputato capace. Una certa rigidità della gamba destra conferisce alla sua figura un atteggiamento militaresco. Come un vecchio ufficiale di cavalleria, pensa Konrad.

«E ora, signori miei, mi dovete scusare. Ho intenzione di arrivare a Kivik per vedere se stasera riesco a mettere le mani su una platessa appena pescata».

Lo accompagnano in strada. Lì prendono congedo e rimangono poi in silenzio mentre l'anziano professore entra nella sua Land Rover, mette in moto e lentamente scivola via oltre l'angolo verso Simrishamnsvägen. L'ultima cosa che vedono di lui è una mano che fa un cenno di saluto al di sopra della testa canuta.

«Volevi qualcosa?», chiede Berelius.

«Sì», risponde Konrad imbarazzato.

Soppesa per un secondo l'ipotesi di lasciar perdere, ma poi si schiarisce la gola nascondendosi dietro la mano.

«Ho un po' di problemi di liquidità. Nel corso degli ultimi mesi, be', per un periodo piuttosto lungo, non ho lavorato. Me la sono cavata con i soldi risparmiati. Ma adesso stanno per finire».

«Vorresti un anticipo sull'eredità?»

«Sì».

Birger Berelius raddrizza un poco la schiena, come se la cosa che desiderasse di più fosse poter guardare il suo cliente dall'alto in basso. Il suo volto appare assolutamente neutrale. Ma per la prima volta Konrad percepisce una sorta di... disprezzo.

«Non è possibile», taglia corto l'avvocato.

Konrad non fa neanche in tempo a chiedere perché.

«L'eredità di Herman e Signe non può ancora essere divisa. Sei sospettato di omicidio. È altamente improbabile che l'altro erede acconsenta. Dimenticatene, non c'è alcuna possibilità».

Il primo impulso di Konrad è di tirare un pugno dritto sulla faccia senza mento dell'avvocato. Reprime a stento la rabbia. Quindi gli volta le spalle e se ne va.

L'ultimo telegiornale della sera è appena terminato quando il telefono squilla nell'appartamento al terzo piano della casa in mattoni rossi in affitto a Sundbyberg.

L'uomo che si era mezzo assopito sul divano di pelle si stropiccia gli occhi appena sveglio. Spegne la TV, con un gemito si tira faticosamente su in piedi. Scorreggia sonoramente. Raggiunge la cornetta dopo il quinto segnale.

«Sì?».

Dapprima percepisce solo un respiro pesante.

«Maledetti segaioli ansimanti», borbotta e sta per riattaccare quando sente una voce profonda.

«Parlo con Gunnar Nilhem?»

«Sì, chi è?».

Soffoca un rutto e lancia uno sguardo alle tre bottiglie di birra sul tavolo del salotto. Per fortuna che Lisbet è in palestra, gli passa per la mente. Altrimenti si lagnerebbe come al solito. Mondo ladro, uno che lavora sodo non può più neanche farsi un paio di birre.

«Sono io».

«Chi?»

«Non riconosci il tuo vecchio amico?».

Si sente una risata nervosa all'altro capo del filo. Per qualche secondo non succede nulla.

Fa in tempo a grattarsi lo stomaco gonfio attraverso la fessura tra la camicia e i pantaloni sbottonati, mentre un confuso pensiero di venditori telefonici che tormentano la gente in mezzo alla notte gli attraversa il cervello.

Poi realizza.

«Ma che diavolo!».

Improvvisamente la mano inizia a tremargli, comincia ad avere tanto freddo da sentire i brividi.

«Sono accadute delle cose. Dobbiamo parlare», sente all'altro capo della linea.

Apre la bocca a vuoto e si tiene il petto. Suda freddo. Si sente male. Pensa febbrilmente, ma non riesce a tirar fuori una sola parola.

«All'inizio avevo pensato di fregarmene. Ma non è possibile. Che cazzo facciamo?», supplica la voce disperata.

Finalmente l'aria ritorna. Con uno sforzo di volontà sovraumano è riuscito a riprendere contatto con le sue energie interiori e ora le parole tornano a sgorgare dalla sua bocca come masse d'acqua spumeggianti.

«Maledetto idiota! Non capisci niente? Dovevamo tenere la bocca chiusa. Non so chi sei. E tu non sai chi sono io. Ti entra in testa? Non farti sentire mai più!».

Sbatte la cornetta tanto forte che la plastica rigida fa un gran fracasso e tira subito via la spina dal muro.

Con fare maldestro cerca il cellulare nella borsa e spegne anche quello. Si strappa di dosso i vestiti e indossa il pigiama a righe rosse che gli ha regalato sua moglie a Natale. Poi si lava i denti così energicamente da farli sanguinare sul lavandino.

Deve riuscire ad addormentarsi prima che lei arrivi, si dice, raggomitolato sotto le coperte, con gli occhi serrati e il cuore che batte forte. "Domani torno in ufficio. E tutto sarà come prima".

Gertrud compare come un angelo salvatore.

È talmente tardi che non riesce più a distinguere nitidamente l'orologio sopra al bancone del bar. La sedia in finta pelle è intrisa di sudore e lui ha mal di schiena. Deve essere passato un bel pezzo da quando ha ordinato l'ultima birra e ha chiesto al barman grigio e pallido in volto, dall'aspetto di un fantasma, di mettere tutto sul conto della sua stanza.

«Sei probabilmente l'ultimo a essere ancora sveglio. Nell'hotel, voglio dire. Lennart ha chiuso la cassa e se n'è andato a casa mezz'ora fa».

Lui la guarda con un'aria canzonatoria.

«È tua abitudine avvicinarti alla gente così di soppiatto?».

Konrad sente che sta biascicando. Maledizione! La testa gli pesa come granito. Prova a tirarsi su, ma scivola con il gomito sul bancone del bar e quasi cade per terra.

Lei gli sorride.

«Sto andando a casa», dice.

Lui tenta disperatamente di trovare un modo per impedirle di andarsene, ma quando le parole finalmente cominciano ad affiorare, lei sta già per uscire dalla porta.

«Aspetta!», le grida dietro.

Gertrud si ferma e lascia che la porta a vetri si richiuda. Ha l'aria stupita.

«Di cosa hai bisogno?»

«Scusami», dice. «È che... lascia perdere, sentivo solo di aver bisogno di un po' di compagnia».

«Sorry, è troppo tardi per me».

Si trattiene, benché quel che abbia appena detto lasci intendere il contrario. Una traccia di compassione attraversa il suo sguardo. A Konrad questo non va giù. La pietà non è ciò di cui ha bisogno.

«Sai di qualcuno che affitta una stanza a poco prezzo?»

«Non ti trovi bene in hotel?».

Si avvicina di nuovo e sorride sarcastica. Konrad è infastidito al pensiero che lei sia più lucida di lui. Si scola l'ultimo sorso di birra e scava nel cervello per trovare una replica intelligente.

«Sono quasi al verde», dice.

In aggiunta alla sua disgraziata situazione gli viene il singhiozzo proprio dopo aver pronunciato queste parole. Gertrud poggia una mano sul suo petto.

«Trattieni il respiro!», gli ordina.

La pressione delle sue dita fa calmare i crampi. Per un istante, apparentemente senza che lei se ne accorga, i suoi capelli sfiorano il viso di lui. Konrad è immobile sulla sedia del bar. Inala di nascosto l'odore di lei con una profonda inspirazione.

«Va meglio?».

Annuisce pieno di vergogna. "Dovrebbe ridere di me", pensa. "Questa situazione è talmente ridicola".

Ma la voce di Gertrud gli suona dolorosamente distaccata.

«Quindi non ti puoi permettere di rimanere all'hotel. È questo il problema?»

«Più o meno...».

«E io che credevo fossi diventato milionario».

«Cosa? Come sai che...?».

Lei sospira profondamente.

«Questo è un posto piuttosto piccolo, dovresti saperlo. Non esistono segreti. A questo punto tutti ormai sanno che Herman e Signe avevano un sacco di soldi in banca. C'era addirittura scritto sul giornale».

«Soldi che non sono miei. Non ancora in ogni caso...».

Gertrud si rimette in spalla la borsa che aveva buttato a terra nel corso della manovra di salvataggio, e fa per andarsene.

«Forse ho una soluzione. C'è una signora nel palazzo in cui abito io che ha un grande appartamento di quattro stanze. Si lamenta sempre che è troppo caro e dice che vuole subaffittare. Se vuoi posso provare a informarmi».

Fa una smorfia muta che esprime perplessità. Il pensiero di andare a vivere in subaffitto in casa di una vecchia non lo attira. Ma non ha scelta.

Gertrud sembra interpretare la sua mancata risposta come un sì. Gli accarezza velocemente la guancia.

«Vattene a letto adesso».

In un secondo è scomparsa nella notte estiva. La serratura della porta si è richiusa con un sonoro *click*.

Konrad rimane immobile e ascolta l'hotel respirare profondamente indisturbato. È lui l'unico ospite?

Rovista maldestro nelle tasche per trovare la tessera plastificata apri-porta. La gira tre volte prima che la piccola spia accanto alla maniglia si illumini di verde. L'odore acre e stantio della moquette lo colpisce. Accende la luce grande che pende dal soffitto, ma la spegne immediatamente. Apre le tapparelle, che aveva chiuso la mattina per tenere fuori la luce del sole. Preme il viso contro il vetro, prima a sinistra, poi a destra.

La piazza è deserta nella luce della luna. E Gertrud non c'è più.

CAPITOLO 13

Lo spirito di Klas volteggiava sopra la casa di eternit come un banco di nuvole, che ogni tanto scivola via per poi tornare ad accumularsi, nero e minaccioso.

Già al tempo in cui Konrad si era trasferito in quella casa, il figlio di Herman e Signe era quasi adulto e andava e veniva come voleva.

Accanto allo specchietto retrovisore della sua Amazon blu scuro truccata, con il motore che rombava come una tempesta, pendevano due dadi bianchi in peluche. Sull'arbre magique rosa a forma di corpo nudo di donna c'era scritto "Hunter". Una grande bandiera del Texas rossa e blu era drappeggiata sul sedile posteriore sformato dall'uso.

Nel portabagagli della macchina c'era sempre qualche bottiglia di Explorer. Era risaputo che Klas si prestava volentieri a spacciare alcool ai minorenni per un guadagno di pochi spiccioli. Ma Konrad non aveva mai avuto il coraggio di chiederglielo, neanche quando era diventato più grande.

Sotto a una coperta nel bagagliaio c'era anche un fucile Remington e un paio di scatole di cartucce. A Konrad era capitato di scorgerli una volta che il portello era rimasto aperto un attimo per sbaglio.

Qualche volta accadeva che Klas tornasse a casa e sbattesse un coniglio insanguinato sul lavandino di fronte a Signe. Non si sapeva dove lo avesse preso; per quanto ne sapessero i genitori non aveva una licenza di caccia. Ma nessuno gli chiedeva mai nulla. Signe scuoiava i conigli, ripuliva le pelli e le appendeva ad asciugare fuori dalla rimessa degli attrezzi. Poi riempiva i loro corpi lucidi con mele, prugne e prezzemolo e li cucinava al forno. Konrad pensava che assomigliassero a piccoli bambini nudi. Signe si trasformava in una strega cattiva e i conigli si tramutavano in Hänsel e Gretel. Quella vista gli faceva torcere le budella. Quando la cena era finalmente pronta riusciva a mangiare solo qualche patata.

Ma Klas si ingozzava in silenzio. Si dava a malapena il tempo di finire la salsa e la gelatina di ribes fatta in casa da Herman prima di scomparire nuovamente.

La ragazza si chiamava Janet e il suo nome si pronunciava come era scritto. O meglio: "Jaunet", con il dittongo tipico dello Skåne sud-orientale, che faceva assumere al suo nome un suono molto diverso da quello della star americana che all'epoca doveva aver ispirato il nome ai suoi genitori.

Di tanto in tanto la si poteva scorgere nella Amazon blu scuro di Klas, e Konrad non riusciva proprio a capire cosa ci stesse a fare.

Janet era più giovane di Klas di diversi anni. Era bella come un fiore di rosa canina, con occhi scintillanti e riccioli dorati e lucenti, che d'abitudine portava legati con un nastro di seta rossa sulla nuca. Nella memoria di Konrad portava sempre vestitini estivi chiari, stoffe rosa o verde menta che svolazzavano come i petali di un fiore intorno ai suoi polpacci abbronzati. Quando rideva si intravedeva un piccolo spazio tra i due bianchissimi denti incisivi. Questo la rendeva irresistibile.

Come era possibile che questa meravigliosa creatura si fosse lasciata conquistare da un tipo come Klas?

Il figlio di Herman e Signe aveva in quel momento già iniziato a lavorare al mattatoio, proprio come suo padre. Massiccio come un blocco di cemento, era come nato per quel lavoro.

«Rigira i porci come gattini», chiocciava Herman entusiasta.

Ma Klas era anche un discreto terzino destro, temuto per le sue violente entrate in scivolata che avevano stroncato sul nascere le azioni di un gran numero di attaccanti avversari. Aveva già disputato diverse partite in prima squadra. Forse questo fattore era di maggior impatto con le ragazze, più che le prodezze con i coltelli per la carne e i ganci da macello.

Qualche volta accadeva che Janet parlasse con Konrad.

Quasi sempre di sfuggita. Klas aveva parcheggiato la sua Amazon blu in strada ed era andato a recuperare qualcosa nella sua stanza chiusa e misteriosa. Gunnar e Benga, i suoi fidati sodali, ammazzavano il tempo aspettando in macchina, fumando e sghignazzando. Janet sbadigliava, si stiracchiava indolente sopra al cofano della macchina e si lasciava sfuggire espressioni tipo: «Quando cazzo arriva?», oppure «Ah, che caldo che c'ho!».

Una volta, appena dopo aver tirato fuori dalla sua borsetta laccata una scatolina di caramelle per la gola e aver ingurgitato un paio di pastiglie bianche, le capitò lo sguardo su Konrad, che aveva girato la bicicletta sottosopra sul prato, per oliare la catena.

«Vuoi una caramella?»

«No».

«Prendila dai, sono buone!».

«No, sono da vecchie ubriacone».

«Cosa?».

Il sorriso divertito di Janet si era congelato in un'espressione di vera sorpresa. Si udì uno scricchiolio quando frantumò una pastiglia tra i denti.

«Vecchie ubriacone! Di quelle che si sbronzano».

«E questa dove l'hai sentita?».

Konrad fece spallucce. Fissò la catena arrugginita e tacque.

Sven, chiaramente. Era il tipo di cose che era solito dire. Quando era lui a dirlo sembrava inoppugnabile, come una verità scientifica dimostrata quanto il teorema di Pitagora: «Le caramelle Tulo sono da vecchie ubriacone che hanno sgraffignato una bottiglia dal ripostiglio e ora hanno paura di beccarsi un ceffone dal marito».

Forse Sven si basava su una ricerca empirica condotta nella casa delle Formiche Rosse. Ma a Konrad quel tipo di esperienza mancava. E così poteva solo borbottare: «Lo sanno tutti...».

«Allora pensi che io sono una vecchia ubriacona?».

Janet mosse qualche passo nella sua direzione. Si mise a gambe larghe, con il bacino proteso in avanti. Per una volta indossava jeans strappati e un'attillata camicetta di cotone.

Konrad aveva a malapena il coraggio di guardarla. Arrossì verso la bicicletta e sentì il profumo di Tulo e di mughetto.

«Se proprio vuoi ne prendo una, allora...».

Rapidamente si girò verso il sorriso bianco perla di Janet e affondò le dita nella scatola che gli stava porgendo.

Lui osò farle una smorfia gentile.

«Grazie».

«Come ti chiami?»
«Konrad... e tu?».

Konrad sapeva benissimo come si chiamava. Janet aveva una certa reputazione, come molte altre persone il cui aspetto esteriore desta invidia e pettegolezzi. Janet era una che ci stava, lo sapevano tutti. Anche quelli che non avevano mai avuto il coraggio di rivolgerle la parola. E che nel profondo sapevano che non ne avrebbero mai avuto la possibilità. A Tingvalla e Gislövs Stjärna era una preda ambita.

«Mi chiamo Janet...».

Proprio in quel momento si sentì sbattere la porta d'ingresso e Klas scese le scale con una borsa stracolma sopra la spalla. Gunnar e Benga spensero le loro sigarette e si prepararono a salire sulla Amazon.

«Ok, allora ci diamo!».

A metà strada verso la macchina, Klas si bloccò e lanciò un'occhiata di disappunto alla sua ragazza.

Janet sorrise indifferente.

«È carino il tuo fratellino».

Il viso di Klas si rabbuiò. Per un breve istante Konrad incrociò il suo sguardo collerico, prima di voltarsi rapidamente e riprendere in mano la canna dell'olio.

La voce dietro la sua schiena sembrava il brontolio di un tuono.

«Non è mio fratello».

La stessa notte Konrad venne svegliato da rumori animaleschi.

Si tirò a sedere sul letto ancora tutto assonnato, e strizzò gli occhi verso la luce lunare, che fluiva dentro la stanza. Aveva dimenticato di tirare giù la tenda avvolgibile. Era come se quel globo latteo fosse appeso proprio fuori dalla sua finestra. I mari misteriosi, dove Armstrong e il suo collega erano andati in giro un paio di estati prima, apparivano come ombre scure.

I versi che lo avevano strappato dal sonno, però, non provenivano dalla luna. Avevano qualche similarità con gli ululati notturni di una lupa. Ma l'origine del suono era significativamente più vicina.

Il rumore proveniva dall'altro lato della parete. Dalla stanza di Klas, dietro la porta con il teschio minaccioso, che vietava l'ingresso a tutti quelli che non appartenevano alla razza bianca.

Si udì ancora, il grido.

Non più come un lupo questa volta, più come il muggito di una vacca con le mammelle stracolme di latte. Un muggito prolungato, pieno di sofferenza e di piacere allo stesso tempo, si perse nella notte. Si doveva sentire in tutta la casa, pensò Konrad. In tutta la maledetta Tomelilla.

Capiva certamente di cosa si trattava. Sven Myrberg la sapeva lunga anche riguardo a questo argomento. Almeno sul piano teorico. Ed era solito condividere di buon grado la sua scienza.

Ma i racconti carnali di Sven contenevano sempre qualcosa di allettante. Qualcosa da solleticare il basso ventre. Morbida pelle ondeggiante. Imponenti forme rotonde. Profumi di dolce e salato.

I rumori che provenivano dalla camera di Klas erano diversi. Erano minacciosi e importuni. Come se scaturissero dal sottosuolo.

Si udiva scricchiolare e cigolare. Battere contro la parete.

Era come se un'intera mandria in calore infuriasse dall'altro lato della parete, e prorompesse in quegli orribili versi che si propagavano attraverso lo scheletro e le travi del tetto della casa di eternit, su, verso la bianca luna piena.

Konrad tirò la coperta su fin sopra le orecchie per evitare di sentire.

Quando si risvegliò era già tarda mattinata. Il calore di un sole fortissimo entrava attraverso la finestra, dritto in faccia a Konrad. Il cervello gli bruciava e quando chiudeva stretti gli occhi vedeva delle stelline rosse. Si allungò accecato in cerca delle mutande.

Poi rimase seduto sul bordo del letto, in ascolto. Si grattò insonnolito una puntura di zanzara sulla gamba. Sentì una gazza ladra gracchiare sonoramente dal suo nido nel castagno prima di volare via.

C'era silenzio nella casa. Herman doveva essere andato al mattatoio in bicicletta già da un bel po', e Signe doveva trovarsi da qualche parte a fare le pulizie.

Si vestì. I rumori della notte echeggiavano ancora nella sua testa e il senso di disagio non voleva abbandonarlo.

Sul lavandino della cucina erano impilati dei piatti sporchi. Non era da Signe lasciare un tale disordine dietro di sé. Konrad sbirciò fuori dalla finestra e notò che l'Amazon non era più là. Prese i cornflakes dal ripostiglio e il latte dal frigo. Per l'ennesima volta lesse sul quadruccio ricamato: "L'orgoglio precede la caduta". Nisse, il gatto tigrato grigio, saltò silenziosamente giù dalla cassapanca della cucina e si strofinò con la schiena incurvata contro la sua gamba. Konrad lo accarezzò svelto dietro un orecchio.

Proprio nel momento in cui stava per ingoiare l'ultima cucchiaiata della sua colazione percepì un debole singhiozzare attraverso la finestra aperta.

Si alzò per guardare fuori. Dapprima non vide nulla. Il prato sotto al melo era deserto. Sulla strada oltre il giardino di rose e la ringhiera di legno dipinta di rosso non passava un'anima.

Poi sentì un altro singhiozzo e scorse Janet. Era seduta per terra all'ombra, attaccata alla rimessa degli attrezzi. La schiena contro la parete di assi, le braccia intorno alle gambe piegate e il viso tra le ginocchia.

«Cosa succede, Janet?», gridò attraverso la finestra.

Lei alzò lo sguardo.

«Niente che ti riguardi, maledetto poppante!».

I suoi occhi erano rossi di pianto e il mascara nero le era colato giù in rivoli neri lungo le guance.

Prima che Konrad avesse avuto il tempo di pensare era già corso fuori sulle scale dell'ingresso. Si fermò a pochi metri di distanza da lei. Il suo cuore martellava forsennatamente. Avrebbe voluto sfiorare i suoi capelli biondo oro, ma non riusciva a trovare il coraggio.

«Scusami», disse lanciandogli una rapida occhiata.

«Cosa è successo?».

Scosse i ricci e sparì di nuovo nell'incavo tra le sue braccia. Konrad si avvicinò in punta di piedi. Si sedette accanto a lei e percepì le ruvide assi della rimessa degli attrezzi contro la spina dorsale.

«Non voglio vederlo mai più», la sentì mormorare.

«Chi?», domandò Konrad, benché sapesse perfettamente a chi si riferiva. Presagì la catastrofe. Non capiva di cosa si trattava. Solo che era successo qualcosa di terribile. Qualcosa da cui non si poteva più fare ritorno. Nella sua testa continuava a sentire i rumori della notte appena trascorsa.

«Ti ha picchiata... ti ha fatto male stanotte?».

Lo guardò con occhi gonfi che non brillavano più.

«Hai sentito qualcosa?».

Konrad fece spallucce e volse lo sguardo verso l'angolo della strada, come in attesa di qualcuno che sarebbe dovuto arrivare.

Janet sorrise stancamente tra le lacrime.

«Non devi farci caso. Sono cose che fanno i grandi...».

«Certo, lo so...».

Ma Konrad non ne sapeva proprio niente. Era tutto un punto interrogativo. Se non aveva a che fare con quei versi mostruosi, perché era tanto triste?

Delicatamente, come dovesse disinnescare una bomba, sfiorò i capelli di lei con la punta delle dita. Lei irrigidì la nuca, ma lo lasciò continuare. Lui si fece più ardito, passò la mano sui ricci morbidi, la accarezzò dietro l'orecchio come aveva fatto poco prima con il gatto.

«Mi piace quando fai così», disse.

Un debole vento frusciò tra il fogliame del melo. Un calabrone ronzava gentilmente sulla pianta di lavanda. Rimasero in silenzio per un lungo momento. Poi la quiete venne bruscamente interrotta dal treno per Ystad, che tuonò lungo la ferrovia dall'altra parte della casa. Ascoltarono il rumore sui binari morire in lontananza.

Improvvisamente gli strinse forte la mano.

Lo sguardo di lei lo attirò a sé. Era nero come il buco dell'inferno dove doveva essersi trovata quella notte. Konrad si spaventò quando lo vide.

«Non è come credi», disse. «Quello che hai sentito questa notte, non significa nulla. È... niente».

Lui percepì che lei si stava rigirando le parole nella testa. Si sentì inutile.

«È qualcos'altro, Konrad. Dopo quel che è accaduto questa notte, Klas ha cominciato a raccontarmi qualcosa. Non ne aveva probabilmente l'intenzione. Ma era ubriaco fradicio. Straparlava e diceva tante cose orribili. Era come se volesse socchiudere una porta, e lasciarmi dare uno sguardo all'interno. Solo per provocarmi. Ma poi se n'è pentito e l'ha subito richiusa».

«Di quale porta parli? Cosa hai visto?».

Janet si guardò intorno, come se avesse paura che qualcuno potesse sentire.

Poi si alzò rapidamente e si asciugò gli occhi con la manica della camicetta.

«Devo andare».

Prima di voltare la schiena si accucciò nuovamente verso di lui. Abbassò la voce in un sussurro.

«Klas è pericoloso. Stagli più lontano che puoi Konrad».

Fu l'ultima volta che parlò con Janet. L'ultima volta che la vide.

CAPITOLO 14

Konrad deve essersi immaginato che la verità sia nascosta da qualche parte tra le pagine di un libro, pronta a farsi dispiegare, per lasciarsi guardare come una pin-up nella doppia pagina di una rivista tipo «Lektyr».

Ma le cose non stanno così.

Deve essersi illuso che bastasse ritornare in quei luoghi perché l'immagine si facesse nitida. Perché i contorni si facessero netti e le ombre suscettibili di essere interpretate. Come una vecchia fotografia seppiata, ma distinguibile e inequivocabile.

Konrad non può fare a meno di sentirsi deluso.

È come se fossero comparse delle impurità nel liquido di sviluppo fotografico. Si trova in camera oscura, con la lampada rossa accesa, e fissa il bagno, ma vede solo un foglio bianco e vuoto sotto la superficie del liquido.

Smuove il foglio e inclina un poco la bacinella, in modo che si formino delle piccole onde. Non serve a niente.

La verità non si lascia afferrare in una sola esposizione. Konrad dovrebbe saperlo. Neanche in mille esposizioni, se è per questo.

Ma la si può trovare. Questa è un'altra cosa che sa per certo. Dietro il prossimo angolo. Nel profondo del bosco, dove la luce non penetra. Sul fondo di un campo fangoso e maleodorante come una cava di marna.

Forse la verità è davanti ai suoi occhi, anche se non riesce ad afferrarla.

La prospettiva che dovrà cercare a lungo e insistentemente lo affatica. Considerare le ombre e le sfumature. Respingere tutto e ricominciare da capo.

La testa gli pesa come un melone maturo. È tardi, ma la notte è chiara. Sente delle voci dalla strada, fuori dalla finestra mezza aperta. Pas-

si che lentamente si dissolvono in lontananza. I muscoli della nuca gli fanno male. Si scuote per diradare la nebbia.
Konrad è irritato.
Ma naturalmente dovrebbe sapere che non è facile.

Aveva mosso i primi incerti passi a caccia della verità quando viveva a Berlino.
Era l'aprile del 1989 e mancavano ancora sei mesi alla caduta del muro. La pioggia cadeva fitta e sconfortante su Malmö quando Konrad aveva preso il traghetto veloce sullo stretto, con uno zaino in spalla.
Nuovamente in strada.
"Non ha senso restare", provava a convincere se stesso.
Ma quando il treno notturno era scivolato fuori da Hovedbangården, la vergogna gli aveva impresso delle ferite a fuoco nell'animo.
Proprio lui, che a sua volta era stato abbandonato.
Come fosse un peccato originario.
Maria aveva due anni e negli ultimi tempi non era riuscito a vederla molto spesso. L'appartamento a Lindängen si era riempito di delusioni e rimpianti, che lentamente si erano trasformati in silenzio. Poi la partenza improvvisa e la solitudine. Maria naturalmente non poteva capire nulla di quel che accadeva. Come avrebbe potuto? E Konrad non fece mai neppure un tentativo per spiegarglielo.
In maniera invisibile il tradimento si era scavato la sua strada fino al midollo.
Konrad si era arreso e aveva preso la fuga per Berlino, la città che si ergeva come un'isola nella terra del nemico.
Finì a Kreuzberg, tra i turchi, dove prese in affitto una stanza presso un vecchio dolorante e curvo, che non faceva altro che lamentarsi degli stranieri. Ben presto Konrad aveva capito che il vecchio era stato tra gli ultimi a togliersi l'uniforme delle SS all'arrivo dei russi. Aveva nascosto la croce uncinata in fondo a un cassetto di una madia; e dopo essersi fatto il suo bicchierino giornaliero di liquore di prugne la mostrava volentieri, senza nascondere il suo orgoglio. Sosteneva di averla ricevuta direttamente dalle mani del Führer.
«Parassiti del diavolo! Ho visto mille camerati morire per fermare i bolscevichi. Anch'io sono stato sul punto di morire diverse volte. E

ora cosa succede? I comunisti si sono presi mezza città e i turchi l'altra metà», si lamentava il vecchio.

Konrad riusciva a fatica a starlo a sentire.

Avrebbe voluto seppellirsi, lasciarsi inghiottire. Ma non dal passato, bensì dal nuovo. Ed era dall'altra parte di quel muro pieno di scritte, sormontato dal filo spinato, che succedevano le cose, questo lo aveva capito.

Sempre più spesso Konrad infilava il suo passaporto svedese in tasca e passeggiava fino alla Friedrichstrasse e al Checkpoint Charlie, dove evitava accuratamente di guardare negli occhi le guardie arcigne, che gli consentivano il passaggio alla frontiera per la zona est.

Le prime volte si meravigliava che tutto fosse grigio e marrone, del puzzo di carbone delle caldaie, delle Trabant rombanti sulle strade e delle persone che sfuggivano sempre lo sguardo.

Poi aveva cominciato a coglierne le sfumature.

La donna nel negozio, in cui vendevano solo pane e conserve grigiastre in barattoli di vetro sugli scaffali, rideva dolcemente quando lui faceva qualche errore nel suo tedesco approssimativo.

Il giovane controllore del tram scrollava le spalle e non gli importava se dimenticava di fare il biglietto.

La vecchietta che vendeva birra e salsicce in quella cantina sciatta accanto alla Zionskirche sorrideva con la bocca sdentata e si lasciava andare a misteriosi vaticini: «*Die Mauer, die Mauer, nichts ist für evig*»[1].

E fu proprio nei pressi della chiesa di Prenzlauer Berg che incontrò gli altri. I coraggiosi. Quelli che non chinavano la testa e che non rimanevano in silenzio.

Konrad li frequentava in scantinati bui, in soffitte chiuse e in freschi locali di chiese, tardi la notte. Erano preti, professori e biologi. Operai che arrivavano direttamente dal lavoro in tuta. Pianisti concertisti con paghe da fame e punk con anfibi, borchie e acconciature da mohicani. Erano tutti quelli che si rifiutavano di ridursi a fare soffiate alla polizia di sicurezza. Che se ne infischiavano di avere il telefono sotto controllo e che il portiere li spiasse. Quelli che preferivano ciclostilare in clandestinità, lavorando alla luce delle candele, piutto-

[1] Il muro, il muro, non rimarrà per sempre (*n.d.t.*).

sto che acclamare il leader della Repubblica Democratica. Accanto alla chiesa di Prenzlauer Berg si radunavano quelli che seppur impauriti trovavano sempre il coraggio di protestare.

Konrad parlava e rideva con loro, partecipava ai loro cori, ma soprattutto ascoltava.

Una sera gli venne un'idea. Domandò al vecchio nazista presso il quale abitava di poter prendere in prestito la sua macchina da scrivere, un anticaglia della Halda, e la trascinò su nella sua mansarda a Kreuzberg. Aprì la finestra e lasciò entrare i rumori della notte. Poi iniziò a scrivere.

In principio andava molto a rilento, le dita non riuscivano a trovare la giusta andatura, e se ne andavano di qua e di là. A scuola aveva sempre avuto pessimi voti, ma qualche volta gli era anche capitato di venir lodato dalla vecchia maestra Nordström per la sua fantasia. Neanche adesso gli arrivavano le parole come un dono dal cielo. Doveva combatterci, girarle e rigirarle, cancellare e aggiungere. Pian piano le frasi assumevano una forma. E le persone di cui voleva raccontare prendevano vita.

Konrad scriveva di Helmuth, il prete che preferiva predicare di politica piuttosto che di religione e che diverse volte era stato preso di mira dalla Stasi. Di Alexi, la panettiera che era stata licenziata per aver lasciato il partito. Raccontava di Marlene, il cui padre quattro anni prima era stato preso in consegna da sconosciuti in soprabito grigio ed era svanito nel nulla, di lei che ogni giorno andava alla polizia a pretendere informazioni. E Konrad scriveva dei froci Klaus e Gerhard, che si rifiutavano di nascondere il loro amore, e che effettivamente negli ultimi tempi si erano avventurati a passeggiare mano nella mano lungo il Kastanien Alle, senza essere continuamente infastiditi dalla polizia.

Quando aveva finito, il sole era già alto sui tetti delle case e poteva sentire urla e grida dei commercianti di verdure giù in strada, mentre sistemavano i cavolfiori, i cetrioli e i pomodori d'importazione.

Scese una rampa di scale e sbirciò nella cucina del vecchio nazista.

«Battevi sui tasti della Halda come se volessi ammazzarla», borbottò il vecchio e posò una sberciata tazza di caffè sul tavolo davanti a Konrad.

«Succedono grandi cose dall'altra parte del muro», disse Konrad.
Il nazista lo fissò diffidente.
«Sei stato dai rossi?».
Annuì.
«Dovrebbero fargli saltare le cervella. Far disintegrare quella merda da un battaglione di carri armati Tigre. Allora sì, per tutti i diavoli, gliene farebbero vedere delle belle», chiocciò il vecchio, evidentemente ringalluzzito da quel pensiero.
Konrad non si interessò di argomentare oltre. Bevve il caffè tutto d'un sorso, andò a recuperare le pagine in soffitta e si diresse all'ufficio postale più vicino, dove le fece copiare in otto tirature. Poi imbustò le otto copie del suo articolo, acquistò i francobolli e le inviò ad altrettante testate giornalistiche in Svezia.
Una settimana più tardi il suo testo era stato pubblicato sull'«Helsingborgs Dagblad», sul «Norrköpings tidningar» e sul «Dalademokraten». La paga era infima, ma si trattava del primo incarico da giornalista di Konrad.

Quella magica notte di novembre era iniziata come una serata qualunque. Konrad sedeva in una birreria a Kolwitzplatz con alcuni dei suoi nuovi amici, quando un ragazzo, con la faccia rossa e sudata, spalancò la porta e urlò in modo che tutti potessero sentirlo.
«È aperto! Si può andare a ovest. Le guardie di frontiera non alzano un dito».
Un brusio inquieto si diffuse nel locale. Cazzate! Maledetta canaglia, voler far credere queste cose alla gente! Ma la curiosità e il desiderio erano forti. Non poteva essere possibile dopotutto? Qualcuno accese una radio. Poi le persone cominciarono a muoversi e a riversarsi nelle strade per verificare cosa stesse accadendo.
Konrad, confuso ed emozionato, si lasciò trascinare. Presto il piccolo rigagnolo di persone si fece grande come un ruscello, che divenne un fiume imponente, che si schiantò contro il muro con una violenza impetuosa. E quando Konrad vide quella massa di gente alla frontiera, quando vide i coraggiosi che strappavano via il filo spinato e si arrampicavano in cima al muro, gli euforici, i rabbiosi che infierivano sul cemento con zappe e vanghe, le macchine strombaz-

zanti e le guardie rassegnate, allora realizzò che quello che stava accadendo era proprio vero.

La notte fu irreale e piena di sensazioni strane. La gioia senza limiti. Le risa e le lacrime avevano sapore di champagne e di sangue. Gli abbracci promettevano amicizia eterna e le grida di giubilo sembravano risuonare nell'intero universo. E proprio allora, proprio nel corso di quelle folli ore, Konrad pensò che anche lui fosse stato liberato.

Molto tempo dopo, quando i suoi ricordi di quella notte fantastica si erano ormai congelati in una fotografia, avrebbe capito che non era così.

Fu in quella zona intorno a Prenzlauer Berg che Konrad alla fine avrebbe incontrato Sonja.

Questo accadde però in un altro momento.

CAPITOLO 15

Qualcuno bussa alla porta, con una violenza che preannuncia disgrazia. Riemergendo dal sonno Konrad sente dei mormorii dal corridoio. Ma non riesce a distinguere le parole. Brutti presentimenti lo assalgono.

Si guarda intorno assonnato. Ci sono vie di fuga?

La finestra, valuta l'ipotesi della finestra, ma sa che regolarmente si incastra e capisce che non farebbe mai in tempo.

Il chiarore dell'alba trapela dalle tapparelle.

L'ora dei lupi, l'ora che precede l'alba.

I colpi tornano a squassare la porta. Tre colpi con il pugno chiuso, poi tutto torna quieto. Konrad sente il terrore insinuarsi strisciante, come un gas velenoso sopra quella moquette squallida.

Benché stesse dormendo fino a un attimo prima, adesso l'adrenalina gli pompa in corpo. A quest'ora della mattina arriva solo gente con cattive intenzioni. Si guarda intorno per cercare un'arma, ma l'unica cosa che riesce a vedere è la sedia sulla quale ha buttato i suoi vestiti.

Konrad è nudo e indifeso.

Sono almeno in due, pensa. Ha distinto due voci.

Velocemente si infila le mutande, scansa con un gesto brusco il resto dei vestiti e afferra lo schienale della sedia. I muscoli della schiena gli si irrigidiscono quando la alza sopra la testa, un guerriero pronto all'attacco.

A quel punto cigola la serratura, la maniglia viene abbassata e la porta si apre.

Konrad si sente improvvisamente molto ridicolo.

Eva Ström lo squadra dall'alto in basso. Un sorriso di scherno compare nei suoi occhi dal taglio obliquo.

«Hai fatto in tempo a metterti le mutande, almeno», constata asciutta.

Dietro di lei un poliziotto in uniforme, tanto alto che la sua testa dietro di lei la supera di una spanna. Il manganello che gli pende sul fianco sembra un fiammifero. Il cranio è rasato. Nei suoi occhi, grandi e celesti come piscine, si legge soprattutto stupore.

Konrad posa la sedia a terra.

«Che cazzo volete a quest'ora della mattina?»

«Siamo venuti a prenderti».

La voce di Eva Ström è fredda come l'acciaio. Il sorriso è scomparso e il suo sguardo non lascia spazio al dubbio.

«Cosa?»

«Mettiti un paio di pantaloni», gli ordina.

«Ma io...».

«Vestiti ora! Hai trenta secondi esatti!».

Appoggia una mano sulla fondina della pistola e fa un passo nella stanza, per lasciare posto al gigante dietro di lei. Adesso è lui a scoppiare in un'improvvisa risata, come se avesse visto qualcosa di comico. Il suo viso si illumina e indica il basso ventre di Konrad.

«Dressman! Tre paia per un centone. Ho comprato proprio le stesse mutande».

Eva Ström gli lancia una rapida occhiata furiosa.

«Chiudi il becco, maledetto idiota!».

Si volta nuovamente verso Konrad, estrae la pistola dalla fondina e punta dritto alla sua fronte. È talmente vicina che lui sente l'odore del grasso dell'arma.

«Ma che cazzo...», si lascia sfuggire Konrad.

Il piccolo foro tondo, la bocca della pistola, punta dritto verso il suo occhio destro, un solo battito di ciglia ed è morto. Ma la paura è svanita. Adesso è furente di rabbia.

Prima che faccia in tempo a muoversi, Eva Ström fa un cenno con la nuca al suo collega, come fosse un segnale prestabilito.

Gli occhi cerulei del poliziotto grosso sembrano quasi straripare di gioia quando alza il manganello e tira un colpo violento sulla spalla di Konrad. La clavicola si rompe con un suono scricchiolante. Un dolore acuto gli attraversa il cervello. Il braccio scompare. È paralizzato.

Poi si spegne la luce. Gli hanno infilato un sacco sopra la testa, che gratta contro la guancia, si divincola per liberarsi, ma poi i polsi gli vengono legati dietro la schiena. Prova a urlare. Ma la stoffa del sacco gli finisce in bocca, e sente sapore di terra. Sputa. Allora gli stringono un laccio sopra la bocca, che costringe la mascella e la mandibola a separarsi.

Braccia forti come gru lo sollevano da terra. Il poliziotto in uniforme deve esserselo issato sulla schiena. Konrad penzola come un maiale scannato, il sangue gli precipita verso la testa, e quando la sua spalla fratturata cozza contro qualcosa di duro sviene.

Quando si risveglia si trova sdraiato su un pavimento. Un duro pavimento di cemento, riesce a sentire con la mano. Deve essere rimasto incosciente per un bel po', perché lo hanno trasferito in un'altra stanza. La spalla palpita dolente. Il laccio spinge il sacco nero nella sua bocca e ha la sensazione di dover vomitare.

In quel momento avverte la presenza di Mahmoud, lì accanto a sé. Si lamenta come un cane e piagnucola per avere salva la vita, in arabo, ma Konrad afferra comunque il significato delle sue parole. E sa cosa accadrà: il colpo secco. L'odore della polvere da sparo bruciata e del sangue.

E dopo il silenzio.

Viene messo in ginocchio. Un coltello recide il laccio, qualcuno gli tira rudemente via il sacco dalla testa e una luce bianca abbagliante gli esplode dritta in faccia. Serra stretti gli occhi.

Molto vicino qualcuno ride, un suono quasi familiare.

Il rettile.

Sta in piedi proprio davanti a lui. Konrad ne intravede solo il profilo in controluce, perché il commissario ha la lampada proprio dietro di sé. Ma riconosce il brillare dello sguardo velenoso. Quando Bernhardsson gira leggermente la testa per dire qualcosa a Eva Ström, che si trova da qualche parte sullo sfondo, Konrad vede una lingua affilata passare sulle labbra di lui.

Sul pavimento accanto a lui un fagotto informe. È Mahmoud. Una piccola pozza nera si è allargata intorno alla sua testa.

«L'arabo ha avuto quel che si meritava. Adesso tocca a te», dice Björn Bernhardsson con una voce acuta.

Konrad sente una stretta vigorosa afferrargli i capelli e tirargli la nuca all'indietro. Il gigante deve trovarsi proprio alle sue spalle. L'alito caldo di Eva Ström si infrange su di lui con piccoli schizzi di saliva. Il volto di lei fluttua sopra al suo e la sua voce è quasi materna.

«Non è meglio se confessi?», gli chiede. «Sappiamo che hai assassinato Herman e Signe Jönsson».

Konrad prova a scuotere la testa, ma è bloccata. Vuole protestare, vuole esprimere tutta la sua disperazione. Vuole urlare: è tutto un malinteso!

Ma non una parola si fa strada attraverso le sue labbra.

Lei scompare dal suo campo visivo. La presa alla nuca si allenta. Konrad vede un braccio in una manica di abito elegante e il calcio di una pistola ingrandirsi fino ad assumere la forma di un pozzo nero senza fondo davanti ai suoi occhi.

Da qualche parte dietro al pozzo sente Bernhardsson sibilare.

«Porco polacco! Non appartieni a questo posto. Non ne hai mai fatto parte».

Poi spara.

I colpi che seguono sono timidi, ma abbastanza forti da aprirgli un varco per sfuggire alla morte. Konrad si spinge verso la salvezza con un urlo primordiale.

La voce dall'altra parte è delicata e gentile.

«Ohilà! Konrad, sono solo io, Gertrud».

Si alza a sedere nel letto e si guarda confuso intorno. Gli ci vogliono diversi secondi per rendersi conto di dove si trova.

Bussa ancora una volta.

«Ohilà!».

«Ehm, aspetta solo un secondo».

Konrad si trascina nel bagno, apre il rubinetto e si versa dell'acqua gelida sopra il capo.

Sente un fulmineo dolore alla testa. Un pazzoide emaciato con i capelli gocciolanti e arruffati e gli occhi gonfi lo fissa dallo specchio rotto.

Distoglie rapidamente lo sguardo e si infila i jeans e la camicia, che erano rimasti appesi alla sedia.

«Cazzo!», la saluta passandosi una mano tra i capelli bagnati.

«Buongiorno anche a te», dice Gertrud.

Lo osserva meravigliata, come se si trattasse dell'ultimo esemplare di una specie in via di estinzione.

«Urlavi come se ti stessero ammazzando?»

«Non puoi immaginare...».

«Scusa, non volevo», dice con aria imbarazzata. «È stata una cosa stupida da dire. Pensando a Herman e Signe...».

Lui agita la mano per scacciare quel pensiero dalla sua mente.

«Non importa».

Konrad fa un gesto incerto, che vorrebbe essere un invito. Lei si guarda intorno, scarta il letto e si siede all'estremo angolo della sedia. Le unghie dei piedi laccate di rosso spuntano da un paio di sandaletti bianchi. Brillano come fiori sulla moquette. I capelli sono umidi, come se avesse appena fatto la doccia. Sospira e lancia uno sguardo verso la finestra.

«Forse dovrei aprirla», si sbriga a proporre Konrad.

Tira su la tapparella di modo che la luce del giorno possa entrare nella stanza e poi fissa la finestra con un gancio. Non si inceppa affatto. Una brezza tiepida riempie la stanza di ossigeno. Vede che sono le dieci passate.

«Le cose si mettono bene», dice Gertrud. «Ho parlato con la signora che abita nel mio caseggiato. Vuole ottocento corone al mese per la camera. In anticipo, ha tenuto a precisare. Immagino che corrisponda a quanto paghi per una notte in hotel».

Konrad è perplesso. Una parte di lui è ancora immersa nel panico. È appena stato giustiziato da Bernhardsson. Maledetto porco! Gertrud è reale? È riuscito in qualche modo miracoloso a evitare la morte? Si scrolla di dosso un brivido.

«In effetti non è poi così male», continua lei. «Avrai il tuo ingresso privato dalle scale. La signora potrà sembrare un po' burbera. Ma in fondo è gentile. È diventata un po' confusa con gli anni, si dice, ma non saprei... A proposito, si chiama Gudrun Vernersson. Gudan per quelli che la conoscono».

«Non credo di avere molta scelta...».

«È una proposta. Ho già detto alla signora che avresti preso la stanza. E ho garantito che sei una persona per bene e praticamente astemio».

«Grazie», dice Konrad, sentendosi un vero fallito.

Lei si alza dalla sedia.

«Sì, in realtà ero venuta solo per dirti questo».

Di nuovo quella sensazione. Di volerla trattenere. Impedirle di svanire dietro l'angolo. "Perché si prende cura di me?", si chiede Konrad. Mi conosce appena. Avrebbe così tante domande da farle, ma i pensieri si agitano ancora come se gli fluttuassero nella testa in una specie di pappa di avena.

«Sai che domani è la vigilia del giorno di mezza estate?», gli domanda improvvisamente, con la mano appoggiata alla maniglia della porta.

Lui scuote la testa in modo ridicolo.

«No, non ci avevo pensato in tutto questo casino».

«Be', non ho balli sul pontile da proporti. Ma forse un pezzo di aringa e un bicchierino di acquavite?».

Ci vuole un'eternità prima che Konrad realizzi che si tratta di un invito. Gli sembra che sia passato un sacco di tempo dall'ultima volta che è stato invitato da qualche parte.

«Sì, non ho altri programmi...».

«No, lo avevo immaginato».

È impossibile non fare caso all'ironia nella sua voce.

«Il fatto è che non ho programmi neanche per dopodomani. O per i prossimi cento o mille giorni».

Lei scoppia a ridere e le si formano delle piccole rughe intorno agli occhi che subito scompaiono.

«È a casa di Sven. Saremo in cinque, credo».

«Chi...?»

«Oltre a te e me, ci saranno Sven e Lena. E poi non potevo evitare di invitare Palander».

«Palander?»

«Be' sì, noi forestieri dobbiamo fare gruppo».

«Ma non vive qui da decenni?»

«Sì, ma per alcuni questo non conta. È come se fossero nati *outsider*».

Konrad considera quello che ha detto. Gli torna mente un'immagine di Sven Myrberg. Il tempo l'ha avvolta in una vaga foschia, difficile capire cosa rappresenti. Una strisciante sensazione di disagio gli stringe lo stomaco. "Dovrei volerlo incontrare", pensa Konrad. Ma ha soprattutto voglia di declinare l'invito.

«Dovresti essere curioso di incontrare Sven», dice Gertrud come se riuscisse a leggergli nel pensiero.

«Sì, sarà bello».

Esita, e la domanda esce tronca.

«Lena, mi chiedevo solo, è...?»

«La dolce metà di Sven, vuoi dire? Sì, forse si può dire così».

«Pensavo che lui fosse...?».

Un pensiero divertito le illumina lo sguardo.

«Vedrai, resterai sorpreso».

Quando Gertrud lo lascia, l'odore di lei rimane sospeso nella stanza. Konrad lo inspira profondamente, per indagarne tutte le sfumature. Prova a decifrarlo, ma realizza che le sue conoscenze in fatto di profumi femminili sono piuttosto limitate. Limone su pelle calda, forse. Lentamente l'odore svanisce, inghiottito dalla polvere e dalla solitudine della stanza d'albergo. A Konrad viene in mente di telefonare a Palander.

Con la logica del povero, dal momento che è probabilmente l'ultima volta in cui la colazione sarà compresa nell'affitto, trangugia uova e pancetta, yogurt e panini con il formaggio, e termina con caffè e una brioche alla crema che trasuda grasso.

Contro ogni previsione si sente sveglio. Pronto ad affrontare le difficoltà. Non era mica per perdersi in una sbornia di nostalgia che aveva fatto ritorno a Tomelilla.

Perché è tornato, in realtà?

Per Herman e Signe, è ovvio. La polizia gli aveva effettivamente chiesto di tornare. Ma quando avevano chiamato c'era stata ancora una possibilità di liberarsi da quella trappola. Non l'aveva fatto. Aveva scelto di ritornare, anche se gli pesava. Nessuno lo aveva costretto, almeno si illudeva che fosse stata una scelta libera e incondizionata. "Adesso le cose stanno diversamente", pensa. "Adesso so che stanno facendo di tutto per incastrarmi".

Herman e Signe. Chi era stato dietro di loro quella notte nella rimessa, e gli aveva poi puntato la bocca della pistola alla nuca? Prima lui. Poi lei. O era stato il contrario?

Avevano implorato per avere salve le loro vite, proprio come Mahmoud?

Cosa aveva provato nei due ultimi secondi di vita chi dei due era sopravvissuto all'altro? Il terrore spazza via tutto. Era rimasta ancora una misera fiammella di speranza? Forse chi aveva vissuto più a lungo aveva sofferto più che altro per la vergogna. Per non poter salvare il compagno di una vita. Per non avere neanche il coraggio di provarci.

Konrad prova a figurarsi Herman e Signe di fronte alla morte. Una vaga immagine di loro inginocchiati davanti al pastore Waltersson fa capolino tra i suoi ricordi. Certamente avevano pregato per le loro vite. Chi non lo avrebbe fatto?

Lancia uno sguardo fuori dalla finestra. La piazza è deserta, la triste piazza della Casa del Popolo, gelida anche nell'afa.

Da qualche parte là fuori stanno le risposte, si dice Konrad.

Ma il pensiero che lo induce a tirare fuori il cellulare per chiamare Örjan Palander non riguarda Herman e Signe.

Agnes.

Per ogni giorno, per ogni ora che passa, la sente sempre più vicina. Forse vive ancora nei paraggi. Questo pensiero ha colpito Konrad diverse volte, sebbene sia consapevole che non è molto probabile. A volte gli sembra di vederla, così come se la ricorda. Un viso, per metà nascosto da una tenda di una cucina al terzo piano. Un riflesso in una vetrina. Una mano che scosta i capelli scuri dalla fronte. Un'ombra nel cimitero.

Devono pur esserci delle tracce.

Forse Agnes vive da qualche parte molto molto lontano?

Sola in un appartamento nella periferia di una grande città. Ormai sarà pensionata. Avrà una sua fotografia da guardare? Forse si trova in una remota spiaggia in Asia. Se così fosse, penserà a lui quando guarda il mare? Forse oggi è seduta a un grande tavolo su un prato estivo in Svezia, con una ghirlanda di margherite e fiordalisi nei capelli, ridendo felice con suo marito e i suoi nuovi figli e nipoti. Proverà mai una specie di inquietudine pensando a lui? Bloccandosi un istante, impercettibilmente, senza che nessuno se ne accorga, e si chiederà mai che fine abbia fatto il suo bambino? Forse è tornata in

Polonia. Konrad si rende conto di non avere la minima idea di quale sia la città della Polonia da cui veniva Agnes.

Ma ci deve pur essere uno spunto che lo porti sulla strada giusta.

Quindi chiama Palander.

Dopo il quinto segnale sente un grugnito indistinto dall'altro capo del filo. Konrad salta i preamboli.

«Mi avevi detto che hai fatto delle ricerche nell'archivio del giornale per verificare se c'era qualcosa su Herman e Signe?»

«Uhm...».

Rumori inequivocabili dal telefono rivelano che Palander sta mangiando il suo pranzo di buon'ora. Konrad sente il redattore deglutire.

«Sì, esatto».

«Quale periodo di tempo copre quell'archivio?»

«Un periodo abbastanza lungo...».

«Fino all'epoca in cui è scomparsa mia madre?».

Segue un secondo di silenzio.

«Ho capito dove vuoi andare a parare», commenta poi Palander. «Il fatto è che ho già fatto delle ricerche. Passa di qua così ti faccio vedere».

Dieci minuti dopo Konrad entra dalla porta della redazione locale e nella foga per poco non si scontra con Solveig, la venditrice di spazi pubblicitari. Lei gli lancia uno sguardo arcigno prima di uscire in strada.

Palander siede comodamente alla sua scrivania, reclinato all'indietro nella sedia, con i piedi appoggiati su un cassetto e il ventilatore piazzato a due metri di distanza. Sputa aria, e i suoi baffi rigidi ondeggiano nella corrente. La camicia hawaiana a fiori è sbottonata fino a metà petto. Glabro come il suo cranio. Davanti a lui ci sono i resti del pranzo a base di hamburger del chiosco in strada. Appallottola l'immondizia e la getta nel cestino.

«Avevo proprio pensato di chiamarti oggi», dice tirando giù i piedi.

«Come va con gli omicidi?», domanda Konrad e si accomoda nella logora poltrona degli ospiti.

Realizza che non ha neanche buttato l'occhio su di un qualsiasi giornale negli ultimi due giorni. E tanto meno ha sentito le notizie alla TV o alla radio.

«Sembra che la polizia si sia un po' arenata. Oppure sono insolitamente bravi a non far trapelare informazioni. E la stampa mondiale si è stufata. Te ne accorgi dall'hotel. È vuoto come al solito, no? A volte mi telefonano da Malmö o da Stoccolma per chiedere se ho notizie fresche da dargli. Ma figurati se gli passo una dritta».

Sta in silenzio per un po', ma non abbastanza perché Konrad faccia in tempo a formulare una domanda.

«Ti stai ovviamente chiedendo se resti ancora il *prime suspect*?»

«Più o meno...».

«Secondo le mie fonti ancora lo sei, purtroppo. Tu e Klas Jönsson. Puoi contare sul fatto che stanno facendo indagini approfondite sul vostro conto. Personalmente non credo che abbiano qualcosa di concreto cui appigliarsi. Ma Björn Bernhardsson è un furetto. Si aggrappa con i denti e non molla la presa».

Palander sospira profondamente e assume un'aria quasi infelice.

«Stanno ovviamente anche indagando le possibili connessioni con quei colpi mortali di Onslunda. Questo rientra nella routine».

«Niente di nuovo su quegli albanesi?»

«Sono stato giù nella zona dove abitano e ho provato a parlare con la gente. Ma sono sospettosi. Non si sbottonano. Da quel che mi hanno detto, i ragazzi a cui Torstensson ha fatto esplodere la testa erano immacolati come la neve. E secondo loro dovrebbero impiccare Torstensson all'istante. Sono furiosi, lo hai visto con i tuoi occhi alla manifestazione in piazza. Un paio di loro si sono fatti minacciosi, così sono stato costretto ad andarmene».

Konrad annuisce. Lascia lo sguardo perdersi fuori dalla finestra. Il vecchio magro che stava a sonnecchiare sulla panchina davanti Systembolaget è ancora lì. Vivrà lì? Si vede da lontano che si è pisciato addosso. I suoi pantaloni grigio chiaro sono neri all'altezza del cavallo, e giù per un pezzo all'interno coscia. Ma il vecchio non pare curarsene. La sua bocca si muove, sembra rimproverare e imprecare, ma non c'è nessuno nei paraggi che lo ascolti.

«Ma sei venuto per Agnes, giusto?», dice Palander lentamente.

«Sì, pensavo di...».

«Il fatto è che la nostra ultima conversazione mi aveva incuriosito. E così sono andato a Ystad e ho chiesto alle signore dell'archivio della redazione centrale di aiutarmi a cercare in cantina. Le cose nuove sono informatizzate, ma per quanto riguarda la roba vecchia bisogna andare a cercare i ritagli».

Apre l'ultimo cassetto della scrivania e lancia tre buste marroni sul tavolo. Odorano di polvere e sono farinose ai bordi da anni di sfregamenti. In alto sulla busta è scritto con caratteri di una macchina da scrivere antiquata: "Crimini e condanne. Tomelilla. 1968".

«Li ho già passati in rassegna», dice Palander e pesca tre ritagli ingialliti, tenuti insieme da una clip. «Questo è quel che c'è su di lei».

Tutti e tre gli articoli, un articolo piuttosto breve, un trafiletto e un testo un poco più lungo, sono firmati "NS".

«NS sta per Nils Söder», lo informa Palander. «Un tizio originale che aveva questo posto prima di me. L'ho incontrato solo di sfuggita quando l'ho sostituito a metà degli anni Settanta. Un uomo insignificante. Apparteneva alla vecchia scuola, a quelli che riportavano esattamente quello che il capo della polizia e il consigliere comunale dicevano di scrivere. Come puoi notare, non aveva un grande stile».

Konrad fissa i ritagli, che lo aspettano sulla scrivania. È come se fossero un richiamo, come se quei pezzi di carta delicati, rimasti rinchiusi tanto a lungo, avessero una vita propria, e adesso non desiderassero altro che raccontargli la loro storia. Esita. Non ha quasi il coraggio di toccarli. Cosa si aspetta? Si tratta solo di referti criminali sbrigativamente messi insieme, lavoro di routine per un redattore che sicuramente non ha condotto nessun tipo di approfondimento per conto proprio.

Comunque la sua mano trema quando prende il primo articolo.

Donna scomparsa misteriosamente è il titolo.

Il testo sintetico sembra riportare direttamente le parole di un commissario di polizia di nome Kurt Nilsson. Forse è stato scritto la sera tardi, perché le notizie sono sommarie.

Racconta di una donna di trent'anni, residente a Tomelilla, scomparsa senza lasciare tracce. La questione era arrivata a conoscenza delle autorità quando i vicini della donna avevano cominciato a fare caso al fatto che non vedevano più in giro il suo bambino di sette anni. Il bambino era stato affidato ai servizi sociali.

«Non sappiamo ancora se si tratti di un crimine o se la donna si sia allontanata volontariamente», viene citato il commissario Nilsson.

Konrad ripone l'articolo con cautela. Torna a rileggerlo, tentando di scorgere un messaggio tra le righe, stampate con la discreta tonalità dell'epoca. Vede un piccolo bambino magrolino, solo al tavolo della cucina di un appartamento vuoto con la carta da parati grigia con le ghirlande di fiori. Il vento agita un imponente castagno scuro fuori dalla finestra. Il bambino ha mal di pancia, non solo per la fame. Aspetta che arrivi qualcuno. Ascolta, ha nostalgia di risentire il rumore dei passi che salgono le scale.

Alza lo sguardo su Palander, che lo osserva teso, come se non volesse perdersi ogni sua minima reazione.

Il secondo articolo è solo un sommario trafiletto, datato al giorno seguente la pubblicazione del primo. Il redattore Söder constata che la polizia non ha ancora nuovi indizi, ma che le indagini proseguono.

Il terzo testo è il più lungo. Il foglio ha i bordi consumati, delicato come una pagina della Bibbia, sembra che possa sbriciolarsi in qualsiasi momento. L'articolo è scritto a una settimana dalla scomparsa. Le indagini della polizia sembrano concluse e pare che Nils Söder abbia deciso di riferire l'accaduto in una forma un poco più completa, dove si lascia andare a sue considerazioni personali.

Per la prima volta è riportato il nome di Agnes.

Il titolo è: *Polacca abbandona suo figlio*.

"Come se avesse avuto scelta", pensa Konrad, e sente qualcosa di bruciante ribollirgli dentro. Ma contro chi può rivolgere la sua rabbia?

È chiaro già dall'introduzione che Nils Söder si è fatto un'idea ben precisa di Agnes.

«Agnes Stankiewic ha vissuto per nove anni a Tomelilla. Un uccello straniero nell'idillio dello Skåne».

Il seguito strappalacrime, in cui Söder racconta del bambino abbandonato, fa venire un forte malessere a Konrad. Gli dà la netta sensazione che il giornalista si sia inventato la maggior parte delle cose che scrive.

Poi il testo passa a una complicata relazione delle considerazioni della polizia e delle autorità sociali.

Le parti più interessanti arrivano alla fine.

«La polizia non ha ancora trovato indizi che dimostrino che Agnes Stankiewic sia stata vittima di un crimine», scrive Söder. «Probabilmente ha deciso di lasciare la zona di sua volontà per cercare fortuna altrove. L'amministrazione dei servizi sociali ammette che avrebbero dovuto prendersi cura del bambino già da parecchio tempo».

Non viene indicato nessun funzionario dei servizi sociali come fonte di queste informazioni. La citazione finale è attribuita al commissario Kurt Nilsson:

«Sappiamo che si guadagnava il pane in un modo che non è ritenuto onorabile e a cui non siamo abituati nella nostra comunità. Non possiamo escludere alcuna possibilità. Ma siamo stati in contatto con diversi dei suoi cosiddetti clienti. Non hanno saputo rilasciare indicazioni rilevanti».

Quando Konrad lascia l'ultimo ritaglio si accorge di sentire freddo. Fuori dalla finestra il sole cuoce l'asfalto tanto da farlo diventare bianco, ma nella redazione sembra che un vento gelido soffi da una cantina fredda e umida nelle viscere della terra. Spegne il ventilatore da tavolo senza chiedere il permesso a Palander. Il brusio si interrompe d'improvviso e la stanza rimane totalmente silenziosa.

Palander si schiarisce la gola e prende uno dei suoi sigaretti neri. Lo osserva un secondo e lo infila dietro l'orecchio.

«È vivo?», chiede Konrad.

«Nils Söder? No! È volato nei beati territori di caccia pochi anni dopo avere smesso di lavorare».

«E quel commissario?».

Örjan Palander scuote la testa.

«Non lo so. Ma non dovrebbe essere molto difficile scoprirlo».

Konrad si alza esitante, come se non sapesse se andarsene o restare. Gli gira la testa. Pressione bassa. Sente che gli si è addormentata la gamba destra.

«Sei pallido», dice Palander gentilmente.

«Mi sento veramente uno schifo».

«Per il fatto che la tua mamma...?».

Konrad ondeggia leggermente. Il capogiro non vuole lasciarlo.

«Avevano ragione», dice piano. «È vero che sono figlio di una puttana».

CAPITOLO 16

Gli zingari arrivavano sempre in primavera, e non trascorreva mai molto tempo prima che le vecchie donne delle case popolari di Fabriksgatan cominciassero a lamentarsi che i bambini facevano la cacca tra i cespugli.

Arrivavano di notte. Almeno secondo quanto diceva la gente, dato che pareva che nessuno avesse mai visto le loro roulotte attraversare il paese. Un bel mattino se li ritrovavano semplicemente lì in circolo, come per difendersi da eventuali aggressioni, nella piccola area da campeggio nei pressi di Välabadet.

Nessuno sapeva da dove venissero, e nemmeno dove fossero diretti quando ripartivano. Come si sarebbe potuto sapere? Non c'era nessun motivo di parlare con quei forestieri, e del resto non erano neanche probabilmente in grado di capire lo svedese. Non di rado accadeva che venissero sgomberati dalla polizia, quando giungevano lamentele da parte dei residenti o dai proprietari delle ville dei dintorni.

Alle persone oneste risultava chiaro che era meglio tenersi lontani dagli zingari. Ma fintanto che rimanevano là, erano oggetto di una attenzione in bilico tra curiosità e paura.

Si mormorava di uomini dagli occhi neri e dallo sguardo pericoloso e vellutato come seta che andavano in giro per offrirsi di affilare coltelli. Di donne focose, vestite di gonne sgargianti e di pizzi. Di vecchie sdentate che leggevano il futuro, presagendo ricchezze e tragedie nelle carte. E di bambini così sporchi e arruffati da somigliare a folletti del bosco.

A sera si sentiva il suono di violini e fisarmoniche, intorno al fuoco da campo che mandava bagliori sotto gli olmi vicino al ruscello. Gli zingari danzavano alla luce della luna, raccontava la gente che poteva intravederli dai balconi che si affacciavano sull'accampamento. Sicuramente grigliavano porcospini che catturavano nel sottobosco.

Non era stato proprio il custode della spiaggia a raccontare di aver trovato strani resti di ossa tra la cenere, dopo la loro partenza l'anno passato?

Come si guadagnasse da vivere quella gente che si accampava vicino al ruscello non lo sapeva nessuno. Di conseguenza tutti davano per scontato che gli zingari rubassero.

«Hanno il furto nel sangue», aveva detto Signe quella volta che aveva sbattuto la porta della casa di eternit in faccia a una donna con un bambino tra le braccia che aveva provato a venderle delle rose.

Signe era nera in volto come se avessero suonato musica pop alla radio di venerdì santo, quando aveva scostato di soppiatto le tendine di pizzo alla finestra per seguire con lo sguardo la zingara che si allontanava.

«Si portano Satana in persona appeso al collo», borbottò.

«Ha rubato qualcosa?», chiese Konrad, seduto al tavolo in cucina, intento a disegnare mostri sul suo quaderno.

Signe annuì gravemente. «Ho visto mentre sgraffignava il cappello rosso di Herman dalla mensola».

«E perché non l'hai fermata?», chiese Konrad meravigliato.

A quelle parole lo aveva guardato dritto negli occhi scuotendo la testa, con il tono di chi è assolutamente convinto di quello che sta per dire.

«Aveva un coltello sotto la gonna. Ce l'hanno sempre».

Non sarebbe esatto dire che gli zingari fossero detestati. Erano troppo privi di qualsiasi valore per suscitare un tale sentimento.

Parassiti, arringava qualcuno. Dopo una settimana se ne ripartivano, e nessuno, in effetti, credeva veramente che rappresentassero una reale minaccia all'ordine costituito o che interferissero realmente con le buone abitudini della comunità.

In generale gli zingari costituivano più che altro una specie di attrazione esotica. Trattandosi con ogni evidenza di gente di specie diversa e inferiore. Capricciosi come bambini, inaffidabili e pericolosi se messi alle strette, più di certi cani randagi feriti. Ma anche se pochi tra gli abitanti del posto lo avrebbero ammesso apertamente, c'era qualcosa di attraente in quella vista, qualcosa che solleticava il loro superbo disprezzo: la libertà di andarsene in qualsiasi istante, come quegli uccelli che volano via seguendo la linea della costa.

Per Konrad e Sven gli zingari erano sinonimo di avventura.

Tutte le volte che potevano si acquattavano nei cespugli intorno al camping e fantasticavano su cosa stesse accadendo all'interno del circolo formato dalle roulotte.

«Cazzo, pensa se ci scoprono. È la volta buona che ci mettono a rosolare sul fuoco», sussurrò Sven una volta mentre se ne stavano a pancia a terra a spiare tra l'erba alta, particolarmente vicini all'accampamento.

«Se ci vedono ce la diamo a gambe attraverso il ruscello. Hanno paura dell'acqua», precisò Konrad di rimando.

Sven annuì e fece un segno a Konrad, unendo il pollice e l'indice a formare un cerchio. Ottimo piano. Strizzarono gli occhi per mettere meglio a fuoco la vista nel crepuscolo. Spostarono un po' l'erba per liberare la visuale. Poi si avvicinarono ancora di più. Tra le ruote delle roulotte potevano vedere il bagliore del fuoco, rosso e seducente. Delle ombre si muovevano all'intorno. Sentivano delle voci, qualcuno che rideva, qualcuno che litigava, e improvvisamente un cane iniziò ad abbaiare.

«Maledizione, ci hanno scoperti», sbottò Sven dimenticandosi di tenere bassa la voce.

Si tirò su a quattro zampe pronto alla fuga, ma prima che Konrad potesse avere il tempo di andargli dietro, la strada era bloccata.

Una figura imponente e massiccia se ne stava a gambe larghe proprio sopra di loro. Doveva essere arrivato in assoluto silenzio. Li investì una fragorosa risata, mentre se ne restavano riversi per terra, indifesi nell'erba come due lepri appena prese in trappola.

«Cosa abbiamo qui? Delle spie!».

Il cuore di Konrad batteva come un motore a vapore a tutta velocità, e il bambino poté scorgere lacrime di terrore negli occhi di Sven. "Per tutti i diavoli, adesso ci ammazza!", fece in tempo a pensare terrorizzato. Per non rischiare di far arrabbiare ulteriormente l'enorme zingaro rimasero entrambi muti come pesci.

Due mani forti come morse li afferrarono per la collottola e li tirarono su in posizione eretta.

«Vediamo un po' cosa abbiamo acchiappato per la minestra», mormorò l'uomo e cominciò a camminare verso l'accampamento spingendoli avanti a sé senza tante cerimonie.

All'interno del cerchio vennero accolti da sguardi famelici, affamati di bianca carne umana.

Il pentolone di ferro sospeso sopra al fuoco aveva proprio l'aspetto che Konrad temeva, grande abbastanza per metterci dentro due ragazzini fatti a pezzi. Uomini dallo sguardo assassino su volti incisi dalle cicatrici, donne dalle rosse labbra carnose e con i denti scoperti, e bambini esangui stavano lì a fissarli, parlottando tra loro con un filo di voce.

Konrad e Sven erano pronti a morire. Chiusero forte gli occhi pregando perché avvenisse un miracolo.

Non accadde nulla.

Solo quelle voci basse.

Si fecero quindi coraggio e tornarono a guardarsi cautamente intorno. La gente che li circondava non sembrava poi così minacciosa. Semplicemente se la ridevano! Konrad si rese conto che quegli occhi erano in effetti pieni di curiosità. Mani e volti di bambini sorridenti. Risa a crepapelle e grida di divertimento. Lo zingaro possente che li aveva acciuffati aveva ormai da un pezzo mollato la presa attorno alla loro collottola.

Quando prese a parlare sentì che si esprimeva in uno svedese dall'accento comprensibilissimo.

«Avete fame bambini? Noi stiamo proprio per mangiare».

Senza attendere risposta li fece sedere su una panca vicino al fuoco. Una donna anziana e corpulenta, forse la moglie, scodellava lo stufato in ciotole di latta che poi distribuiva a ognuno.

«Mangiate!», ordinò l'uomo. Konrad vide che sorrideva, illuminato dal chiarore del fuoco.

«Che cos'è?», pigolò Sven timoroso.

«Ciccia di bambino. Con un po' di verdure. Si aggiravano qui intorno proprio ieri sera».

Konrad sorrise di rimando e infilò temerario un intero cucchiaio di quella sbobba in bocca. Sapeva di... stufato di manzo.

Non si scambiarono molte parole quella sera, durante l'ora che Konrad e Sven trascorsero intorno al fuoco. Senza dubbio erano gli unici in paese ad aver spartito una cena con gli zingari.

I bambini mangiavano in silenzio, e pieni di curiosità ascoltavano con le orecchie tese. Quando si furono saziati, le donne andarono a lavare le stoviglie al fiume, i bambini si rincantucciarono tra le coperte nelle tende, mentre gli uomini si concedevano un tiro dalle loro pipe o tornavano a prendersi cura dei cavalli.

«Correte a casa adesso bambini. Raccontate a papà e mamma che avete cenato con Zandor, il capo degli zingari!», tuonò il gigante prima di scomparire in una roulotte.

La mattina successiva gli zingari erano partiti. L'area di campeggio vicino a Välabadet era deserta come al solito. Le uniche tracce del passaggio di Zandor e del suo seguito rimanevano l'erba calpestata e la cenere ancora fumante di un fuoco da campo.

Ovviamente Konrad non osò raccontare nulla di quanto era accaduto a Herman e Signe. Cosa avrebbero potuto capirne di tutte le emozioni che gli tumultuavano dentro? Herman lo avrebbe squadrato con i suoi occhi malinconici da vitello e poi si sarebbe voltato verso Signe, che lo avrebbe sicuramente mandato a farsi un bagno per strofinare via lo sporco, dopodiché avrebbe sicuramente pregato per la sua salvezza.

Su come la pensava Klas non c'erano dubbi.

«Gli zingari se ne sono andati via», proclamò soddisfatto la sera successiva, mentre erano a cena. «Ci siamo finalmente liberati da quei parassiti».

Herman, Signe e Konrad continuarono a mangiare in silenzio.

«Sapete che i loro cervelli sono più piccoli? È stato dimostrato scientificamente. Sono come i negri, ma più furbi», insisteva, allontanando la sedia dalla tavola con un'espressione ribelle.

«Sì, grazie per la cena», mormorò Herman alzandosi per occuparsi dei piatti da lavare.

Konrad continuò a fissare la sua ultima polpetta, stringendo i pugni sotto al tavolo.

«In America il Ku Klux Klan ha sbrigato la faccenda dei negri in quattro e quattr'otto. Dovremmo fare la stessa cosa con gli zingari», disse Klas.

Quando Klas era ormai già quasi fuori della porta, Konrad esplose in un urlo.

«È il tuo cervello che è rimpicciolito. C'è solo piscio nella tua testa bacata!».

Urlando come un toro infuriato Konrad si precipitò su per le scale nella sua stanza richiudendosi la porta alle spalle.

Come al solito, Sven non riusciva a tenere la bocca chiusa.

Era risaputo che fosse la mente più brillante della scuola per quanto riguardava materie come matematica o fisica. Insegnanti compresi. Ma la boccaccia di Sven si lasciava sfuggire le cose con una rapidità maggiore di quanto gli elettroni orbitassero nel suo cervello.

«Zandor era un tipo simpatico», si vantò ad alta voce zoppicando accanto a Konrad dopo l'ultima lezione, con in spalla la sacca da ginnastica che puzzava di sudore.

La sua voce era intrisa di artefatta noncuranza, e parlava a voce alta per essere certo che tutti lo potessero sentire.

Le ore di ginnastica con Sune Alling erano una tortura costante per Sven. Le saltava tutte le volte che ne aveva il coraggio. E quando vi prendeva parte non veniva mai risparmiato dalle umiliazioni e dalle risate di sarcastiche che seguivano ai suoi goffi tentativi di saltare la cavallina o i suoi deboli lanci della palla. Dopo queste fallimentari lezioni la sua voglia di rivalsa era più forte che mai. E questo poteva essere pericoloso. E ora era evidente che Sven stava mettendo in atto questi suoi propositi.

«Quando pensi che tornerà Zandor?», proseguì ad alta voce, incurante dell'espressione adirata di Konrad.

Quando finalmente aveva dato retta a quel «chiudi il becco!» di Konrad, era ormai troppo tardi.

«Chi sarebbe Zandor?», aveva chiesto Lisa Pålsson, la secchiona della classe, naturalmente designata ad essere la Lucia a dicembre grazie ai suoi lunghi capelli biondi[1].

«Nessuno», disse Konrad rapidamente.

[1] La tradizione di Santa Lucia si festeggia il 13 dicembre in tutte le scuole, in tutte le case, in tutti gli uffici della Svezia: una ragazza viene scelta per rappresentare la santa, vestita con un lungo abito bianco e una fascia rossa in vita, ornata sul capo da una corona di candele (*n.d.t.*).

«Un tipo che conosciamo», disse Sven, che ancora non aveva capito cosa stesse per accadere.

«Che nome strano», disse Lisa e sembrò perdere l'interesse.

Ma Benny, la stella della squadra di calcio, un corpo di filo spinato e cemento armato, aveva capito quanto bastava perché la sua mente malvagia si attivasse.

«Sarà solo qualche polacco di merda», disse candidamente.

«No, è il capo degli zingari. Konrad e io abbiamo mangiato con la sua famiglia al campo», lo informò eccitato Sven.

Il gruppo di ragazzini si bloccò.

Teoricamente a quel punto c'erano due alternative possibili riguardo a ciò che poteva succedere. I curiosi avrebbero potuto prendere il sopravvento, mettendosi a fare domande così che Sven e Konrad raccontassero della loro avventura intorno al fuoco nel campo di Zandor, il capo degli zingari. Questa però era solo una possibilità teorica, che poco aveva a che fare con la realtà. Quella che si verificò fu la seconda alternativa: Benny mise fine alla discussione con un sorriso feroce.

«Zingari o polacchi, fa lo stesso, tutti sanno che cacano nei cespugli come i maiali».

La mattina dopo qualcuno aveva imbrattato di merda il sellino della bicicletta di Konrad.

CAPITOLO 17

Il suo ultimo ricordo di Sven Myrberg è carico di vergogna.

Pesanti nuvole autunnali si sono abbassate sulla pianura. Sui campi marroni, arati di recente, saltellano grasse cornacchie vestite a lutto, nei solchi, a caccia di vermi e insetti. La strada provinciale è deserta. I salici lungo il viale che porta alla proprietà reclinano le loro sommità in attesa della pioggia e le mucche, con i musi costantemente ruminanti, si stringono sotto ai cespugli di nocciolo.

Nel paesino le ampie strade sono deserte. Rare figure isolate si affrettano a voltare l'angolo o a entrare nei portoni. Passa un motorino e davanti al chiosco di Bertil sono parcheggiate delle automobili.

Il grande edificio delle poste è illuminato, la porta del negozio di sigari di Jove Bengtsson è chiusa e nella fontana in piazza ci sono solo vecchie foglie e acqua piovana.

Da qualche parte vicino al ferramenta Rosengren, sulla strada che porta al Parco del popolo, una figura solitaria avanza incespicando lungo il marciapiede. I ricci capelli rossi sono umidi di pioggia. L'impermeabile tocca quasi per terra. Lo sguardo è rivolto a terra sul lastricato e le esili spalle tirate su verso il collo, come se volesse lasciare fuori tutto quello che lo circonda.

Si blocca e lancia un rapido sguardo alla vetrina, forse, nonostante tutto, per cogliere un fugace riflesso di quel che ha intorno. Poi continua ad arrancare, faticosamente trascinando la gamba rigida.

Nell'ultimo ricordo che Konrad ha di Sven appaiono due ragazzini in bicicletta, due bambini in tuta da ginnastica e scarpini da calcio diretti verso il campo sportivo. Quando adocchiano quel tipo solitario smettono di pedalare, lasciando che le biciclette procedano per inerzia. Sussurrano qualcosa tra di loro. Si fanno dei segni d'intesa. E poi gridano, più forte che possono con le loro vocine acute, attraverso la piazza:

«Ecco arriva Svenne il frocio, che gli piace succhiare i cazzi!».

Poi sghignazzano eccitati e complici, e si affrettano a pedalare via di là a tutta birra.

Ma il tipo con l'impermeabile continua a camminare senza accennare a una reazione. Si ferma per un istante in ascolto, come se avesse percepito nel vento il canto di un uccello raro, o il richiamo della voce di un amico, ma rendendosi ben presto conto di essersi sbagliato.

E Konrad si volta dall'altra parte e si affretta oltre il passaggio a livello verso la stazione del treno.

Sven la sapeva lunga sulle cose della vita, almeno sul piano teorico.

Sin da quando era piuttosto piccolo era solito prendere in prestito grandi quantità di libri dalla biblioteca comunale ed era capace di convincere la bibliotecaria, la maestra elementare in pensione Svea Andersson, a ordinare testi scientifici di cui nessuno a Tomelilla aveva mai sentito parlare prima.

A lungo la sua Bibbia restò però il catalogo Hobbex. Appena un nuovo numero arrivava nella cassetta delle lettere, ci si buttava a capofitto per apprendere le ultime conquiste della tecnica.

Per riuscire a comprarsi per corrispondenza quei "congegni intelligenti" che si potevano ammirare nelle piccole illustrazioni sul catalogo, Sven e Konrad mettevano insieme i vuoti a rendere di lattine e bottiglie e raccoglievano fragole in campagna giungendo, nel peggiore dei casi, a rubare direttamente i soldi dalla scatola dei biscotti sullo scaffale in cucina in cui Signe teneva la cassa per le spese di casa.

Qualche settimana più tardi andavano a ritirare i pacchi marroni alla posta, per poi aprirli con ansia. Benché raramente gli articoli ordinati corrispondessero alle loro aspettative, non si arrendevano mai.

"Binoscope, la macchina miracolosa che fa della tua TV in bianco e nero una TV a colori", si componeva di un paio di fogli svolazzanti di plastica rossi e verdi, che conferivano al vecchio apparecchio granuloso della casa myrberghiana l'aspetto di un'opera d'arte psichedelica.

"Coltelli da lancio per professionisti che non mancano mai il bersaglio" – non era chiaro se ci fosse un errore nel catalogo – si mostrarono essere dei profili di ferro sommariamente punzonati che cadevano sempre a terra di punta con un rumore imbarazzante.

Negli "X-Ray, occhiali a raggi X", Sven e Konrad avevano riposto grandi aspettative. L'immagine nel catalogo prometteva bene. Un bambino con spessi occhiali neri appoggiati sul naso e con un sorriso raggiante in volto, fissava due belle ragazze con indosso vestitini estivi e i capelli infiocchettati. Dai contorni tratteggiati dei corpi delle ragazze, si poteva dedurre che il ragazzino poteva vedere, grazie agli X-Ray, attraverso i loro abiti.

Armati di questo sensazionale strumento, Sven e Konrad si diressero in bicicletta a Välabadet. Si sistemarono sulla piattaforma dipinta di verde vicino alla piscina, dove la squadra femminile del club di nuoto si esercitava nella partenza nelle due corsie più vicine a loro, mentre il resto della vasca era dedicata al nuoto libero. Konrad fu il primo a provare gli occhiali.

«Vedi qualcosa?», chiese eccitato Sven.

«È tutto confuso...».

«Fammi provare».

L'esperimento non andò mai più avanti di così. Si avvicinò infatti il bagnino, un ammasso di muscoli con i capelli a spazzola di nome Jan-Erik, che nei mesi invernali faceva il buttafuori a Ystad.

«Cosa state combinando?», ringhiò.

«Niente», mormorò Sven.

Proprio accanto a lui, sulla piattaforma, stavano il catalogo Hobbex e le istruzioni degli X-Ray. Jan-Erik strappò d'un colpo gli occhiali dal naso di Konrad e prese a leggere il manuale.

«Schifosi maiali», borbottò lanciandogli un'occhiata furente.

Poi infilò gli occhiali a raggi X e indirizzò lo sguardo verso una delle nuotatrici che stava facendo riscaldamento ai blocchi di partenza.

«Porca miseria!».

Per un lungo istante restò immobile passandosi la lingua sulle labbra. Quindi se li sfilò.

«Questi li prendo in consegna io. Sono confiscati. E non vi voglio rivedere qui per almeno una settimana. Dovete essere contenti se non vi sbatto fuori per il resto della stagione. E ora sparite!».

Con le orecchie basse Konrad e Sven si avviarono lentamente verso casa.

«Merda. Dodici corone andate in fumo», mormorò Sven tirando un calcio a un sasso che prese a rotolare attraversando la strada fino a sbattere contro il paraurti di una Volkswagen parcheggiata.

«Ehi», disse Konrad. «Scommetto quello che vuoi che funzionavano».

«Dici?»

«Mentre era lì a sgridarci, prima di levarmi gli occhiali mi è sembrato di vedergli lo scheletro».

Sven lo fissava scettico.

«Davvero?».

Konrad annuì.

«Se li terrà lui, sicuro».

«Uhm...».

«Beato lui...».

In qualche modo una sorta di predestinazione faceva sì che Sven Myrberg fosse un eterno escluso.

A causa del fatto che zoppicava, ovviamente.

Ma il figlio più piccolo nella grande casa vicina al lago Myrsjön si distingueva anche per altre caratteristiche. Alcuni dei suoi fratelli maggiori lo tennero sotto le loro ali protettive finché restarono a vivere in casa, ma uno alla volta scomparvero tutti, e alla fine rimasero in quella casa con i genitori alcolizzati solo i figli nati parecchio tempo dopo tutti gli altri, Sven e Gertrud.

Per certi aspetti Sven era un genio, il suo grande limite era che non riusciva a dissimularlo.

Questo talvolta aveva i suoi lati positivi, come ad esempio quella volta che Donald Göransson aveva annunciato, durante la lezione di matematica, una gara per vedere chi fosse il più rapido nell'addizionare i numeri primi. Il maestro stesso avrebbe partecipato "fuori gara" per spronare i suoi allievi, li informò con espressione compunta. Il vincitore, quello cioè che si fosse avvicinato di più al risultato del maestro Göransson, avrebbe ottenuto una nota di merito nella pagella prima delle vacanze natalizie.

«Qualcuno mi sa spiegare cosa sono i numeri primi, così che tutti sappiano di cosa stiamo parlando?».

Qualche alunno agitò la mano in aria, ma nessuno energicamente quanto Lisa Pålsson.

«Lisa?»

«Un numero primo è un numero naturale maggiore di uno, divisibile solamente per se stesso e per uno».

«Proprio così. I numeri primi sono infiniti, questo lo aveva già dimostrato Euclide, il matematico greco», proclamò Göransson.

Venne quindi fissato un tempo limite di cinque minuti. Nessun aiuto oltre alla carta e alla penna poteva essere usato. Un timer venne posizionato sulla cattedra. Al suo segnale tutti avrebbero dovuto interrompere la prova. Solo somme corrette e scritte nel giusto ordine sarebbero state convalidate.

Gli allievi più stupidi emisero un sospiro, ma neanche "Benny cemento" osò protestare quando lo sguardo glaciale di Göransson prese a scrutare la classe, mentre le sue piccole mani nervose stringevano il righello di legno. Lisa Pålsson si sedette al banco con un'espressione ansiosa.

Il pensiero che Göransson potesse essersi esercitato in anticipo in sala professori e nella sua casa da single, passò per la testa di più di un alunno. Ciò avrebbe rappresentato per lui un indubbio vantaggio. Il che sarebbe equivalso a barare. Ma naturalmente nessuno aveva avuto l'ardire di esprimere quel dubbio.

Al segnale di "via" Göransson, il più zelante di tutti, si lanciò sul suo quaderno a quadretti. Konrad si spremeva forte le meningi tanto che i suoi pensieri facevano rumore, ma si sentiva battuto in partenza. Sven prese la cosa con grande calma. Senza fretta, cominciò a temperare la matita fino a ridurla a un mozzicone, tanto corto da scomparirgli nella mano. Prese quindi a scrivere sistematicamente delle cifre sul suo foglio.

Al trillo conclusivo Göransson ordinò: «Tempo scaduto!», sbattendo la penna sulla cattedra con piglio militaresco.

«Bene», disse, lanciando uno sguardo trionfante al suo gregge. «Adesso verifichiamo i risultati giusti alla lavagna».

Si alzò e prese un gessetto.

«Io sono arrivato alla venticinquesima riga. Ho sommato ventiquattro numeri primi ottenendo la somma di 961. La venticinquesima cifra è 97. E la somma è dunque 1058».

Il maestro di matematica scarabocchiò quindi a velocità spaventosa sulla lavagna i risultati ottenuti mettendo alla fine un punto con un colpo secco e deciso che fece alzare una nuvola di gesso nell'aria.

«Qualcuno di voi si è avvicinato a questo risultato?».

La mano di Lisa Pålsson si agitò nell'aria.

«Dodicesima riga», disse soddisfatta. «La somma è 197».

«Niente male», la lodò Göransson. «Effettivamente molto bene».

Konrad osservò le miserabili operazioni sul suo foglio e giudicò senza prospettiva il tentativo di metterne a parte la classe. "Benny cemento" sbadigliò e rivolse uno sguardo annoiato fuori dalla finestra.

«Qualcun altro?», chiese Göransson con un sorriso sarcastico sulle labbra. «Gunnel, forse?».

Le guance rotonde di Gunnel presero ad avvampare all'istante e nei suoi occhi rassegnati si poteva intravedere come si stesse preparando alla consueta umiliazione. Ma Sven giunse in suo soccorso.

«Io sono arrivato a trenta righe», disse con voce forte e chiara. «La somma è 1593».

Göransson si voltò sconcertato, come se alla mensa scolastica qualcuno gli avesse lanciato una patata fredda in testa, vale a dire una situazione totalmente inverosimile. La sua faccia lasciava trasparire incredulità venata di ansia; Sven Myrberg aveva in passato dimostrato di possedere insospettate qualità. Ma addirittura trenta righe. Poteva mai essere possibile?

«Bene bene...», disse Göransson misurando le parole.

La situazione in aula si fece improvvisamente tesa. Persino gli annoiati e i disinteressati, che erano rimasti a sognare di tutt'altro, si risvegliarono. Ventotto paia di occhi guardavano ora curiosi Göransson, che mostrava evidenti segni di perplessità riguardo a come gestire quell'inaspettata situazione.

«Dobbiamo verificare».

Con le dita leggermente tremanti prese il foglio che Sven gli porgeva. Osservò le cifre e sul suo volto solitamente tanto severo si diffuse un velo di incertezza.

«Ma qui non ci sono operazioni, solo i risultati delle somme. Non è sufficiente. La cosa doveva essere fatta così», scandì tenendo sollevato in alto il proprio quaderno di fronte alla classe.

Lì comparivano le addizioni per esteso, segnate con la matita ben appuntita in colonne ordinate.

«Ma non è necessario», disse Sven come se niente fosse.

«Cosa intendi dire?»

«I conti li ho fatti a mente. È facile. Così non c'è bisogno di scrivere un sacco di roba. Basta calcolare a mente».

Göransson lanciò uno sguardo irato verso il suo alunno e tornò a sedersi dietro alla cattedra. Frugò nella sua consunta borsa di cuoio marrone ed estrasse una calcolatrice, con la quale prese a rifare i conti. A ogni operazione annotava qualcosa sul suo quaderno, scuotendo il capo leggermente piegato da un lato.

Finalmente Göransson alzò la sua faccia grigio cenere rivolgendosi verso la classe. Lo sguardo era svuotato e privo di forza.

«È corretto», profferì in un fiato, quasi tra sé. «Trenta righe. La somma è 1593».

Per un lungo momento rimase immobile con le spalle piegate. Un brusio percorse l'aula. Per un istante sembrò che fosse accaduto qualcosa di storico. La gamba di una sedia strusciò contro il pavimento. Qualcuno tossì silenziosamente nella manica della maglietta. Piccoli granelli di polvere svolazzarono nell'aria, illuminati dai raggi del sole che penetravano dalla finestra.

Era veramente stato battuto? Era avvenuto il miracolo?

Nello stesso istante in cui suonava la campanella della ricreazione, Göransson si alzò in piedi con un'espressione disperata sul volto. Proprio all'ultimo momento sembrava essere riuscito a raccogliersi in qualcosa che poteva apparire una contromossa. Con un gesto della mano ordinò agli alunni di rimanere seduti ai loro posti.

«In ogni caso», comunicò loro, «non ci sono tutte le operazioni sul foglio di Sven. È una chiara infrazione alle regole. Per questo motivo dichiaro Lisa vincitrice di questa gara».

Un mormorio indecifrabile si propagò nella classe e per una volta Göransson non riuscì a zittire i suoi alunni con il suo sguardo d'acciaio. Ripose frettolosamente la calcolatrice e i libri in borsa e lasciò l'aula.

Si sarebbe potuto pensare che Sven Myrberg diventasse almeno per un po' l'eroe della scuola. Nessuno era mai riuscito nell'impresa di infliggere al detestato maestro di matematica una sconfitta tanto cocente.

Ma non fu questo il caso.

Lisa Pålsson e le sue amichette diffusero rapidamente la voce che Sven aveva barato, una verità che anche Göransson riuscì a far prevalere in sala professori.

Anche per Benny e i suoi amici non fu difficile ribaltare l'evidente vittoria di Sven in una grave sconfitta. Quella specie di "formica rossa" aveva ancora una volta dimostrato di non essere del tutto a posto con la testa.

«Totalmente malato avere tante cifre in testa», scoppiò Benny già nel corridoio.

«Si fa le seghe di notte sul libro di matematica», sghignazzò Roland.

«Un dannato frocio dei numeri», sentenziò Benny.

Molti anni dopo, quando Konrad avrebbe finalmente capito come erano andati effettivamente i fatti, la sua convinzione che Sven Myrberg fosse realmente una sorta di genio ne uscì rafforzata.

Durante l'estate dei loro quindici anni, Konrad e Sven trovarono lavoro al silos di Lantmännen, appena fuori Spjutstorp. Erano entrambi stati ammessi quell'autunno alla scuola di formazione tecnico-meccanica di Österport, a Ystad, cosa che in realtà non rappresentava una particolare conquista. Gli insegnanti di Tomelilla avevano sempre trattato Sven piuttosto male, ma in considerazione delle sue particolari doti non avevano potuto fare a meno di dargli dei voti sufficienti a consentirgli di accedere al liceo tecnico e a quello scientifico. Sven si accontentò di presentare domanda per l'indirizzo tecnico biennale.

Il lavoretto estivo al silos era perfetto. La paga era decente e l'impegno abbastanza contenuto. Quando i contadini arrivavano con i loro trattori carichi di colza, orzo e grano appena raccolti, Konrad e Sven dovevano solo controllare che i cereali venissero aspirati dal nastro trasportatore nel magazzino giusto. Se tutto funzionava le cose andavano avanti da sole. Se sorgeva qualche imprevisto potevano improvvisamente trovarsi a tossire con la colza nera e fumante su fino alla cintola. E allora non c'era altro da fare che darci dentro con la pala, veloci come il diavolo, prima che arrivasse Kuno dei ratti.

Il soprannome del caposquadra del silos era dovuto alla sua passione per i ratti. Ce n'erano diversi nel granaio. Kuno nutriva nei loro confronti una grande ammirazione. O piuttosto si trattava di quel genere di rispetto che un guerriero nutre nei riguardi di un nemico coraggioso.

«Non pensate che siano degli animali fantastici, ragazzi?», sogghignava con il pollice e l'indice stretti intorno alla coda di un esemplare particolarmente magnifico, con il collo spezzato da una delle sue trappole.

Konrad e Sven fissavano con disgusto il topo arruffato che penzolava davanti ai loro occhi.

«Cazzo», mormorò Sven.

«Hanno un incredibile spirito di sopravvivenza», si ostinava Kuno, benché la carcassa nella sua mano ben dimostrasse il contrario. «Mangiano proprio qualsiasi cosa. Più intelligenti degli esseri umani».

Almeno di certe persone, pensò Konrad.

Ma tenne la bocca chiusa, perché aveva sentito delle voci su cosa fosse solito fare Kuno dei ratti con i ragazzi che lavoravano nel silos durante l'estate, e che gli sembravano avere la puzza sotto il naso. L'ultima cosa che Konrad avrebbe desiderato era irritarlo.

Malgrado il suo aspetto minuto, Kuno era un uomo che incuteva timore. Non superava di certo i trent'anni, ma era già in asciutta come una capra. Portava sempre grandi stivali di gomma e una tuta verde macchiata di olio, dalla quale spuntavano due pugni così sporchi che la pelle e le unghie avevano assunto la stessa sfumatura grigio-nera. Il suo naso era appuntito, la cute cosparsa di cicatrici di vecchi brufoli e forse erano i suoi denti gialli a farlo somigliare a un roditore. Gli unici dettagli gradevoli di Kuno erano i lunghi capelli lisci da metallaro che gli ricadevano sulle spalle, e il fatto che a ogni pausa infilasse una cassetta dei Deep Purple nel suo mangianastri bisunto che metteva a volume massimo mentre ingurgitava i suoi panini al salame.

«Uno che lavorava qui è rimasto incastrato nella colza fino al collo», raccontava Kuno mentre mangiavano i panini portati da casa nel suo piccolo ufficio. «L'imbecille non poteva muoversi di un millimetro. Inchiodato. Strillava come un maiale, ma nessuno poteva sentirlo. Allora sono arrivati i topi e gli hanno mangiato tutta la faccia».

«È morto?», aveva chiesto Sven con gli occhi sgranati.

Kuno scosse la testa così che i suoi ciuffi ondeggiarono come code di ratto sulla sua schiena.

«No, ma è finito al manicomio. Al Sankt Lars a Lund, credo».

Malgrado la sua fascinazione per i ratti, Kuno sapeva che rientrava tra i suoi compiti combatterli. E lo faceva con grande energia.

Nei momenti liberi fabbricava trappole che non solo spezzavano le vertebre di quegli animali, ma talvolta li strozzavano in reti di fil di ferro o gli piantavano un chiodo attraverso la testa.

A volte si calava in un combattimento ravvicinato. Armato di pala e di secchio faceva ingresso in qualcuno dei magazzini e scatenava dei veri e propri massacri. Dal di fuori si sentivano rumori soffocati e mostruosi: acute urla di ratti, colpi sordi e le imprecazioni di Kuno. Poi usciva, con il volto impolverato rigato di sudore e con il secchio pieno di carcasse.

In una di queste occasioni Konrad non riuscì a mascherare il suo disgusto.

«Ma tu sei malato! Dannato assassino!».

Quello fu senza dubbio un grave errore.

Kuno si rabbuiò. Scoprì le gengive sulle zanne gialle e sibilò qualcosa di incomprensibile. Se c'era qualcosa che lo rendeva furioso era quando quel tipo di poppanti, che non si volevano sporcare le loro mani da signorine e lo prendevano in giro solo perché eseguiva il suo lavoro.

«Ah, la pensi così...».

Dal tono melense di Kuno, che non si accordava affatto con l'espressione pungente del suo sguardo, Konrad trasse la conclusione che le cose sarebbero precipitate. Si alzò lentamente dall'erba vicino alla parete della stalla, dove stava ad abbronzarsi a torso nudo, e si guardò in giro per individuare possibili vie di fuga.

Kuno pescò un grosso ratto sanguinolento dal secchio, lo afferrò per la coda e cominciò a farlo roteare sopra la sua testa, come un antico fromboliere.

La prima carcassa di topo si schiantò sulla parete di assi di legno a pochi centimetri dalla testa di Konrad. Il secondo lo colpì tra le scapole mentre già era in fuga. E prima che Kuno finalmente rinunciasse a proseguire quella caccia selvaggia, i proiettili di ratto avevano raggiunto Konrad sulla nuca, sul culo e sulla guancia, così vicino alla bocca che aveva sentito il sapore di sangue di topo sulla lingua.

Sarebbe trascorsa un'intera settimana prima che Konrad osasse fare ritorno al suo lavoro estivo.

I migliori momenti con Sven erano quelli che trascorrevano distesi sulla schiena nell'erba alta sul declivio che portava al lago Myrsjön, a contemplare le nuvole estive che attraversavano il cielo veleggiando.

In quelle occasioni lasciavano i pensieri volare lontano, molto lontano.

Avrebbero fatto gli astronauti, gli esploratori e i miliardari. I calciatori, benché nessuno dei due giocasse nella squadra della scuola, e le rockstar, benché nessuno dei due possedesse una chitarra.

Con gli insetti dolcemente sussurranti intorno al viso, Sven tentava di spiegare le leggi fisiche che avevano reso possibile il gol spaziale di Ralf Edström contro la Germania Ovest.

E mentre una vanessa delle ortiche gli svolazzava davanti, Konrad sognava ad alta voce di aiutare Agneta Fältskog a togliersi quei pantaloni argentati scintillanti, che facevano del suo sedere una meravigliosa torta di mirtilli.

«Quante volte l'hai fatto?», gli domandò Sven nel corso di uno di quei momenti sotto al sole cocente.

«Cosa?»

«Scopato. Sul serio».

Konrad provò ad assumere l'aria di uno che ci stava riflettendo su, disteso sul prato mangiucchiando un filo d'erba. L'unica esperienza che si avvicinava a quel che Sven gli aveva chiesto era una pomiciata con Gunnel in un angolo buio dietro al distributore automatico del latte, una volta che c'era stata una serata danzante nel locale mensa della scuola media.

«Conta toccare le tette?»

«No».

«Allora zero...».

Konrad pensò che porre la stessa domanda a Sven non avesse alcun senso. Escludeva categoricamente l'ipotesi che Sven fosse riuscito in qualche modo miracoloso a perdere la verginità.

«Pensa se sei frocio», disse Sven improvvisamente.
Questa frase interruppe i pensieri di Konrad.
«Che vuoi dire?»
«Se non hai mai provato non lo puoi sapere, giusto?»
«Ma è una cosa malata. Fa schifo».
«Ho letto un libro di un certo Nelson Rockweiler. L'avevo ordinato in biblioteca. Fa lo psicologo. Americano. C'era scritto che puoi essere frocio senza saperlo. Come minimo lo è uno su dieci. Solo nella nostra classe fanno tre. Uno e mezzo, se non si contano le ragazze».
«Un mezzo frocio...?»
«Dico sul serio. Come lo puoi sapere se non hai mai provato?»
«Dai, smettila, cazzo».
Konrad si alzò rapidamente. All'improvviso non aveva più voglia di starsene nell'erba a filosofeggiare.
«Devo andare a casa. Credo che Signe abbia fatto le polpette».

Dopo l'estate al silos a Spjutstorp niente fu come prima tra Konrad e Sven.
Era successo qualcosa, ma nessuno dei due riuscì a capire esattamente cosa. Era come se una nebbia si fosse insinuata tra loro e tutto quello che era stato semplice e ovvio fosse diventato indistinto e poco chiaro. Erano stati loro due contro il mondo, ma adesso forse realizzavano che le cose non erano così facili.
Dopo due mesi di scuola, Sven lasciò l'indirizzo tecnico-meccanico di Ystad e iniziò a lavorare al caseificio di Lunnarp.
«Ma sei così maledettamente intelligente, non puoi startene lì a pisciare nel latte per il resto della tua vita», disse acido Konrad sentendosi abbandonato.
Sven scrollò desolato le spalle e guardò Konrad con degli occhi che gli apparvero subito estranei.
«Che c'è di male in questo? Se hai una madre e un padre alcolizzati sei costretto a lavorare».
Si vedevano sempre più di rado. Konrad sedeva da solo sull'autobus per Ystad al mattino e trascorreva i suoi pomeriggi e le sue serate disteso sul letto nella sua camera di bambino nella triste casa di eternit a sognare di trovarsi in qualche altro luogo. Sven ogni giorno

percorreva sei chilometri in bicicletta fino al caseificio e si faceva raramente sentire quando tornava a casa.

Non fu chiaro quando iniziò a correre la voce, o chi fu a metterla in giro. Ma improvvisamente la gente parlava di Sven delle Formiche Rosse con un tono diverso nella voce.

Konrad lo percepì per la prima volta all'inizio della primavera, quando la poltiglia di neve marroncina che copre Tomelilla sin da dicembre aveva cominciato a sciogliersi. Era stato Klas a dirlo per la prima volta a voce alta.

«Lo sai vero che il tuo amico è frocio?»

«Ma come parli, Klas!», gli si rivolse Signe dalla cucina mentre lavava i piatti.

Il figlio si limitò a lanciarle uno sguardo sprezzante.

«Rune che lavora là fuori a Lunnarp mi ha detto che quella formica rossa aveva nascosto dei giornaletti da frocio nel suo armadietto. Cazzo, che schifo! Dicono che se ne va in giro e li guarda come se volesse succhiarglielo».

«Che il Signore lo perdoni!», sbottò Signe e lasciò lo scovolino nel lavello, corse via e chiuse la porta alle sue spalle con un grande fragore. Non si capiva se si riferisse a Sven o a Klas.

Konrad rimase in silenzio.

Rifletteva su quel che aveva detto Sven quella volta che se ne stavano distesi sull'erba al lago Myrsjön a guardare le farfalle.

Quella volta Konrad aveva pensato che fosse lo spirito scientifico che portava l'amico a risvegliare quelle curiosità. «Un'ipotesi non può essere esclusa prima di essere provata». Era così che diceva sempre. «Come puoi sapere se sei frocio quando non hai mai provato?».

Ma adesso, cosa doveva pensare adesso?

Konrad continuava a tacere.

E fino al giorno in cui lasciò quel luogo evitò Sven Myrberg.

CAPITOLO 18

Örjan Palander chiama presto il mattino del giorno di mezza estate. Il telefono squilla sette volte prima che Konrad lo senta dalla doccia. Chiude l'acqua, si avvolge in un asciugamano, scivola fuori dal bagno e afferra il cellulare proprio un momento prima che Palander metta giù. La voce è eccitata.

«Le acque si stanno muovendo. Puoi venire al volo?».

Il corpo di Konrad gocciola e cerca di asciugarsi con una mano, mentre con l'altra tiene il telefono.

«Sì certo, se mi dici di cosa si tratta».

«Ho avuto una soffiata da una mia fonte nella polizia. Ma non ho tempo di parlare adesso. Hanno già cominciato. Vieni alla casa di Tore Torstensson a Onslunda, più svelto che puoi. Si trova nella pianura, un chilometro a nord della comunità. Basta che prosegui lungo la strada che attraversa il paese e la trovi. Ci vediamo tra poco!».

Prima che Konrad abbia il tempo di prendere l'aria necessaria per ribattere, Palander ha già terminato la conversazione.

Konrad pensa inizialmente di richiamarlo. Poi realizza che sarebbe solo una perdita di tempo. Qualsiasi cosa accada là fuori non c'è tempo da perdere. Si infila le mutande, i jeans e una camicia a maniche corte e infila in tasca le chiavi della macchina e il portafogli. Si precipita giù per le scale. Nell'ingresso saluta con la mano Gertrud e grida: «Faccio il check-out tra un paio d'ore». Lei lo guarda sorpresa.

La macchina è parcheggiata dietro l'angolo. Nella polvere sul lunotto posteriore qualcuno ha scritto con le dita "FROCIO A BORDO". Konrad non si dà il tempo di pulire quella scritta e parte sgommando, facendo stridere le ruote contro l'asfalto. Se ne pente immediatamente e riduce la velocità.

La strada per Onslunda corre attraverso distese di campi. Il grano ha appena messo le spighe. La colza ha perduto i suoi piccoli fiori gialli. C'è quiete nelle fattorie, l'unica persona che vede è una donna anziana piegata sulla sua vanga in un campo di patate. Alza incuriosita lo sguardo al suo passaggio. In cielo non si vede una nuvola. Sembra che ci sia in arrivo un'altra giornata molto calda.

Improvvisamente un trattore che svolta sulla strada obbliga Konrad a rallentare. La strada è piena di curve che salgono e scendono tra le colline, e dietro al volante c'è un contadino con le cuffie insonorizzanti sotto il berretto, con ogni evidenza non si preoccupa minimamente del fatto che sta bloccando la strada. Konrad avanza molto lentamente e fa una gran fatica a contenere l'impazienza.

Cosa sta succedendo da Tore Torstensson? Deve trattarsi di qualcosa di importante, altrimenti Palander non lo avrebbe chiamato per metterlo in quello stato di allarme. Qualcosa che riguarda lo stesso Konrad.

Gli sembra che sia stata proprio Eva Ström ad aver fatto menzione, o forse era stato quella lucertola velenosa del commissario, che la polizia stesse verificando eventuali connessioni tra la tragedia di Onslunda e gli omicidi di Herman e Signe? Certo, sembrava più una cosa di routine, che va fatta quando quattro persone vanno incontro a una morte terribile e improvvisa nello spazio di una settimana, nello stesso comune. Ma chi sa mai, ragiona Konrad dietro al trattore. Forse hanno trovato qualcosa.

A detta di Palander Torstensson era proprio un bastardo. Se ha giustiziato quei poveri albanesi forse ha anche ucciso Herman e Signe, per qualche strano motivo. Konrad se li figura nuovamente, in ginocchio dinnanzi alla mattanza. Aveva fatto in tempo Signe a prepararsi per incontrare il Signore? Era riuscito Herman a capire cosa li aspettava? Konrad non può fare a meno di vergognarsi che in questo momento il suo desiderio più forte è che decada il sospetto che sia stato lui ad averli uccisi.

Si trova a Tomelilla da un'intera settimana e non è ancora riuscito a venire a capo di ciò che si era prefisso. Effettivamente non è neanche riuscito a capire da dove iniziare a cercare.

Proprio come gli aveva detto Palander, la casa di Torstensson è facilmente riconoscibile già a grande distanza. Dalla strada provinciale, una stradina di ghiaia affiancata dai salici conduce su verso la casa, dove sono parcheggiate tre vetture della polizia. Dietro a queste c'è una Citroën rossa. Deve essere quella di Palander.

Konrad si ferma a breve distanza dall'edificio. Scende dalla macchina e percorre a piedi l'ultimo tratto. Sul campo un paio di cornacchie gracchiano. C'è odore di concime. Vicino all'orto delle spezie accanto al cancello vede un gatto grigio sparire fra il cespuglio d'assenzio e l'aneto. Sarà il gatto di Torstensson? Dovrà vivere di topi adesso che il padrone sta dietro le sbarre.

I poliziotti sono raccolti intorno al pozzo. Konrad ne conta sei. Ma è Örjan Palander, che se ne sta un poco discostato con la sua Nikon penzolante sulla pancia, a notarlo per primo. Fa un cenno a Konrad per indicargli di restare calmo. Due poliziotti ben piazzati stringono una corda che scompare giù nel pozzo.

«Sono scesi nel pozzo. Se sei fortunato tirano fuori il tuo biglietto per la libertà», gli bisbiglia afono.

Konrad fa un paio di passi in avanti e dà un'occhiata nel pozzo. Vede il fascio luminoso di una torcia e un'ombra muoversi giù nell'oscurità.

«Ma che diavolo!».

Dall'altra parte del pozzo c'è Eva Ström, in camicia da poliziotto grigio blu chiazzata di sudore. Doveva trovarsi in casa al momento del suo arrivo. Lo fissa con aria infastidita.

«Come cavolo sei arrivato fin qui? È Palander che non sa tenere la bocca chiusa?».

Konrad non fa in tempo a rispondere.

«Maledizione, Ström!», ringhia Palander e ha l'aria di un cinghiale sul piede di guerra. «Hai mai sentito parlare della carta costituzionale? Dovresti sapere che i giornalisti possono parlare con chi vogliono e che la polizia non può interferire al riguardo».

L'ispettrice di polizia giudiziaria sospira pesantemente.

«Cozza contro qualsiasi regola del codice processuale che un sospettato sia presente mentre la polizia sta raccogliendo delle prove», mormora.

«Sta di fatto che scateno l'inferno se ci mandi via», dice Palander e sorride conciliante.

Proprio in quel momento si sente un grido dal fondo del pozzo.

«Ho trovato qualcosa!», risuona l'eco attutita dall'oscurità.

Tutto il vociare si interrompe e gli sguardi si volgono verso il pozzo.

«È un'arma?», chiede Eva Ström in direzione del centro della terra. Evidentemente è lei ad avere il comando. Non arriva risposta. Qualcuno prorompe in un lamento. Konrad sente che il suo cuore comincia a battere più velocemente. Comincia a capire cosa stanno cercando.

Poi una testa fa capolino oltre il bordo del pozzo. Un volto, rosso per lo sforzo e un ciuffo biondo e bagnato. E soprattutto una mano che stringe una pistola nera e lucente.

«Era sul fondo, ma l'acqua non è alta più di un metro laggiù», informa il poliziotto mentre si tira su dal buco.

Palander non riesce a trattenere un fischio di entusiasmo. Poi punta la macchina fotografica e fa un paio di scatti. Eva Ström gli lancia uno sguardo irritato prima di infilare una penna nell'anello dell'arma e riporla in un sacchettino di plastica.

«Non ci sono possibilità di trovare impronte digitali, ma comunque...», mormora tra sé.

«Una Luger», dice Palander ad alta voce. «Pistola tedesca. I nazisti le usavano durante la guerra. Ma ce ne sono un sacco in Svezia».

Mentre i poliziotti cominciano a raccogliere la loro attrezzatura, Konrad rimane accanto al buco nero in attesa. Dovranno almeno spiegargli qualcosa, no? Ma nessuno sembra più fare caso a lui. L'uomo che si è calato nel pozzo si sta cambiando sotto il melo con abiti asciutti, i suoi colleghi riavvolgono le funi, mentre Eva Ström se ne sta da una parte e parla concitata al cellulare. Örjan Palander è su una sedia da giardino dipinta di bianco e prende appunti sul suo block notes.

Konrad osserva la casa e il giardino tentando di figurarsi cosa possa essere avvenuto quella mattina. Lancia uno sguardo verso la pianura constatando che i vicini più prossimi abitano a un bel pezzo da lì. Accanto alla rimessa per il legno delle galline beccano inquiete. L'ascia saldamente conficcata nel ceppo. Accanto alla porta della casa bianca scorge degli schizzi rosso marroni sul muro. Torstensson deve avere usato dei proiettili di calibro sufficiente ad abbattere alci e lupi.

«Ok, deduco che vuoi sapere cosa voglia dire tutto questo».

Si gira e si ritrova faccia a faccia con Eva Ström, che adesso ha assunto un atteggiamento un poco più cordiale.

«Ho appena parlato con Bernhardsson che mi ha detto che non fa niente se lo vieni a sapere adesso. Lui pensa che... noi pensiamo che non possa più interferire con le indagini», dice e si siede pesantemente sul divano bianco da giardino accanto a Palander. La struttura di legno cigola sotto il suo peso.

Konrad sceglie una sedia con lo schienale a spranghe di legno.

«Può decisamente essere di grande importanza per te», scandisce lentamente.

«Comincia dal principio», risponde Konrad senza mascherare l'impazienza.

Palander sposta la sua sedia un poco più vicino e apre una nuova pagina del suo block notes.

«Torstensson sostiene, da quando lo abbiamo fermato, che si è trattato di legittima difesa», dice Eva Ström. «Non ci sono dubbi che abbia sparato dritto in faccia con il suo fucile a quei due albanesi kosovari, ma, se riuscisse a dimostrare che la sua vita era in pericolo, verrà rilasciato. Nel codice penale si chiama legittima difesa. E Torstensson sostiene che avevano una pistola».

Fa una pausa e si asciuga meticolosamente il sudore dalla fronte con un fazzoletto.

«Chi erano in realtà quei due?»

«Feriz Rama e Sali Mato. Piccoli delinquenti. Erano già stati beccati un paio di volte, ma niente di serio».

Konrad annuisce assorto.

«Insomma, inizialmente non abbiamo creduto a Torstensson. I ragazzi avevano ammazzato il cane con il piede di porco che avevano con sé, perché avrebbero dovuto farlo se avessero avuto un'arma da fuoco? E inoltre avevamo perlustrato tutto il giardino senza trovare niente. Ma Torstensson si è impuntato come un mulo. Avevano una pistola e per questo lui gli ha sparato, così sosteneva. Poteva metterci la mano sul fuoco. E poi...».

«Inoltre è un noto razzista, giusto?», suggerisce Palander improvvisamente, senza alzare lo sguardo dai suoi appunti. «Ovviamente la polizia parte dal presupposto che uno possa ammazzare degli stranieri di merda senza motivo, vero Ström?».

Lei gli lancia un'occhiata acida.

«Questo è quello che pensi tu, Palander».

«Continua», dice Konrad.

«Sì, alla fine ci siamo decisi ad andare fino in fondo alla questione, per così dire. In realtà è stato il suo avvocato difensore a paventare l'ipotesi che la pistola potesse essere finita in fondo al pozzo. Pensa se avevano deciso di ammazzare il cane con il piede di porco solo per non fare troppo baccano. Pensa se uno dei ragazzi stava per tirare fuori l'arma quando è stato colpito dalle pallottole da caccia al lupo di Torstensson. Sembra che i loro corpi siano stati scaraventati come minimo un paio di metri all'indietro, quindi è possibile che una pistola potesse fare un volo del genere. E il coperchio del pozzo era mezzo aperto. Torstensson aveva avuto problemi con il tubo della pompa».

«Certo, maledizione!», sospira Palander e ha l'aria soddisfatta, come un bambino, come se avesse appena ascoltato una favola a lieto fine.

«Il suo avvocato difensore...», domanda Konrad. «Chi è?».

Eva Ström lo guarda con un'espressione meravigliata dipinta sul volto largo.

«Birger Berelius, ovviamente. Qui in zona ha il monopolio».

A quella notizia Konrad ha un soprassalto. Gli sembra di aver avuto la conferma di una spiacevole supposizione. Non riesce a decifrare l'esatto significato di tutto ciò. Non ancora, troppi elementi ancora confusi. Ma certo è singolare la coincidenza che Berelius sia allo stesso tempo avvocato difensore di Torstensson e incaricato di gestire l'asse ereditario di Herman e Signe.

«Ciò significa che Torstensson verrà rilasciato?», chiede Palander.

Eva Ström solleva le spalle.

«Questa è una decisione del procuratore».

«Per quel che ti riguarda Konrad, l'importante è quel che diranno i tecnici della polizia a proposito della pistola che hanno appena ripescato», precisa in tono compiaciuto Palander. «Herman e Signe sono stati assassinati con una pistola nove millimetri. Se sei maledettamente fortunato è proprio quella che si trovava nel pozzo».

«Milionari uccisi a scopo di rapina da due desperados», dice Eva Ström esitante.

«Sì, in fondo perché no».

Konrad la osserva mentre un interrogativo prende forma nella sua mente. La voce della vincita al lotto arriva ai due piccoli criminali albanesi e questi decidono di fare il colpo della vita. Non impossibile. Ma in tal caso per quale motivo avrebbero pensato di fare quel colpo da Tore Torstensson una settimana dopo? Forse perché non erano riusciti a mettere le mani sul gruzzolo di Herman e Signe?

Proprio quando Eva Ström si volta per andare verso la macchina della polizia, dove il suo collega l'attende con impazienza, Konrad la ferma.

«Senti Eva, chi è stato a sostenere di avermi visto a Tomelilla quella notte in cui furono uccisi Herman e Signe?».

Lei gli lancia un'occhiata totalmente impassibile.

«Non credo che lo verrai mai a sapere».

Poi se ne va.

Il rumore della portiera che sbatte riesce quasi a spaventare a morte una gallina che becca vicino alla ruota anteriore. Saltella via agitando le ali terrorizzata.

Konrad segue la macchina della polizia con lo sguardo. Dietro di sé sente un fischio stonato e poi la voce grave di Palander: «*Not even the beginning of the end. Perhaps the end of the beginning*»[1].

[1] «Questo non è neanche l'inizio della fine, piuttosto la fine dell'inizio». Winston Churchill pronunciò queste parole dopo la vittoria El-Alamein nel 1942 (*n.d.t.*).

CAPITOLO 19

Konrad impiega meno di cinque minuti per mettere insieme le sue cose nella stanza in hotel. Se c'è qualcosa che ha imparato nella sua vita è fare le valige. Andarsene. Da una incasinata camera di hotel ad Amman, da un appartamento a Berlino o da una stramaledetta vita intera.

Si guarda rapidamente intorno per vedere se ha dimenticato qualcosa, chiude la porta lasciandosi alle spalle la moquette macchiata e lo specchio spaccato nel bagno con una sensazione di sollievo.

C'è ancora Gertrud alla reception. È seduta al computer, profondamente immersa in qualche sorta di elenco di prenotazioni, non fa caso a lui. Il foyer è vuoto e nella penombra scorge Lennart, il barman pallido e grigio, che sta asciugando i bicchieri. A Konrad sembra che lo guardi in modo strano. Prova a ricordarsi quanto fosse ubriaco la sera prima. Un bel po', deve ammettere. Ma a Lennart deve ben essere capitato in precedenza qualche ospite alticcio verso le ore piccole.

«Accidenti che fretta hai oggi», dice Gertrud alzando lo sguardo.

Gli stampa la ricevuta e gliela mette davanti sul bancone. Lui allunga la sua Visa.

«Sì, sono successe delle cose...».

Gertrud lo fissa con i suoi occhi verdi e limpidi, pieni di un'inaspettata curiosità.

«Che non hai intenzione di raccontarmi, giusto?».

Vengono interrotti da passi e voci per le scale, e improvvisamente la hall viene riempita da un uomo e una donna che parlano ad alta voce, in americano, visibilmente irritati. L'uomo è piuttosto corpulento e rosso in volto. I pantaloncini da tennis che indossa sono grandi come un ospedale da campo. Si intravede solo un pezzo dei suoi polpacci bianchi prima che scompaiano in un paio di calzettoni alti. L'americano trascina due gigantesche Samsonite, che gli conferiscono l'andatura ondeggiante di una papera. Dietro di lui una donna minuta, tinta bionda, con ogni probabilità sua moglie. Ha un'espressione di sofferenza in viso, forse a causa del fatto che i suoi piedi sono strizzati in un paio di sandaletti col tacco a spillo, che la costringono a sforzarsi al massimo per tenere il passo del marito.

«*This is the middle of nowhere, Margie!*», ringhia l'uomo. «*Who the hell told us to stay here?*»

«*But it was just for one night, dear. Tonight we'll be in Copenhagen*».

«*I hate places with beds for midgets*»[1], borbotta il marito ed estrae dalla tasca una carta di credito verde.

Gertrud sorride loro in modo professionale e fa cenno a Konrad di aspettare.

Lui la guarda mentre incassa il pagamento e chiama un taxi.

«*Have a nice day and welcome back again!*»[2], strilla loro con tono allegro, agitando la mano a mo' di saluto verso quella coppia sperduta.

«*Over my dead body!*»[3], sbuffa l'uomo. La moglie fa un saluto di rimando e sorride conciliante.

Non appena scompaiono dall'ingresso, Gertrud torna a rivolgersi a Konrad, con un leggero sorriso.

«Mr e Mrs Andrew Darlington, di Bed Rock, Wisconsin», lo informa. «Il loro primo viaggio in Europa. La moglie discende da svedesi emigrati negli anni Trenta. Dovevi vedere quella povera donna ieri sera. Era desolata. Pensava che suo nonno fosse sepolto qui nel cimitero. Ma evidentemente deve aver sbagliato posto. La tomba non l'hanno trovata, e il marito, come tu stesso hai potuto vedere, era davvero infuriato per essere venuto fin qui senza motivo».

Konrad guarda fuori dalla finestra verso il signore e la signora Darlington, ancora sul marciapiede in attesa del taxi. Vede come l'uomo inveisce contro sua moglie. La donna scuote la testa e gli volta con rabbia le spalle.

Un'improvvisa malinconia si impadronisce di Konrad. C'è qualcosa di talmente triste in questa storia.

[1] «Siamo in mezzo al Nulla, Margie! Chi diavolo ci ha detto di venire qui?». «Ma era solo per una notte, caro. Stasera saremo a Copenaghen». «Detesto i posti in cui hanno questi letti per nani» (*n.d.t.*).

[2] «Buona giornata, e arrivederci a presto!» (*n.d.t.*).

[3] «Neanche morto!» (*n.d.t.*).

«Una volta conoscevo a memoria tutti i nomi sulle tombe laggiù», dice tra sé.

Gertrud lo guarda con curiosità.

«Al cimitero?»

«Sì».

«Quindi cercavi...?».

Lui annuisce. Torna con la memoria a quella penombra sotto al castagno e al triste faggio rosso. Ma inverte velocemente la direzione dei suoi pensieri, come per scuotersi.

«Gertrud, non è che... Quando stacchi oggi?»

«All'incirca tra... un quarto d'ora», risponde.

«Non riesco a starmene qui con le mani in mano. Non potremmo... sì, fare qualcosa? Voglio dire, un giro sulla costa, o qualcosa del genere?»

«Certo, non ho niente di particolare da fare nel pomeriggio», dice. «Niente di importante in ogni caso».

Ma la sua voce sembra esitante. O è solo una fantasia di Konrad?

«Non penso che Gudan torni comunque a casa prima di sera. In modo che ti possa dare le chiavi della stanza, voglio dire».

Konrad si mette la borsa in spalla.

«Proprio subito?».

Lancia uno sguardo rapido a Lennart.

«Non c'è problema, Gertrud», dice l'uomo con voce da fantasma. «Puoi andare. Ci penso io qui».

Evidentemente doveva essere stato lì a origliare mentre conversavano.

«Voglio solo avvisarti che la mia Opel non ha l'aria condizionata», dice Konrad.

«Non importa», dice Gertrud a voce bassa e lo prende sottobraccio.

Benché la macchina sia stata parcheggiata solo per mezz'ora, l'aria all'interno dell'abitacolo è rovente. Tirano giù i finestrini il più possibile.

«Mi sto squagliando, parti subito», ride lei.

Il sudore già le imperla le tempie.

«Ti sei pentita?»

«Guida e basta!».

Senza chiederle dove voglia andare prende la direzione della spiaggia di Haväng. Il primo tratto di strada è lo stesso che ha percorso al mattino, oltre Onslunda. Rimangono in silenzio per un po' lasciando che il vento regali loro un po' di fresco. Konrad osserva Gertrud di nascosto. Si è messa un paio di occhiali da sole e ha appoggiato la testa un poco all'indietro. I capelli agitati dal vento sembrano un incendio estivo sul poggiatesta dell'auto. Il gomito che penzola fuori dal finestrino, così che il vento abbia una via di accesso sotto la sua camicetta leggera di cotone.

Lei non dice una parola. Lancia ogni tanto un'occhiata verso Konrad, ma con gli occhiali è difficile dire dove stia effettivamente rivolgendo lo sguardo. Dopo un po' si rende conto che si aspetta che sia lui parlare.

Konrad aspetta finché oltrepassano Onslunda. Al passaggio lungo il viale di salici le indica la casa di Torstensson. È quasi costretto a gridare per superare il rumore del vento.

«Sono stato qui stamattina. Mi ha telefonato Palander. Dio solo sa come riesca a venire a sapere tutto, ma si trovava già lì».

Lei tira su il finestrino lasciando aperto solo un piccolo spiraglio.

«Se non sbaglio è lì che quel vecchio razzista ha ammazzato i due ladri albanesi, vero?», chiede lei.

Konrad annuisce. Razzista? Sì, è quel che tutti dicono. Riferisce a Gertrud della discesa nel pozzo del poliziotto e della pistola ripescata.

Lei si rende immediatamente conto del significato della cosa.

«Se fosse l'arma giusta, quella con cui hanno sparato a Herman e Signe, i sospetti contro di te verrebbero quindi a cadere?»

«Giusto, è così che stanno le cose. La polizia deve confrontare il calibro. E faranno senza dubbio analizzare i proiettili che sono stati trovati nella rimessa. I tecnici sono in grado di verificare i segni lasciati dalle scanalature della canna. Se un proiettile non è del tutto schiacciato sono in grado di stabilire da quale arma sia stato sparato».

Gertrud resta in silenzio con gli occhi nascosti dietro gli occhiali neri. Li porta per proteggersi dal sole o perché lui non possa guardarla negli occhi?

«Questo implica che tra un paio di giorni sarai libero di andartene dove ti pare», dice dopo un momento, senza dissimulare le sue emozioni.

«Sì...».

Non sentendolo continuare gira la testa verso di lui, sfilandosi gli occhiali da sole. Konrad la precede:

«Ma ho l'impressione di avere un bel po' di cose da fare qui», dice frettolosamente.

Dopo Vitaby svoltano verso il mare. La chiesa bianca brilla come una zolletta di zucchero al sole, ai piedi dei campi digradanti si stende la baia di Hanöbukten, con l'acqua blu scura come in un sogno sotto la luce del sole.

Konrad lascia la macchina avanzare giù lungo la discesa fino al porto di Vitemölla, attraversa il fiumiciattolo e parcheggia vicino alla spiaggia. Sopra le dune di sabbia sono stese su dei pali le nasse dei pescatori. Vicino a una piccola costruzione di legno rossa c'è un trattore arrugginito e sulla piattaforma reti e boe. Si sente un leggero odore di catrame e di alghe.

Cominciano a camminare verso le distese di prato che si estendono fino alla spiaggia a nord. Le rose canine sono appena sbocciate e la vegetazione, che cresce in piccole isole sulla sabbia, diffonde odori delicati. Proprio vicino al posto dei pescatori se ne stanno distesi piccoli gruppi di bagnanti, ma più in là la spiaggia è deserta, ad eccezione di un paio di persone a passeggio.

Proprio nell'attimo in cui Konrad sta per dire qualcosa intravede una figura conosciuta.

Un uomo alto e canuto, con il bastone in una mano e un cappello di paglia nell'altra passeggia solitario sul piccolo sentiero, accanto al filo spinato verso i pascoli. Si avvia agilmente verso il posto dei pescatori, ma si vede sin da lontano che zoppica leggermente.

Quando i loro sguardi si incrociano ci sono cinquanta metri di distanza tra lui e i giunchi sulla riva dove camminano Konrad e Gertrud, l'uomo li vede e saluta affabilmente con un cenno della mano. Decisamente non ha problemi alla vista, pensa Konrad e saluta cordialmente in risposta verso la salita.

«Arvid Linder», informa. «Professore di giurisprudenza. L'ho incontrato da Berelius. Sembra un vecchio simpatico».

Gertrud dedica al vecchio solo uno sguardo fugace. Evidentemente non ha mai sentito parlare di lui.

«Stavi per dire qualcosa?»

«Sì, pensavo...», inizia Konrad, ma non riesce a proseguire, non sapendo veramente come esprimersi.

«Pensavi ad Agnes, tua madre, vero?».

La guarda sorpreso.

«Come lo sapevi?».

Lei fa un sorriso e lui non riesce a distinguere se stia arrossendo o se è solo la sua pelle sensibile che ha preso troppo sole.

«Che altro motivo avresti di stare lì ad arrovellarti?».

Si siedono per terra e appoggiano le schiene contro un vecchio bunker di cemento, costruito a suo tempo con l'intento di resistere a un'invasione dei russi, allora considerata una minaccia per il paese. Adesso la fortificazione è ricoperta di macchie di lichene giallo. Sbirciano nell'oscurità attraverso una fessura e vedono che qualcuno ha abbandonato dietro di sé una montagna di lattine di birra. C'è lassù un odore fresco di timo selvatico e di mare.

«Palander mi ha raccontato di certe ricerche cha ha fatto», dice Konrad. «Niente di sensazionale, solo qualche vecchio ritaglio di giornale. Si riferivano alla scomparsa di mia madre».

«Sì?»

«Forse si tratta di semplici chiacchiere, ma non credo. In uno degli articoli si alludeva abbastanza chiaramente al fatto che fosse... una prostituta».

Gertrud appoggia una mano sulla sua.

«Ma questo, forse, è qualcosa che già sapevi... o che avevi intuito?».

Scuote la testa e guarda verso il mare, dove il profilo di un mercantile si staglia sulla linea dell'orizzonte. L'acqua è stranamente immobile, nonostante sia pomeriggio. Solo increspature leggere vengono sollevate di tanto in tanto da un alito di vento. Lievi onde si infrangono sul bagnasciuga. Una rondinella di mare si tuffa nell'acqua a caccia di pesciolini.

«Non lo so, non dovrebbe essere tanto difficile da capire. Una giovane polacca sola ed emarginata in questo buco di posto. Ma io non ne ho memoria, non ricordi nitidi in ogni caso. Herman e Signe si rifiutavano di parlare di lei e quando sono diventato più grande la cosa non mi ha più interessato».

«Sven una volta mi ha raccontato che ti prendevano in giro a causa sua».

«Sì, capitava. Ma non gli ho mai dato retta. Ho creduto a lungo che sarebbe tornata per venirmi a riprendere. Poi mi sono convinto che fosse morta».

Improvvisamente sentono delle voci. Una giovane coppia in bicicletta passa con dei teli da spiaggia nei cestini. Ridono e sbuffano quando le ruote affondano nella sabbia e devono metterci tutta la forza che hanno per far girare i pedali. Gertrud li segue con lo sguardo.

«Tuo padre...», dice con il viso ancora rivolto altrove. «Sei mai venuto a sapere chi fosse?».

Konrad si alza bruscamente.

«Con una madre puttana? Potrebbe essere proprio chiunque!».

Si avvia verso l'acqua e sente gli occhi di lei piantati sulla sua schiena. Afferra un sasso grigio bianco dolcemente arrotondato dal mare, lo soppesa nella mano e lo lancia via più lontano che può. Lo segue con lo sguardo finché ricade e infrange lo specchio d'acqua con un tonfo. Entra nell'acqua fino ai polpacci, senza curarsi di bagnarsi i sandali e i pantaloni. Il battito del cuore, che era aumentato tanto rapidamente viene calmato dal freddo.

Quando torna al bunker di cemento Gertrud è distesa con la schiena sull'erba. Tiene gli occhi chiusi.

«Scusami», dice. «Non dovevo prendermela così».

Rimane muta come un pesce.

«Raccontami di te, Gertrud», dice tornando ad appoggiarsi contro il muro del bunker.

«Non credevo che me l'avresti mai chiesto», dice lei senza riaprire gli occhi.

Konrad vede le sue costole delinearsi attraverso il cotone, proprio sotto a due morbide colline. Un frammento di pelle compare tra la camicetta e il bordo dei jeans consumati. Muove un poco un piede, come nel sonno. Konrad viene preso dal desiderio di distendersi accanto a lei, ma non ne ha il coraggio. Sono trascorse solo un paio di settimane da quella volta che neanche era riuscito a ricordarsi di lei. Ora gli sembra così stranamente familiare. La sorellina di Sven. Questo la rende in qualche modo... proibita.

«Io ero la più piccola di casa, e sono stata io a dover sopportare più a lungo quella situazione catastrofica», dice con un tono leggermente allusivo.

Konrad si sente colto sul fatto come un voyeur, benché lei se ne stia ancora con le palpebre serrate. Prova a richiamare alla memoria la casa dei Myrberg, come l'aveva vista l'ultima volta. Con lo sporco incrostato. Avanzi di cibo e bottiglie vuote. Qualcuno che russava dal primo piano da stanze che non voleva vedere.

«I tuoi genitori, Sixten e Elsa, bevevano parecchio...?»

«Eh sì», risponde, e la cosa strana è che a Konrad sembra di scorgere un piccolo sorriso fugace attraversare il viso di lei. «Ero io che dovevo pulire dietro di loro le ultime volte che hanno vomitato. Anche Sven era lì, certo. Almeno ogni tanto. Ma lui è come è. Fortunatamente sono morti presto. A un paio di mesi di distanza l'uno dall'altra. Il fegato ha abbandonato mio padre. E poi era come se lei non volesse più vivere. Si rifiutava di mangiare e bere. Rimaneva dentro al letto lassù a fissare la vecchia foto del loro matrimonio e ripeteva che era pronta a morire. Perché allora sarebbe potuta tornare a stare con lui. Nel regno dei cieli. Neanche sapevo che fosse religiosa».

«Perché?».

Si alza improvvisamente a sedere.

«Non lo so. Da che ne ho memoria non hanno fatto altro che bere. Ma non sono mai stati cattivi. Né tra di loro né con noi bambini. Semplicemente non ce la facevano a sopportare di vivere. Credo che Sven abbia preso questa cosa peggio di tutti noi».

Una vaga preoccupazione si insinua nello stomaco di Konrad.

«Devi sapere che per lui era un inferno», continua Gertrud con una voce che assume una nuova intensità.

Quello sguardo strabico lo rende insicuro, esita prima di trovare il coraggio di incontrarlo. Konrad si volta verso il mare e non sa più cosa dire. Scusarsi dopo trent'anni? Non esistono parole adatte.

«Devo parlare con lui ora che sono qui», dice lui.

«Dovresti farlo», conferma lei.

L'incontro con Sven, si può ancora rimandare un po'. Respinge la sensazione di disagio. E guardando il viso di Gertrud si accorge che lei riesce a leggere esattamente nei suoi pensieri.

«Che fine hanno fatto gli altri tuoi fratelli?», domanda d'improvviso Konrad.

«Sparsi al vento», dice lei. «Se si costringono undici ragazzini sotto lo stesso tetto forse è normale che vogliano fuggire il più lontano possibile appena se ne presenta l'occasione. Con alcuni di loro sono ancora in contatto, qualcuno ha seguito le orme di mamma e papà. E Lelle è nel carcere di Kirseberg».

«Carcere?».

Konrad fruga nella memoria. Una vaga immagine del fratello maggiore di Sven ricompare nella sua mente. Lelle, la testa calda dallo sguardo torvo. Uno dei fratelli di mezzo. Si diceva che una volta avesse rotto le mascelle a tre poliziotti fuori da Gislövs Stjärna, prima di venire arrestato. Era considerato estremamente pericoloso già a quei tempi. Konrad non ne è sorpreso.

«È stato condannato per omicidio tredici anni fa. Ergastolo. Si è introdotto a casa di un libanese che vendeva anfetamina in piazza Möllevångstorget e lo ha accoltellato».

Guarda Konrad senza espressione.

«Ci scriviamo delle lettere. Ha... trovato il Signore, sostiene. Credo che sia sincero».

Uno stanco alito di vento dal mare solleva una ciocca di capelli dalla fronte di Gertrud. Lei la scosta pensierosa con la mano.

«E tu?», chiede Konrad.

«Io?».

Assume un'aria stupita.

«Quando mamma e papà sono morti me ne sono andata più in fretta che ho potuto. Sven è rimasto nella casa. Vive lì da allora. Io sono finita in una comune a Lund. Un vero posto per sballati nel Norra Fäladen. Ho studiato un po' di letteratura e ho lavorato part-time in ospedale. Poi sono partita zaino in spalla per l'Asia, un paio di volte. Al ritorno a casa ho seguito una formazione per infermieri. E per rispondere alla tua domanda la risposta è: sì».

Konrad non capisce a cosa si riferisca. Lei ride della sua espressione confusa.

«La prima cosa che mi hai chiesto quando ci siamo incontrati nella sala per la colazione dell'hotel. Sei sposata?»

«Ah... quindi sei sposata?».

Lei annuisce e prosegue con un tono indifferente che gli fa capire che sta recitando.

«Sì sì! Sposata e divorziata. Mi sono innamorata di un insegnante. Una storia tipo *Amori in corsia* della Harmony. Era bello e intelligente. Si chiamava Joakim. Abbiamo fatto in tempo a sposarci, traslocare a Stoccolma e abitare lì per dieci anni in una villetta a schiera a Viksjö, prima che capissi che era uno stronzo».

«Non hai...?»

«Figli? No, io...».

Gertrud si blocca nel mezzo della frase, pentita, come decisa a non approfondire oltre quell'argomento.

«Perché così tante donne belle vengono attratte da uomini stronzi?», chiede Konrad con sincero interessamento.

Lei scoppia in una risata tintinnante e lui la guarda sorpreso senza capire cosa ci sia di tanto divertente in quel che ha appena detto.

«Questa sembrava veramente una brutta battuta da film», dice nell'asciugarsi una lacrima dagli occhi con il palmo della mano.

Konrad non può evitare di sentirsi un po' offeso, ma sa che lei ha ragione.

Improvvisamente Gertrud gli dà un bacio sulla guancia e si alza in fretta.

«Vieni, è ora di tornare a casa».

CAPITOLO 20

Il foglio di carta davanti a lui è bianco.

La sua mano stringe la penna, ha appena spento la TV e ora non può fare a meno di rimanere in ascolto.

Ahmed non dovrebbe sprecare il suo seme in quella maniera, pensa irritato per l'ennesima volta.

Impossibile non sentire quei rumori. I gemiti di Ahmed. Li sente quasi tutte le sere.

«È sposato con una bella ragazza. Dovrebbe conservarsi per lei», dice tra sé con un pizzico d'invidia, una sensazione che non vorrebbe provare. Nella maniera più assoluta. La luce nell'anima, le tenebre non possono scacciare la luce.

Ora però dovrebbe concentrarsi sulla lettera. Cominciare non gli è mai stato tanto difficile.

La pensa spesso, quasi ogni giorno. Pensare a lei è piacevole, ma allo stesso tempo doloroso. Quanto deve aver sofferto. A quel tempo non gli passava certo per la testa di provare compassione per lei, come invece gli capita ora.

Dall'altra parte della parete, a non più di un metro di distanza, i gemiti e l'ansimare si fanno sempre più forti. Doloroso. Alla fine sente un mezzo gridolino soffocato. Talmente patetico. Poi cala il silenzio.

Ecco fatto, pensa. Che almeno si addormenti, così ci sarà un po' di pace.

Riprende in mano la penna che aveva lasciato cadere sul lenzuolo, e in alto sulla pagina scrive: «Cara sorella!»

Ma i pensieri cominciano di nuovo a vagare. È davvero irritante. Eppure in questo posto non ci sono tante cose che possano distrarre. Forse è proprio questo che non va, il fatto che ci siano così poche cose. È come se ogni oggetto gridasse per attirare la sua attenzione.

I libri. Il pettine, il rasoio e la schiuma da barba sulla mensola. I suoi vestiti, ordinatamente ripiegati sulla sedia. Il crocifisso sulla parete, dove una volta stavano appesi i poster con le ragazze nude, prima che li tirasse giù. La Bibbia, sempre sopra il tavolino accanto al suo letto. E la luce della luna, non ultima la luce della luna, che come un fiume fluisce attraverso la finestra con le sbarre disegnando un'ombra a forma di croce sulla parete. Quell'ombra è un buon segno.

In lontananza sente qualcuno gridare la propria ansia, come un animale selvatico ferito, e sembra che quella voce si propaghi attraverso le mura, facendo vibrare la pietra. Sente dei passi nel corridoio. Poi intravede per un attimo un occhio nello spioncino della porta.

«Non c'è nessuno. Forse su alla numero tre», sente dire, poi un rumore di passi che svanisce.

Gli sbirri. Prima li odiava, e senza batter ciglio avrebbe potuto ammazzarne uno appena se ne fosse presentata l'occasione. Quando hai ammazzato una volta, non puoi tornare indietro. E allora puoi uccidere ancora.

A meno che non si venga redenti.

Ora prova più che altro compassione per loro. Siamo tutti pecorelle nel pascolo del Signore.

Insomma, la lettera. Guarda di nuovo quelle due parole: «Cara sorella».

Forse sarebbe più facile iniziare più o meno alla stessa maniera di sempre.

Meno drammatico.

«Questa è la quarantasettesima lettera che ti scrivo dopo aver visto la Luce. Lodato sia il Signore!»

Resta in ascolto per un attimo, borbotta qualcosa tra sé e ricomincia a scrivere.

«Dalla tua ultima lettera ho capito che non è stato facile per te fare ritorno a Tomelilla. Capisco cosa provi. È stato fatto del male, molto. Parte di esso è avvenuto per mia colpa».

Riposa un momento la mano, tentando di figurarsela.

Colei che riceverà la lettera.

Una ragazzina magra con un'inquietudine negli occhi. Perché non l'aveva mai aiutata, a quei tempi?

Ma almeno non l'ho mai picchiata, prova a discolparsi nei suoi pensieri. Neanche quando la mia cattiveria era al culmine.

Poi si pente di questa giustificazione, maledicendo la propria meschinità.

Lei ha dovuto portare così tanti pesi sulle sue fragili spalle. Troppi. Aveva dei lunghi nastri celesti nei capelli rossi. Sempre un po' storti. Nessuno aveva mai la pazienza di sistemarglieli.

Ma quell'immagine ormai è vecchia. Gli ha mandato una foto recente in una lettera. Lui aveva insistito per averla, e gli piace molto guardarla. Una donna matura, molto bella. Gli occhi verdi brillano di forza ora, e questo lo rende felice.

Un altro urlo sale dall'interno dell'edificio di pietra, interrompendo i suoi pensieri.

Questa volta riesce a distinguere le parole. Qualcuno vuole morire. Cerca di sentire chi è che grida, ma non ci riesce.

Non possono dargli del valium?

Olsson gridava sempre così di notte, prima di morire. Prima di impiccarsi nella sua cella.

Che cosa triste.

Credevo che sarebbe stato possibile salvare la sua anima. Ci eravamo talmente vicini. O almeno così sembrava.

Ora rivede Olsson davanti a sé. Occhi grigi, viscidi come meduse. Una pelle tanto sottile che le vene minacciavano di farla esplodere in qualsiasi momento. Ciocche di grigi capelli sottili sulle vene pulsanti delle tempie. Era un miracolo che fosse ancora vivo nonostante tutto l'alcool che si era scolato.

Perché si trovava in galera, che cosa aveva fatto? Probabilmente non se lo ricordava più nessuno.

Sicuramente era la ventesima volta. Droga o furto con scasso in una villa, che differenza faceva ormai?

Eppure c'era arrivato talmente vicino, era questa la cosa irritante. Il prete donna della prigione, quella ragazzina, probabilmente gli aveva parlato, ma a cosa era servito?

A nulla. Doveva essere stata troppo generica e vaga nel comunicargli il suo messaggio. Come se andasse bene credere o meno in Dio in base al proprio giudizio.

Scuote indignato la testa, nella sua solitudine. O si crede incondizionatamente oppure niente affatto, riflette. Ci si deve rimettere incondizionatamente, è l'unica strada per la salvezza.

Olsson era vicino alla redenzione, ne è convinto. Se solo ce l'avesse fatta a vivere un altro po'.

Ora è tardi. La sera sta lasciando il posto alla notte. Sente delle contrazioni nervose alle palpebre. Ormai la stanchezza arriva come un dono. Si lavora sodo in officina, si allena il corpo in palestra e l'anima negli studi, e di sera la stanchezza arriva come una ricompensa.

Ma le righe scritte sul foglio di carta poggiato sulle sue ginocchia sono ancora poche. Il debole fascio di luce della lampada sul comodino tinge il foglio di giallo.

Olsson aveva qualcosa da raccontare. Non ci sono dubbi. Voleva alleggerirsi il cuore di un peso.

"È per questo motivo che sto scrivendo questa lettera", pensa.

La croce sulla parete, un dono della luna. La osserva a lungo cercando la forza di formulare le parole.

CAPITOLO 21

Quando Konrad si trova faccia a faccia con Sven, d'improvviso non ricorda più di che cosa avesse avuto timore per tutto questo tempo.

Il suo sorriso lentigginoso è disarmante come lo era trent'anni prima. I ricci rossi non ci sono più, adesso porta i capelli color bronzo a spazzola, corti al punto di lasciar intravedere il cuoio capelluto. Il viso, che allora era tondo e infantile, naturalmente si è fatto più spigoloso, e sul mento è comparsa una piccola barba ben curata. Ma sotto gli occhiali, con la montatura che tende al verde lime, brilla lo stesso sguardo di allora: occhi vispi da scoiattolo, impazienti e curiosi di tutto ciò che gli sta intorno.

Ma cos'altro si aspettava di trovare?

Un rottame avvilito che aveva sprecato la propria vita, amareggiato per tutti i tradimenti subiti? Un emarginato, un diverso, a pezzi e rassegnato? Forse un'ombra solitaria che scompare nella pioggia.

Sven non dà proprio questa impressione, in piedi accanto allo stipite della porta. La sua stretta di mano è energica.

«Konrad! Diamine, che bello vederti!».

«Sven!».

È l'unica parola che riesce a pronunciare.

Per una frazione di secondo è come se stessero per abbracciarsi, ma poi decidono di lasciar perdere. O per lo meno di aspettare. Konrad gli porge la bottiglia di Hallands fläder, che è ha comprato al Systembolaget per l'occasione.

«È per le aringhe», dice esitante.

Ma Sven ha già rivolto la sua attenzione verso Gertrud, che sta dietro Konrad in attesa.

«Sorellina mia, più bella che mai!», esclama abbracciandola con impeto, e la camicia di lino gli svolazza sulla schiena.

Konrad si guarda intorno nell'ingresso. Non si riconosce.

Già un momento prima, mentre si stavano avvicinando alla casa dei Myrberg, aveva capito che erano avvenuti dei notevoli cambiamenti. La facciata, che era sempre stata malmessa e brutta a vedersi, risplende al sole, riverniciata a nuovo. Il giardino, che una volta era stato la loro giungla, ora è ben curato e verdeggiante, senza però per questo essere stato trasformato in un giardino all'inglese. Konrad già sul viale ha notato dei mobili da giardino verniciati di fresco vicino ai cespugli di lillà, dove inizia il declivio verso il lago Myrsjön.

Non c'è più la carta da parati color marrone sporco che ricopriva le pareti dell'ingresso. Ora le pareti sono bianche con una fantasia a linee ondulate rosse e blu. Dove una volta stava quel vecchio comò sgangherato, ora c'è una poltrona a orecchioni a righe e un grosso specchio con la cornice in acciaio. Il pavimento in legno chiaro è lucido. La puzza di calzini bagnati e di mille paia di scarpe consumate è stata spazzata via e dalla cucina non arrivano più odori di grasso e di vecchi rimasugli di cibo. Ogni cosa appare rinnovata e sistemata di recente.

Sven segue lo sguardo di Konrad, senza il minimo tentativo di nascondere l'orgoglio.

«È tutto merito di Lena. È un'artista. Ed è un genio dell'arredamento».

«Due geni sotto lo stesso tetto», dice Konrad, ma subito si accorge di essere sembrato un po' sarcastico, sebbene non fosse stata sua intenzione.

Gertrud scoppia a ridere, mentre Sven rivolge a Konrad uno sguardo ambiguo.

«Entra pure e va' a salutare. Örjan sta già su in terrazza con un drink in mano», dice.

Proprio in quel mentre una testa fa capolino dalla cucina.

Una testa color lillà.

«Non credere a quello che dice, è un fanfarone!», dice la donna sorridendo allegramente. «Avreste dovuto vedere questa topaia quando sono venuta ad abitarci. Io le ho soltanto dato un po' di colore».

Per un attimo sparisce di nuovo in cucina, e gli altri la sentono sciacquarsi le mani sotto l'acqua corrente. Poi ritorna, ha l'aspetto di un'opera d'arte dipinta con una bomboletta spray in una stazione della metro: occhi pesantemente truccati con una linea di kajal che arriva fino alle tempie. Labbra color rosso ciliegia. Tre cerchi all'orecchio sinistro e uno che le trapassa il labbro inferiore. A coronare il suo pallido viso avvampa un fuoco di capelli con sfumature dal viola al lilla.

«Ciao, io sono Lena», dice porgendogli la mano fredda e ancora un po' umida.

«Tu devi essere Konrad. Ho sentito tanto parlare di te».

«Piacere di conoscerti», dice Konrad, nel tentativo di fingere di avere la situazione sotto controllo.

Nell'ingresso cala il silenzio.

«Devono essere passati cento anni», dice Konrad guardando Sven.

«Mille, come minimo».

«Mi sembri in forma...».

«Be', grazie... anche tu. Non sei cambiato».

Sven sorride enigmatico, mentre tamburella con le dita sull'etichetta della bottiglia di acquavite.

Konrad tossisce seccamente nella mano. Gertrud apre la bocca per dire qualcosa, ma viene anticipata da Lena:

«Senti Sven, perché non porti gli ospiti al piano di sopra, così posso servire le patate. Il resto è già in tavola».

«Ma certo...».

Quando Sven si gira verso le scale, Konrad nota che ancora zoppica. Come se poi quel difetto potesse essere scomparso. C'era sempre stato qualcosa di commovente in quel suo zoppicare, e le cose sono rimaste tali e quali. Sven ha un fisico da sportivo, più muscoloso ora di quanto non fosse da giovane. Ma quel suo modo di camminare, quei movimenti bruschi, immediatamente rendono il suo aspetto talmente familiare. Come se fosse ieri.

Sul pianerottolo a metà delle scale, all'improvviso Sven si volta e poggia amichevolmente una mano sul braccio di Konrad.

«È meglio chiarire subito le cose, una volta per tutte».

«Che cosa?»

«Tu ci pensi, non è vero? Era frocio, lui. È così che pensi, no?»

«No, no, niente affatto...».

Lo sguardo di Sven attraverso gli occhiali color lime fa sentire Konrad ridicolo. Preso con le mani nel sacco.

Alza le spalle come per scusarsi.
«O forse sì...».
«In effetti avevano ragione su quel punto, quelli che mi deridevano», dice Sven con un'aria allo stesso tempo soddisfatta e fiera. «Sono gay. O meglio bisessuale. Preferisco metterla così: faccio parte del popolo dell'arcobaleno. Mi ci sono voluti parecchi anni per arrivarci. Ora comunque sono profondamente innamorato del meraviglioso essere che sta giù in cucina. Del resto anche Lena è omosessuale».
Accorgendosi della confusione nello sguardo di Konrad, aggiunge: «Cioè, bisessuale».

«Non era...», comincia Konrad. «Non avrei mai creduto...».
«Non c'è bisogno che tu dica altro, per ora. Più tardi, forse, se ne avrai voglia. In questo momento sentivo soltanto che chiarire questo punto interrogativo fosse la cosa giusta da fare. Ho imparato che spesso le cose diventano più semplici, quando uno è diretto».
Rivolge un sorriso incoraggiante a Konrad e continua a salire le scale.
La terrazza è in bilico sulla cima del tetto, proprio come tanti anni prima. La porta a vetri è difficile da aprire, proprio come allora. Ma ora il sole della sera inonda un bel pavimento di legno, di recente trattato con l'olio, e adesso sulla ringhiera stanno appesi dei piccoli vasi di gerani.
«Il mio ponte di comando!», dice Sven con un gesto di invito.
«Vuoi dire la tua rampa di lancio».
Scoppiano in una risata condivisa dal sapore genuino, che viene subito attraversata da un lampo di dolore e i loro sguardi vengono risucchiati verso il lago, con il piccolo isolotto di massi che loro chiamavano Luna.
«Sì, che incredibile avventura», sospira Sven.
«Tu eri diventato il mio eroe...», dice Konrad.
Rimangono lì in piedi a lungo, immersi nei ricordi, prima di essere richiamati alla realtà da una voce profonda che declama: «Il ricordo della felicità non è più felicità, ma il ricordo del dolore è sempre dolore».
Örjan Palander è sprofondato sul divano accanto alla parete.
«Sì, ho capito che alludevate allo spaventoso volo di Sven. Mi ha raccontato quella storia», ridacchia.

«Non è stato lord Byron a scrivere quella frase?», chiede Gertrud.

Palander sembra rimanerci un po' male.

«Sì, è vero. Niente male, mia cara».

Davanti a lui, sulla tavola, c'è una tovaglia bianca e diverse scodelline con i filetti d'aringa. Una bottiglia appannata di Jubileums Akvavit troneggia accanto alla bandiera svedese gialla e blu.

«Cosa bevete, amici miei?», chiede Palander che si è rapidamente ripreso, e che evidentemente si è autonominato comandante supremo del piccolo tavolino delle bevande. Ha un gin tonic in mano e in onore di quel giorno di festa si è messo una cravatta rossa, ma ha già allentato il nodo.

«Posso suggerire un classico estivo: il gin tonic. A mio parere un drink chiaramente sottovalutato. Poco apprezzato dalla gioventù di oggi, se sono bene informato. I britannici avevano il buon senno di apprezzarlo, giù in India. Fa bene contro la malaria, si diceva. Non so esattamente quanto questo corrisponda a verità. Ad ogni modo è un drink fantastico per rinfrescarsi dopo una giornata rovente. La mia previsione è che in questo paese il consumo di gin tonic aumenterà drasticamente, parallelamente al dilagare di estati sempre più calde che ci regala l'effetto serra».

Senza aspettare risposte o reazioni al suo breve discorso versa altri due gin tonic, aggiungendoci un paio di spicchi di limone. Konrad e Gertrud gli sorridono. Proprio in quel momento Lena entra in terrazza con una casseruola di patate novelle fumanti.

«Sedetevi, prego», dice, con una voce da casalinga che ha preparato il pranzo della domenica.

Ma dall'angolo del divano Palander si alza in tutta la sua imponente altezza.

«Ora che siamo qui tutti riuniti propongo un brindisi», proclama.

Fa una pausa retorica assumendo un aspetto solenne.

«Un brindisi alla... giustizia!».

Gli altri lo guardano sorpresi, ma a nessuno viene in mente di chiedergli cosa intenda dire. Bevono in silenzio.

«Ahhh!», sbuffa sprofondando di nuovo nel divano con un tonfo.

Le punte dei baffi sono umide del drink. Il sole basso della sera fa brillare la sua testa lucida.

«Alla giustizia...?», domanda Gertrud stupita.

«Non trovi che ci stia bene, amica mia? Sono state uccise quattro persone qui in paese. Occorre fare giustizia».

I filetti di aringa marinata sono salati proprio al punto giusto e le patate gialle hanno sapore di mandorla.

La birra rinfresca e il primo bicchierino di acquavite diffonde un piacevole calore nel corpo.

La sera è davvero morbida come velluto. Sul pendio sotto la terrazza i tronchi delle betulle risplendono bianchi. Il sole gioca ancora tra le cime degli alberi, e più in basso si stende il lago Myrsjön, lucido e nero, con le sue zanzare e le sue lasche. A Konrad sembra di udire una rana gracidare.

Si chiacchiera di quelle cose di cui si parla solitamente tra persone che non si vedono da tanto tempo. Il cibo in tavola. La casa. Argomenti banali che nessuno prende troppo sul serio: «Tu non sei cambiato proprio per niente, cavolo!». Ovviamente si parla del caldo. «È giusto godersi queste serate tiepide sapendo che alla terra sta venendo un colpo di sole?». Sono tutti cauti e attenti a non entrare troppo in fretta sul piano personale.

Sven, il galante padrone di casa. Gertrud, che si è messa una corona di fiori tra i capelli. Palander con i suoi baffi da grossista. E Lena, una versione punk della signorina Gredelin[1].

Konrad li guarda e una sensazione di irrealtà si insinua in lui.

Mi trovo in uno spot pubblicitario?

Uno spot piuttosto piacevole, in tal caso.

Su ordine di Palander intonano addirittura una canzoncina: «Immagina di avere il bicchierino di acquavite appeso a un filo intorno al collo...».

«E saluuute!»

«E buona mezz'estate!».

Ridono e scherzano parlando del più e del meno. Improvvisamente Lena dai capelli viola esclama completamente fuori contesto: «Sì, che paura tremenda con tutti questi omicidi avvenuti di recente! Un

[1] Tant Gredelin (lett. "la signora viola"), un noto personaggio di libri per bambini (*n.d.t.*).

vero e proprio mattatoio. Uno va a vivere in campagna per trovare quiete e pace, e invece si ritrova nel Far West».

Ammutoliscono tutti. Ma ognuno di loro sa che prima o poi se ne sarebbe parlato quella sera. Örjan Palander si schiarisce la gola e coglie l'occasione per tirar fuori la sua scatola di latta con i sigaretti.

«Ho detto una stupidaggine?», domanda Lena.

Konrad sente addosso gli sguardi degli altri.

«No, non c'è nessun problema», risponde lui, ed è la verità.

Quelle due persone che comunque, in qualche modo, erano i suoi genitori, non li aveva mai capiti a quel tempo, da giovane. Ed ora – be', ora invece sono i suoi sentimenti quelli che non riesce a capire. Che ha bisogno di aiuto per interpretare.

«Stavo pensando», dice Sven assorto. «È molto strano, ma quando ho saputo che Herman e Signe erano stati assassinati, la cosa non mi ha sorpreso nemmeno un po'. Scusate se la mia affermazione può sembrarvi patologica. Ma quando eravamo bambini, davano sempre l'impressione di essere tanto infelici. Signe era quello che era, e Herman qualche volta era perfino in grado di scherzare con noi. Ma in casa tua, Konrad, c'era sempre dolore. A quei tempi non ero ancora in grado di trovare le parole per esprimerlo, ma in seguito ho pensato che era come se loro, in qualche modo, sapessero che prima o poi sarebbero stati... sacrificati».

«Sacrificati?», domanda Gertrud. «Da chi?»

«A chi?», chiede Lena con gli occhi spalancati.

Sven scrolla le spalle.

«È soltanto una sensazione...».

Lancia uno sguardo preoccupato a Konrad.

«Immagino... Presumo che tu non abbia niente in contrario a parlarne con noi...».

Konrad scuote la testa. "Sacrificati come agnelli", pensa. "Sì, forse un senso ce l'ha, in qualche modo".

«Tu che abiti qui, ti capita di incontrare Klas qualche volta?», chiede.

«Non spesso. Non frequentiamo gli stessi ambienti, diciamo. Cioè, io non frequento nessun ambiente, in effetti. Non più del necessario. E lui, il tuo fratellastro, o come lo vuoi chiamare, era uno dei peggiori. Diciamo che non mi è mai venuta voglia di andare a trovarlo».

Palander sembra sul punto di dire qualcosa ma si blocca, e soffia invece fuori una boccata di fumo, piacevolmente profumata, in direzione di una zanzara.

«Non disturba nessuno, spero?»

«Questi omicidi in ogni caso sono proprio una cosa eccitante», dice Lena, spalancando gli occhi pesantemente bistrati. «Qualcuno deve effettivamente avergli sparato. Sul serio. E non sei mica stato tu, vero Konrad?»

«Assolutamente no!».

Konrad fa un gesto come per allontanare questa idea, e ride forzatamente. Finge di prendere la domanda di lei come uno scherzo. Ma non è convinto che sia così. Guarda la donna che è diventata l'amore del suo amico di infanzia. Difficile stabilire se sia semplicemente sciocca o se abbia intenzione di provocare. Oppure se crede effettivamente che lui abbia giustiziato i suoi genitori adottivi con un colpo alla nuca ciascuno, per mettere le mani sulla loro vincita al Lotto.

Lo sguardo di Sven in ogni caso è colmo di tenerezza.

«Secondo me possiamo partire dall'idea che Konrad non sia il colpevole», dice Palander in tono autorevole. «La polizia oggi ha messo le mani su delle prove che... Sì, di cui potete leggere sull'edizione online dell'"Ystads Allehanda". Purtroppo la buona edizione cartacea di una volta esce soltanto dopo il fine settimana...».

«Una pistola», informa Gertrud. «Nel pozzo di quel folle di Torstensson a Onslunda».

«Ora non capisco davvero un tubo», dice Sven, con una confusione che Konrad non riconosce nell'amico.

Palander spiega: la pistola in fondo al pozzo. I ragazzi albanesi armati, sicuramente della stessa pistola che avevano puntato alla nuca di Herman e Signe. Ragion per cui la polizia avrebbe dovuto lasciar cadere i sospetti nei confronti di Konrad.

«Ahaaa!», esclama Sven sollevato.

E poi Lena, ingenua: «Ma è fantastico per te, Konrad!».

"Come mi sento?". Ride insieme agli altri e sorride della spontaneità di Lena dai capelli viola, ma ancora non riesce a capire se sia sincera. Ancora quel senso di irrealtà. "Come sono capitato qui, in quest'altra vita?", pensa.

Il viso di Sonja gli passa davanti come un lampo, ma scompare altrettanto velocemente, senza che faccia in tempo a sentirne la nostalgia. Dall'altra parte del tavolo vede le guance di Gertrud avvampare. Il sole ora è tramontato, ma il crepuscolo è ancora vestito della più chiara tra le sue tonalità.

"Come mi sento? Abbastanza... bene, stranamente", pensa Konrad.

Quando il telefonino in tasca fa un trillo ha un soprassalto, come se fosse stato punto da un'ape. Gli sguardi degli altri lo seguono. È un SMS di Maria.

Buona festa di mezza estate, papà! Sto su un isolotto di cui non conosco il nome insieme a degli amici e mi sento come in uno spot della Pripps Blå. Il mare è più bello che in un sogno. Devi venire a trovarmi, come hai promesso. Un abbraccio, Maria.

Come in uno spot pubblicitario. Konrad sorride e quando alza lo sguardo si rende conto di dovere una spiegazione agli altri.

«Un SMS di Maria, mia figlia. Lei... dobbiamo aver pensato la stessa cosa».

«Vi capita spesso?».

Gli occhi di Gertrud ora si sono fatti seri.

«Penso di sì. Non siamo sempre stati molto in contatto. Però sì, spero che sia così».

«Telepatia...», dice Lena, e nel suo sguardo c'è qualcosa di sognante. «Ecco cosa c'è tra Sven e me. Con la mia ultima fidanzata, o partner per cosi dire, c'era soltanto sesso, sesso e sesso».

Con l'aria di chi vuole scusarsi guarda Sven, che fa finta di niente.

«Ma con Sven è magia. Non abbiamo mai bisogno di dire nulla. È come se i nostri cervelli fossero collegati».

«Uhm...», fa Palander.

Konrad respinge il cattivo impulso di chiederle di addizionare i numeri primi, e un secondo più tardi si sente sollevato di non essersi espresso ad alta voce.

È impossibile non voler bene a Lena.

«Quanti anni ha?», chiede Sven.

«Maria? Ha compiuto vent'anni la scorsa primavera».

«È l'ora del caffè!», esclama Palander, urtando il tavolo con le ginocchia e facendo tintinnare la porcellana. «Voialtri restate seduti, ci penso io».

In un attimo ha raccolto un po' di piatti e scompare seguito da Lena. Gertrud si stiracchia pigramente.

«Scendo a dare una mano», dice e sparisce anche lei.

Konrad e Sven rimangono seduti dove stanno, faccia a faccia.

In silenzio.

«Tua figlia...», inizia Sven.

«Maria?»

«Come...?»

«Sua madre e io siamo separati da molto tempo. Rapporto morto e sepolto. Ma incontro Maria ogni volta che posso».

«Bene».

Sven annuisce pensieroso, come se avesse appena ricevuto una buona notizia, e poi versa dell'altra acquavite nei bicchieri.

«E tu», dice Konrad. «Lavori sempre al caseificio?»

«Yes! Fra poco saranno trent'anni», dice Sven e di improvviso assume un aspetto un po' imbronciato, come se si sentisse accusato di qualcosa.

«Ed è... ti trovi bene?»

«So esattamente quello che pensi».

«Davvero?»

«Tu pensi: quel geniale figlio di puttana, come ha potuto essere tanto cretino da rimanere qui a imbrattarsi con il latte? Come ha potuto lui, la mente della matematica, lasciarsi umiliare così, anno dopo anno? Non è questo che pensi?».

Il tono della sua voce si è improvvisamente fatto aggressivo e allo stesso tempo intimidatorio. Lo sguardo dietro quegli occhiali è fisso, penetrante.

«So che avrei dovuto dire qualcosa...».

Tutto d'un fiato Sven butta giù il contenuto del suo bicchierino.

«Tu avresti dovuto dire qualcosa. Io avrei dovuto fare qualcosa. Cazzo, in una vita uno può pentirsi di tantissime cose. Ma a che cosa serve poi?».

I suoi occhi sbarrati sono talmente intensi che Konrad non può fare a meno di seguire il suo esempio. Svuota il suo quarto bicchierino.

«Stai a sentire», dice Sven, «se c'è qualcuno che si è pentito di come sono andate le cose, quello sono proprio io. Per tutti questi fottuti anni mi sono nascosto, strisciando come un verme, al lavoro e in paese. Li sentivo mormorare e sghignazzare. E all'inizio, è bene che tu lo sappia, mi faceva proprio male il fatto che tu non ti fossi mai opposto a tutto ciò».

Che dire? L'acquavite comincia a fare effetto nella testa di Konrad e i sensi di colpa si mescolano a pensieri confusi sul perdono. Cosa rimane da dire quando realizzi che il tuo tradimento, che hai rimosso per trent'anni, ha tormentato l'altra persona per altrettanto tempo?

«Non so proprio cosa dire, Sven».

«Lascia perdere, voglio soltanto spiegare».

«Perché non te ne sei andato da qui? Perché non hai lasciato questo buco di paese? Dio santo, avresti potuto fare il professore in qualsiasi dannato posto».

Sven sbuffa irritato. Scrolla poi le spalle mentre il suo sguardo si fa un po' evasivo.

«Andavo a Malmö a volte. A rimorchiare. A volte mi toccava pagare. Ma ogni volta ritornavo qui. Non lo so, forse perché non avrei saputo dove andare altrimenti. Forse non volevo dare a quei maledetti il piacere di vedermi sconfitto».

Un sorriso più dolce si dipinge sul suo volto.

«Un bel giorno», dice lentamente, «mi sono semplicemente deciso, come se niente fosse. Non so esattamente come sia partita la cosa. Uno sguardo. Qualcuno che bisbigliava o che indicava con il dito. Ad ogni modo, ho trascinato qui il mio ultimo fidanzato...».

Sottolinea immediatamente l'ultima parola mimando il gesto delle virgolette con le dita.

«Ho passeggiato mano nella mano con lui dalla stazione fino alla piazza, e proprio davanti alla statua di Milles gli ho dato il bacio con la lingua più bagnato che si sia mai visto in questo buco di paese. Puoi immaginare gli sguardi della gente. La cosa strana è che dopo quella volta quasi nessuno mi ha più preso in giro».

Sorride senza amarezza.

«Ironia della sorte, poco tempo dopo ho incontrato Lena e mi sono innamorato follemente».

«Sono veramente felice per te».

«Mi è venuta in mente una cosa», dice Sven assumendo un'espressione filosofica.

«Si ama un uomo o una donna?». Immediatamente scuote la testa alla propria domanda. «Si ama una persona».

Il silenzio di Konrad lo fa sorridere.

«E non c'è bisogno di essere uno psicologo per vedere che ti stai innamorando della mia sorellina».

"È la seconda volta in una settimana che lei mi vede brillo", pensa Konrad. "O è la terza?"

Quella breve notte sta già per concludersi e sul lago Myrsjön aleggia una nebbia tenue. La candela nella lanterna che Lena ha acceso al crepuscolo si è spenta. Palander si è addormentato sul divano con un sorriso felice e le dita incrociate intorno a un bicchiere di cognac poggiato sulla sua pancia. Russa profondamente. Il canto mattutino del primo merlo ha convinto Lena ad andare a letto. Adesso sentono un usignolo fare i suoi strani versi da qualche parte in lontananza. Le coperte nelle quali si sono avvolti sono ammantate di rugiada.

«Ti ricordi...», farfuglia Sven per la centesima volta quella notte, ma poi si interrompe.

Konrad fa un sorriso un po' sciocco.

«Certo che mi ricordo...».

Poi un antico dubbio si fa strada nella sua mente.

«Quella gara alla lezione di matematica di Göransson. Ti ricordi?. I numeri primi... Come cavolo hai fatto?».

Una smorfia compiaciuta si allarga sulla faccia di Sven. Sulle lenti degli occhiali si è formata un po' di condensa.

«Semplice. Lui imbrogliava. Quindi ho imbrogliato anch'io».

«Come?».

Sven asciuga le lenti con una salviettina e assume un'aria soddisfatta.

«Il giorno prima sono entrato per caso in sala professori. Non c'era nessuno in quel momento. La sua borsa di cuoio stava lì, aperta. Ci ho dato un'occhiata e dentro c'era un quaderno con tutti i calcoli già svolti. Mi sono subito reso conto di cosa si trattava. Bastava andare in biblioteca e scoprire cosa cavolo fossero i numeri primi, fare un paio di addizioni e studiarmi tutta quella roba».

«Porca miseria...!», esclama Konrad impressionato.

«Forse non sono un genio. Ma ho una memoria da elefante, dannazione».

Scoppiano in una lunga risata liberatoria fin quando non ce la fanno più. Poi sprofondano in un morbido silenzio.

«Dannazione, che imbecilli che erano», dice infine Sven.

«Uhm...».

«Gli altri, voglio dire».

«Eravamo noi gli altri, Sven», dice Konrad in un istante di lucidità.

Sono passate tre ore da quando si sono abbracciati per la prima volta, e più di due da quando Konrad ha smesso di dare importanza al fatto che tutti e due sono diventati piagnucolosi come fossero in un vecchio film con Spencer Tracy.

Le palpebre sono pesanti come piombo ed è Gertrud a pronunciare le parole liberatorie.

«Be', ormai facciamo la stessa strada per tornare a casa».

«*Feel free* di sdraiarvi dove volete. La casa è grande. In ogni caso ora io vado a letto», dice Sven.

Passeggiano verso il centro del paese lungo strade desolate.

Gertrud si è messa un maglione rosso fatto a maglia che le ha prestato Sven, e ne ha tirato su le maniche. Konrad si meraviglia di non sentire freddo con la sola camicia addosso. Un chiarore arancione da est annuncia che il sole si sta facendo strada attraverso la foschia mattutina. Non si vede anima viva, non un'auto da *raggare* che sgomma all'improvviso, non un gatto che sguscia via dietro l'angolo. Sui tetti delle case gli uccelli cinguettano solitari, le uniche prove di vita in paese.

Eppure è una notte che non deve finire.

«È stato... strano», dice Konrad esitante.

Lei si ferma e gli rivolge uno sguardo carico di promesse.

«Incontrare Sven?»

«Un po' tutto quanto. Sven e la sua nuova partner. Quel Palander. E poi tu, non ultima tu».

Giunti al Parco del popolo, dove tutti i lampioni ormai sono spenti, lui sente la mano di lei nella sua. Un'ondata di calore gli attraversa il corpo. Improvvisamente è come se la nebbia si dissolvesse. La sbornia di acquavite svanisce e come per incanto tutto ciò che un attimo prima era nebbioso, diventa perfettamente chiaro e nitido. Si china un poco verso di lei, annusando il suo odore, senza farsi notare. Con le dita percepisce ogni minimo movimento dei muscoli della mano di lei.

Giunti davanti alla porta della casa in mattoni rossi, lui sente nella sua tasca la chiave che gli ha dato Gudan, ma Gertrud gli dice, come se fosse la cosa più naturale del mondo: «Puoi dormire da me se vuoi».

Nell'ingresso stanno poggiati cartoni da trasloco che non sono mai stati svuotati. Sul tavolo in cucina vede una solitaria tazza da caffè. La piantina sul davanzale della finestra è un po' appassita. Una pallida luce rischiara l'appartamento.

Non indugiano oltre.

Hanno aspettato fin troppo, tutti e due.

Il maglione rosso di Sven è già sul pavimento. La camicia a fiorellini blu è sbottonata. Nella calda penombra, sotto il tessuto, intravede i seni bianchi di Gertrud.

Affamata, prende la testa di lui tra le sue mani e succhia le sue labbra.

Felice, lui esplora il corpo di lei.

Collo nudo, occhi chiusi. Le mani di Konrad percorrono il corpo di lei, sente il sudore sulla sua schiena. Lei lo accoglie morbida e dura, unghie graffiano la pelle.

Poi il sole si fa strada attraverso uno spiraglio nelle tende della camera da letto, annunciando l'arrivo di un'altra giornata rovente.

CAPITOLO 22

Le immagini più nitide si trovano nella terra di confine tra sonno e veglia. Permangono un secondo oppure un'eternità, fin quando non svaniscono...

Straordinario quante cose possano trovare spazio in un'unità temporale così indefinita, pensa Konrad. O forse sta solo sognando.

Si dice che una persona che sta affogando riveda tutta la sua vita in un istante.

Konrad rivede se stesso: il bambino abbandonato. Il bambino di cui si sono presi cura, ma che non hanno mai amato. O forse Herman e Signe a modo loro provavano nei suoi confronti una qualche goffa forma di amore? Herman che gli sorride, ma non gli parla mai e non ha mai con lui alcun contatto fisico. Signe che lo guarda con la coda dell'occhio, sollevando per un istante lo sguardo dalla sua Bibbia, con un'espressione che vorrebbe essere gentile. Forse provavano soltanto pena per lui, come per un gattino trovatello. Ma la fotografia? Quella che stava tra le altre nella libreria piena di cianfrusaglie. In effetti, in quella foto stava a cavalluccio sulle spalle di Herman. Il profumo di lozione per capelli, l'accenno di calvizie e il riporto stentato. Strano che non ricordi quando è stata scattata quella fotografia.

Ma Konrad vede anche altro, nella replica del film che si ripresenta ai suoi occhi: il ribelle ragazzino polacco che faceva sempre a botte e che ogni volta le prendeva. L'attaccabrighe con i vestiti strappati pieno di lividi e bernoccoli, con un'ostinazione nello sguardo che i professori non riuscivano a sopportare.

E poi lo stesso ragazzino che si teneva in disparte. Che si era scottato e che aveva cominciato a tenersi lontano dal fuoco. A volgere lo sguardo altrove. A rinunciare...

Maria che lo chiama, molto tempo prima.

Ci sono visi di donne, alcune disposte a sacrificare tutto, altre delle quali nemmeno ricorda il nome. Sonja, anche lei svanisce nella nebbia.

Ma Konrad non annega.

Fluttua fino a tornare a galla.

I raggi del sole gli scaldano le palpebre e l'ultima frazione di secondo che trascorre in questa terra di confine è colorata di arancione.

La sua mano scivola sul lenzuolo, gualcito e caldo. Sorride tra sé, pieno di aspettative, felice di ciò che tra poco incontreranno le sue dita. Lì da qualche parte... cerca a tastoni... e non trova nulla.

Lei è sparita.

Konrad spalanca gli occhi e si guarda intorno. Sa esattamente dove si trova e tutto è precisamente come se lo aspettava. A parte il fatto che Gertrud non è lì. Gli manca immediatamente, tanto da fargli dolere il petto.

Sarà soltanto andata a comprare del pane per la colazione.

Konrad viene colto da qualcosa che assomiglia a... panico.

È ridicolo, cerca di convincere se stesso.

Ma la sua ragionevolezza non si è ancora destata. Schiaccia il naso contro il lenzuolo e inspira il profumo del corpo di lei. Poi rimane disteso sulla schiena, nudo, fissando il soffitto.

Vede un ragno che si muove. Un grosso ragno grigio e nero con una croce sul dorso lascia il suo nido in una fessura sopra la finestra e si posiziona sulla ragnatela che ha tessuto in un angolo del soffitto.

"Non vedevo un ragno crociato da quando ero piccolo", pensa Konrad.

Al centro della ragnatela si è impigliata una piccola mosca. Sembra che non sia ancora morta, una delle ali si muove, o è soltanto lo spiffero d'aria dalla finestra che la fa tremolare? Ora il ragno è arrivato a destinazione. Si piazza sopra la sua preda e rimane immobile.

In quel momento squilla il cellulare.

Konrad si alza precipitosamente dal letto e fruga tra i suoi vestiti, e alla fine trova il telefonino nella tasca dei jeans buttati sul pavimento. Preme impaziente il tasto per rispondere.

«Sono Palander!».

Konrad si sente allo stesso tempo deluso e sollevato. Si affloscia nuovamente sul bordo del letto. Cosa aveva sperato di sentirsi dire dalla voce di Gertrud?

Getta uno sguardo sulla economica sveglia Ikea. Sono le nove e un quarto. Poche ore di sonno. Örjan Palander avrà fatto in tempo a riprendersi dalla sbornia a questo punto?

«È stato simpatico ieri sera, non trovi?».

Sembra spudoratamente vivace.

«Sì, davvero, molto simpatico...».

«E ci ha pensato Gertrud a condurti sano e salvo alla tua nuova casa?», chiede Palander con tono innocente.

La domanda irrita Konrad. Fa il ficcanaso? Oppure ha soltanto un intuito fortemente sviluppato? Palander non può sapere, ma sembra che il suo istinto di giornalista funzioni bene. Forse è soltanto curioso e interessato, proprio come succede nei confronti delle persone alle quali si vuole bene. In tal caso non c'è niente di male.

«L'ultima volta che ti ho visto eri sdraiato sul divano di Sven con una bottiglia di cognac tra le braccia. Sembrava che stessi dormendo», dice Konrad ridacchiando.

Sente Palander scoppiare in una fragorosa risata.

«Si può immaginare migliore compagnia a letto di quella?».

Un pensiero attraversa rapidamente la mente di Konrad: sarà mai stato con una donna? Sicuramente sì. Ma quando uno ha sessant'anni, forse non è un argomento di cui si parla tanto spesso.

«Ebbene», dice Palander, «il motivo della mia chiamata a quest'ora poco cristiana è che ho una notizia».

«Davvero?»

«Sì, o piuttosto due notizie. Una buona e una cattiva».

«E ora devo scegliere quale sentire per prima?»

«No, comincio in ogni caso da quella buona».

«Aha?»

«Stamattina ho ricevuto una chiamata da una fonte interna della polizia, la quale, a giudicare dalla voce impastata della persona in questione, era nelle stesse pietose condizioni del sottoscritto. Ma non di meno mi doveva un favore. Quindi mi ha raccontato che un tecnico della polizia ieri ha dovuto fare gli straordinari, proprio alla vigilia del giorno di mezza estate, per esaminare la pistola trovata in fondo al pozzo».

«E...?», lo sollecita Konrad impaziente.

«L'ottimismo che abbiamo provato per il ritrovamento a Onslunda era giustificato. I risultati preliminari indicano che la Luger è dello stesso calibro dell'arma usata dall'assassino di Herman e Signe. Una vecchia arma, sicuramente dei tempi della guerra. Ma in buone condizioni, secondo il mio informatore. E i segni sulle pallottole sembrano coincidere con la canna».

«Sembra una cosa... buona», dice Konrad, senza provare autentico sollievo.

L'unica cosa a cui riesce a pensare è dove diavolo sia andata a finire Gertrud.

«Voglio sottolineare che questi sono risultati preliminari. Manderanno sicuramente sia la pistola che i proiettili a Malmö. Oppure alla Scientifica di Linköping, per un'analisi più approfondita. Lì hanno attrezzature migliori».

«Dannazione, è proprio una bella soddisfazione sapere che hanno trovato qualcosa in grado di convincere quel Bernhardsson a mollare la presa», dice Konrad.

«Uhm, certamente».

Cala il silenzio.

«C'è anche qualcos'altro», aggiunge Palander con un che di misterioso nella voce.

«È l'ora della notizia cattiva?»

«È un po' difficile parlarne così per telefono... dove sei ora?».

Konrad si guarda intorno nell'appartamento, come se dovesse convincere se stesso prima di rispondere. Sulla parete bianca della camera da letto è appeso un poster incorniciato. *I girasoli* di Van Gogh. Un paio di pantaloni gettati sopra una vecchia sedia di vimini. Accanto al letto un piccolo tavolino di legno con sopra flaconi e barattoli e un paio di libri tascabili. Una confezione mezza aperta di Link; forse Gertrud ha problemi di stomaco? Un mazzo di fiori secchi appeso con un filo allo specchio.

C'è un che di provvisorio nell'ambiente. Una stanza in cui vive qualcuno che non pensa di restarci a lungo. Fuori dalla porta della camera da letto intravede una scaffalatura stipata di libri, fatta eccezione per un ripiano con due fotografie. Sono troppo distanti perché

Konrad riesca a vedere che cosa raffigurino. Una tenda avvolgibile blu scuro è tirata giù per metà.

«A casa...», dice con tono incerto.

«Potresti passare in redazione?»

«Tu sei lì?»

«No, vorrei che incontrassi la donna delle pulizie... Certo che ci sono, scemo. Vieni?»

«Sì, certo».

«Bene», conclude Palander, buttando giù il telefono.

Per un breve attimo Konrad rimane con il cellulare in mano e una decisa sensazione di essere stato interrotto nel bel mezzo di qualcosa. Un pensiero che stava prendendo forma. Scuote irritato la testa.

Il bisogno di fare pipì si fa pressante. Si ricorda che il bagno si trova nell'ingresso e va a cercarlo. Il suo sguardo cade nuovamente sulle fotografie. Hanno entrambe lo stesso semplice tipo di cornice in legno.

Konrad ne prende una. È stata scattata abbastanza di recente, forse è dell'estate passata. Gertrud e Sven davanti alla grande casa accanto al lago Myrsjön. Sono vestiti leggeri, e sorridono in direzione del fotografo. Sven avvolge Gertrud con un braccio protettivo. Le ombre sono lunghe e arrivano quasi fino alla casa. Deve essere stata scattata sul fare della sera.

Rimette la fotografia sul ripiano.

L'altra foto è meno recente. Non capisce dove sia stata scattata. Gertrud sembra più giovane, forse intorno ai trent'anni. Si trova per strada, ma le case sono anonime e non è possibile distinguere i volti delle persone sullo sfondo. Di fronte a lei c'è una bambina piccola, che guarda timidamente verso la macchina fotografica. I suoi boccoli sono rossi, porta un maglione celeste con il disegno di Topolino. Gertrud si è chinata e stringe le spalle della bambina in un abbraccio affettuoso.

Si assomigliano molto, pensa Konrad.

Ma Gertrud non gli aveva detto di non avere figli?

Scruta con più attenzione la fotografia. Un lieve broncio sul volto della ragazzina. Ha l'impressione che le due abbiano appena bisticciato e che Gertrud stia cercando di scherzare e farla sorridere davanti all'obiettivo. Il suo sorriso sembra un po' forzato.

Konrad va in cucina, indeciso sul da farsi.

Non ci sono tracce di qualcuno che abbia fatto colazione. Sul lavandino, proprio accanto alla caffettiera, c'è un bigliettino bianco che sembra schernirlo.

La grafia di lei è irregolare, si vede che andava di fretta quando ha scarabocchiato il messaggio:

> Devo scappare. Chiuditi la porta alle spalle.
> Ci vediamo!
> Gertrud

Konrad fissa le poche parole con occhi spenti. Sente una fitta allo stomaco. La solitudine alla quale è stato costretto ad abituarsi. Ora lo spaventa a morte. Lei non può sparire così. Dovrebbe capirlo da sola. Non può abbandonarlo in quel modo.

È come se un fiume sgorgasse ghiacciato da una fonte sotterranea e fluisse nelle sue vene.

"Di che ho paura?", si chiede nel tentativo di mettere ordine tra le sue emozioni.

Quelle parole, sono così spoglie.

Per un attimo torna a vederla com'era la notte appena prima: la passione. Il furore inatteso nello sguardo di lei. Ciocche di capelli sudati sul collo. Il corpo, bianco e teso come un arco. Poi dopo, la sonnolenza. Gli occhi verdi, così vicini, e le punte morbide delle dita di lei sulla sua schiena, proprio prima di addormentarsi.

Per quale dannato motivo non gli aveva detto nulla prima di andarsene, sarebbe stato così semplice!

Gli viene l'impulso di chiamarla, ma si rende conto di non avere nemmeno il suo numero di cellulare.

Non significa niente, si convince. Accidenti, sei una persona adulta! Datti una mossa, ora.

Si sforza di reprimere l'impulso a rovistare tutto l'appartamento. In cerca di cosa?

Indizi?

"Non ho nessun diritto sulla sua vita", pensa Konrad.

Getta un ultimo sguardo alla camera da letto e poi sbatte la porta d'ingresso dietro di sé.

Quando si gira scopre che Gudrun Vernersson sta in piedi sulle scale, proprio sotto il pianerottolo. Si è fermata e lo fissa sorpresa.

Gudan è una donna alta, tutta pelle e ossa. In testa porta un cappello bianco di paglia di quel tipo che Konrad pensava che le donne anziane avessero smesso di portare già da trent'anni. La fa sembrare appena uscita da un vecchio lungometraggio svedese. Le mani sono piene di grosse vene grigie. Con una mano si poggia a un bastone, dall'altra ciondola una confezione di biscotti.

«Salve», dice Konrad, cercando di assumere un'aria disinvolta.

Soltanto una volta, di sfuggita, aveva incontrato la sua padrona di casa. Era stato il giorno prima, quando Gertrud li aveva presentati e lui aveva preso la chiave, in modo da poter buttare le sue cose dentro la stanza.

«Buongiorno», dice lei con una vocetta rauca, storcendo la bocca.

L'appartamento di Gudan è al secondo piano, con l'entrata principale a destra e la porta di Konrad a sinistra. Questo significa che deve salire due rampe di scale insieme a lei se vuole arrivare alla sua stanza.

Esita.

«Hai sbagliato piano?», chiede lei, e con uno sguardo rivela di non credere minimamente che questo sia il caso.

Poi si fa strada sorpassandolo e cammina dondolando su per le scale. Il cappotto grigio quasi struscia sui gradini di pietra.

«Ehm, no... Siamo soltanto amici», balbetta Konrad, senza capire lui stesso che cosa intenda dire.

Sente uno sbuffo più in alto sulle scale.

«Amici! Come no! Ma non sono mica affari miei, che gliene importa a una vecchietta come me?».

Konrad continua giù per le scale, verso il portone.

Palander sta aspettando fuori dalla redazione, indossa pantaloncini, maglietta e il suo vecchio gilet da pescatore. Le gambe sono lucide, come se ci avesse passato la cera. Sembra sulle spine.

«Diamine, mi sento un po' irrequieto. Che dici, facciamo due passi mentre ti racconto?»

«Certo».

Un grugnito dalla panchina davanti a Systembolaget, dall'altra parte della strada, cattura per un attimo la loro attenzione. Lo stesso ubriacone che l'altra volta si era imbrattato del proprio piscio ora se ne sta rannicchiato in un misero mucchietto di stracci. Borbotta nel sonno, dicendo parolacce come se fosse arrabbiato. Forse maledice il sole, che ha scacciato l'ombra e che ora inonda impietosamente la panchina. Per qualche motivo a Konrad vengono in mente i genitori di Gertrud. Sixten e Elsa. Loro almeno non sono mai stati costretti a dormire per strada per riprendersi da una sbornia.

Camminano in silenzio per un po'. Prima di incontrare anima viva fanno in tempo a oltrepassare tre isolati e ad arrivare alla svolta della stradina che costeggia il cimitero in direzione del campo sportivo e di Skogsbacken. Un tale in zoccoli di legno e pantaloni della tuta da ginnastica acetati è stato risvegliato dal suo sogno di mezza estate dal latrare del suo bassotto che aveva urgente bisogno di fare la cacca. L'uomo sembra irritato e tira il cane per il guinzaglio perché si decida a farla.

I pensieri di Konrad vagano. La preoccupazione costante per l'improvvisa sparizione di Gertrud non vuole abbandonarlo, anche se si rende conto che si tratta di un'ansia eccessiva. "La cattiva notizia di Palander dovrebbe ragionevolmente preoccuparmi di più", riflette, cercando di concentrarsi.

«Be', quando ti decidi a vuotare il sacco?».

Palander ficca la mano in una delle tante tasche del gilet da pescatore, e con un gesto teatrale tira fuori un bigliettino.

«Ti dice qualcosa?».

Konrad si ferma e afferra il bigliettino. C'è un breve messaggio.

Le parole sono scritte a pennarello nero, con una grafia irregolare e infantile:

> Feriz e Sali non hanno sparato agli *svenni*[1] ricchi.
> Hanno comprato la pistola dopo che sono morti.
> Da uno che li conosce.

Legge le righe tre volte prima di incontrare lo sguardo indagatore di Palander. Uno sguardo non proprio tranquillizzante.

[1] Da *svennar*, sopranome scherzoso con cui gli immigrati chiamano gli svedesi (*n.d.t.*).

«Cosa rappresenta questo, uno scherzo?»

«*You tell me*».

«Hai intenzione di dirmi dove l'hai trovato oppure...?»

«Stava nel cestino sotto la buca delle lettere della porta della redazione. Mi sono svegliato presto stamattina. Lo faccio sempre dopo aver bevuto. Mi viene come l'orticaria. Non riesco a stare fermo. Così ho fatto una passeggiata, sono passato in redazione e il bigliettino era lì nel cestino della posta».

Arrivano a una panchina sotto l'ombra degli abeti, da dove parte il sentiero verso il ruscello. Konrad si siede con movimenti pesanti. Palander ne segue l'esempio e ambedue osservano impotenti il bigliettino.

«Agli *svenni* ricchi». Konrad trova difficile immaginarsi Herman e Signe come persone facoltose. Probabilmente nemmeno loro stessi erano stati in grado di sentirsi ricchi. Sarà stato proprio per questo motivo che non avevano saputo cosa farsene di tutti quei soldi.

«Feriz e Sali...».

«Sono i ragazzi albanesi che Torstensson ha ucciso a colpi di fucile», spiega Palander. «Feriz Rama e Sali Mato».

«Lo so, ma chi può averlo scritto?»

«Non ne ho la più pallida idea. Puoi tirare a indovinare, è quel che faccio io. Forse, come c'è scritto sopra, uno che li conosce».

«Un parente o un amico, quindi. Il linguaggio è innegabilmente stentato, come se fosse stato scritto da qualcuno che non abbia vissuto in Svezia molto a lungo».

«Hanno comprato la pistola dopo che sono morti», legge Palander storcendo il naso. «Un riferimento meraviglioso».

«Come se i morti potessero comprare delle armi», dice Konrad pensieroso.

«Chiunque abbia scritto questo bigliettino... Con quel tipo vorrei proprio farci due chiacchiere».

«O con quella *tipa*».

«Ovviamente potrebbe trattarsi di un semplice scherzo di cattivo gusto», suggerisce Palander. «Un farabutto che vuole darsi delle arie e prendere in giro la stampa».

«Uhm, forse... Credi che ci siano delle impronte?»

«Poco probabile. Nessuno è tanto cretino».

Palander si zittisce. Tira su con il naso, prende un fazzoletto dalla tasca e soffia vigorosamente.

«Ti sei raffreddato stanotte?»

«Uhm... C'è una cosa che mi ha colpito, sai?», dice.

«Cosa?»

«Il testo è scritto usando il presente. "Da uno che li conosce". Ma Feriz e Sali sono morti. Avrebbe dovuto esserci scritto "da uno che li conosceva"».

Konrad scuote la testa.

«Non credo che possa significare qualcosa. Chi ha scritto questa cosa forse non conosce bene i tempi della lingua svedese».

Dal campo sportivo giungono delle voci. Arriva un gruppo di adolescenti con dei borsoni in spalla. Ridacchiano e si spintonano, qualcuno lancia uno sguardo a quella singolare coppia sulla panchina, vicino al sentiero. Quindi si infilano dentro un pulmino che stava lì in attesa. Konrad segue il pulmino con lo sguardo fino a che non scompare in direzione della Ystadvägen.

«C'è un solo modo di leggere il bigliettino che possa dargli senso logico», dice Palander pensieroso. «*Loro* che hanno comprato la pistola deve riferirsi a Feriz e Sali. Ma *dopo che sono morti*, a rigor di logica si riferisce a Herman e Signe. In questo caso l'autore del messaggio sostiene che i due hanno comprato la pistola dopo l'omicidio dei tuoi genitori adottivi, e quindi che non possono essere stati loro a ucciderli».

Konrad si è gia reso conto di cosa significherebbe per lui questa eventualità.

«Che pensi di fare?», chiede.

Palander sospira, come se si trovasse di fronte a un grave dilemma. Poi un lampo di astuzia compare nei suoi occhi.

«Bisognerebbe darlo alla polizia».

«E invece...?»

«Forse potrei aspettare qualche giorno, finché non avrò avuto il tempo di scriverne sul giornale».

Si fissano a vicenda e Konrad si rende conto che Palander fa sul serio. "Niente in contrario", pensa. "Basta che adesso non mi accusino anche di occultare delle prove".

«Feriz e Sali», dice calmo, come se i nomi dei giovani morti fossero una formula magica.

«Non erano proprio dei timorati di Dio. Ora staranno soffrendo all'inferno».

«Forse», dice Konrad. «Ma erano degli assassini? Hanno veramente ucciso Herman e Signe?».

Palander gli rivolge uno sguardo enigmatico e si alza bruscamente dalla panchina.

«Sarà meglio per te che la polizia creda che siano stati loro a farlo».

CAPITOLO 23

Le sembra di avere un gatto selvatico nel petto, un gatto selvatico che cerchi di uscire a colpi di artiglio. È talmente arrabbiata che le parole le si strozzano in gola. Fatima si rende conto di non essere stata capace di spiegarsi, e questo la fa disperare.

Con un movimento deciso richiude il cellulare e lo lascia scivolare nel borsone di tela.

«Maledetta troia!».

Fruga nel borsone per trovare un pacchetto accartocciato di Blend e armeggia goffamente con l'accendino finché non le riesce di accendere la sigaretta. Si mordicchia nervosamente le pellicine già rosicchiate intorno alle unghie e si guarda intorno indecisa.

Il parco è deserto, avvolto da un profumo di erba secca. Un'anatra selvatica solitaria, che non ha avuto il buon senso di rincantucciarsi tra i cespugli sulla riva dello stagno, caracolla in pieno sole, ubriaca dal caldo. Ma nel piccolo parco giochi, dove se ne sta seduta Fatima, grossi olmi e castagni regalano una intensa, misteriosa ombra. Quasi come una grotta. Un posto dove rifugiarsi. A Fatima piace. Non c'è quasi mai nessuno. Soltanto lei e i suoi pensieri, quando fugge dalle urla e dai litigi di casa sua.

Però oggi le è difficile trovare pace.

Quella non l'aveva nemmeno ascoltata. «Richiama lunedì». Maledetta poliziotta!

Fatima ce l'ha anche con se stessa. La donna al centralino le ha fatto perdere le staffe. È stata spocchiosa e acida con lei. Le ha fatto fare una figura da cretina, da stupida oca.

Fatima detesta essere trattata come una bambina cretina. Sa di essere intelligente. La supplente di scienze sociali che avevano la primavera precedente le ripeteva che avrebbe dovuto portare avanti gli studi e farsi strada nella vita. Ma la gente se ne accorge dalla sua voce che è straniera, anche se ha vissuto più della metà della sua vita in questo paese. Come quella balorda della poliziotta al telefono.

Ma non sono soltanto gli svedesi. Papà e mamma sono uguali a loro. Pensano che lei non capisca nulla, anche se ha quasi sedici anni. E Feriz, prima di morire, rideva sempre prendendola in giro e chiamandola «la mia piccola principessina», come se fosse un dannato boss mafioso.

Le manca il respiro quando pensa a lui.

Era sempre irrequieto. Magro, ma con un bagliore pericoloso negli occhi. Si vestiva bene, dove trovasse i soldi per comprarsi quei bei vestiti non si capiva. Le amiche di lei arrossivano sempre quando lui scherzava con loro. In quelle occasioni Fatima faceva finta di provare vergogna, ma dentro di sé era fiera di lui.

Feriz il rubacuori.

Feriz il gangster.

Suo fratello.

I ragazzi della classe di Fatima avevano finalmente capito che lui non era un tipo da prendere sottogamba. Razza di idioti sghignazzanti. Le davano della puttana, pensando di poter fare come volevano. David e Markus l'avevano spinta dentro il bagno, dietro gli armadietti a scuola, l'avevano bloccata e avevano cominciato a toccarla... Ma quando lei aveva gridato e graffiato si erano un po' spaventati. L'avevano lasciata andare, ma poi erano andati in giro a vantarsi che «quella fica albanese aveva provato un vero cazzo svedese». Anche se non ce l'avevano fatta.

Quanto aveva goduto quando Feriz li aveva sistemati per le feste. Seduta sul sedile posteriore della macchina aveva indicato quei due. Gli idioti bighellonavano di fronte al chiosco degli hot dog di Bertil, quando lui era arrivato con la macchina, aveva parcheggiato di fianco al chiosco, era uscito e gli aveva dato un sacco di botte. *Bang, bang*, due nasi rotti. Avevano proprio un bell'aspetto, seduti lì per terra con i loro grugni da maiali sanguinanti.

Fatima getta il mozzicone di sigaretta nella sabbiera, afferra le catenelle di ferro dell'altalena e si dà una spinta, come faceva quando era piccola. Spinge la schiena all'indietro e le gambe in avanti con il massimo della forza, perché la spinta sia più potente possibile. In alto, vola sempre più in alto, le catenelle cigolano quando sfregano contro la struttura di ferro e lei sente come le feriscono le dita. Quando l'altalena oltrepassa la barra di ferro dove stanno attaccate le catenelle, tutta la struttura ha un tremito. È così bello il vento contro il viso, e lei pensa che se solo lasciasse la presa nel momento giusto potrebbe volare fin dove vuole. Se afferra le catenelle dall'interno e spinge ancora un po' contro il sedile, proprio quando sta per arrivare al punto più alto, sarà scaraventata su, sopra i cespugli, e poi potrà volare via oltre gli olmi e ancora su verso il cielo azzurro, lontano, lontano, via da questo postaccio ammuffito. Sentirà il sole scaldarle il viso e il vento giocare con i suoi capelli, quando volerà via, libera come una rondine, sorvolando i mari, fino a un posto dove... Sì, cosa?

Ecco il vero problema. Fatima non ha la più pallida idea di cosa voglia fare della vita che ha ricevuto in dono.

Si rilassa sull'altalena e lascia che la velocità pian piano diminuisca, sente come l'oscillazione del pendolo si vada esaurendo, fino a che finalmente si ritrova immobile sul sedile, guardandosi i piedi.

Devo trovare un'altra persona con cui parlare, pensa. Una persona che mi ascolti.

Poi finalmente prende una decisione. Si alza di scatto e afferra il borsone che è rimasto sulla ghiaia quando ha iniziato il volo.

Devo trovare qualcuno che capisca che Feriz non è un fottuto assassino.

L'agitazione logora Konrad, divora il suo corpo come fossero termiti. Dovrebbe fidarsi di quel che prova per Gertrud, ma in realtà l'unica cosa che prova è ansia e preoccupazione. Qualcosa deve pur succedere. Il paese è talmente stretto e angusto, nonostante la quiete e le strade vuote.

Ma Konrad sa di dover rimanere. I legami che credeva aver reciso sono qui, lo reclamano. Qualcuno lo reclama.

Chi?

Non lo sa.

Ma ci sono cose che devono uscire fuori, alla luce del giorno. Se solo sapesse dove cercare.

La cassiera ha un tatuaggio a forma di drago, un piccolo drago grigio blu, su uno dei seni, proprio nel profondo taglio che scompare nell'uniforme del supermercato Konsum dal caratteristico verde. Il viso è tondo e i capelli tagliati corti, con la permanente e le punte bionde. Lavora come una macchina, senza alzare la testa spinge il pane, il formaggio e la confezione con le sei birre Falcon di Konrad oltre il lettore di codici a barre, che emette tre bip. «Ottantadue corone», dice con voce meccanica, come assopita.

Konrad prende il resto e sta per uscire in tutta fretta quando si rende conto di riconoscerla.

«Gunnel...?».

Lei lo guarda senza capire.

«Sei Gunnel, vero? Della nona classe. Gunnel... giusto...?».

Fruga nella memoria. Ma il cognome è come se fosse stato spazzato via. Si sente un cretino.

«Forse non ti ricordi di me? Konrad Jonsson. O Konrad Jönsson?».

D'improvviso il viso di lei si illumina, come se qualcuno avesse girato una manopola e collegato il sistema di circolazione del sangue.

«Ma non mi dire, Konrad!».

Getta uno sguardo verso l'interno del negozio constatando che è vuoto, non c'è nessuno agli scaffali a perdita d'occhio. Si aggiusta un po' i capelli con la mano facendo tintinnare i braccialetti e si raddrizza la schiena.

«Sto qui nel mio mondo, a sognare. Sorda e cieca», ride come per scusarsi.

«Non sei cambiata per niente», mente Konrad.

Lei sorride e Konrad capisce di essere stato immediatamente smascherato.

Cala il silenzio. Konrad sposta la busta di plastica da una mano all'altra.

«Che bello incontrare qualcuno della classe!», dice.

«Sì, davvero...».

«Sei ancora in contatto con qualcuno dei nostri compagni?»

«Sì, la maggior parte di loro sono rimasti qui. Anche Anna-Lena e Bettan lavorano qui da Konsum».

«Che bello...».

«Ora fai il giornalista, ho sentito».

«Sì, ecco, dopo aver fatto un po' di tutto. E tu? Sì, ho capito che lavori qui, ma oltre a questo, come ti vanno le cose?».

Konrad ha messo giù la busta della spesa e si è messo a sedere sul lato corto del bancone della cassa in un tentativo di apparire rilassato. Gunnel incrocia le braccia sul petto e assume un'aria riservata. Socchiude gli occhi e si stringe rigida nelle spalle.

«Si va al lavoro. Si fa la spesa. Si prepara da mangiare ai ragazzini. Ci si siede davanti alla TV col marito. Si aspetta il venerdì. Ecco com'è la vita oggi...».

«Sì...».

«A proposito, abbiamo festeggiato i venticinque anni dalla fine della scuola qualche anno fa. Abbiamo cercato di invitare tutti quanti, ma il tuo indirizzo non l'avranno trovato, penso».

«No, io... ho avuto un po' di casini. Non fa niente. Ma è chiaro, sarebbe stato bello partecipare».

Gunnel annuisce con approvazione e dice poi in confidenza, come se covasse un prezioso segreto: «Sai chi c'era?».

Konrad scuote la testa.

«Donald Göransson!».

«Oh santo cielo!».

Lo osserva a lungo con un'espressione indagatrice.

«Non so chi l'avesse invitato. Ma se ne stava lì in un angolo, parlava garbatamente con tutti. Curvo e storto, ma comunque sano come un pesce. I capelli completamente bianchi. Sembra che sia rimasto nel suo vecchio appartamento nei pressi del Parco del popolo. Un vecchietto carino».

«Ma pensavo...?», dice Konrad stupito.

D'improvviso gli occhi di lei si fanno cupi. Si sente minacciata.

«Cosa pensavi?».

Lei può veramente aver dimenticato? Proprio non è possibile. In un attimo il pensiero di Konrad è tornato a trent'anni prima, nell'aula dall'odore di chiuso, gesso e calzini di lana bagnati. Il silenzio è elettrico. Gli alunni fremono, pieni di aspettative per il dramma, bramosi di assistere all'umiliazione d'un compagno. Lo sguardo di Göransson è d'acciaio. Il suo sorriso canzonatorio schiuma di malevolenza quando il viso della grassa, impacciata, stupida Gunnel impallidisce, e tutti gli altri non aspettano altro che l'attimo in cui lei, per puro terrore, vomiterà gli spaghetti al ragù sul suo quaderno di matematica. *Sette per otto, Gunnel! Non sarà mica così difficile!*

«No, non lo so...», dice Konrad. «Mi era un po' antipatico».

«Ah sììì?»

«Sì, a dire la verità, secondo me era un maledetto fascista».

«Davvero...?».

Ora è lei a sembrare sorpresa. Si fissano negli occhi come se venissero da pianeti diversi. Lei tocca incerta la catenina d'oro che ha intorno al collo, il piccolo cuoricino che si nasconde nella grotta del drago tra i due seni. Konrad nota che porta una fede al dito.

«Ok», dice. «Devo correre via. È stato bello vederti».

«Anche per me», ribatte con tono neutro.

È quasi arrivato alla porta scorrevole con la sua busta di plastica con la birra, il pane e il formaggio, quando all'improvviso viene colto da un dubbio. Si volta.

«Senti Gunnel, posso chiederti una cosa?»

«Sì?»

«Con chi ti sei... sposata?».

Indica allusivamente il proprio anulare spoglio.

«Perché lo vuoi sapere?»

«Sono soltanto curioso», ride innocente.

«Con Benny», dice. «Lui... sono rimasta incinta subito dopo la nona classe».

Konrad ingoia un altro «Oh santo cielo!», e annuisce ammutolito. "Benny cemento" e Gunnel. Sì, perché no?

«E così lei adesso è adulta. Mia figlia più grande, intendo. E abbiamo anche un maschio. Patrik, gioca nella squadra dei quattordicenni. Benny è l'allenatore della sua squadra, quindi tutto... benissimo».

Si zittisce, sembra che si vergogni un po', come se fosse stata accusata di parlare troppo.

«E tu, invece?», chiede. «Hai dei figli?»

«Maria. Ora ha vent'anni».

Una donna con un carrello sovraccarico pretende l'attenzione di Gunnel. La guarda acida. Il nastro automatico della cassa sembra cedere sotto il peso di confezioni di latte, coca cola, pizze surgelate e bustine di carne macinata a prezzo speciale.

«Non ti trattengo oltre», dice Konrad rapidamente. «Ci vediamo!».

Gunnel fa una risatina, veloce e ambigua, prima di tornare ai prezzi scontati.

Konrad esce dal negozio con una strana sensazione allo stomaco. Si sente sorvegliato. Pura immaginazione, cerca di convincersi, ma senza riuscirci. Non può fare a meno di notare come le persone voltino altrove lo sguardo, proprio quando lui si accorge che lo stanno fissando.

Sin da quando è tornato ha notato visi estranei che gli hanno dedicato al massimo sguardi indifferenti. Ma c'è qualcosa in quegli sguardi. Un lampo fugace. Quella donna spenta che trascina le buste della spesa e i figli urlanti attraverso il parcheggio. Quel contadino nella tuta John Deere verde puzzolente di diesel. Quell'uomo ansimante, col pancione teso, in cravatta e abito di velluto a coste che ha incrociato fuori dalla banca. Sotto le rughe e le borse dei loro volti, oltre il dolore e la disperazione, dietro gli occhi annacquati e i segni di troppe serate con vino rosso di cattiva qualità, patatine e pubblicità in TV, Konrad riesce a scorgere qualcos'altro: un bambino, un adolescente, che una volta aveva un sogno.

Forse qualcuno che un tempo conosceva.

Non c'è tanta gente sulla strada davanti a Konsum, ma la quiete rafforza soltanto l'impressione che tutto sia soltanto una facciata. Konrad è quasi sicuro del fatto che le persone fingano di essere inconsapevoli della sua presenza.

Anche i colori sembrano spenti. Il sole è allo zenit in un cielo dolorosamente blu, ma quando Konrad si guarda intorno tutto gli sembra sbiadito, come in una vecchia cartolina.

Pur sapendo che si tratta di una banale metafora, non riesce a togliersi dalla testa il sospetto: pensa se tutto quanto fosse soltanto un film o una rappresentazione teatrale in cui tutti, tranne lui, sono delle comparse?

È come se le persone che incontra sapessero qualcosa. Come se covassero un comune segreto e ridessero di lui, puntassero il dito alle sue spalle scuotendo le loro teste con compassione.

Ecco il povero Konrad, eccolo, quello che non capisce niente!

Persino l'ubriacone intriso del proprio piscio, che sembra aver messo le radici sulla panchina fuori dal Systembolaget, alza le sue palpebre pesanti, guardandolo con un sorrisetto falso dipinto sul viso pieno di capillari scoppiati che si intravedono sotto pelle.

«Per Dio, datti una mossa ora!», si dice Konrad a voce bassa, mentre si dirige verso la macchina.

Gli viene in mente Gunnel alla cassa del supermercato. Perché si è comportata in modo così bizzarro? Sven, che lui una volta conosceva come la propria ombra, cosa aveva voluto dire con le sue allusioni, quella tarda notte di mezza estate? E Gertrud, naturalmente, a lei pensa più che a chiunque altro.

Poi torna a pensare a Palander. C'è qualcosa in quell'uomo che lo irrita. Un qualcosa che non riesce a definire, come un bagliore nella coda dell'occhio o un tremolio all'angolo della bocca. È vero che a volte può sembrare gentile e premuroso. Ma è come se allo stesso tempo ti scrutasse. Come se in segreto stesse componendo un puzzle e pianificasse una mossa astuta per avere la certezza di poter mettere lui l'ultimo pezzo.

"Una vecchia volpe", pensa Konrad.

Proprio quando sta per inserire la chiave nella portiera della Opel, scorge un altro di questi sorveglianti, una ragazza. Ma questa, a differenza degli altri, non è particolarmente discreta. Sta rannicchiata all'ombra accanto alla parete di un edificio, con il mento appoggiato sulle ginocchia che spuntano dai jeans strappati, e non fa il minimo tentativo di distogliere lo sguardo quando Konrad la scorge. È minuta ed esile. Il viso è pallido e sotto la frangetta nero corvino brillano un paio di occhi vivaci, molto intensi. Ai piedi ha delle scarpe da ginnastica rosse, polverose e senza lacci.

Konrad le volta le spalle per togliersela dalla vista. Fa un giro intorno alla macchina, apre la portiera dal lato del guidatore e getta la busta del supermercato Konsum sul sedile posteriore. Poi si rende conto che la ragazza vuole qualcosa da lui. Si è alzata e si è messa il borsone di tela in spalla, come se si stesse preparando a saltare dentro la macchina e a mettersi sul sedile del passeggero. Konrad si ferma, osservandola da sopra il tetto della macchina. C'è qualcosa di familiare anche in questa ragazzina. Ma lei non può essere una delle ombre del suo passato, è troppo giovane. Proprio quando apre la bocca per rivolgersi a lui, Konrad ricorda: è una delle ragazze della banda che bighellonava intorno al chiosco durante l'incontro tenuto dagli Sverigedemokraterna in piazza.

«Ti serve qualcosa?».

Lei getta uno sguardo preoccupato verso la strada.

«Sei tu quel giornalista, vero?».

Konrad annuisce e aspetta. Sembra che la ragazzina non sappia decidere se proseguire o meno. Ha l'aria spaventata.

«Vuoi salire in macchina?».

Senza rispondere, lei apre la portiera e salta dentro.

«Vai dove cazzo ti pare!».

Lui accende il motore e guida lentamente e senza una direzione precisa verso l'uscita sud per Ystadvägen.

«Puoi tirare giù anche il finestrino dal tuo lato, altrimenti farà caldo».

La ragazza fa come lui le dice. Poi rovista nel borsone per cercare una sigaretta. La accende senza chiedere il permesso.

«Vado verso Fyledalen. Hai tutto il tempo che vuoi, non c'è fretta», dice Konrad.

Dieci minuti più tardi la Opel scende giù per la stradina di ghiaia che serpeggia verso la valle. La ragazza ancora non ha detto una parola. Konrad la osserva con la coda dell'occhio. Ma rimane in silenzio. Qualcosa gli fa pensare che deve lasciarle la possibilità di prendere l'iniziativa. Attraversano il ponte in pietra sopra il fiumiciattolo, girano verso nord e seguono poi la strada che costeggia i pascoli. Lo stridere degli pneumatici penetra attraverso i finestrini aperti. Lungo il fiumiciattolo ci sono alcuni poderi solitari. Sui prati paludosi pascolano mucche dal manto bianco e nero. Più in là si innalza il colle con il bosco di faggi verdeggiante.

Dopo un po' Konrad ferma la macchina sul ciglio della strada. Esce dalla macchina. Subito dopo sente che la ragazza lo segue.

«Venivo qui in bicicletta a osservare gli uccelli quando ero giovane», dice lui, dandole le spalle. «Sven aveva dei binocoli. Qui ci sono tanti rapaci. Poiane e nibbi, e con un po' di fortuna si poteva anche avvistare un'aquila reale».

«Sven?»

«Un vecchio amico. Di allora...».

Lui si guarda intorno nella vallata, che si estende a nord e a sud a perdita d'occhio, circondata da un bosco pieno di segreti. La vecchia terra selvaggia sua e di Sven.

Nei loro giochi, il fiume nero, che ora scorre così pacifico, era una corrente pericolosa, dove regnavano malvagi briganti che attaccavano le loro zattere. Nel profondo bosco di faggi c'erano indiani assetati di sangue e le case abbandonate che cascavano a pezzi, erano abitate da draghi e mostri.

«Pensavano che fossi stato tu a sparare a quei vecchi, vero?».

La ragazza lo osserva, lo valuta, come se stesse cercando di fare ordine nella mente.

«L'ho letto sul giornale. La polizia sospettava che fossi stato tu a ucciderli, vero?»

«Sì, è vero. Ma ora...».

«Ora credono che sia stato mio fratello».

Lo fissa con uno sguardo ribelle, da bambina piccola. Ma Konrad sa che lei non è una bambina.

«Tuo fratello?»

«Si sbagliano. Danno la colpa a lui soltanto perché è straniero. Io so che non è stato Feriz».

«Aspetta un attimo...».

Konrad afferra istintivamente il suo braccio esile, ma lei si districa dalla sua presa con uno strappo rabbioso.

«Scusami...».

Konrad si mette seduto sul cofano ancora caldo, e tutto d'un tratto lei assume un aspetto un po' meno contrariato e maldisposto.

«Va bene. È soltanto che sono così incazzata con tutto e tutti».

Un velo di tristezza passa sul suo viso e la pelle pallida diventa quasi trasparente. D'improvviso gli sembra stanca. Konrad capisce che ha qualcosa di importante da raccontare.

«Potresti cominciare dall'inizio?».

Fatima fa un singhiozzo. Si tira su con le braccia e le gambe per salire sul cofano anche lei. Ora stanno seduti tutti e due come su di un divano, con il parabrezza a mo' di spalliera.

«Mi chiamo Fatima», dice. «Mio fratello Feriz è quello che è stato ucciso da quel razzista. Feriz e il suo amico Sali».

«Capisco. Deve essere stato terribile...».

Fa un cenno con la mano, come se non volesse essere interrotta.

«Feriz, lui... faceva cose che non andavano tanto bene. Ho sentito che la gente gli dava del delinquente. Forse era vero. Si occupava di cose un po' losche. Ma era mio fratello. Io ero la persona che lo conosceva meglio di tutti. E so che in fondo era buono. Non avrebbe mai ucciso nessuno».

Konrad la guarda con la coda dell'occhio e vede che sotto il tessuto della maglietta il suo petto si solleva pesantemente.

«Forse dovresti parlarne con la polizia».

Lei fa una smorfia di disprezzo.

«Credi che non abbia provato? A loro non gliene frega niente di quello che dice una come me. I maledetti stranieri si proteggono a vicenda, così stanno le cose, non è vero? Prima sono venuti degli sbirri a casa nostra, hanno rovistato dappertutto. Hanno fatto qualche domanda su Feriz, e mi fissavano come se fossi una fottuta puttana tossica. Poi quando ho provato a telefonargli, non volevano neanche passarmi quella poliziotta, quella che si occupa dell'omicidio».

La interrompe il rombo del motore di un'auto che si sta avvicinando sulla strada di ghiaia. È una jeep polverosa. Rallenta un pochino. Il guidatore si intravede a malapena dietro al parabrezza sporco. Forse è il boscaiolo che si è incuriosito e vuole sapere chi sono le persone appollaiate sul cofano della Opel. Poi sembra optare per l'ipotesi che siano soltanto i soliti ornitologi. La jeep accelera e scompare dietro la curva.

«Ci sono dei cattivi poliziotti e dei bravi poliziotti. Forse sei stata soltanto sfortunata», dice Konrad.

Lei stringe le spalle.

«Dovrebbero capire che è impossibile, santo cielo».

«Spiegami».

Fatima si volta bruscamente verso di lui, come se d'improvviso avesse trovato nuova forza. Si mette in ginocchio con il viso a pochi decimetri dal suo. Il suo alito puzza di fumo.

«È per quella pistola che hanno trovato nel pozzo, vero? La polizia è convinta che Feriz e Rama l'avessero con sé e che l'abbiano persa quando sono stati uccisi».

Konrad annuisce lentamente.

«Sì, e secondo la perizia tecnica era la stessa pistola usata per uccidere Herman e Signe. Quindi la polizia ha tirato la conclusione che è stato tuo fratello...».

«Ma si sbagliano, ho detto!».

«Come fai a saperlo?»

«Perché ho sentito quando Feriz parlava al telefono dicendo che voleva comprare quella pistola!»

«Ah sì?»

Scuote impaziente la testa, irritata che Konrad sia così lento a capire.

«Non capisci? Era due giorni dopo l'assassinio dei vecchi!».

Finalmente Konrad si rende conto di cosa voglia dire. Studia a lungo il suo viso sconvolto. Dice la verità? O vuole semplicemente salvare la reputazione di suo fratello morto?

Mette la mano sulla spalla di lei e questa volta lei non si tira indietro. Poi le chiede di riferire in dettaglio quanto aveva visto e sentito in quell'occasione, due giorni dopo l'assassinio di Herman e Signe.

Questa volta lei si sforza di non dimenticare nulla: Feriz sulla panchina sotto le betulle fuori casa. Sta fumando e parla al cellulare, come al solito. Gesticola e parla, parla. Crede di essere solo. Ma all'ombra dietro i cespugli di lillà, Fatima è distesa su una coperta, dormicchiando con un libro tascabile sulla pancia. Mezza addormentata. Gli uccellini che cinguettano e le macchine che di tanto in tanto passano in strada le impediscono di afferrare tutto quel che lui dice. Ma sente quanto basta: «Una Luger... Ti do duemila corone... Alla Möllan alle dieci di stasera... Ok, cazzo, *it's a deal*!».

Quando ha finito di parlare, si appoggia di nuovo al parabrezza. Konrad appoggia la nuca contro il tetto in lamiera e guarda il cielo, dove due poiane girano l'una intorno all'altra, scambiandosi di tanto in tanto grida acute.

In effetti non è stupito. Da qualche parte nella sua mente aveva intuito che non erano stati quei ragazzi albanesi a uccidere Herman e Signe. In qualche modo era sembrato troppo... ben architettato e pianificato.

Ma a lui le cose andavano bene, finché la colpa ricadeva su di loro. Voleva dire che Konrad non era tra i sospettati. Se Fatima dice la verità – e la polizia le crede – torneranno a concentrarsi su di lui.

Che cazzo di differenza fa, devo aiutarla a far capire queste cose alla polizia, pensa. Dovrò contattare quel... rettile.

Trema a quell'idea, e per un attimo il sogno in cui il commissario Björn Bernhardsson punta la pistola alla sua testa gli torna alla mente.

«Vuoi fare un tiro?».

Lei ha acceso un'altra sigaretta e ora gliela porge con le sue dita rosicchiate. Lui la prende e si riempie i polmoni di fumo.

«Hai idea di chi potesse essere la persona con cui Feriz parlava al telefono?».

Fatima scuote la testa e soltanto ora Konrad si accorge che lei ha pianto. Lacrime che già si stanno asciugando luccicano sulla sua guancia.

«Avevo intenzione di parlare con lui. Dirgli di smetterla con quelle stronzate. Ma poi non c'è stata occasione...».

Stanno a lungo assorti nei propri pensieri. Ognuno nel proprio mondo. Ma uniti da una consapevolezza comune: chi ha venduto la pistola a Feriz deve anche aver ucciso Herman e Signe.

È lei che avrebbe bisogno di essere consolata, pensa Konrad. Ha appena perso suo fratello. E io cosa ho perso? Due persone che non ho mai amato. E Agnes, ma era così tanto tempo fa. Guarda Fatima e si sente impotente. Vorrebbe abbracciarla. "Ti manca?", vorrebbe chiederle, provando a consolarla, ma le parole suonano vuote già nella sua mente. È cosi giovane, ma sembra comunque tanto forte. Lo colpisce l'idea che deve aver diversi anni meno di Maria.

«Perché racconti tutto questo proprio a me?», le chiede infine.

«Non mi è venuto in mente niente di meglio...».

«I tuoi genitori?».

Sospira rassegnata.

«Questo paese... non è mai stato come avevano sperato. Così si sono chiusi in un mondo tutto loro. Papà sta seduto sul balcone e blatera di Kosovo Polje. Dio mio, una battaglia di settecento anni fa, proprio ora che suo figlio è stato ucciso! E mamma... è terrorizzata da tutto quel che ha a che fare con la polizia».

Fatima spegne il mozzicone contro la lamiera dell'auto e d'improvviso a Konrad sembra di scorgere un accenno di sorriso agli angoli della sua bocca.

«Ti ho visto a quella manifestazione in piazza. Per qualche motivo ho avuto l'impressione di potermi fidare di te».

Lui scoppia a ridere, in qualche modo si sente onorato.

«Ma prima hai infilato un biglietto nella cassetta di Palander...».

Fatima lo guarda stupita.

«Quale biglietto?».

Ancora una volta lui vede nel profondo dei suoi occhi che non sta fingendo. Lei non ha veramente idea di cosa stia parlando.

CAPITOLO 24

Gertrud fa ritorno la domenica successiva al giorno di mezz'estate. Quasi si scontra con Konrad quando si rivedono nel portone di casa. Rimangono lì, come due estranei, uno di fronte all'altra. Lei ha uno zaino in spalla e sembra presa alla sprovvista, come se avesse sperato di poter sgusciare dentro al suo appartamento senza incontrare nessuno. Lui meno di tutti.

«Ciao», dice confusa.

Ha l'aria di essersi appena svegliata da uno strano sogno. Konrad non ha il coraggio di toccarla.

«Ciao, Gertrud...».

È ancora mattino. Konrad respira affannosamente, ha corso giù per le scale. Un quarto d'ora prima stava dormendo nel suo letto. E lei era insieme a lui a galleggiare tra le nuvole, di questo è assolutamente certo. Si ricorda di aver pensato a quanto fossero sottili le nuvole e quanto fosse strano che ciononostante riuscissero a sostenere il loro peso. Ma appena il cellulare aveva cominciato a squillare, lei era svanita.

E ora è lì, di fronte a lui, come un miraggio. "Se chiudo gli occhi e li riapro forse scompare", pensa, cercando di evitare di chiudere le palpebre. Naturalmente è impossibile. E nonostante tutto Gertrud rimane dov'è. Distingue chiaramente il suo profumo. Konrad inspira profondamente. Non sarà mica possibile sentire il profumo di un miraggio?

In ogni caso tutte le domande che voleva fare sono svanite. Konrad non ha la minima idea di come trasformare in parole la nostalgia che prova per lei.

«Sembra che tu abbia fretta», dice lei, con una giovialità nella voce che non sembra spontanea.

Lui si schiarisce la gola, guarda per qualche assurdo motivo in direzione delle sue scarpe polverose, poi verso il cielo, come stesse cercando qualcosa, prima di provare a catturare lo sguardo sfuggente di lei.

«La polizia ha rilasciato Torstensson...».

Non fa in tempo a dire più nulla che una macchina si avvicina, suonando il clacson, richiamando la loro attenzione. La Citroën rossa di Palander gira l'angolo. Si sente un forte rombo dal tubo di scarico.

Gertrud guarda Konrad con un'espressione stupita. E d'improvviso lui si rende conto di avere soltanto alcuni secondi prima che la macchina arrivi e che quest'attimo svanisca.

«Che fine hai fatto? Perché non mi hai svegliato? Perché non mi hai detto dove stavi andando?».

Il suo tono di voce è accusatorio a tal punto che lei si ritrae, come se si aspettasse uno schiaffo da lui. Sembra impaurita. Potrebbe essere rabbia quello che appare come un rossore sulle sue guance, e per un attimo sembra che non desideri altro che fuggire di corsa verso la porta.

Konrad si pente immediatamente.

«Mi chiedevo soltanto perché sei sparita...», dice, come a volersi scusare.

Poi la Citroën si ferma di botto dall'altro lato della strada e spunta fuori la testa da tricheco di Palander.

«Buongiorno, colombini! Salta dentro, Konrad, abbiamo fretta!», intima con voce bonaria.

Gertrud gli fa un rapido cenno di saluto con la mano. Poi sul suo viso il sorriso si spegne tanto velocemente quanto era apparso. Afferra risolutamente il braccio di Konrad. Le sue unghie appuntite quasi penetrano il tessuto della camicia.

«Non fare altre domande. Va' e fa' quel che devi fare. Ti spiegherò più tardi. Quando avremo un po' di tempo a disposizione».

Gli dà un bacio veloce sulla guancia e saluta di nuovo in direzione della macchina, prima di scomparire per le scale. Konrad rimane in piedi sul marciapiede fuori dal portone, senza capirci più nulla.

Örjan Palander guida la macchina come se non fosse mai stato dietro a un volante in tutta la sua vita e avesse d'improvviso avuto la bizzarra idea di rubarne una da uno sfasciacarrozze. Maltratta la leva del cambio tanto da far uscire urla e grida dalle viscere della macchina e riesce, con l'intensa pressione sui pedali, a far sobbalzare come una rana la Citroën per la strada provinciale.

«Perché abbiamo tanta fretta?», chiede Konrad, tentando invano di allacciare la lenta cintura di sicurezza.

«Velocità! È tutto per i media oggigiorno. Tu dovresti saperlo. Quando si ha un vantaggio sulla concorrenza bisogna approfittarne».

Konrad lo guarda sorpreso e sta per rispondere qualcosa, quando improvvisamente Palander affonda sul pedale del gas per sorpassare un trattore. La brusca accelerazione sbalza Konrad all'indietro. Fa appena in tempo a ritornare in carreggiata per evitare di scontrarsi con un camion che passa nella corsia opposta con un gran fragore.

Un sorriso soddisfatto si dipinge sulla faccia di Palander.

«Sono venuto a sapere che ieri in tarda serata hanno rilasciato Torstensson», spiega. «Gli avvocati devono aver convinto il pubblico ministero del fatto che Tore ha sparato ai ragazzi albanesi per legittima difesa. Ad ogni modo, la polizia ha trovato la loro pistola in fondo al pozzo, no? Calibro giusto e con le impronte digitali di Feriz. È tutto chiaro come la luce del sole. Torstensson era minacciato di morte quando ha sparato. Il pubblico ministero non crede più di riuscire a farlo dichiarare colpevole di omicidio premeditato o colposo. E nemmeno che vi sia un appiglio legale per tenerlo dentro».

«Be', lo capisco. Ma perché sembrava una questione di vita o di morte quando hai chiamato? Come se dovessimo giocarcela sui minuti?»

«Non capisci? Tore Torstensson è uno scoop! Oggi è domenica e finora sono soltanto io a sapere che è stato rimesso in libertà. Ma quando la cosa verrà fuori, ci sarà un maledetto via vai di giornalisti dei quotidiani della sera, ce ne sarà uno in ogni cespuglio intorno alla sua casa. Dovresti essere contento che ti ho fatto venire con me».

«Ti sono molto grato...», dice Konrad cercando di nascondere il crescente nervosismo. Palander ha l'irritante abitudine di togliere le mani dal volante appena apre la bocca. A volte gira il capo per guardare di lato, abbastanza a lungo perché Konrad tema che andranno a finire nel fosso.

«Ora saremo noi i primi. Tore sicuramente non sa cosa lo aspetta. Se non lo troviamo proprio di pessimo umore riusciremo a convincerlo a lasciarci entrare. Forse potrebbe fornirci qualche indizio su Herman e Signe».

Konrad cerca di non guardare la strada. Pian piano si addentra nei propri pensieri. È Fatima che spunta nella sua mente. È sembrata così sicura di aver sentito bene. Se la rivede davanti: lo sguardo vivace mentre si scosta la frangetta, pretendendo di essere creduta sulla parola. L'impazienza in quel corpicino. Le pellicine delle unghie rosicchiate che non trovano mai riposo.

Sarebbe giusto raccontare di lei a Palander?

"Probabilmente dovrei farlo", pensa Konrad. Ma qualcosa lo frena, forse vuole prima capire un po' di più lui stesso. Konrad non è sicuro che Palander si sarebbe lasciato convincere da Fatima. Probabilmente Palander crederebbe che sia stata lei a mettere il bigliettino nella buca delle lettere della redazione. Che si è inventata quella conversazione telefonica per salvare l'onore del fratello morto. Per tutto l'oro del mondo Konrad non vuole correre il rischio che Fatima d'improvviso venga coinvolta nello scoop che sta prendendo forma nella mente di Palander. Non è proprio il tipo che apprezzerebbe di comparire su un giornale senza che sia lei stessa a chiederlo.

Attraversano Onslunda a tutta velocità. All'uscita del paese Palander riesce, con alcuni colpi decisi del volante e una brusca frenata, a evitare di investire un gatto nero. Inveisce e sputa superstizioso oltre il volante: «Puah, puah, maledetto gattaccio!».

Poi si rivolge di nuovo a Konrad come se niente fosse.

«Do per scontato che tu capisca che non sei qui con me in veste professionale. La storia di Tore Torstensson è roba mia».

Konrad annuisce. "Non ti devi preoccupare", pensa. Quante ore in questo ultimo anno è rimasto seduto svogliato a fissare lo schermo vuoto del computer, senza riuscire a partorire una singola frase sensata. E il romanzo, non l'ha quasi nemmeno cominciato. E non ha la più pallida idea né di come inizierà la storia, né di come andrà a finire.

Arrivati a metà della strada di ghiaia intravedono un uomo anziano sul viale di salici. Deve essere Tore Torstensson. Sta con la schiena curva rivolta verso di loro e ha un largo pennello in mano. La testa calva è abbronzata e alcuni irsuti ciuffi di capelli grigi cadono giù sul colletto di flanella. La salopette è floscia sul sedere come una vela senza vento.

Nel momento in cui escono dalla macchina sbattendo le portiere,

Torstensson ha fatto in tempo a mettere via il pennello e a studiarli per un bel pezzo. I suoi occhi sono nascosti da sopracciglia selvatiche e il mento, ornato di un rado pizzetto, cade floscio sul collo lungo e asciutto.

D'improvviso Konrad capisce cosa stava facendo il vecchio quando sono arrivati. La facciata della casa è bianca e lucida al sole.

Gli schizzi di sangue.

Ha ricoperto il sangue con la vernice.

«Salve, Tore!», grida Palander, avvicinandosi al vecchio con la mano tesa.

Torstensson si asciuga le mani sui pantaloni, ma non fa alcun accenno a voler rispondere al saluto. Li guarda con occhi socchiusi e sospettosi, proprio come una capra.

«Forse non mi riconosci? Sono Örjan Palander, redattore dell'"Ystads Allehanda" a Tomelilla».

Quando nota che il vecchio non ha nessuna intenzione di stringergli la mano, Palander fruga nella tasca e ne tira fuori una penna e un taccuino. Per il momento tiene nascosta la macchina fotografica.

«Questo è Konrad Jonsson, il mio, ehm... assistente», dice con un movimento sbrigativo del pollice.

Quando l'anziano finalmente apre bocca, la sua voce cigola come la vecchia porta di una stalla. È evidente che Tore Torstensson è abituato a stare per conto suo e che non lascia lavorare inutilmente le corde vocali.

«Puoi rimettere quella roba in tasca. Prendi il tuo maledetto assistente e vattene all'inferno. Altrimenti vi faccio fare la fine di quei maledetti stranieri di merda!».

Si schiarisce rumorosamente la gola, e come a voler sottolineare la minaccia lancia uno sputo viscido, che atterra proprio davanti ai piedi di Palander. Poi li fissa con uno sguardo che non è più sospettoso, ma carico di odio. Evidentemente Torstensson prova per i giornalisti la stessa avversione che nutre per gli stranieri.

Konrad si guarda intorno titubante. Aleggia un'aria pacifica nel giardino. Dei calabroni ronzano intorno al muro di pietra dove crescono la salvia e la lavanda. Il sambuco diffonde dolci profumi nell'aria. La porta della casa è socchiusa e sul davanzale della finestra della cucina, tenuta aperta da un gancio, c'è una tazza da caffè. Soltanto qualche giorno prima due giovani sono morti qua. Il coperchio del pozzo è stato rimesso a posto, e vicino alla legnaia le galline scorrazzano senza preoccupazioni. Il gatto grigio, che Konrad aveva visto l'ultima volta, gira l'angolo con aria smorfiosa, fa un passo altezzoso, oltrepassando lo sputo giallo, e struscia amorevolmente la schiena sui pantaloni di Torstensson. Lui si abbassa e prende in braccio il gatto, senza distogliere lo sguardo da quegli ospiti indesiderati.

Proprio quando sembra che il vecchio stia considerando se tirare o meno fuori il fucile da caccia, a Konrad viene un idea:

«Credi che i ragazzi a cui hai sparato fossero gli assassini di Herman e Signe?».

Torstensson si irrigidisce, un'espressione incerta gli attraversa il volto. Comincia a grattare il gatto dietro l'orecchio, pensieroso. Il gatto chiude gli occhi dal piacere e si preme contro il petto del vecchio.

«Herman e Signe Jönsson?».

Il vecchio li guarda con un'espressione di stupore. Sembra che quell'ipotesi non gli sia mai passata per l'anticamera del cervello. Forse non ha letto i giornali durante la detenzione. Oppure era occupato a pensare alle proprie rogne.

«Sai che sono stati uccisi, no?», chiede Konrad.

«Sì...».

«Con la stessa pistola che la polizia poi ha ritrovato in fondo al tuo pozzo», aggiunge Palander.

Sotto le sopracciglia del vecchio balena un lampo, ma il suo sguardo è difficile da interpretare. Uno spigoloso pomo d'adamo fa su e giù lungo la sua gola rugosa. È impossibile sapere cosa si agiti nella sua mente. Forse è soltanto un vecchio confuso, pensa Konrad. Ma poi gli sembra di intravedere un briciolo di curiosità.

«Herman e Signe...», bofonchia il vecchio. «Era brava gente. Peccato che sia andata come è andata».

«Loro erano i miei... genitori», dice Konrad mentendo.

Torstensson li fissa a lungo, come se cercasse in qualche remoto angolo della propria memoria. Poi annuisce tra sé, pensieroso.

«Potremmo entrare e parlare un po' di quel che è successo?», interviene Palander passando a un tono suadente.

Il vecchio esita, poi con un pressoché impercettibile cenno del capo in direzione dell'uscio socchiuso, volta loro le spalle e oltrepassa la soglia senza chiudere la porta. I due prendono questa circostanza come un invito.

Un aspro odore di vecchio li colpisce già nell'ingresso. Torstensson non si è tolto le scarpe entrando in casa e loro seguono il suo esempio. La porta della camera da letto è socchiusa e si intravede un letto da rifare. Un paio di larghe mutande giallognole, sbiancate da tanti lavaggi, sono buttate sulla poltrona. Sul tavolo è stesa una tovaglia cerata a quadretti rossi e sul lavandino c'è un tagliere con un filone di pane e un pezzo di pancetta.

«Sedetevi».

Senza chiedere versa del caffè da una brocca in latta che stava riscaldando sulla piastra. Bevono con cautela dalle loro tazze. Il caffè è tiepido e sa di acido tannico.

«Li conoscevi?», chiede Konrad cautamente. «Herman e Signe, intendo».

Torstensson beve rumorosamente dalla sua tazza e fa un vago cenno con le spalle.

«Un pochino, ma era molto tempo fa... non molto. Ma non si meritavano quel che gli è capitato».

«No», dice Konrad. «Davvero no».

«Non avevano proprio niente che non andava», dice il vecchio con enfasi nella voce, come se qualcuno avesse sostenuto il contrario.

«No, e cosa per esempio?».

Torstensson sbuffa, guardando fuori dalla finestra. Konrad capisce che, ad ogni modo, deve avere dieci anni meno di Herman e Signe.

«Erano persone gentili. Un po' ottusi. Erano in tanti a sparlare alle loro spalle. Ma io mi sono sempre tenuto alla larga da questo genere di cose».

«Racconta cosa è successo quando sono arrivati quegli albanesi», interviene Palander bruscamente.

Lo sguardo del vecchio si rabbuia.

«Gli ho fracassato le cervella, ecco cosa è successo. Quello che si meritavano!».

Mette giù la tazza sul piattino con un tonfo, appoggia i gomiti sul tavolo e li guarda stizzito.

«Bisognerebbe fare la stessa cosa con l'intera banda. Spararagli in testa. Questa maledetta tolleranza di oggi... Chi cazzo gli ha chiesto di venire qua? Approfittarsi della gente per bene. O aggredire un vecchietto nella sua casa. Gentaglia che vive di sussidi e delinquenti, buttiamoli fuori quegli schifosi di merda!».

Torstensson si tocca il petto, ansima dopo questo attacco e si affloscia contro lo schienale della sedia. Konrad per un attimo teme che gli sia venuto un colpo al cuore. Ma poi il vecchio solleva la tazza del caffè con la mano tremante di rabbia. Non li lascia con lo sguardo.

«In passato tenevamo gentaglia del genere lontana dalle nostre terre. A quei tempi si sapeva cosa era giusto e cosa era sbagliato. Allora si sapeva come trattare con tipi del genere. Ora non c'è più nessuno che ha il coraggio di dire no. Quando hanno cercato di tenere quei farabutti alla larga da Sjöbo, si è scatenato il putiferio».

Konrad sente il ginocchio di Palander premere contro il suo sotto il tavolo. Capisce cosa vuole comunicargli. Non dire nulla, lascialo parlare.

Ma il vecchio sembra calmarsi di nuovo.

«Cosa è che avete detto, che loro hanno sparato a Herman e Signe?».

Palander spiega con calma e prolissamente della Luger in fondo al pozzo. Delle pallottole nella rimessa degli attrezzi di Herman e Signe. Della prova balistica eseguita dalla polizia che ha confermato che i segni sui proiettili che hanno ucciso gli Jönsson sono stati rilasciati dalla stessa arma. La Luger in fondo al pozzo.

«Ma dimmi tu!».

Sembra che Torstensson non ne abbia mai sentito parlare prima.

«Il pubblico ministero ti ha lasciato libero perché hai sparato per legittima difesa. Veramente hai visto quella pistola nella mano del ragazzo albanese?», chiede Palander.

«Certo, puoi starne certo, cazzo! Se quello più grosso non mi ammazzava con il piede di porco, quell'altro mi avrebbe sparato. Quando gli ho visto tirare fuori la pistola dalle braghe, non c'era altro da fare che sparare. È stato uno spasso vederli volare in quel modo, credetemi!».

Spinge agguerrito il mento in avanti, osservando i suoi ospiti, come se cercasse un motivo per indirizzare la sua ira contro di loro.

D'improvviso Konrad non riesce a trattenersi oltre. Durante tutto il colloquio ha dovuto controllarsi. Inghiottire le acidità che uscivano dalla bocca del vecchio. Gentaglia. Gentaccia. Maledetti stranieri di merda. Ma è con lui che quel vecchio prepotente si sta sfogando.

Konrad sente che gli si stanno irrigidendo i muscoli delle mascelle.

«Hai detto che tenevate quella gentaglia a distanza ai bei tempi. Che allora sapevate come trattarli».

«Certo, puoi esserne sicuro... maledizione».

«Valeva pure per mia madre?».

Torstensson lo guarda stupito.

«Per Signe?»

«No, per Agnes. Agnieszka Stankiewic, che è scomparsa quarant'anni fa».

Il vecchio si alza rapidamente.

«Che cazzo vuoi dire?».

Apre il ripostiglio dove tiene gli arnesi per pulire la casa, facendo cadere a terra una paletta per la spazzatura con fracasso, e d'improvviso se lo trovano piantato lì, sul tappeto, con un fucile a due canne puntato contro di loro. Si sente un *clic* quando rimuove la sicura.

«Cazzo, Tore! Stai calmo ora!», esclama Palander.

Alzano le mani, come in un film. Spaventati a morte e colti completamente di sorpresa. Le orecchie di Torstensson sono scarlatte per la rabbia. Ma è la sua voce rude, aspra e controllata a spaventarli più di ogni cosa.

Ed è a Konrad che rivolge lo sguardo e la minaccia:

«Avete dieci secondi per uscire da casa mia. Se allora non sarete fuori, sarò costretto a imbiancare anche la cucina, maledizione!».

Ci vuole un bel po' prima che i battiti dei loro cuori si calmino e la morsa ghiacciata nello stomaco cominci ad allentare la presa. Palander guida lentamente in direzione di Tomelilla. Ha un aspetto esangue. Konrad sente la camicia aderire alla schiena.

«Maledizione, come mi ha spaventato!».

«Credevo quasi che ci avrebbe sparato...».

«Dove diavolo ha trovato il fucile? La polizia non avrebbe dovuto confiscarglielo?»

«Doveva averne un altro nascosto. Dannazione, quanto era incazzato quel vecchiaccio!».

Restano seduti a lungo in silenzio ed è come se lo shock avesse fatto di Palander un guidatore migliore. Non guida più a scatti. La Citroën ora scivola liscia lungo la strada provinciale.

«Credi che sappia qualcos'altro?», chiede Palander. «Su Herman e Signe, voglio dire?».

Konrad riflette. Torstensson sembrava innegabilmente avere qualche sorta di simpatia nei loro confronti. In effetti è stato quando Konrad ha menzionato Agnes che si è scatenata la sua rabbia.

«Impossibile saperlo. La questione forse è piuttosto se sapesse qualcosa riguardo a quel che è successo a mia madre. Se sa cosa è accaduto ad Agnes».

Örjan Palander annuisce con approvazione.

«C'è qualcosa di losco... Fili che conducono indietro nel tempo».

«Uhm... Si tratta solamente di seguirli».

«*Follow the money*», mormora Palander tra sé.

«Gola profonda»[1], dice Konrad. «Ma non credo sia la pista dei soldi quella da rincorrere. Piuttosto quella del sangue».

Si appoggia allo schienale e chiude gli occhi. Sente il rumore del vento attraverso il finestrino aperto, la brezza sul viso, ma non riesce a godersi la frescura: se solo sapesse da dove cominciare a svolgere la matassa. È come se stesse davanti a un bosco pieno di sterpi, con un intreccio di fili, spaghi e corde che si spandono a destra e a manca tra i tronchi degli alberi. È impossibile distinguere una qualche trama. Se solo riuscisse a individuare la giusta estremità, forse gli sarebbe possibile ritrovare la strada attraverso quel bosco labirintico. È così penosamente difficile. Questo maledetto buco, è come se tutto e tutti, ogni persona, ogni edificio e ogni posto che visita, nascondessero l'inizio di un lungo filo, serpeggiante, che lo riporta indietro a quella vita che una volta era la sua.

[1] Il riferimento è alla nota battuta del film *Tutti gli uomini del presidente* (1976), di Alan J. Pakula (*n.d.t.*).

«Ho riflettuto su quel che c'era scritto sul bigliettino», dice Palander. «Sul fatto che loro hanno avuto la pistola dopo l'omicidio di Herman e Signe. Come diavolo facciamo a capire chi l'ha scritto?».

Konrad non dice nulla.

«Come diavolo si fa a sapere se è vero o no...?».

Palander continua a guidare in silenzio per un pezzo di strada.

«C'è un'altra possibilità», aggiunge poi. «Pensa se Tore Torstensson mente. Pensa se Feriz e Sali non avevano una pistola e Torstensson gli ha sparato a sangue freddo. Qualcuno può aver gettato la Luger nel pozzo più tardi».

Quel pensiero ha colpito Konrad più volte. È una possibilità.

Che all'assassino di Herman e Signe sia venuta l'idea di dare la colpa ai due ragazzi soltanto quando ha letto della tragica sparatoria a Onslunda.

«Ma allora come spieghi che la polizia abbia trovato le impronte digitali di Feriz sulla pistola?».

Palander alza le spalle, questa volta senza lasciare il volante.

«Tra gli albanesi gira voce che sia stata la polizia a gettare la pistola nel pozzo», dice.

«Tu ci credi?»

«Non so più cosa credere».

Konrad tace. Pensa a Fatima. Ma non dice niente.

Probabilmente Feriz e Sali avevano una pistola lì da Torstensson. Forse avevano intenzione di usarla soltanto per spaventarlo. Ma non c'è dubbio che Fatima abbia detto la verità riguardo a quella conversazione telefonica.

Lentamente una consapevolezza spiacevole, corrosiva, si fa strada attraverso la mente di Konrad: se i poliziotti ascoltassero il racconto della ragazza, potrebbero credere che sia stato lui ad aver parlato con Feriz al telefono.

CAPITOLO 25

L'archivista si chiama Eleonor Bengtsson e sembra soffrire terribilmente il caldo.

È una donna minuta e grassottella con la pelle chiazzata di rosso. I suoi capelli radi sono appiccicati alla nuca, raccolti in una treccia non molto più grossa della coda di un topo. La camicia africana di batik le arriva fino alle ginocchia. Sotto i pantaloni svolazzanti di lino porta un paio di sandali ortopedici dai quali spuntano delle dita grassottelle. Pur muovendosi lenta come una tartaruga, dai suoi polmoni arrivano suoni affannati e sibilanti, come se avesse corso.

L'ufficio di Eleonor Bengtsson si trova al piano terra, alla fine di un lungo corridoio nell'edificio comunale in mattoni rossi, accanto al vecchio mercato. La stanza è piena di bambole di pezza con ruches e gonne di tutti i colori. A Konrad, seduto in attesa, sembra che le bambole lo fissino in maniera sgradevole.

Lei fa ritorno. Si sente un tonfo sul pavimento quando si siede dietro la scrivania. Si sventaglia con la sottile cartella marrone che è appena andata a recuperare.

«Puh, devo smettere di fumare!».

Sorride come per scusarsi attraverso gli occhiali rosa, prende una salviettina di carta dalla borsetta e si asciuga la fronte.

«Un po' d'acqua ghiacciata?».

I bicchieri tintinnano quando versa l'acqua da una caraffa appannata.

«Hai fatto bene a chiamare prima del weekend. Così abbiamo avuto tempo per fare la ricerca. Non succede spesso che qualcuno chieda di cose così vecchie. Questo è quanto sono riuscita a trovare. Il direttore dei servizi sociali ha già verificato che non è materiale coperto da segreto d'ufficio, quindi non c'è nessun problema, puoi leggerlo tranquillamente».

Posa l'atto sul tavolo davanti a Konrad.
«Come vedrai si tratta solamente della pratica dei servizi sociali. Gli atti di adozione sono scomparsi, cosa che non mi sorprende affatto. È uno scandalo il caos che c'è in questo comune. Io non ho proprio il tempo di mettere a posto le cose. Sono talmente occupata. Ho tantissime altre mansioni oltre alla gestione dell'archivio».
«Capisco».
«Prenditi tutto il tempo di cui hai bisogno».
Nonostante la generosa offerta, lei non accenna a volerlo lasciare in pace. Incrocia invece le braccia sul petto e lo osserva curiosa.
Konrad le dà un'occhiata e poi apre cautamente il dossier.
«Se vuoi posso fare delle fotocopie», dice lei servizievole.
Lui fa un gesto di diniego con la mano, come per respingere l'offerta.
Ci sono pochi fogli di carta ingiallita nella cartella. Moduli compilati a macchina con scrittura disomogenea.
«Sei tu quell'ostaggio di Bagdad, vero?», chiede Eleonor Bengtsson, anche se evidentemente conosce già la risposta.
Lui alza rapido lo sguardo e annuisce.
«L'ho sentito al notiziario. È stato un paio d'anni fa, non è vero? Ma allora naturalmente non sapevo che fossi tu».
Konrad non ha nessuna voglia di ricordare. Rimane in silenzio, cercando di concentrarsi sui documenti.
«Delibera di affidamento», c'è scritto. E poi il suo nome: «Konrad Stankiewic. Numero anagrafico: 611207-2479».
Gli fa uno strano effetto vederlo dopo tanti anni. Come se quell'atto in effetti parlasse di un'altra persona. Una persona che ha conosciuto da bambino, ma con la quale non è in contatto da tanto tempo. *Stankiewic.* Naturalmente Konrad si era reso conto che quello era il cognome che doveva figurare nei vecchi documenti. Ma è la prima volta che lo vede con i propri occhi.
«Quante cose brutte ti sono successe», dice l'archivista con voce consolatoria.
Si toglie gli occhiali e inclina un po' la testa. Konrad cerca di far finta che lei non ci sia.
«Voglio dire, prima quella cosa dell'interprete di Bagdad. E ora l'o-

micidio dei tuoi genitori. Sì, genitori adottivi bisognerebbe dire, giusto...».

Konrad resta in silenzio nel tentativo di leggere.

Ci sono soltanto poche righe che parlano di Agnes. A quanto pare le davano un sussidio di tanto in tanto. Lavori di pulizia a volte. Poi era scomparsa senza lasciare traccia. Nessun accenno a cosa le potesse essere accaduto.

«Bisogna lasciare che le cose vengano a galla», dice Eleonor Bengtsson. «Non bisogna assolutamente reprimerle. Quando uno ha subito dei seri traumi bisogna parlarne. Qualche anno fa io ho avuto una brutta esperienza, una separazione. Be', ormai sono passati parecchi anni. Sono stata malissimo, finché non ho avuto l'occasione di sfogarmi con una persona fidata e con esperienza».

«Uhm...».

«E per voi uomini è ancora più difficile. Voi avete il vostro ruolo virile che vi intralcia. Forti e solitari, mi rendo conto che non deve essere facile».

Sospira e scuote preoccupata la testa.

Konrad fa un profondo respiro. È come se nella stanza l'ossigeno stesse per finire. La donna e tutte le sue bambole di pezza lo soffocano. Maledetta, che diavolo vuole da lui?

«Io stessa sono una persona fidata con una... una certa esperienza, una con cui ti puoi confidare», dice lentamente, guardandolo con occhi umidi.

È uno sguardo seducente e soffocante. Konrad prova la fastidiosa sensazione che lei, più di ogni altra cosa, vorrebbe dissanguarlo, imbalsamarlo e mettere anche lui su quella mensola, come un'altro bambolotto senza'anima. Scosta i documenti con un gesto controllato.

«Non potresti lasciarmi stare, vorrei leggere queste carte in santa pace», dice a denti stretti. «Oppure c'è un'altra stanza dove mi posso mettere?».

Eleonor Bengtsson ha un fremito, come se fosse stata svegliata da un sogno. Si alza bruscamente e storce la bocca.

«Certo! Scusa se ho cercato di aiutarti. Comunque adesso è l'ora della pausa caffè».

Esce dalla stanza a piccoli passetti. Konrad tira un respiro di sollievo.

Si alza, apre una finestra cigolante, respira profondamente e a lungo prima di tornare al tavolo.

Alla seconda pagina dell'atto dei servizi sociali c'è un breve passaggio su di lui: un bambino di sette anni cresciuto insieme alla mamma, una ragazza madre. Timido e introverso, ma ritenuto abbastanza maturo per iniziare la scuola nell'autunno. Nessun difetto fisico riscontrato.

Il ricordo di un'infermiera in camice bianco da ospedale si fa vivo nella sua mente. Lei lo esamina con mani dure e fredde. Ha degli occhi blu ghiaccio e grossi denti da cavallo e lui sente freddo, stando lì con indosso solo le mutande, nonostante sia piena estate. C'è un forte odore di disinfettante. L'infermiera gli fa un'iniezione nel braccio e gli dà un incoraggiante pacca sul sedere quando ha finito.

Konrad legge anche di Herman e Signe. Annotazioni insignificanti che non rivelano molto delle persone in carne e ossa in questione: una condotta impeccabile. Una coppia che lavora sodo, con mezzi economici limitati, ma senza segnalazioni nel registro delle insolvenze. Un figlio biologico di sedici anni. Nessun abuso riscontrato. Nessuna annotazione nei registri penali. Secondo quanto si evince dalla delibera sono stati esaminati e ritenuti idonei come genitori affidatari.

Allontana gli atti da sé con un gesto brusco e appoggia indeciso le spalle alla poltrona. I documenti sono per la maggior parte costituiti da testi legali e formalità, seccamente riprodotti da funzionari solerti. Gli sembra di non aver ottenuto alcuna nuova informazione.

Proprio mentre sta per richiudere la cartella e uscire dalla stanza, il suo sguardo cade sulla firma. Una firma ordinata, scritta con la penna blu. Il nome è anche scritto a macchina.

«Per il Comitato per la Protezione dell'Infanzia: Gudrun Vernersson».

Non può essere un caso.

Un tremolio, in qualche remoto angolo del suo cervello. Quella volta non si era presentata una anziana signora dei servizi sociali? Scuote confuso la testa. Forse è sembrata anziana agli occhi di un ragazzino.

In realtà lei quella volta doveva essere più giovane di quanto lui non sia ora. Si ricorda della grossa e severa signora dei servizi sociali che gli aveva stretto la mano in una morsa, quella volta davanti alle scale della grigia casa di eternit di Herman e Signe.

Non possono esserci due donne con un nome così insolito in questo paesino.

Deve trattarsi di Gudan.

Un'ombra passa di sfuggita dall'altra parte dello spioncino della porta e Konrad si rende conto di essere stato osservato.

E riconosciuto.

Ha suonato tre volte al citofono, tre brevi segnali, e si è subito reso conto che era almeno una volta di troppo. Le persone anziane non vanno provocate inutilmente. Aspetta impaziente sul pianerottolo e osserva la porta sbiadita e piena di graffi. Un foglietto scritto a mano informa che Gudrun Vernersson non desidera ricevere pubblicità. Alcune delle letterine in plastica della targa sopra la buca delle lettere sono un po' sbilenche. Una volta saranno state bianche, ora sono ingiallite.

Poi sente lo sferragliare della catenina con il gancio di sicurezza e la porta viene aperta lentamente. Lei sta in piedi proprio davanti alla soglia, come un'ombra nel buio. Konrad ha l'impulso di indietreggiare. C'è qualcosa di spettrale nella sua persona. Forse è la consapevolezza che lei rappresenta un anello di congiunzione con il suo passato che la fa apparire un fantasma ai suoi occhi. È avvolta in una vestaglia che arriva fino al pavimento. I capelli bianchi le cadono sulle spalle, più lunghi di quanto lui avesse immaginato.

«Sì... eh, posso entrare?».

Il viso di Gudan è inespressivo, lo sguardo in qualche modo assente. Ha un naso grosso e una bocca che sembra troppo piccola per il suo lungo volto piatto. Dopo qualche istante annuisce quasi impercettibilmente.

«Metto su un po' di caffè», mormora, scomparendo nell'appartamento.

Konrad chiude prudentemente la porta dietro di sé e la segue. È buio e c'è odore di frutta troppo matura e lavanda. Sulla parete dell'ingresso stanno appesi dei ritratti incorniciati, e in una stanza più grande vede le sagome di pesanti mobili da salotto. Da qualche parte si sente il ticchettio di un orologio.

«Scusa se ho tirato le tende. Non mi sento molto bene», la sente dire dalla cucina.

Lei ha acceso una lampada sopra il tavolo, dove si trova una zuccheriera su di una tovaglia ricamata all'uncinetto.

«Se disturbo posso tornare un'altra volta».

Gudan si volta, con la caffettiera in mano.

«Potrebbe essere troppo tardi. Potrei essere morta».

Passa qualche secondo prima che il suo viso si sciolga in un sorriso grinzoso. Poi scoppia a ridere, rauca come un corvo.

«Sto scherzando. Le cose non vanno poi così male a questa vecchia».

Solo ora Konrad si accorge della scintilla nel profondo del suo sguardo. Tira un sospiro di sollievo. Almeno non sembra che la vecchia stia innanzi a una morte immediata. Siede al tavolo della cucina aspettando che Gudan prenda delle tazze dal pensile.

«Mi stavo proprio chiedendo quanto ci avresti messo a scoprirlo», dice con la schiena rivolta a lui.

«A scoprire cosa?».

Versa il caffè, talmente acquoso che si vede il fondo della tazza anche quando questa è completamente piena.

«Che sono stata io a occuparmi del tuo affidamento, ovviamente».

«Avevi capito che avevo intenzione di venire a trovarti?»

«Be', non è stato poi molto difficile prevederlo, ora che sei tornato dopo tutti questi anni. Che avresti voluto saperne di più su quello che è successo».

«Perché non hai detto subito qualcosa?».

Lei sorride scaltra, poi inzuppa una zolletta di zucchero nel caffè e se la lascia sciogliere in bocca. Schiocca la lingua contro il palato.

«Alla mia età, la vita non riserva tante vicende emozionanti. Bisogna approfittare di tutte le occasioni che si presentano, succhiando la caramella lentamente».

Konrad non può fare a meno di ridere. La vecchietta sembra avere il senso dell'umorismo. Lui segue con lo sguardo la mano venosa di Gudrun che trema lievemente tenendo la tazza, nella quale il caffè forma delle piccole onde. Si ricorda della forza che una volta c'era in quella mano. Quelle dita storte lo stringevano come in una morsa, quella volta davanti alla porta di Herman e Signe.

«Ho trovato il tuo nome nelle vecchie carte dei servizi sociali», dice Konrad.

«Sì, sì, era prevedibile».

«Non puoi raccontarmi cosa è successo?».

Senza rispondere, lei si alza, sposta un pochino la tenda, e inclina poi la tapparella in modo da far entrare un po' di luce del giorno nella cucina. Strizza gli occhi e li tiene chiusi per un po', come per abituarsi a quella luce forte e aspettare che passi il dolore. Konrad vede che ci sono mucchi di polvere negli angoli sul pavimento.

«C'era un piccolo ragazzino solo», sospira. «Ecco cosa è successo. Qualcuno doveva occuparsi di lui, giusto?»

«E non c'era nessun altro?».

Sbuffa.

«Herman e Signe forse non erano le persone ideali. Ma sono stati loro stessi a proporsi. E Signe poteva essere piuttosto testarda, per quanto a uno sguardo superficiale potesse sembrare modesta».

«Davvero si sono proposti loro?»

«Sì certo, e quasi immediatamente. Signe ci teneva tanto. Mi ricordo molto bene quando è entrata nell'ufficio dei servizi sociali seguita da Herman, presentando la sua richiesta».

«Non hanno mai spiegato perché ci tenevano tanto a prendersi cura di me?»

«No, non proprio, e poi non gliel'avrà mai chiesto nessuno. A dir la verità eravamo contenti che ci fosse qualcuno che poteva occuparsi di te. Altrimenti avremmo dovuto metterti in un orfanotrofio e questo non è mai molto piacevole».

Si sente un rumore tintinnante di porcellana quando lei gira il caffè nella tazza e porta le ultime gocce di zucchero sciolto alle labbra secche.

«Quanto... avete seguito poi la pratica?»

«Non molto», dice. «Sembrava che la cosa funzionasse. Andavi bene a scuola, per quello che ne sapevo io. Nessuno si è mai lamentato. Non avevamo motivo di credere che qualcosa non andasse bene. Sì, è vero che Klas era una vera canaglia. Ma la cosa non ti riguardava direttamente. Era molto più grande di te. E Herman e Signe erano un po' introversi, quindi non era per niente facile entrare in contatto con loro. Abbiamo fatto un paio di colloqui di monitoraggio, ecco tutto».

Si zittisce e lo guarda con gli occhi socchiusi, come se stesse cercando di capire se lui la vuole accusare di qualcosa.

«Ti sei chiesta chi può averli uccisi?», chiede Konrad.

Gudan si irrigidisce, più che mai simile a una mummia, seduta sulla sedia con lo schienale a spranghe.

«E io come potrei saperlo, per l'amor del cielo!».

Konrad si rende conto che ha ragione. Come potrebbe lei, una donna anziana e sola, che ormai di sicuro non incontra tanta gente, sapere una cosa del genere? Le chiacchiere non si fanno facilmente strada attraverso tende pesanti e tapparelle chiuse. Forse Konrad si sbaglia, forse sta seguendo una pista sbagliata. Sin da quando ha fatto ritorno a casa, ha dato per scontato che ci siano delle piste che portano indietro nel tempo. "A casa", del resto? Konrad si sente preso con le mani nel sacco dal proprio pensiero. Da quando ha cominciato a pensare a questo paese come "casa sua"?

Nella sua mente Konrad si vede davanti impronte di piedi nella sabbia del deserto. Un vento soffia sulle dune e pian piano, ma inesorabilmente, le orme vengono cancellate. Le segue a ritroso con lo sguardo fin dove è possibile. Ma a meno di metà strada verso l'orizzonte scompaiono. Il deserto si distende, immutato.

"Potrebbe trattarsi di un miraggio", pensa Konrad. Forse non ci sono mai state delle orme da seguire. Due spari nella notte, possono benissimo essere stati quei due ragazzi albanesi. Oppure un'altra persona che per caso era venuta a sapere della grande vincita al Lotto di Herman e Signe.

Poi però i pensieri di Konrad tornano a Fatima. Deve scoprire chi ha telefonato a suo fratello.

«Vieni!», dice Gudan all'improvviso, strappandolo dalle sue riflessioni.

Con sua grande sorpresa, lei lo prende dolcemente per la mano. La segue obbediente nel salotto. La mano di lei è morbida, come se i decenni avessero levigato via ogni callosità e ruvidezza, lasciando soltanto una pelle sottile, morbida come seta. Ad ogni modo ancora oggi è più alta di lui.

Sopra ad uno scrittoio massiccio c'è un gruppo di fotografie. Lei accende il lampadario da soffitto perché lui possa vedere meglio. Vecchie immagini in bianco e nero e fotografie a colori sbiadite, tutte incastonate in graziose cornici. I volti sono tutti sconosciuti a Konrad. Le persone che ridono, sorridono o fissano rigide la macchina fotografica non gli dicono assolutamente niente.

«Questo è Kurt», dice Gudan con tono misterioso, sollevando uno dei ritratti.

La foto nella semplice cornice dorata mostra un uomo tra i quaranta e i cinquant'anni, più o meno. È un ritratto che sembra essere stato scattato in uno studio fotografico. La schiena dell'uomo è rigida, come se qualcuno gli avesse intimato di restare immobile. Guarda diritto verso il fotografo con i suoi limpidi occhi azzurri. I biondi capelli folti sono lievemente ondulati e alle tempie si trasformano in abbondanti basette, che scendono lungo le guance.

«Il commissario Kurt Nilsson», spiega Gudan con un fiero sorrisetto a mezza bocca.

Per un attimo Konrad guarda la vecchia donna un po' sorpreso, poi capisce improvvisamente. Davanti a sé rivede la citazione nel ritaglio ingiallito e mezzo strappato del giornale di Palander: *Sappiamo che si guadagnava il pane in un modo che non è ritenuto onorabile e a cui non siamo abituati.*

Il commissario Kurt Nilsson, che non era riuscito a scoprire cosa fosse accaduto a sua madre. Agnes. Oppure che semplicemente non si era impegnato abbastanza a trovarla.

«Noi... noi siamo stati molto vicini per un certo periodo», dice Gudrun Vernersson con voce timida.

Konrad prende la fotografia in mano e incontra lo sguardo azzurro dell'uomo, nel quale gli sembra di scorgere un che di innocente. Un poliziotto di provincia della Casa del Popolo, molto prima dei tempi del male. Scuote poi la testa a questo pensiero paradossale. Eccome se c'era, il male. Quel che si chiede è se Kurt Nilsson sapesse di più di quanto avesse rivelato ai giornali. Oppure se era soltanto uno dei soliti sbirri cretini.

«È ancora vivo?», chiede Konrad.

Lei scuote malinconica la testa.

«Sì, certo che è ancora vivo. Vado a trovarlo tutte le settimane».

Gudan prende la fotografia dalla mano di Konrad e la rimette a posto sullo scrittoio.

«Avevamo intenzione di sposarci. Ma con il tempo ci siamo allontanati...».

Si interrompe, e come per magia fa uscire dalla vestaglia un grande fazzoletto con cui si soffia rumorosamente il naso.

«Ah, perché nascondere la verità. Ormai non fa più nessuna differenza. A dire il vero ho chiuso con lui perché mi tradiva. Aveva altre donne.... Non poteva farne a meno, sosteneva. Che ne so io se ci sono uomini che funzionano così. Ma non ha mai avuto me, ad ogni modo».

«Ma stavi dicendo che è ancora vivo?»

«Sì, da qualche anno è al reparto per dementi di Byavången».

Un senso di delusione pervade Konrad. Vede l'orma nella sabbia che viene cancellata dal vento.

«Non abbiamo avuto alcun contatto per molti anni. Ma quando sono venuta a sapere che era malato ho cominciato a fargli visita. Non ha nessun altro. A volte, quando siamo soli, riesco a parlargli. Mi metto lì, tengo la sua mano stretta tra le mie e gli racconto di quando ci siamo sposati. Allora sembra felice. Mi piace sentire il profumo del suo sigaro».

«Sposati?».

Una lacrima inattesa scorre giù per il lungo viso di Gudan.

«Certo, è solo la mia immaginazione», dice con voce fievole. «...che la vita comunque è stata come me l'ero sognata. Può essere sbagliato dire delle bugie per rendere felice qualcuno?».

Konrad non può resistere all'impulso di asciugarle la lacrima dalla guancia, cautamente, con la punta delle dita.

«No, sicuramente non è sbagliato».

«Che importa», dice bruscamente, soffiandosi di nuovo il naso. «Sto diventando sentimentale, una vecchia come me. Non era questo che volevo raccontare».

«E allora cos'era?».

Lei si mette seduta sul divano di ciniglia e Konrad si siede sulla poltrona di fronte.

«A quei tempi naturalmente Kurt e io abbiamo parlato della scomparsa di tua madre. O piuttosto, io gli facevo tantissime domande. Allora ero l'incaricata della tua pratica per conto dei servizi sociali, quindi è ovvio che fossi curiosa».

«Cosa hai scoperto?».

Gudan gli lancia un'occhiata preoccupata.

«Sì, delle cose poco piacevoli. Sembra che lei ricevesse... che ricevesse degli uomini per soldi. Si erano sparse delle voci in questo senso, voci che sono girate per tanto tempo».

Quel freddo si impadronisce nuovamente del corpo di Konrad. Perché nessuno l'ha aiutata? Lui sa che non sarà mai in grado di abituarsi al pensiero dell'umiliazione di Agnes.

«Ma in effetti non era neanche quello che volevo dire», dice Gudan. «Kurt raccontava volentieri della vita di lei e mi ricordo quanto mi irritava il fatto che non mostrasse più compassione nella scelta delle parole. La cosa strana era che lui cambiava umore repentinamente quando gli facevo delle domande sull'indagine».

«Come?»

«Si faceva silenzioso. Non diceva più niente. Era come se ci fosse qualcosa che lo tormentava».

«Non era forse per rispetto del segreto professionale?».

Lei scuote la testa così forte da far sembrare vivi i miseri ciuffi di capelli. Poi poggia entrambe le mani su quelle di Konrad, stringendole forte, come se volesse evocare i ricordi insieme a lui, telepaticamente.

«Mi ricordo parola per parola una delle frasi che mi ha detto. È stata l'ultima volta che gli ho fatto una domanda sull'argomento. Me lo ricordo molto bene, perché mi ha stretto le spalle tanto forte da farmi male, lui che altrimenti non mi ha mai toccata. "Gudrun", ha detto. "Ci sono delle cose che riguardano quella donna che non verranno mai fuori. Che non devono mai venire fuori!"».

Lascia le mani di Konrad e lo fissa tremando.

«Tutto qui?»

«Tutto qui. Ma se tu avessi visto i suoi occhi quella volta, avresti capito perché non ho mai più avuto il coraggio di chiedergli nulla».

Rimangono seduti a lungo in silenzio, lui sulla poltrona e lei sul divano. L'orologio a parete ticchetta fatale, e aleggia la sensazione che tutto sia ormai stato detto.

Gudan sembra stanca, e molto vecchia. Ma Konrad non dubita per un attimo dell'attendibilità dei suoi ricordi. D'improvviso sente l'impulso di uscire e respirare aria fresca. La lascia lì, con la fotografia di un uomo che non ha mai avuto.

CAPITOLO 26

La mattina seguente Konrad riceve una visita inaspettata. Qualcuno bussa timidamente alla porta e quando apre si trova davanti l'allampanato seduttore da balera che lo fissa con occhi spalancati. Porge la mano a Konrad.

«Leif Bogren, posso entrare?».

Ci vuole qualche secondo prima che Konrad lo riconosca. Il cantante dei... come ha detto che si chiamavano Gertrud?

«Ci siamo visti nella sala da pranzo dell'albergo, ti ricordi? Soltanto di sfuggita. Hai tempo per parlare un attimo? È piuttosto importante».

Konrad si guarda intorno costernato. Il letto è sfatto. È passato soltanto un quarto d'ora da quando ha aperto gli occhi, dopo una notte afosa. Ora sta lì con indosso un paio di boxer sbiaditi da troppi lavaggi.

«Cosa riguarda?»

«Klas. Dopo tutto è tuo fratello».

«Fratello adottivo. È soltanto mio fratello adottivo».

Leif Bogren lo guarda inespressivo. Konrad apre lentamente la porta.

«Entra pure. Qui c'è un po' di disordine... forse potremmo metterci in giardino, che te ne pare?»

«Certo! Ho portato delle brioche alla cannella».

Bogren scuote la bustina davanti agli occhi di Konrad. Ha un aspetto curioso con quella pettinatura. Due occhi spalancati sporgono da sotto un ciuffo di zucchero filato. Difficile stabilire se sia allegro o triste. Ad ogni modo deve aver messo a lavare quella camicia a fiorellini dell'ultima volta. Ora ne porta una verde, più discreta.

In tutta fretta Konrad si infila un paio di pantaloni e una maglietta, versa in un thermos il caffè già pronto nella caffettiera e prende le uniche due tazze comprese nell'affitto. La pietra dei gradini delle scale è fredda sotto i piedi nudi.

«Sono un po' preoccupato per Klas», dice Bogren, una volta che si sono seduti sulle sedie da giardino all'ombra del prugno. Si sbottona un altro bottone della camicia che, aprendosi, scopre in parte la sua pancia rotonda. Un piccolo ciondolo d'oro a forma di cuore pende da una catenina intorno al collo. «Molto preoccupato, in effetti».

«Quindi lo conosci?»

«Certo, altrimenti non mi preoccuperei, no? Siamo... amici, si potrebbe dire. Lo siamo stati, in ogni caso».

Konrad osserva l'ospite inatteso. Non riesce proprio a far quadrare le cose. Leif Bogren ha un aspetto così innocente, quasi da bambino, benché le rughe del viso rivelino che deve avere oltre cinquant'anni. Forse sono gli occhi che traggono in inganno. È quasi come se gli mancassero le palpebre, come a un pesce. E inoltre le mani sono troppo piccole rispetto al resto del corpo.

«Mi ha detto Gertrud che sei in un gruppo che fa musica da ballo, è vero?»

«Sì», dice Bogren, e la faccia gli si illumina. Il Leif Jörgenz kvintett. Siamo stati piuttosto famosi per un certo periodo alla fine degli anni Settanta. Riempivamo sempre la sala a Tingvalla e a Gislövs Stjärna. E abbiamo avuto una canzone nella hit parade del '79, forse te la ricordi? *Dolore nel cuore*, si chiamava. Un vero flagello».

Beve rumorosamente un sorso di caffè, schiocca la lingua e poi si mette a cantare un paio di motivi, mentre tiene il tempo con l'indice nell'aria: «Dolore nel mio cuore... Non lasciar morire il nostro amore...».

Poi si zittisce e guarda Konrad, come in attesa.

«Mi sembra di ricordarla...».

«Avevamo il vento in poppa a quei tempi», dice Bogren e dà un morso alla brioche.

«Le donne ci stavano addosso a grappoli dopo i concerti. Oh, grappoli, magari non proprio a grappoli, forse non erano poi così tante. Ma non mancavano occasioni di servirsi, accidenti».

«E tu... ti servivi?»

«Sì...».

Konrad annuisce, come in attesa del seguito.

«O forse "servirsi" non è la parola giusta, non saprei come metterla.

Forse avrei dovuto approfittarne di più, ecco. Io ero il tipo romantico che aspetta la donna giusta. Un po' troppo a lungo, credo...».

Lo sguardo di Bogren si perde per qualche istante, come se i ricordi dei bei tempi andati si nascondessero da qualche parte tra le foglie e le prugne acerbe sui rami e il cielo azzurro. Mastica lentamente, poi scuote la testa e manda giù l'ultimo pezzetto di brioche alla cannella.

«Volevi parlare di Klas», dice Konrad.

«Ecco. È per questo che sono venuto. Ho paura che gli stia andando tutto storto».

«Non è sempre stato così?».

Konrad si pente subito del proprio cinismo. Lo sguardo di Leif Bogren lo fa sentire per un istante una persona insensibile e fredda. Allarga le braccia, come a volersi scusare.

«Ehm, non intendevo nulla di male, ma Klas sembra abbastanza malridotto».

«È facile infierire su uno che già è a terra».

Con fare cerimonioso Bogren ripone la tazza di caffè e si toglie una briciola dall'angolo della bocca. Poi incrocia le braccia sul petto bianco sotto la camicia aperta.

«So che molte persone pensano che Klas sia un pezzo di merda», dice. «Ma so anche che è una persona che soffre».

«Che soffre?».

Bogren fa finta di non cogliere quella nota di scetticismo.

«Ho conosciuto Klas alla fine degli anni Ottanta. Il gruppo passava un periodo difficile, per cui stavo spesso senza fare niente, e anche Klas prendeva il sussidio di disoccupazione da quando il mattatoio aveva chiuso i battenti. I suoi amici di gioventù erano scomparsi e la carriera calcistica, se così la si può chiamare, era ormai finita da tempo. Quindi né io né lui eravamo sulla cresta dell'onda. Ad ogni modo, ci siamo incontrati in occasione di un lavoro per disoccupati, il nostro compito era raccogliere rifiuti e togliere erbacce nel parco. Ero piuttosto diffidente nei confronti di Klas. Avevo sentito le voci che giravano sul suo conto e che lo descrivevano come un tipo rozzo. Sai com'è, tutti sanno tutto di tutti qui in paese. Una volta in effetti l'avevo visto in azione dopo un concerto a Tingvalla. Stavamo sistemando gli strumenti quando l'ho visto infilare il pugno destro in uno dei suoi zoccoli di legno e assestare un colpo secco dritto in faccia a un tipo che passava proprio in quel momento».

«Sembra proprio una cosa da Klas».

«Sì, ha una grande aggressività dentro. Ma ho conosciuto anche un altro lato di lui. All'inizio era brusco e ottuso. Ma dopo un po' ho avuto la sensazione che gli piacesse chiacchierare con qualcuno che non facesse sempre il bullo. Si è aperto parecchio. Devi sapere che Klas non è un idiota. È rozzo e volgare come una bestia, ma non è assolutamente uno scemo».

Un sorriso si apre sul viso strambo di Leif Bogren.

«Tu forse non ci crederai, ma una volta mi ha chiesto di insegnargli a suonare la fisarmonica».

Ancora una volta alza l'indice nell'aria, facendolo muovere a ritmo di musica, e comincia a cantare.

«Carmencita, piccola mia... Non ti fidare degli uomini ricchi...»

Konrad lo guarda sconcertato.

«Aveva sentito questo pezzo di Taube alla radio e l'ha trovato stupendo. Klas si è espresso proprio così, mi ricordo. "Stupendo". Provavamo spesso, ma lui non ce l'ha mai fatta veramente. Era il ritmo che non andava. Ad ogni modo siamo rimasti in contatto nel corso degli anni. C'erano dei periodi in cui scompariva dalla mia vita con i suoi amici ubriaconi. A volte non ci vedevamo per lunghi periodi quando io andavo in tournée. Ma poi tornava a farsi vivo. Una volta, al mio compleanno, mi ha portato una bottiglia di acquavite e un CD con i grandi successi di Taube. Sarà stato il primo CD che ha comprato in vita sua. Credo che Klas sia sempre stato molto solo, in fondo».

Bogren resta in silenzio per un po', sorseggiando il caffè. Konrad si schiarisce la gola. È difficile cogliere certe sfumature.

«E tu, cosa hai ricavato da questa frequentazione?»

«Le vicende del gruppo andavano avanti a singhiozzoPiù male che bene, in effetti. E gli altri ragazzi avevano le loro famiglie».

«E tu no?».

Leif Bogren scuote la testa e si intravede un velo di dolore sul suo sguardo criptico. Sembra che si vergogni un pochino.

«C'è una cosa che abbiamo in comune, Klas e io. Non siamo per così dire mai riusciti sul serio con le donne. Sì, ora non pensare, per

Dio, che siamo dei vergini attempati, non stiamo messi così male. Ma quella cosa della famiglia e dei figli, non ci è mai capitata. Lo rimpiangiamo un po' tutti e due, credo».

«Ne hai mai parlato con Klas?»

«Sì e no, non saprei se abbiamo veramente parlato di questo. Forse lui non si è aperto a tal punto. Ma abbiamo parlato a sufficienza perché uno possa capire un bel po'».

«Capire cosa, ad esempio?»

«Che Klas era molto legato a sua madre. Parlava spesso di Signe. Quasi mai di Herman. Per quanto riguarda Herman, credo che quel che provava Klas anzitutto fosse disprezzo. O delusione. Herman era piuttosto sfuggente, se così si può dire. Ma Signe, lei significava moltissimo per Klas».

Un frammento di memoria dal passato appare per un attimo nella mente di Konrad. Una scheggia che riflette la luce da una nuova angolazione. Ma il tutto scorre troppo velocemente, e Konrad non fa in tempo a catturare quell'immagine.

«Parlami di più di quello che Klas diceva di Signe».

«Lei gli faceva pena. Lavorava giorno e notte e si faceva carico di tutti i problemi, senza che mai nessuno la ringraziasse per questo. Lei portava sulle sue esili spalle la merda di tutto il maledetto mondo, ecco come diceva spesso Klas».

«Ha mai accennato... a qualcosa che riguardasse me?».

Bogren raddrizza la sua lunga schiena, facendo scricchiolare la sedia da giardino.

Lascia passare un po' di tempo prima di rispondere.

«Non direttamente. Penso che evitasse di fare il tuo nome. Ma comunque capisco che deve essere stato difficile per lui accettare l'arrivo d'un nuovo uccellino nel nido. Si sentiva messo da parte».

Dalla porta che dà sulla strada si sente un gran baccano. Una donna con una busta della spesa in ogni mano cammina con andatura incerta lungo la stradina di ghiaia. Lancia loro uno sguardo sospettoso prima di scomparire su per le scale.

«Da dove nasce la tua preoccupazione?», chiede Konrad.

Leif Bogren si sporge nuovamente in avanti.

«Klas non è in ottima forma da diverso tempo. Niente lavoro e via dicendo. Prima se ne stava sempre in cucina da Signe, a bere caffè. Poi quando è successa questa cosa – l'omicidio – per lui è stato un colpo tremendo. Ovviamente ho provato a contattarlo, ma in qualche modo è letteralmente irraggiungibile. L'altra notte mi sono imbattuto in lui tornando a casa dopo un concerto. Vagava per le strade borbottando strane cose tra sé e sé. Sembrava completamente perso. Quando gli ho chiesto come gli andavano le cose, ha soltanto sputato in terra ed è scomparso dietro l'angolo».

Bogren scuote preoccupato la testa.

«Completamente perso, accidenti. Non sembra normale, santo cielo».

Konrad indugia. Esita a porre la domanda. Ma sa che non può essere evitata.

«Credi che possa essere stato Klas a ucciderli...?».

Leif Bogren ha un brusco fremito. Sembra sinceramente stupito, come se quell'idea non gli fosse mai passata per l'anticamera del cervello.

«È impossibile!».

China la testa, e sembra rifletterci sopra una seconda volta.

«No, no, non è proprio possibile. Non il Klas che conosco io. Lui amava Signe. Però penso che sarebbe una buona cosa se tu cercassi di parlare con lui. Nonostante tutto siete... fratelli adottivi».

Konrad fa finta di non aver colto il sarcasmo in quelle parole. Promette invece di andare a trovare Klas. È in ogni caso una cosa che va fatta. Scambiano ancora qualche parola sul passato, più che altro per rispettare il protocollo della cortesia.

Una volta che si sono salutati e Leif Bogren sta sul portone, un vago pensiero attraversa la mente di Konrad.

«Chi è Jörgen, a proposito? Il gruppo si chiama "Leif Jörgenz", giusto?».

L'altro lo guarda inespressivo.

«Sono io. Leif Jörgen Bogren. Ma va scritto con la zeta finale. Sulla batteria è più bello scritto così».

Konrad è disteso supino per terra, chiude gli occhi e sente il profumo dell'erba fresca all'ombra. Sta cercando di riafferrare quella scheggia di memoria che un attimo prima gli è parso di intravedere.

Gli è sfuggito qualcosa? Quiete, se solo tutto restasse quieto intorno a lui, forse potrebbe di nuovo tornare a intravedere quel frammento.

È mattina nella grigia casa di eternit. Deve essere mattina presto, perché la luce del sole che entra dalla finestra è pallida e debole. Inverno inoltrato, o forse primavera.

Konrad si muove in punta di piedi al primo piano, si è appena svegliato e deve fare pipì.

D'improvviso sente un rumore.

Qualcuno sta singhiozzando.

Signe sta seduta sul divano rosso di ciniglia. Sul divano buono. Tiene in grembo la testa di Klas. Lui sta disteso con i piedi che toccano per terra. Quell'uomo adulto. Il viso di Signe è grigio. Accarezza delicatamente e piano i capelli di Klas con la mano. Mormora qualcosa a bassa voce.

Poi ha un fremito.

Per un solo secondo, affilato come una lama, guarda in su, dritto verso la balaustra delle scale, dove si nasconde Konrad.

Poi quella scheggia di memoria esplode in mille pezzi.

CAPITOLO 27

Un cane senza padrone avanza inquieto lungo la strada desolata che passa tra i binari ferroviari e il cimitero, verso Skogsbacken. Di tanto in tanto si ferma annusando nel sottobosco lungo la strada, alza le orecchie e prosegue poi rapidamente, apparentemente senza meta.

È uno scabbioso bastardo grigio e marrone, malridotto e con il pelo sciupato. Sembra affamato, ma più che altro impaurito e pronto a darsela a gambe in qualsiasi momento.

Konrad lo riconosce. Il cane dagli occhi splendenti. C'è qualcosa di irregolare e aritmico nella sua andatura, come se fosse ferito a una zampa. A volte, quando il cane si ferma, solleva in aria una delle zampe anteriori, forse per trovare un po' di sollievo. Poi la rimette giù lentamente, come se stesse camminando su frammenti di vetro. Konrad prova un'improvvisa tenerezza per quel cane. Quel poveraccio deve essere scappato dal suo padrone, forse ne aveva dei buoni motivi.

Poi il cane svolta dalla strada, nel suo vagabondaggio senza meta, ed entra di soppiatto dal cancello socchiuso del cimitero.

Scompare dalla vista di Konrad.

Konrad attraversa la strada e cerca con lo sguardo oltre la siepe. In un primo momento non vede altro che lapidi, nella penombra sotto i faggi rossi e i castagni. Dal cimitero si sente un insistente ronzio di insetti. Vede una vanessa delle ortiche che svolazza accanto a una croce di pietra.

Poi scorge di nuovo quel povero cane miserabile. Si muove più lentamente ora, ma con la stessa irrequietezza.

Il cane avanza lungo la bassa siepe di bossolo ben curata, come se stesse cercando qualcosa. Di tanto in tanto si ferma e alza prudentemente le zampe per passare oltre una tomba e annusare i fiori rinsecchiti, le luminarie con la stearina sciolta oppure solamente il granito nero e lucido.

A volte sembra che il cane tenti di riflettere e ricordare. Alza leggermente il muso e annusa. Cerca qualcosa. Poi scatta nuovamente in avanti e continua la sua caccia tra i morti.

Konrad lascia a malavoglia che il cane venga inghiottito dal cimitero. È teso quando prosegue verso la casa di Klas.

Ogni volta che Konrad ha pensato a Klas nel corso degli anni, l'ha sempre colpito il fatto di quanto fosse stato vicino ad ammazzarlo.

Quanto era andato vicino a spaccare la testa del suo fratellastro quando si era trovato lì, sopra di lui con il cervello fumante, stringendo il manico del mazzuolo tanto forte che le nocche della sua mano erano sbiancate.

Mai più nella vita sarebbe stato così vicino a uccidere una persona.

Herman e Signe avevano mai capito cosa stava accadendo?

Klas aveva ventisei anni e abitava ancora nella grigia casa di eternit. Ovviamente a quell'età avrebbe dovuto essere uscito di casa già da tempo. Forse era qualcosa che anche lui sapeva. Konrad aveva diciassette anni e stava diventando un uomo.

Che gli eventi precipitassero proprio quella sera fu più che altro un caso. L'odio era stato covato a lungo. Prima o poi l'esplosione sarebbe dovuta avvenire, causando lacerazioni e fiamme, e forse sapevano entrambi che era soltanto una questione di tempo.

Era un autunno desolato.

Konrad era solo, la mancanza di Sven lo tormentava e spesso si sentiva tanto oppresso da non riuscire quasi a respirare. Non aveva nessuno. Le fantasie di grandi imprese che avevano costruito insieme erano rimaste dentro di lui, ma lo splendore che avvolgeva quelle avventure andava scemando da quando non c'era più nessuno con cui condividerle.

A volte gli sembrava che la tensione nel petto lo avrebbe annientato. Konrad era pieno di desideri e sogni. Avrebbe voluto provare nostalgia, amare e ridere insieme ad altre persone. Ma aveva troppa paura per avvicinarsi a qualcuno con cui condividere queste emozioni.

Così Konrad cominciò a scrivere lettere d'amore.

Un pomeriggio piovoso, subito dopo essere sceso dal pulmino da Ystad, entrò nella tabaccheria di Jove Bengtsson e chiese della carta da lettere della migliore qualità. Il proprietario dai capelli brizzolati gli lanciò uno sguardo divertito, poi frugò nei suoi cassetti e tirò fuori un pacchetto con della carta bella e spessa. Il pacchetto era avvolto in cellofan trasparente ed era molto costoso. Konrad pagò con le guance rosse dall'imbarazzo e fuggì dal negozio in quattro e quattr'otto.

Tornato a casa, andò a chiudersi nella sua stanza. Scelse fra i suoi sette dischi, decidendosi per quello con la copertina giallo panna, *Harvest* di Neil Young, e mise il vinile sul giradischi comprato l'estate precedente con i soldi guadagnati nel silos di Lantmännen.

Poi si mise a guardare la pioggia che colpiva la finestra ascoltando la voce lenta:

In the mountains, in the cities, you can see the dream. Look around you. Has it found you? Is it what it seems?[1].

Konrad si guardò intorno nella stanza. Sulla carta da parati a righe grigie sopra il suo letto disfatto erano rimasti i poster dei mondiali di calcio in Germania con Ralf Edström e Ove Kindvall. I mondiali in Argentina dell'estate precedente non li aveva quasi seguiti, e quando Thomas Sjöberg aveva segnato quel suo gol di merda contro i brasiliani aveva soltanto scrollato le spalle. Tra i mucchietti di polvere accanto alla cartella sul pavimento c'erano un paio di mutande sporche e delle calze sgualcite. Sulla parete di fronte aveva attaccato delle foto di Dylan, Bowie e dei Deep Purple e un po' più nascosto, per non farla vedere a Signe, la foto di una pin-up di «Lektyr», una biondina con tettone e labbroni.

Fissò a lungo il vuoto foglio giallo pallido davanti a sé. Cautamente ne accarezzò la superficie lievemente granulosa con la punta delle dita. Gli trasmetteva un senso di solennità.

Per un po' aveva persino preso in considerazione l'idea di comprare una vera penna stilografica. Ma i soldi non gli bastavano. Bisognava accontentarsi della penna a sfera del suo astuccio imbrattato, anche se non sarebbe stata la stessa cosa.

Così aveva cominciato a scrivere. Lentamente e con la sua scrittura

[1] "Tra le montagne, nelle città, puoi vedere il sogno. Guardati intorno. Ti ha trovato? È quel che sembra?" (*n.d.t.*).

più bella aveva dato forma alle parole della lettera, che sapeva non avrebbe mai spedito:

Maria, mia amata, deve essere passata un'eternità da quando ci siamo visti l'ultima volta. La mia voglia di stringere la tua mano è tanto forte che mi sembra di morire.

Konrad guardò quelle parole. Non era del tutto soddisfatto. Ma fermamente deciso a perfezionarsi e a creare dei meravigliosi oggetti d'amore con l'aiuto dell'alfabeto.

Man mano che si faceva più ardito con le metafore, gli sembrava di ottenere dei risultati migliori.

Le ciocche dei tuoi capelli sono come fili d'oro, le tue guance come mele maturate al sole, e io non vedo l'ora di poter baciare ancora una volta le tue labbra rosso fragola.

Quel che aveva scritto gli sembrava tanto bello da farlo piangere, le lacrime gli scivolavano lungo le guance senza che se ne rendesse conto.

Ero al settimo cielo quando mi hai guardato profondamente negli occhi, giurando di amarmi.

Con il tempo, scrivere lettere divenne un'abitudine. Un passatempo e una fuga. Appena poteva Konrad si chiudeva in stanza e spegneva tutte le lampade, accendeva le candele e lasciava che il maltempo autunnale e la malinconia entrassero attraverso la finestra. Ascoltava musica sentimentale e nella sua solitudine si inventava delle donne, una più meravigliosa dell'altra. Konrad scriveva e bramava. Dopo la bionda Maria fu la volta di Sara dai capelli neri, poi Evelina dagli occhi di cerbiatta, e dopo di lei la ragazza di una sola estate, Eva-Lena, che profumava di fiori di campo e di sale.

La maggior parte delle volte Konrad ripiegava ordinatamente le sue lettere e scriveva l'indirizzo sulla busta, prima di nasconderle nel cassetto della sua scrivania. I francobolli erano invece troppo cari. Quando terminava tutta la carta da lettere, tornava nella tabaccheria di Jove Bengtsson e ne comprava un nuovo blocco.

«Ho della carta più semplice, un po' meno cara», lo informò il tabaccaio gentilmente, ammiccando curioso.

«La voglio dello stesso tipo. Quella cara», borbottò Konrad. Pagò frettolosamente e si sbrigò a uscire prima che qualcuno lo potesse vedere.

A volte si faceva più ardito nella scrittura delle sue lettere. Con i genitali palpitanti e le mani sudate se ne stava nella sua camera, scrivendo di focosi incontri amorosi già consumati o che dovevano ancora aver luogo.

In quelle occasioni gli capitava di scegliere destinatari reali per la sua passione. I sentimenti si facevano più veri. Konrad indirizzava lettere che traboccavano di libidine sia alla secchiona Lisa Pålsson che alla grassa, ottusa Gunnel, quella che andava malissimo in matematica, ma che una volta gli aveva permesso di toccarle i seni nel buio dietro il distributore del latte, sotto un lavandino nella mensa scolastica.

Scriveva Konrad:

> Gemi come un cagnolino quando il mio cazzo entra nella tua meravigliosa vagina gonfia e rossa, ne vuoi ancora, e ancora.

Quando sigillava una busta con dentro una lettera di questo tipo si vergognava sempre, come se avesse fatto qualcosa di veramente proibito. Ma solo raramente si convinceva di bruciare le sue lettere d'amore.

Una sera, quella che sarebbe stata l'ultima per lui nella grigia casa di eternit di Herman e Signe, Konrad rincasò poco dopo il crepuscolo. Entrando dal cancello li scorse attraverso la finestra. Le loro teste tonde si profilavano come ombre nel salotto cupo, illuminato soltanto dalla sbiadita vacillante luce del televisore.

Dalla rimessa degli attrezzi provenivano schiamazzi e risate. Qualche tempo prima Klas ci aveva portato un vecchio divano e delle poltrone, trasformando la rimessa in una garçonniere, dove poteva imperversare indisturbato con i suoi complici. Ora sembrava che si fossero ubriacati ben bene. Di per sé non era niente di insolito. Forse Klas era libero dal lavoro al mattatoio il giorno seguente, o forse semplicemente se ne fregava.

Konrad chiuse cautamente il cancello per non attirare la loro attenzione. Camminò silenziosamente sulla ghiaia con scarpe scricchiolanti. Alla fine della scalinata in pietra, proprio quando aveva afferrato la maniglia, tuonò dalla rimessa una nuova salva di urla e di risate sguaiate.

Qualcosa fece irrigidire Konrad, e si bloccò nel mezzo del suo movimento. Cosa aveva sentito? Parolacce e oscenità, ne era certo. Ma aveva sentito anche qualcos'altro nello schiamazzo: il suo nome.

Per un breve attimo rimase immobile in ascolto. Ora sentiva più che altro borbottare. Forse aveva sentito male? Konrad scrollò le spalle, entrò in casa e si sfilò gli stivali nell'ingresso.

Herman e Signe alzarono lo sguardo quasi nello stesso momento.

«Ciao, Konrad», disse Herman con un veloce sorriso, rivolgendo poi di nuovo lo sguardo alla TV.

Signe si accontentò di annuire con espressione seria.

Konrad bofonchiò qualcosa di indistinguibile e si affrettò a salire le scale per non essere costretto a vederli. Gli sembravano patologicamente pallidi. O forse era la fredda luce del notiziario alla televisione a rendere i loro volti simili a maschere di morti?

A metà delle scale Konrad ebbe un cattivo presentimento. La porta della sua stanza era socchiusa. Non l'aveva chiusa come era sua abitudine? Forse quella mattina era stato talmente stanco da dimenticarsene, facendo un'eccezione alla regola?

Nel momento in cui oltrepassò la soglia della stanza, si avverarono i suoi peggiori sospetti. Il cassetto più in basso della scrivania, il cassetto più segreto, era tirato fuori per metà. Con un riflesso dettato dal panico mise la mano sulla tasca dei jeans, ma la chiave non era lì, era infilata nella serratura del cassetto, luccicante, e a Konrad sembrava che la chiave gli rivolgesse un sorriso di scherno.

E le lettere, tutte le preziose lettere d'amore che aveva scritto sulla carta di Bengtsson il tabaccaio, erano sparite, non c'erano dubbi.

«Maledizione!», esclamò Konrad.

Bastò un attimo di tempo perché la rabbia per aver dimenticato di chiudere a chiave il cassetto si trasformasse in certezza: sapeva chi aveva rubato le sue lettere. A quel pensiero, il sangue gli salì alla testa, ribollente e impetuoso.

Si precipitò giù per le scale, attraversando l'ingresso con addosso gli sguardi muti di Herman e Signe, attraversò il cortile e spalancò la porta della rimessa.

Là dentro tutto si fermò.

Tre paia di occhi si rivolsero a Konrad. Benga era semisdraiato su una poltrona a fiori con una sigaretta in una mano e una lattina di birra nell'altra. Capelli radi e pelle rossastra. Sorrideva al suo solito modo un po' nervoso. Sul divano c'erano Lasse e Ronny, due fratelli che giocavano da mediani, di solito tra le riserve, noti per aver raramente lasciato il campo di calcio senza aver prima fatto scorrere il sangue dei loro avversari. I loro occhi pungenti erano pieni di attesa.

Klas era seduto nella poltrona con la schiena rivolta alla porta. Fu l'unico a non voltarsi per vedere chi fosse entrato come una furia, probabilmente perché già lo sapeva. Ma se non altro la sua larga nuca si irrigidì per un attimo.

Il tavolo in mezzo alla stanza era coperto di lattine di birra, portacenere, tabacchiere, pacchetti di sigarette e in mezzo a tutto una bottiglia di Explorer mezza vuota. Il fumo aleggiava pesante sotto al soffitto. Puzza di umido e mozziconi. E sullo sporco tappeto di stracci, proprio accanto agli scarponi di Klas, c'erano le lettere d'amore, sventrate e infangate.

Lentamente e con gesti ricercati il suo fratellastro alzò uno dei fogli con i sogni di Konrad:

«Il desiderio di te è tutto quel che mi tiene in vita. Voglio baciare le tue palpebre, sentir battere il tuo cuore e sentirti dire che mi ami», declamò ad alta voce con un tono che trasudava disprezzo.

Gli altri ridacchiarono rozzamente.

«Be', e poi te la scopi, giusto, piccoletto di merda? Le infili il tuo cazzo polacco nel culo, giusto?», disse Benga con scherno.

«Che cazzo di chiacchiere da frocio!», ridacchiò Ronny.

Con il cervello bloccato dalla rabbia Konrad si precipitò in avanti per strappare le lettere dalle mani di Klas. Ma lui era pronto. Proprio al momento giusto si girò e gli tirò un pugno forte. A Konrad sembrò di essere stato colpito in petto da una palla da bowling. Gli mancò il respiro e si accasciò sul pavimento. Indifeso come uno scarafaggio riverso sulla schiena vide Klas alzarsi oltre il bracciolo della poltrona, il viso che andava trasformandosi in una minacciosa nuvola temporalesca.

«Chi cazzo ti credi di essere, miserabile merdoso?», borbottò a voce bassa, tanto vicino da far venire la nausea a Konrad per l'alito maleodorante di tabacco e acquavite.

Il viso di Klas era gonfio, le sue narici fremevano dall'eccitazione. Da qualche parte sullo sfondo i suoi complici ridacchiavano.

Poi si alzò con fracasso, piazzandosi a gambe larghe in mezzo alla stanza con un'altra lettera in mano.

«Maria, correremo nudi, mano per la mano, dritti verso il sole», lesse. Questa volta con voce sdolcinata e manierata.

Konrad, che ormai aveva ripreso a respirare, si alzò faticosamente in piedi.

«Dammi le lettere!».

Klas continuò imperturbabile.

«I tuoi seni, i morbidi colli dove vorrei abbandonarmi, dove vorrei rimanere per sempre, smarrirmi e mai più uscire».

Ancora una volta Konrad si scagliò sul suo aguzzino. Ma era una lotta impari. Klas pesava almeno trenta chili più di lui, era più alto di un decimetro e il suo corpo era duro come un blocco di granito. Konrad era ancora gracile e nonostante il suo odio rovente non era in grado impensierire il fratello più di quanto non lo avrebbe preoccupato una mosca. Si dimenò e si dibatté per raggiungere la lettera, ma Klas lo lasciò rimbalzare contro il suo petto per poi dargli un ceffone, che gli bruciò come una fiamma ossidrica sulla guancia. Konrad fece un sobbalzo e indietreggiò.

«Dagli una sberla come si deve, così impara le buone maniere», lo istigò Ronny.

«I polacchi devono restare giù nella merda», sghignazzò Benga.

Klas lanciò loro uno sguardo e si rivolse di nuovo a Konrad. Barcollò un attimo, gli occhi rossi di ebbrezza. Poi si avvicinò minaccioso con l'ultima lettera mezza appallottolata in una mano.

Konrad ansimava indeciso.

D'improvviso Klas gli tirò un pugno. Le grosse dita con la lettera strappata colpirono il naso di Konrad. Per un attimo rimase accecato dalle lacrime. Sangue salato colò sul suo labbro.

«Prendi le tue sporche lettere se le vuoi. O non ne hai più il coraggio?».

Un altro colpo gli bruciò il viso.

«Be'? Come la vuoi mettere? Ora non sei più così cazzuto, vero?».

Konrad era come paralizzato. L'ira che poco tempo prima l'aveva trasformato in un rabbioso gatto selvatico, ora lo immobilizzava. Sentì qualcuno ruttare rumorosamente dal divano, come attraverso una nebbia, poi una lattina di birra che veniva schiacciata da una mano eccitata e risatine di attesa.

«Fallo a pezzi, fallo a pezzi!», disse Ronny con voce sanguinaria.

Il cuore di Konrad batteva forte. Con occhi selvaggi si guardò intorno per trovare una via di salvezza. Un'arma, qualsiasi cosa. Sbatteva disperatamente le palpebre per schiarire lo sguardo. La nebbia si dissolse un po'.

«No, ora cazzo mi metto a pisciare sulle sue maledette lettere di merda», disse Klas lentamente.

Con ostentata noncuranza lasciò cadere il foglio imbrattato del sangue di Konrad sul mucchio di lettere per terra. I tre complici sul divano e sulle poltrone sghignazzavano e lo incoraggiavano. Rivolgendo un'occhiata sprezzante a Konrad, Klas cominciò a tirare giù la chiusura lampo.

«Ora piscio sulle tue lettere, proprio come abbiamo pisciato su quella puttana di tua madre dopo averla inculata!».

A quelle parole Konrad quasi perse i sensi. Poi la sua testa si riempì di magnesio infiammato. Era come se le sue tempie stessero per esplodere. Sentiva il sapore del sangue in bocca e un fiume di adrenalina scorrere attraverso il suo corpo infondendogli nuovo vigore.

Il manico del mazzuolo che Herman avrebbe dovuto aggiustare era appoggiato sul banco da falegname. Era pesante e grosso, consumato da decenni di lavoro duro e onesto, ma per Konrad d'improvviso si trasformò in un'arma di morte. L'afferrò e lo sollevò per colpire Klas, che stava facendo sul serio e che ora se ne stava lì con il membro mezzo tirato fuori dai pantaloni.

Un velo di sorpresa appannò gli occhi di Klas quando il primo violento colpo di Konrad piombò sulla sua spalla. Il suo sguardo si riempì di terrore quando il secondo colpo lo raggiunse al basso ventre e quando il terzo colpo si abbatté sulla sua anca stava già crollando a terra.

Fu in quel momento, mentre Klas era steso supino a terra con il sesso miseramente nudo, gemente per il dolore, che per una frazione di secondo Konrad fu vicino ad ammazzare il suo fratellastro.

Benga, Ronny e Lasse, seduti nelle poltrone, rimasero impietriti, con le bocche spalancate.

Konrad respirava affannosamente stringendo il manico del mazzuolo al punto che le sue nocche erano diventate bianchissime.

Lo sguardo di Klas era fisso come quello di un toro abbattuto.

Konrad si calmò. Senza una parola si precipitò fuori dalla porta con il manico del mazzuolo ancora stretto in mano.

Sul pavimento della rimessa erano rimasti i resti delle sue lettere d'amore.

Quando cinque ore più tardi lasciò la casa di eternit color grigio sporco, Signe stava in piedi sulle scale.

Sembrava uno spettro nella debole luce proiettata dal lume fuori dalla porta, con un pallore cadaverico in viso e il corpo stretto in un lungo maglione. Accanto a lei c'era una valigia marrone a quadri.

Konrad si fermò davanti alle scale, affannato e sudato. Il suo alito formava piccole nuvole nella fresca aria dell'autunno. Il manico del mazzuolo era ancora stretto nella sua mano, come se ci avesse messo le radici e fosse diventato una parte del suo corpo. Per tutta la sera, mentre vagava senza meta per il paese o sedeva su una panchina in un parco, semplicemente per far passare il tempo, non ebbe il coraggio di separarsene.

Tutto d'un tratto cominciò a tremare dal freddo.

«Ho messo insieme le tue cose», disse Signe con voce triste.

«Ah sì...».

«Non ci è entrato tutto, ma il resto potrai venire a prenderlo dopo. Un'altra volta...».

Lo osservava con uno sguardo senz'anima. Si strinse ancora di più nel maglione e poi incrociò le braccia sul petto.

L'ira sconsiderata che era divampata in Konrad adesso era svanita. Ora la paura, che era subentrata alla rabbia, era stata sostituita da un vuoto assoluto. Era come se ogni cosa dentro di lui fosse stata scavata via. E tutto quel che rimaneva era il guscio.

Ma quando salì sulla scalinata per prendersi la valigia, Signe mise una mano sulla sua spalla.

«È per il tuo bene, Konrad», disse con un'ombra di infelicità nella voce.

Lui la guardò.

«Klas sta a letto al piano di sopra. Sta molto male. Se ti vede credo che ti ammazza».

Konrad afferrò la valigia.

Mentre volgeva le spalle a Signe, intravide un viso dall'altra parte della finestra della cucina. Era Herman. Se ne stava lì, immobile. Konrad intuiva che era addolorato. Poi lentamente alzò una mano, come se stesse salutando qualcuno che partiva con il treno.

L'ultima cosa che Konrad sentì da Signe furono un sospiro e un lieve mormorio.

«Non sarà mai espiata...».

Il manico della pesante valigia gli feriva la mano, ma lui pretendeva di non accorgersene. Senza esitare Konrad trascinò la valigia verso la stazione, fermamente deciso a salire sul primo treno e di non fare mai più ritorno.

Il cane senza padrone è ancora nei suoi pensieri quando raggiunge l'abitazione di Klas.

È una casa misera un po' fuori mano, seminascosta da un paio di pini. Eternit grigio, come se fosse ereditario. Questa casa però è più piccola di quella di Herman e Signe.

Konrad si ferma ed esita di nuovo.

Sta rimandando questa cosa da giorni, ma sa che va fatta se vuole andare avanti. Ha dei brutti presentimenti.

Dall'altra parte del cancello sono parcheggiate due Volvo Amazon, una verde in discrete condizioni, l'altra blu con il ponte posteriore appoggiato su una pila di lastre di pietra e con i mozzi arrugginiti. Non può mica essergli ancora rimasta quella vecchia macchina? Una chiave inglese, un martello e qualche cacciavite stanno là, gettati sulla ghiaia.

D'improvviso un labrador nero esce di corsa dalla porta d'ingresso aperta. Con un salto poggia le zampe sul cancello, gemendo con tono acuto e pietoso.

Konrad in un primo momento indietreggia di qualche passo. Poi si decide di credere che il cane sia buono. Molto più docile del suo padrone.

«Buono, buono cagnolino», dice Konrad pian piano con voce sdolcinata, aprendo lentamente il cancello.

Il cane si zittisce, ma continua a gironzolare intorno alle sue gambe. Konrad si lascia leccare la mano dalla lingua lunga e bagnata del cane.

«Ehi! C'è qualcuno in casa?», grida Konrad. Non troppo forte. Non vuole sembrare troppo assillante.

Segue il cane su per le scale. C'è silenzio nella casa. Odore di chiuso e di muffa, un misto di sporco e di fritto.

Konrad alza il piede per non calpestare le scarpe sparpagliate nell'ingresso e sbircia dentro il salotto. Le stanze sono immerse nella penombra. La prima cosa che vede sono le vecchie coppe di Klas che brillano sulla libreria sopra il televisore. Calcio e giavellotto, devono essere passati trenta, quarant'anni da quando le ha vinte. Tende pesanti, rosse e marroni, coprono la finestra quasi per intero, lasciando entrare solo un sottile, bianchissimo fascio di luce solare che fa ballare i granelli di polvere sul pavimento.

La stanza ha un'aria misera. Un solo quadro alla parete, un olio che sembra essere stato acquistato a un mercatino delle pulci. Raffigura un veliero che sta scomparendo in un banco di nebbia. Un ficus benjamin solitario sul davanzale ha perso quasi tutte le sue foglie.

Konrad si guarda intorno ma non ha il coraggio di chiamare Klas, ora che si è addentrato nella tana del leone. Sono tanti anni che Klas non ha un lavoro regolare, gli aveva detto Leif Bogren. Sembra che la stessa aria nella casa sia satura di indolenza. Un paio di mosche ronzano accanto alla finestra.

"Come mai alla fine si è deciso a trasferirsi dalla casa di Herman e Signe?", si chiede Konrad. Doveva avere quasi trent'anni quando aveva finalmente preso la decisione. Manca completamente un tocco femminile nella stanza.

Sente un grugnito provenire dal divano, che ha lo schienale rivolto alla porta. Qualcuno borbotta parolacce nel sonno.

Konrad avanza di qualche passo, entra nella stanza e s'imbatte in una puzza nauseabonda.

Klas è sdraiato con la testa dai capelli a spazzola appoggiata al bracciolo. Ha soltanto una canottiera addosso. È imbrattato di vomito colato dal mento, che gli ha insudiciato i peli grigiastri sul petto.

Il labrador scodinzola vicino al suo padrone. Gli lecca qualche pezzetto di vomito grigio giallo dal collo, poi si sdraia e rimane immobile ad aspettare con il muso appoggiato sul tappeto.

Klas si gira e borbotta di nuovo nel suo letargo.

Con chi starà parlando?

Konrad pensa alle parole di Bogren. Sì, non c'è dubbio che Klas sia davvero un povero diavolo solo. Certamente dovrebbe aiutarlo. Tentare di svegliarlo, pulire via quel sudiciume e parlargli, come ha promesso all'unico amico del fratello.

O dovrebbe invece approfittare dell'occasione e dare un'occhiata alla casa in cerca di indizi?

Konrad non riesce a fare nessuna delle due cose. Osserva a lungo il suo fratello adottivo che giace sul divano, indifeso e miserabile. Si rende conto di provare compassione per lui, in effetti.

Se ne va con una sensazione di sconfitta.

CAPITOLO 28

I biondi capelli ondulati che nella fotografia sembravano così belli sono ora grigi e radi, ma la riga di lato corre ancora dritta sulla testa del commissario Kurt Nilsson, ormai in pensione da diverso tempo.

Sulle ginocchia è poggiata una coperta a quadri. Se ne sta seduto su una sedia a rotelle, solo, all'ombra di un parasole.

Il suo sguardo è fisso su un punto in lontananza. Non dorme. Sembra piuttosto avere nostalgia di qualcosa.

«Kurt, tuo nipote è venuto a trovarti!».

Il richiamo dell'infermiera non suscita quasi alcuna reazione. Soltanto un lieve spasmo nella coda dell'occhio rivela che Kurt ha riconosciuto il proprio nome. Forse non desidera ricevere visite.

Konrad fruga nella tasca per trovare i due sigari che ha comprato su suggerimento di Gudrun Vernersson. A quanto pare Jove Bengtsson è morto e il suo negozio è chiuso, ma Konrad ha preso la macchina ed è andato fino a Ystad quella mattina, appositamente per trovare un tabaccaio che vendesse dei veri sigari Avana. Di solito hanno il potere di far tornare Kurt in sé, aveva detto Gudan facendogli l'occhiolino.

«Kurt, tuo nipote è qui. Non sei contento?», insiste l'infermiera che ha accompagnato Konrad attraverso la casa di riposo fino alla terrazza, per corridoi che puzzano di disinfettante.

«Ora vediamo come sta Kurt. A volte fa un po' i capricci», lo avverte, mentre si stanno avvicinando.

Lancia a Konrad uno sguardo come a volersi giustificare, come se fosse colpa sua che il vecchio non ci sente. Konrad si vergogna della sua bugia. Ma sarebbe stato troppo difficile spiegare la cosa altrimenti.

Poi d'improvviso Kurt Nilsson si rivolge a loro.

«Bene, bene...», dice esitante.

Lo guarda in modo gentile e incuriosito. All'infermiera, che si chiama Gun, non sembra affatto strano che lui non riconosca questo parente che si è fatto vivo di punto in bianco. Gli poggia il braccio sulla spalla esile e gli accarezza la guancia.

«Vado a prendervi del caffè, così potrete stare qui e parlare in santa pace».

«Grazie», dice Konrad. «Un caffè ci starebbe proprio bene».

Si siede.

«Ti ho portato un paio di sigari. Fumi ancora, giusto, Kurt?», dice invitante.

«Sigari, mica male, grazie», gracchia il vecchio.

Una giornata buona, pensa Konrad fiducioso. Lancia uno sguardo in direzione del tavolo che si trova più in là nel giardino. Intorno al tavolo stanno seduti tre anziani all'ombra di un tetto sporgente. All'uomo grasso, che non entra bene nella sua sedia a rotelle, la testa pende pesantemente da un lato. I suoi occhi sono sbarrati, ma lo sguardo è vuoto. Ha la bocca spalancata e tra le labbra secche cola un filo di saliva, che fa somigliare la sua bocca ad un'arpa a una corda. Accanto a lui una donna magra torce nervosamente un tovagliolo tra le dita, mentre conduce a bassa voce una monotona conversazione con se stessa. Il terzo vecchio ha il viso raggrinzito e dà l'impressione che non esiterebbe a venire alle mani per farla zittire, se solo ne avesse la forza. Fissa adirato i passerotti che sguazzano nella vaschetta degli uccellini nel sole cocente.

Kurt Nilsson è appena riuscito a districare il sigaro dal tubo di latta con mani tremolanti quando Gun ritorna con un vassoio con due tazze di caffè e un piattino con quattro miseri biscotti. Tira fuori un accendino dalla tasca e lo posa sul tavolo.

«Di solito nascondiamo gli accendini. Per evitare che facciano delle stupidaggini. Non si sa mai...».

Osserva Konrad, come se non fosse sicura di potersi fidare di lui. Poi alza le spalle e scompare in direzione della cucina.

Il vecchio commissario sembra aver già accettato la presenza di Konrad. Lecca il sigaro come un fumatore abituale e se lo mette in bocca. Afferra l'accendino e accende il sigaro. Quando fa il primo tiro si formano delle profonde fosse nelle sue guance avvizzite.

«Ti saluta Gudrun», dice Konrad.

Riceve in risposta uno sguardo completamente assente.

«Tua moglie...?»
«Ah sì, che bello», dice il vecchio.
Difficile stabilire se il nome gli dica qualcosa.
«Lei... lei si domanda come ti vanno le cose».
Kurt Nilsson lo guarda stupito.
«Io sto benone. Le ragazze qui sono così carine e gentili. Sto bene, benissimo».
Annuisce, come a voler rafforzare le proprie parole. Il suo busto dondola un pochino. Il fumo, che lentamente si alza verso il parasole nella quiete del momento, per un attimo cancella i contorni del suo viso dai lineamenti affilati.
Ma Konrad vede che sta strizzando gli occhi, come se si stesse sforzando di trovare la strada giusta nell'ingarbugliato labirinto della sua memoria.
«Agnes, cosa ti ricordi di lei?», chiede Konrad andando dritto al punto.
«Di chi hai detto?»
«Agnes Stankiewic, che è scomparsa nel 1968 quando facevi il poliziotto».
«Mai sentita nominare».
Konrad sospira e si pente di essersi affrettato troppo.
«Guarda gli uccellini!», esclama Kurt Nilsson improvvisamente. «Come giocano e si divertono. Vengono qui ogni giorno. Ci si può parlare. Guarda, adesso vedrai!».
Emette un fischio gorgogliante e con la mano con cui tiene il sigaro indica in direzione della vaschetta degli uccellini.
«Hai visto? Mi hanno riconosciuto».
Fischia di nuovo ai passerotti.
«C'è un gatto che gira da queste parti», dice con tono serio. «Gli dà la caccia. Un maledetto gatto grigio striato, cattivissimo, che non aspetta altro che mettere i canini nelle mie piccole palline di piume. Ma io mi metto qui di guardia, così li posso avvertire».
«Bravo», dice Konrad.
D'improvviso la donna magra seduta al tavolo sotto il tetto sporgente getta a terra il tovagliolo con un grido acuto.
«Stattene zitto, smettila con la tua maledetta lagna, Kurt!».

Si alza sulle gambe secche. Poi sembra subito dimenticare che cosa l'abbia fatta adirare tanto.

«Sta' zitta, donna!», ruggisce il vecchio dalla faccia raggrinzita, sbattendo il pugno sul tavolo tanto forte da far sobbalzare le tazze del caffè.

La donna anziana si guarda intorno costernata, infelice, poi si affloscia sulla sedia riprendendo il suo monotono borbottio. Il suo adirato compagno di tavolo si preme le mani contro le orecchie. Si sente un fievole rantolo dalla gola del grassone sulla sedia a rotelle. Il filo di saliva traballa, ma non si rompe.

Kurt Nilsson gli rivolge un'occhiata noncurante da sopra la spalla.

«Che cazzo di gentaglia!», mormora tra sé e sé.

In quel mentre Gun entra a passi veloci dalla porta che dà sulla terrazza. Porta un vassoio con dei dosatori davanti al grembiule.

«Cosa sta succedendo?», chiede preoccupata.

«Non lo so... Si sono un po' agitati, solo una scaramuccia», dice Konrad.

«Non dovete litigare quando il tempo è così bello e c'è il sole», dice Gun con tono amabile, rivolgendosi all'altro tavolo.

Nessuno degli anziani risponde. Due di loro hanno lo sguardo fisso a terra, il terzo come al solito rivolto al cielo.

«Forse tu puoi dare una mano a tuo zio a prendere la medicina», dice Gun porgendo a Konrad una scatolina con una pillola blu e due rosse.

«Certamente».

Restano in silenzio mentre l'infermiera fa inghiottire le medicine agli altri tre. Gli anziani aprono ubbidienti la bocca come fossero uccellini. Gun rientra rapidamente dalla porta e Kurt Nilsson si lecca bramoso le labbra.

«Perbacco, che belle chiappe», dice con tono da intenditore.

Con le sue mani magre disegna prontamente due cerchi nell'aria.

«Come una pera. È proprio stupendo quando le natiche sono così gonfie, come una pera succosa e matura. Non una di quelle pere piccole, grigie e dure. Una donna deve avere le forme di una Greve Moltke ben matura, che gronda di dolcezza quando ci si conficcano i denti».

Si intravede il luccichio di un dente d'oro, mentre si volta verso Konrad con un sorriso da lupo.

«Approfitto per toccarle le chiappe appena posso. Lei si scosta sempre. Ma so che le piace».

Poi i suoi occhi cadono sul dosatore delle medicine sul tavolo. Si guarda alle spalle, apre la scatolina pian piano, estrae le tre pillole e le osserva nel palmo della sua mano.

«Pensano proprio che io sia cretino», borbotta.

Con un movimento rapido della mano getta via le pillole che atterrano nell'aiuola delle rose dietro la magra donna infelice seduta all'altro tavolo. Lei non si accorge di nulla.

Kurt Nilsson fa l'occhiolino a Konrad con un'espressione astuta.

«Le butto lì per far credere a Gun che è stato uno di quegli idioti ad averle perse», bisbiglia in confidenza.

Konrad scoppia a ridere.

«Furbo...», dice incoraggiante.

Una sottile impazienza si insinua in Konrad. Non è facile seguire l'errare dei pensieri di Kurt. E se possibile pare ancora più difficoltoso cercare di guidarlo. Sembra che tutto quello che Konrad possa fare sia gettare la sua esile lenza e il suo misero amo nel mare dei ricordi dei quasi novant'anni di vita di Kurt Nilsson. Le probabilità di catturare il mostro, che forse si nasconde sul fondo, non sembrano particolarmente buone.

Ma decide comunque di riprovarci.

«Kurt, mi racconti com'era fare il poliziotto?»

«Poliziotto? No, no, facevo il soldato io. Un soldato proprio in gamba, se posso dirlo».

«Dai, eri il commissario di polizia giudiziaria qui a Tomelilla».

«Ma che cazzo dici! Mi scambi per un'altra persona. Come hai detto che ti chiami?»

«Konrad. Sono tuo nipote», dice Konrad e sente ancora il rossore della vergogna scaldargli i lobi delle orecchie.

«Ah ecco, è così che stanno le cose».

«Tu hai indagato su diversi crimini molto gravi. Omicidi e furti. E sparizioni...», suggerisce Konrad.

Il vecchio sembra non sentirlo.

«Era una vita dura. La vita del soldato. A volte soffrivamo la fame. I ratti ci rosicchiavano nelle trincee. Ma mai, nemmeno per un secondo, mi sono pentito di essermi arruolato».

Kurt Nilsson si zittisce e Konrad osserva il suo viso enigmatico. Gli occhi, una volta d'un azzurro chiaro, con l'età si sono fatti grigi e annacquati, ora sembrano alla ricerca di immagini molto distanti dalla vaschetta degli uccellini e dal verde del parco dall'altra parte dello steccato.

Il vecchio commissario canticchia a voce bassa tra sé e sé, intonando qualcosa che sembra una marcia.

«La divisione Nordland», dice bruscamente. «L'unita più valorosa di tutto il dannato paese. Diavolo, come sapevamo combattere!».

Scuote la testa come a un simpatico ricordo dei vecchi tempi andati. Poi il suo viso torna a irrigidirsi.

«Il pericolo rosso. I comunisti. Erano loro che dovevamo fermare. Erano dappertutto e si propagavano come pidocchi. Ora dove si trovano, a proposito? È finita la guerra?».

D'un tratto sembra che Kurt Nilsson sia pronto ad alzarsi dalla sedia a rotelle per precipitarsi a imbracciare l'elmetto e il fucile.

«Ti sei arruolato con Hitler?», chiede Konrad come per sondare il terreno.

"Come mai Gudan non me ne ha parlato?", pensa. Lei non conosceva il passato di Kurt Nilsson? Sembra improbabile. Forse il fatto che l'oggetto del suo amore fosse un vecchio nazista semplicemente non quadrava con il suo illusorio e romantico ideale di vita.

«Mah, Hitler..., non saprei proprio, Hitler», sbuffa il vecchio.

«E allora?»

«Chi se ne importa di Hitler...».

D'improvviso gli occhi del vecchio sembrano inumidirsi.

«Tanti bravi ragazzi hanno pagato con la loro vita. Siamo arrivati fino a Stalingrado. Cazzo, che inferno. Il piscio congelava ed eravamo costretti a staccare il getto ghiacciato dal cazzo. Pidocchi e parassiti. Era il freddo a togliere la vita alla maggior parte delle persone. Le gambe marcivano negli stivali».

Si strofina un occhio.

«Ma non ci siamo arresi. Abbiamo combattuto fino alla morte a Berlino. Chiamavano ragazzi giovanissimi, che ancora puzzavano di latte. Alla fine morivano come mosche. Abbiamo tentato di aprire un varco al Weidendammer Brücke, ma i russi hanno sparato al nostro autoblindo. Johansson e Rydén sono morti arrostiti lì dentro. Sì, poi tutto quanto è andato a farsi fottere».

Konrad si chiede come questi sprazzi di immagini tanto immediate e limpide possano farsi strada nel cervello di Kurt Nilsson. Sono passati più di sessant'anni ormai. Quanti anni avrà avuto Kurt Nilsson allora? Intorno ai venticinque, almeno venti anni più giovane dell'uomo della fotografia che ha visto nell'appartamento buio di Gudrun Vernersson.

Davanti agli occhi di Konrad scorre l'inferno in bianco e nero, come in tutte le vecchie foto della guerra. Sente il rimbombo delle esplosioni e l'odore del sangue, del fuoco e del fumo. Grida disperate di soldati in agonia, che chiamano le loro madri, entrano nelle sue orecchie. Weidendammer Brücke, dove la Friedrichstrasse incontra il fiume. Spesso si fermava lì a guardare l'acqua marrone che scorreva lenta. Molte volte passeggiava sotto i lampioni, mano nella mano con Sonja, parlando del più e del meno. Quanti soldati sono annegati lì, sotto il ponte? Tedeschi. Russi. E giovani svedesi.

Kurt Nilsson era stato lì, ed era uno di quelli che avevano avuto salva la vita.

«Hai detto poliziotto, per caso?», dice d'improvviso.

«Sì?».

Una lieve speranza si accende in Konrad.

«Certo che ho fatto il poliziotto. Che bei tempi. Non faccio ancora il poliziotto? Oppure era prima che...».

Kurt Nilsson scuote la testa come per fare chiarezza tra i suoi ricordi. Il suo sguardo vaga preoccupato. Sembra stanco e triste.

«Sono successe talmente tante cose. È come se tutto si confondesse in una maledetta pappa nella mia testa».

Konrad prende l'Avana mezzo fumato, che è rimasto sul piattino e si è spento. La nicotina lo fa tornare in sé, aveva promesso Gudan. Infila il sigaro nella bocca di Kurt Nilsson, afferra l'accendino e, senza chiederne il permesso, accende il sigaro. Il vecchio fa un tiro obbediente. La cenere cade sulla coperta a quadri.

Dopo un poco Konrad si china in avanti sul tavolo e lo guarda attentamente negli occhi nel tentativo di catturarlo.

«Ti ricordi di Agnes Stankiewic? La donna che è scomparsa senza lasciare tracce».

Kurt Nilsson lo guarda con occhi socchiusi da sotto le sopracciglia.

«Sembra un nome polacco... Non mi sono mai piaciuti i polacchi», borbotta.

Tutto d'un tratto è come se l'aria sotto il parasole si fosse fatta più pesante. Come se mancasse l'ossigeno. Gli anziani puzzano di stantio e di rancido. Konrad ha difficoltà a respirare, si sente mancare il fiato.

«Tu eri il responsabile delle indagini sulla sua scomparsa. Si chiamava Agnes Stankiewic».

Il vecchio sbuffa.

«Polacchi! Li abbiamo schiacciati in un paio di settimane. Danzica è caduta come un castello di carte. Non sapevano neanche combattere come i russi. Con loro ce la siamo sbrigata in quattro e quattr'otto, non appena ne abbiamo avuto la possibilità. Di questo non mi sono mai pentito».

«Agnes Stankiewic! Cosa le è successo?».

Il vecchio sobbalza nella sedia a rotelle. D'improvviso sembra avere paura. Il suo sguardo vaga e sembra che stia per perdersi di nuovo.

«Raccontami di lei!».

Konrad afferra il braccio magro del vecchio e lo scuote, più forte di quanto fosse sua intenzione. Sente come il cuore gli batte in petto. Ma all'ultimo momento riesce a controllarsi.

«Per favore, raccontami cosa è successo a mia madre...».

Kurt Nilsson fa un tiro profondo dal suo sigaro e per un breve momento è come se avesse riacquistato qualcosa della sua vecchia autorità da commissario. Si aggiusta la camicia, che si è gualcita sotto la presa di Konrad.

«Tua madre?».

Konrad annuisce.

«Quella lì... quella donna era tua madre?».

Non riesce a fare altro che annuire di nuovo.

D'improvviso Kurt Nilsson scoppia a ridere e poi un triste sorriso si diffonde sul suo viso rugoso.

«Sì, sì, quella storia. Davvero una storia spiacevole, devo dire. Sporca. Non sarebbe mai dovuta accadere. Ma cosa si può fare? Sono stato costretto a gestirla nel migliore dei modi possibili».

Un improvviso cinguettio dei passeri dalla vasca degli uccellini cattura la sua attenzione e Kurt si gira dall'altra parte.

«Chi cazzo ha ucciso mia madre?!», urla Konrad disperato.

Nello stesso momento Gun esce di corsa sulla terrazza, seguita passo passo da una seconda infermiera.

«Cosa stai combinando! Non vedi che spaventi Kurt?».

Le due donne si mettono in posizione protettiva davanti al vecchio commissario, che ormai ha completamente perso l'interesse per il suo visitatore.

«Ti devo chiedere di allontanarti immediatamente», sibila Gun.

Konrad si sente un idiota. "Cosa ho che non va?", pensa. "Come cazzo ho potuto infuriarmi con un vecchio senza forze? Eravamo così vicini. Se solo fossi riuscito a far aggrappare Kurt Nilsson a quel suo rottame di memoria per un altro po'". Allarga rassegnato le braccia e si alza.

«Scusate, non era mia intenzione...».

«Puoi passare per il giardino, così non c'è bisogno che ti accompagnamo», dice Gun severa, indicandogli la strada.

Lo segue con uno sguardo di disapprovazione. Konrad guarda Kurt Nilsson un'ultima volta. Ha spinto la sua sedia a rotelle accanto alla vaschetta degli uccellini, sotto il sole rovente. Sotto i radi capelli ben pettinati, sulla sommità della testa, s'intravedono un paio di voglie marroni. Il vecchio chiacchiera con i passerotti come se fossero bambini piccoli. Sono talmente abituati a lui che quasi si posano sulle sue mani.

«Le mie piccole palline di piume», gracchia con voce rauca. «Venite da papà, ci penso io a quel brutto gattaccio, non vi catturerà».

«Addio, Kurt», dice Konrad.

Il vecchio alza lo sguardo. È come se un velo grigio si fosse posato sui suoi occhi. Ha un'aria completamente persa.

«Tu chi sei?»

«Nessuno. Proprio nessuno», dice Konrad.

Quando esce in strada si sente deluso e sollevato allo stesso tempo.

Ma più di ogni cosa è terribilmente stanco. Si ferma, fa un respiro profondo, mentre si chiede quale sarà la sua prossima mossa.

Un camion passa con un gran fracasso, spaventando a morte un gatto che schizza via tra i cespugli. In direzione del passaggio a livello vede un ciclista, ma per il grande caldo l'immagine è offuscata. Per il resto tutto è fermo. L'edificio scolastico blu dall'altra parte della strada ha un aspetto abbandonato. Nulla di strano. È il periodo delle vacanze estive.

Alcuni ricordi passano di sfuggita. Ma sono privi di odori.

CAPITOLO 29

Gertrud sta dormendo su una sedia a sdraio nel cortile. Il tessuto a righe blu della sdraio è sbiadito e la struttura in legno è grigia e malandata. Tutto quel che Konrad vede di lei sono delle ciocche di capelli rossi, che spuntano oltre lo schienale e una mano rilassata che pende inerte dal bracciolo.

Intorno a lei, nel prato, crescono dei denti di leone. Nel giardino regnano quiete e silenzio, a eccezione di qualche nota appena percettibile di musica da ballo, che giunge da una finestra socchiusa al terzo piano.

Konrad si avvicina in punta di piedi e si accorge che Gertrud è rossa in viso come un pomodoro. Il sole brucia spietatamente la sua pelle. Dai capelli umidi sulle tempie, piccoli rigagnoli di sudore si fanno strada lungo il collo e scompaiono fra i seni che si intravedono sotto una delicata camicetta a fiori.

Sulla pancia ha un libro e un paio di occhiali da lettura da poco prezzo. *Neve* di Orhan Pamuk. Proprio una lettura appropriata in questo caldo, pensa Konrad.

Nel momento in cui sta per sussurrare il suo nome, lei spalanca gli occhi. Si guarda intorno, ancora assonnata. Il bianco degli occhi è arrossato. Sbatte confusa le ciglia.

«Dannazione, mi devo essere addormentata».

«Buongiorno», dice Konrad, più che altro perché non gli viene in mente nient'altro da dire.

Faticosamente Gertrud si mette a sedere.

«Stavo all'ombra prima», spiega, guardando in direzione del prugno che ora stende la sua frescura sulla rastrelliera delle biciclette.

Osserva l'albero con diffidenza, come se avesse qualcosa di sospetto.

«Si deve essere spostato. Il sole, voglio dire».

«Uhm...», dice Konrad. «Di solito succede così».

Lei scoppia a ridere, imbarazzata.

«Sì, comunque... Credo di non essere ancora del tutto sveglia».

Konrad le dà un rapido bacio sulla fronte e subito gli viene paura di come lei possa reagire. Ha un sapore salato. Sembra che Gertrud non si sia nemmeno accorta della sua improvvisa manifestazione di tenerezza.

«È stato così strano», dice. «Mentre stavo qui a leggere era come se qualcuno mi stesse spiando. Lo sentivo sulla pelle. Era veramente... spaventoso».

«Ti stava spiando?»

«Sì, ho sentito dei rumori. La porta che cigolava. Ma quando mi sono voltata, non c'era nessuno».

Alza le spalle, come se cercasse di scrollarsi un fremito di dosso. Konrad non sa cosa pensare.

«Qualcuno mi osservava. Ne sono praticamente certa. Prima pensavo che fossi tu. Ma non eri tu, vero?»

«No. Forse hai sognato?».

Gertrud lo guarda dubbiosa, poi scuote la testa.

«Bah, forse era solo la mia immaginazione. Ma era talmente reale. Poi è scomparso, come se niente fosse. E mi è venuto un tale sonno, così innaturale. Non riuscivo a tenere gli occhi aperti».

«Quindi ti sei addormentata...».

Lei scosta i capelli dalla fronte. Si guarda intorno. C'è ancora preoccupazione nel suo sguardo.

«Ti stavo aspettando».

«Davvero?»

«Che ore sono?».

Fruga nella tasca per cercare il cellulare e controllare l'ora.

«Le tre e un quarto».

«Allora dobbiamo sbrigarci».

Prima che lui abbia il tempo di chiederle qualcosa, lei è già sgusciata via ed è quasi arrivata alla porta. Là si ferma e si volta.

«Ho già le mie cose in macchina. Sbrigati ora!».

Konrad allarga le braccia in un gesto d'impotenza.

«Dove andiamo?».

«A Malmö. Dobbiamo essere lì entro un'ora».

«Ma...?»
«Volevi saperne di più su di me, non è vero? E su di te».
Un improvviso frastuono dalla finestra socchiusa al terzo piano fa alzare lo sguardo a entrambi. Si sentono voci sconvolte provenire da uno degli appartamenti. Un uomo e una donna si urlano contro. Una porta che si chiude sbattendo, e poi d'improvviso torna una calma piatta.
«Sbrigati. Ti spiego in macchina», dice Gertrud impaziente.
Poco dopo stanno seduti nella vecchia Opel di Konrad. Lui ha impegnato mezzo minuto a convincere Gertrud che è ancora troppo assonnata per guidare. La macchina oltrepassa il ponte della ferrovia, supera il capannone con lo spaccio dai prezzi stracciati di Bo Ohlsson dove il parcheggio è zeppo di macchine. Svoltano a destra al semaforo e proseguono su per il colle oltre l'università popolare, in direzione dell'uscita ovest.
«Mi è arrivata una lettera...», dice lei lentamente, mentre stanno passando davanti alla stazione di servizio Statoil di Tryde.
«Ah sì?»
«Da Lelle...».
«Tuo fratello?»
«Sì».
«Non è in carcere?»
«Sì, è lì che siamo diretti».
Konrad la guarda con la coda dell'occhio. Il sudore si è asciugato sulle tempie. Il vento entra dal finestrino laterale. La pelle di lei non è più molto arrossata.
«L'ora delle visite inizia alle cinque e mezzo», dice Gertrud. «Dobbiamo essere lì entro quell'ora. Stanno abbastanza attenti con i controlli di sicurezza».
«Sta nel carcere di Kirseberg, giusto?».
Lei annuisce. «Conosci la strada?»
«Certo. Ma onestamente, io cosa ci vengo a fare?».
Un sospiro profondo di Gertrud lo fa sentire un egoista. Konrad continua a guidare in silenzio.
«La cosa riguarda te, in effetti», dice poi.
«Riguarda me?»

«Sì, penso di sì».
Con gli occhi socchiusi guarda fuori dal finestrino verso i campi di grano che si stanno indorando, come se stesse cercando qualcosa nel paesaggio lì fuori. Rosse distese di papaveri sfavillano alla luce del sole.
«Ti ho raccontato che Lelle sta scontando l'ergastolo per omicidio. Ha incontrato molte persone strane in questi anni dietro le sbarre. È di questo che mi ha scritto nella sua lettera. Lelle è sempre un po' enigmatico e difficile da capire. Ma ti ha nominato nella sua lettera».
«Ha nominato me?»
«Non so se abbia letto dell'omicidio di Herman e Signe sul giornale. Quando uno sconta una pena lunga come la sua, credo abbia il permesso di leggere ciò che vuole. Non è così? In ogni caso Lelle ha scritto che in prigione ha incontrato uno che sapeva qualcosa. Qualcosa che ti poteva interessare. È tutto quel che so per adesso. Ti faccio leggere la lettera più tardi».
«Leggimela tu ad alta voce mentre guido».
Lei fruga nello zaino finché non trova la busta con la lettera, estrae i tre fogli ripiegati, li apre e si schiarisce la gola. Konrad sbircia il foglio con la scrittura fitta e ordinata tra le mani di lei. Parole di un estraneo per bocca di Gertrud. Ascolta quel fiume di parole, cercando di interpretarle. Quando ha finito, Gertrud rimane in silenzio e lo guarda, in attesa.
«Sembra un po' confuso», dice Konrad. «Se mi permetti...».
«Credo che lui si senta un prescelto».
Rimangono entrambi silenziosi, anche se Konrad ha ancora tante domande che vorrebbero una risposta. Nella sua mente cerca di farsi un'idea del fratello di Gertrud, l'assassino redento. L'immagine che si presenta è una caricatura grottesca. Soltanto quando la macchina scende verso la rotatoria fuori Sjöbo riesce a staccarsi da quella fantasia. I pensieri si spostano verso Kurt Nilsson. Deve raccontare di lui a Gertrud. Sullo spiazzo erboso accanto al colle che stanno oltrepassando si sta svolgendo una partita di calcio tra due squadre di ragazzi. Si sentono grida eccitate e poi un fischio.
«Sono stato alla casa di riposo di Byvången oggi. A trovare quel commissario che investigava sulla scomparsa di mia madre».

«Non sapevo che fosse ancora vivo».

«È stata Gudan a dirmelo. Pare che abbia avuto una storia con lui, tanto tempo fa».

«Davvero?», dice Gertrud, d'improvviso divertita.

«Ora è solo un vecchio rinsecchito. Un maledetto razzista, a dire la verità. È venuto fuori che è stato nazista e che si era arruolato con i tedeschi durante la guerra. È senile e confuso, ma la cosa spaventosa è che ho avuto l'impressione che sapesse qualcosa di Agnes».

«Non poteva dirti nulla?».

Konrad scuote la testa.

«Non molto. A volte aveva degli sprazzi di lucidità. Se ne usciva con delle allusioni. Poi spariva di nuovo nelle sue tenebre. Difficile sapere cosa ci fosse di vero... Magari erano soltanto fantasmi creati dal suo cervello».

Konrad sente la mano di lei sul suo braccio destro, appoggiato al volante, e vorrebbe che continuasse a tenerla lì.

«Forse dovresti parlare con Sven», dice.

«Con Sven?»

«Sì, nel tempo libero ha fatto parecchie ricerche sul nazismo nello Skåne. Ha un intero archivio dedicato all'argomento nel suo studio nella grande casa».

D'improvviso sente lo sguardo di Gertrud bruciare sulla sua guancia così intensamente che è costretto a voltarsi per guardarla negli occhi.

«Lui detesta tutto questo. Il razzismo, l'omofobia, la prepotenza in generale. E ne ha tutte le ragioni, giusto?».

Konrad annuisce e poi lasciano che il silenzio riempia la macchina per il resto della strada verso Malmö.

La porta d'ingresso dell'istituto penitenziario si trova in un piccolo vicolo cieco, non distante dall'autostrada per Lund e dal grattacielo di Sydsvenskan. Le alte mura sono sormontate da fil di ferro. Telecamere di sorveglianza sono disposte sulla facciata dei vecchi, massicci edifici in pietra che trasudano gelo.

Gertrud suona il citofono, mentre Konrad cerca di evitare di fissare la telecamera che gli sta proprio accanto. Una voce metallica li invita a dire i loro nomi. Poi la porta si apre con un clic.

«Visita per Lennart Myrberg», dice Gertrud al volto anonimo che si intravede dietro il vetro blindato del varco di controllo.

Si apre un'altra porta. Passano sotto il metal detector e vengono quindi perquisiti da due guardie carcerarie, un uomo e una donna.

«Medicine, droghe o armi?», chiede la donna con tono monocorde.

Konrad resiste alla tentazione di rispondere sì. Entrambi scuotono la testa e vengono ammessi attraverso il cancello successivo. Oltre il vetro della stanza di una guardia carceraria lampeggia un'intera serie di monitor.

Lelle sta già aspettando nella cella delle visite. Naturalmente è molto più vecchio di come se lo ricordava Konrad. Deve avere ben oltre cinquant'anni. I capelli sono grigi, ma ancora folti e lunghi fino alle spalle. Lo sguardo omicida è sparito. Ora sorride benevolo come un Cristo. I muscoli si delineano tuttavia vigorosi sotto la maglietta stretta. Lelle indossa un paio di larghi pantaloni verde carcere e porta ciabatte di plastica ai piedi.

«Gertrud! Carissima sorella!».

Si alza e Gertrud scompare nel suo abbraccio da orso.

Konrad rimane in attesa un po' in disparte. Osserva l'arredamento deprimente della cella: una branda con il materasso rivestito di finta pelle, probabilmente facile da pulire dopo le visite delle mogli e delle fidanzate. Due sedie con schienale a spranghe. Un tavolo in legno di pino senza tovaglia. Un quadro raffigurante un alce che scruta un'area disboscata. E in un angolo qualche giocattolo di plastica per i bambini in visita.

«Premete il pulsante quando avete finito, così vi facciamo uscire», dice la guardia carceraria che li ha fatti entrare, e poi chiude la porta con un botto.

Lelle alza lo sguardo oltre Gertrud e sembra accorgersi solo in quel momento della presenza di Konrad.

«Ciao, ciao», dice Konrad con tono sciocco.

Lelle smette di stringere Gertrud a sé e gli porge la mano robusta. Il tatuaggio sull'avambraccio raffigura un sole che spunta per metà dietro una nuvola nera. *Dio ascolta la preghiera*, c'è scritto.

«Meno male che sei potuto venire», dice, esaminando ostentatamente Konrad da capo a piedi.

Si mettono seduti. Konrad e Gertrud sulle sedie, Lelle sulla branda con le spalle rivolte alla parete.

«Ti saluta Sven», dice Gertrud.

Un velo di preoccupazione cala istantaneamente sullo sguardo da redentore di Lelle. Scuote sconsolato la testa.

«Sven, sì... La sua vita non è mai stata facile. No, non lo è mai stata, credetemi».

«Secondo me sta abbastanza bene, ora come ora», ribatte Gertrud. «Ti ho raccontato di Lena, del suo nuovo amore, non è vero?».

Lelle annuisce con aria un po' più serena. Ma il tono della voce è cupo.

«Una donna... Sì, va bene. Molto meglio. Spero veramente che il Signore vegli su di lui».

Bussano alla porta della cella, e la donna che li ha appena chiusi dentro fa capolino con la testa. Indossa un pullover blu scuro e i capelli biondi sono legati in una coda di cavallo sulla nuca. Il mazzo di chiavi, attaccato a una catenina sulla cinta, tintinna freddamente.

«Volete del caffè? Sono dieci corone a tazza. Quindici se prendete anche una brioche alla cannella».

«Offro io», dice Lelle senza un briciolo di ironia nella voce.

La guardia carceraria scompare, per poi fare quasi subito ritorno con un vassoio.

«Guadagno qualche soldo in officina», spiega Lelle. «Non è molto, ma sono pur sempre soldi guadagnati onestamente...».

Si zittisce.

Neanche Gertrud dice niente. "Il loro fratello Sven è l'unico argomento che hanno in comune?", si chiede Konrad. È come se stessero in attesa. Forse aspettano lui. Come reagendo a un segnale prestabilito, tutti e tre alzano le loro tazze di caffè nello stesso momento.

«Ti hanno dato l'ergastolo?», dice Konrad oltre il bordo della tazza.

Lelle si appoggia di nuovo contro la parete di cemento, stringendo la tazza, come se volesse riscaldarsi i palmi delle mani. Per la prima volta si intravede una pericolosa profondità nel suo sguardo. Inconsciamente Konrad indietreggia di qualche centimetro sulla sedia.

«Mi ricordo di te da piccolo, Konrad. Anche se non molto bene. Eravate molto più giovani di noi, tu e Sven».

Il suo sguardo trafigge Konrad.

«Non posso certo dire che mi piacessi all'epoca. Mi davi l'impressione di essere un piccolo vigliacco di merda. Sì, era quello che pensavo. Un tipetto mingherlino, pauroso. Ma forse avevi i tuoi buoni motivi per aver paura».

Konrad si agita inquieto. Non sa cosa dire. E Gertrud non gli viene in aiuto.

Quindi Lelle sbatte la tazza sul vassoio e cambia improvvisamente discorso.

«Sì, ho ucciso un uomo una volta. E sto espiando il mio crimine. Conduco una... una vita decorosa ora. Lavoro sodo e curo il mio corpo in palestra. Parlo con i miei fratelli di sventura tutte le volte che posso. Cerco di aiutarli a trovare la strada verso Dio, proprio come ho fatto io. Ma non è assolutamente facile. Alcuni di loro non sono particolarmente accomodanti».

Lennart Myrberg scuote tristemente la testa. C'è qualcosa di strano nel suo modo di parlare, pensa Konrad. Non sembra affatto un vecchio avanzo di galera. Piuttosto un predicatore evangelista. Forse è proprio quello che è diventato. Konrad non è in grado di stabilire se Lelle finga o se sia cambiato sul serio.

«Hai intenzione di chiedere la grazia?».

La domanda gli esce troppo brusca, e Konrad sente di doversi spiegare meglio.

«Be', voglio dire, non è quello che si fa dopo aver scontato tutti gli anni che hai scontato tu?».

Il petto di Lelle si solleva pesantemente. Assorto nei propri pensieri, si passa le grosse dita tra i capelli folti.

«Prego per la grazia ogni giorno. Ma non per la grazia del sistema giuridico o politico. Loro non hanno nessuna grazia da concedere. È una prerogativa del Signore».

"Alleluia!", pensa Konrad, ma si guarda bene dal rivelare la sua diffidenza.

È Gertrud a introdurre il vero motivo della loro visita.

«La lettera che hai scritto, Lelle. Sembrava che tu avessi qualcosa di importante da raccontare».

Il fratello ha un tremito e sembra fare ritorno sul pianeta terra.

«Ah, giusto».

«Aveva a che fare con l'omicidio di Herman e Signe. I miei... genitori adottivi?», chiede Konrad.

«Forse...».

Aspettano impazientemente mentre si sistema sulla sedia, piegato in avanti con i gomiti sul tavolo e le mani intrecciate sotto al mento. Tutto d'un tratto Lelle sembra concentrato. Come per essere sicuro di non trascurare la minima sfumatura.

«Bengt Olsson. Questo nome vi dice qualcosa?».

Li guarda con un'espressione perentoria.

«Lo chiamavamo Benga dalle nostre parti. Frequentava tuo fratello Klas a quei tempi, stavano sempre insieme».

«Ah, vuoi dire...».

L'immagine che si ripropone alla mente di Konrad è vaga e sfuggente. Un giovane dai capelli radi, ghignante, sempre sullo sfondo. È alto o basso, grosso o esile? Konrad non ricorda. Un ragazzo dall'aspetto nervoso. Uno che trasmette una costante sensazione di disagio.

«Si è impiccato qui in carcere sei mesi fa. Ha portato di nascosto un cavo elettrico nella cella. In qualche modo l'ha attaccato alla libreria ed è riuscito a spezzarsi il collo. È stato così triste, perché sono abbastanza sicuro che era sulla strada... Sì, che stava trovando la strada di casa».

«Di Dio?», dice Gertrud con tono piatto.

Lelle annuisce.

«In ogni caso parlavo parecchio con lui nei mesi prima della tragedia. Era molto giù di corda. Si drogava da molti anni e soffriva le pene dell'inferno quando non trovava la roba qui dentro».

«Cosa ti ha raccontato?».

Gertrud non riesce a nascondere l'impazienza. Suo fratello le lancia uno sguardo irritato prima di continuare.

«Quando Olsson mi ha raccontato quella cosa non le ho dato nessuna importanza. Pensavo che fossero sciocchezze. Fantasie del suo cervello malato. Ma poi, un paio di settimane fa, ho letto dell'omicidio di Herman e Signe Jönsson. Stava su tutti i giornali e naturalmente ero curioso, visto che è successo a Tomelilla. Sull'"Ystads Allehanda" ho trovato un resoconto piuttosto approfondito delle loro vite, scritto da quel redattore, Palander. E parlava anche di te, Konrad. L'articolo menzionava di sfuggita che tua madre era scomparsa tanto tempo fa senza lasciare tracce. È stato quando l'ho letto che mi è venuto in mente. Mi è venuto in mente quel che mi aveva raccontato Bengt Olsson».

Nella cella cala il silenzio. Lelle raddrizza la schiena e si passa ancora una volta le mani tra i capelli, dalle tempie all'indietro. L'impianto di ventilazione emette un lieve sibilo.

Konrad sente il respiro di Gertrud.

«Non è poi che mi abbia detto molto», continua Lelle. «Ma ha pronunciato queste esatte parole, ci metterei la mano sul fuoco: "So dove si trova quella polacca. La penso ogni giorno. Mi perseguita"».

A quelle parole Konrad prova un senso di vertigine. Si sente mancare e la bocca gli si secca completamente. Non riesce a dire una parola.

Gertrud fissa suo fratello.

«Nient'altro?».

Lelle scuote deciso la testa.

«No. Parlavamo dei vecchi tempi a Tomelilla. Poi tutto d'un tratto è saltata fuori questa cosa. Quando ci penso a distanza di tempo, ricordo che sembrava spaventato. Tormentato. Aveva così tante cose dentro di cui avrebbe dovuto liberarsi».

«Lui sapeva se lei è ancora viva?», chiede Gertrud. «Voglio dire, qualcos'altro deve aver...».

Lentamente, quasi come a voler esasperare la loro curiosità, Lelle scuote ancora la testa. Konrad fa un respiro profondo per allontanare la forte sensazione di malessere. Sente il freddo nello stomaco lentamente trasformarsi in una strisciante irritazione. Può tutto questo essere vero? Oppure quel falso predicatore ipocrita si sta solo prendendo gioco di loro? Si sta inventando un mucchio di bugie per darsi importanza? Konrad improvvisamente reprime lo stimolo di alzarsi e stringere le mani intorno al collo di quell'assassino, per fargli sputare ogni briciolo di verità.

«Ma tu non gli hai chiesto niente?», dice Konrad controllandosi.

Lelle lo guarda, calmo.

«Sì, ma non c'era verso. Si è chiuso completamente. Non mi ha mai più detto niente. Un paio di giorni più tardi si è impiccato».

La macchina è rovente come un forno, nonostante siano ormai le sei di pomeriggio passate. Ma Konrad e Gertrud rimangono immobili per diversi minuti, seduti nell'abitacolo, guardando fissi fuori dal parabrezza. Come in un tacito accordo. Ritrovare il respiro. Lasciare il tempo alle parole di posarsi. Il sudore imperla le loro fronti, ma non sembrano badarci. Una macchina della polizia passa lungo la strada, due uomini in uniforme scendono e suonano al citofono del carcere. Li lasciano entrare e la porta verde torna a chiudersi alle loro spalle.

Proprio quando Konrad afferra la chiave, Gertrud dice: «C'è un'altra cosa da fare prima di tornare a casa».

Lui la guarda.

«C'è qualcosa che voglio che tu sappia di me».

«Voglio sapere tutto di te».

Si volta.

«Ne sei sicuro?».

Konrad si gira, inserisce la retromarcia e fa manovra per uscire dallo stretto parcheggio. È talmente esausto che non riesce a ragionare. Stanchezza e frustrazione. È come se vagasse senza meta in una nebbia che di tanto in tanto si dirada permettendogli di intravedere un bagliore di quel che sta cercando, ma si tratta soltanto di un breve attimo, prima che la foschia torni ad infittirsi. Sta dando la caccia a qualcosa che si dissolve nell'aria ogni volta che ci si avvicina. Vorrebbe lanciarsi alla cieca nella speranza di trovare qualcosa di tangibile, qualcosa che resti e si lasci spiegare. Ma in questo momento le sue gambe sono talmente prive di forza che a malapena riesce a premere sul pedale della frizione.

La risposta alla domanda di Gertrud è lì, nei suoi occhi, senza che ci sia bisogno di aprire bocca.

«Non è distante. Vai verso il centro», dice Gertrud.

Konrad fa come lei gli dice. Alla fine di Lundavägen lei gli ordina di svoltare a sinistra. Proseguono verso sud lungo Nobelvägen, attraverso la zona industriale, fin quando giungono a un cimitero verdeggiante che si stende lungo entrambi i lati della strada.

«Gira qui».

Escono dalla macchina. *S:t Pauli kyrkogård*, dice il cartello. Gertrud si avvia lungo un vialetto di ghiaia a passo deciso. Konrad la segue.

Ma i suoi pensieri sono rimasti nell'angusta cella per le visite a Kirseberg. Nella sua mente risuona la voce solenne di Lelle: «So dove si trova quella polacca». Konrad cerca di rievocare un'immagine di Benga, il vecchio ubriacone tossico, ma riesce solo a ricordare uno scapestrato sghignazzante che bighellonava al seguito di Klas. Ha senso quel che ha detto in carcere qualche giorno prima di impiccarsi con il cavo elettrico? Forse era solo frutto della poltiglia del suo cervello da vecchio drogato. Ipotesi peraltro totalmente plausibile.

Ma Konrad non può fare a meno di pensare all'eventualità opposta: che Benga volesse davvero liberarsi di un peso.

Si intravede una piccola cappella in lontananza tra gli alberi, e Gertrud si ferma. Il sole ha cominciato la sua discesa verso il tetto in rame della cappella e soltanto qualche sottile fascio di luce riesce a farsi strada attraverso le chiome degli alberi, verso il punto in cui loro si trovano. La tomba che Gertrud sta guardando è completamente in ombra.

È una semplice lastra in granito rosso. *Linda Myrberg 1984-2004,* c'è scritto. Nient'altro. I fiori nel vaso di vetro blu sono secchi.

Konrad all'inizio non capisce. Poi quel nome lo fa trasalire. E quelle date. Una ragazza morta a vent'anni. Poi un'intuizione si fa strada dal suo inconscio. La fotografia nell'appartamento di Gertrud. Quella ragazzina che lei abbracciava così teneramente. Si volta verso Gertrud e la vede lottare per tenere a bada i propri sentimenti. Il viso di lei è teso, le labbra serrate. Si lascia sfuggire un'unica lacrima, ma la asciuga velocemente con la mano.

«Non hai detto che non avevi figli?»

«È vero».

«Ma allora chi è...».

«Linda è la figlia di Lelle», dice Gertrud in un soffio. «È stata figlia sua fin quando... fin quando è diventata mia».

A un tratto il dolore si riversa lungo le sue guance. Konrad la abbraccia, stringendola forte. Gertrud nasconde il viso nel petto di lui e quando Konrad la sente singhiozzare, quando sente le sue lacrime bagnate penetrare attraverso la camicia, viene assalito dalla tenerezza.

«Mi devi raccontare», mormora, con il viso tra i capelli di lei.

Dopo un po' Gertrud si libera dal suo abbraccio e cerca un fazzoletto nella tasca. Si soffia il naso rumorosamente.

«Lelle ha voluto per lei una vera tomba qui a Malmö. Così potrà andare a trovarla quando uscirà dal carcere. O quando avrà un permesso, un giorno».

Gertrud fa un rapido sorriso con gli occhi ancora umidi.

«Mi sono dimenticata di portare dei fiori freschi».

«Cosa vuoi dire, quando dici che lei è... diventata tua?», chiede Konrad.

Senza rispondere, lei afferra la mano di Konrad.

«Vieni. C'è un fioraio lì sulla S:t Knuts väg».

Percorsi alcuni passi sul viale di ghiaia, Gertrud inizia il suo racconto. La voce è monotona e le parole sono scarse, come se le scegliesse con cura.

«Non ho mai incontrato la mamma di Linda. Beveva e si drogava, a quanto dice Lelle. Non credo che gliene importasse più di tanto di lei. Quando è scomparsa poco dopo il parto, lui si è ritrovato da solo con una neonata. Un uomo violento, un alcolizzato. Faceva del suo meglio, ma chiaramente le cose non andavano. È stato un miracolo che Linda sia sopravvissuta i primi anni, tra alcool e miseria. Quando i servizi sociali gli si sono messi col fiato sul collo Lelle si è rivolto a noi, chiedendoci di occuparci per un po' della bambina. Joakim non voleva. E io mi sono piegata alla sua volontà. Così l'hanno data in affidamento a una famiglia. Ho provato una terribile vergogna».

Si zittisce, come se esitasse su quale strada proseguire.

«Lelle si è ripreso, e per un periodo gli hanno ridato la bambina», dice. «Per un po' ha funzionato, strano a dirsi. Una volta è venuto a trovarci a Stoccolma con la piccola. Siamo andati a Gröna Lund e a Skansen. Poi è successo quel fatto con il libanese a Möllevången. L'omicidio, sai. Hanno dato l'ergastolo a Lelle, e quella volta ho preso la decisione di far venire Linda a stare da noi, non mi importava più cosa ne pensasse Joakim. La bambina aveva dieci anni».

Gertrud rallenta un pochino il passo e lancia una veloce occhiata a Konrad prima di continuare.

«Per un periodo è andata bene», continua. «Ho veramente cercato di trattarla come se fosse mia figlia. Le volevo molto bene. Era intelligente e se la cavava bene a scuola, anche se ovviamente da piccola aveva avuto una vita infernale. Ma poi... era come se le disgrazie l'attirassero, proprio come suo padre. Era il periodo in cui le cose tra me e Joakim cominciavano ad andare a rotoli».

Scoppia in una risata venata di amarezza.

«Sicuramente nella nostra casa a schiera l'atmosfera era spesso piuttosto fredda. Forse anche questo ha avuto il suo peso, non saprei. Sempre più spesso Linda si allontanava da casa. E un giorno, semplicemente, non è più tornata».

Arrivati dal fioraio Gertrud interrompe il suo racconto. Senza esitare sceglie due grandi mazzi di tulipani. Rossi e gialli. Paga ed escono dal negozio.

«Poi cosa è successo?», chiede Konrad.

«L'abbiamo cercata, ovviamente. O più precisamente, l'ho cercata io. Giravo di notte con gli autobus e con la metro. Sono riuscita a far in modo che la polizia si mettesse ufficialmente sulle sue tracce. Sono anche andata a Malmö per convincere gli assistenti sociali a cercarla. Ma non si riusciva a trovare».

Una vecchietta curva, con la faccia nascosta sotto un cappello di paglia a falde larghe, si dirige dritta verso di loro con il suo deambulatore. Si scostano facendo un passo da un lato per lasciarla passare, prima di proseguire lungo la stradina di ghiaia.

D'improvviso Gertrud lo guarda con quel suo intenso sguardo strabico, contro cui Konrad sente di non avere difese.

«Mi sono arresa. Ho smesso di cercarla. Non potrò mai perdonarmelo. Mi sono lasciata alle spalle quella maledetta casa a schiera e tutto il resto e ho cercato di dimenticare. Ho pensato di rifarmi una nuova vita. Ma so di averla abbandonata».

Si volta velocemente e riprende a camminare.

Arrivati alla tomba, Gertrud getta i fiori secchi in un contenitore per i rifiuti. Riempie il vaso di acqua fresca.

«Alla fine la polizia l'ha ritrovata in un appartamento di tossici a Möllevången», continua sottovoce. «La mia piccola Linda era morta. Magra come uno scheletro. Erano ormai passati tre anni da quando ci aveva lasciati. Se solo avessi continuato a cercarla... avrei potuto salvarla».

Restano a lungo a guardare i tulipani rossi e gialli luccicanti contro lo sfondo di granito e del prato verde.

«Ti sei chiesto perché sono sparita dopo la notte della festa di mezz'estate?», chiede Gertrud.

Sembra avere freddo.

«Sì...?»

«Non so bene... Ma quando si perde qualcuno, quando perdi le persone che ti stanno a cuore, ancora e ancora, vieni ferito nell'anima. Ti viene paura, diventi vulnerabile».

Konrad rimane in silenzio. Vorrebbe abbracciarla e dirle che non ha nulla di cui rimproverarsi. Che non deve aver paura, che lui non ha più intenzione di avere paura. Ma le parole gli sembrano talmente piatte. Così non dice nulla, sperando che lei capisca comunque.

Le ombre ormai sono lunghe. Dalla strada si sentono passare delle macchine. Ma loro due sono completamente soli nel cimitero.

CAPITOLO 30

La polvere si è posata come una pellicola grigia sopra le scarpe di Björn Bernhardsson, solitamente lucidate alla perfezione. Le guarda con disgusto. Perché mai aveva accettato di incontrare la ragazza lì, in mezzo al nulla?

Il commissario è irritato. Non solo per i pantaloni del completo sporchi, ma per tutta quella situazione. Se ne sarebbe dovuta occupare Ström da sola. Donna testarda. Dall'altra parte del filo spinato c'è una mucca bianca e nera che sta calpestando la propria merda, le lancia uno sguardo infuriato, come se fosse colpa della mucca che lui abbia accettato di lasciare il suo ufficio ordinato alla stazione di polizia.

Poi si riprende e si schiarisce sommessamente la voce.

«Noi riteniamo che questa faccenda sia già stata chiarita sufficientemente», dice passandosi la lingua sulle labbra.

Konrad annuisce e lancia un'occhiata a Fatima, come per dire: «Stai tranquilla, dai tempo al tempo».

«Spero che si tratti di qualcosa di veramente interessante. Abbastanza interessante da giustificare questa gita in mezzo alla... natura».

Bernhardsson pronuncia quest'ultima parola con un tale tono di disprezzo che avrebbe ugualmente potuto dire «cumulo di immondizie».

Non sembra essersi accorto dei rapaci che sorvolano le colline dall'altra parte della vallata. In lontananza, sopra le cime degli alberi, alcune poiane lanciano le loro grida, e un po' più vicino un nibbio solitario scivola sul fiume, a caccia di prede. Un topo. Una rana. Oppure una piccola lucertola, che per un attimo si dimentichi di fare attenzione alle ombre scure dal cielo.

«È bello qui», dice Eva Ström guardandosi intorno. «Un tempo il paesaggio era quello del delta di un fiume. Ho letto che gli archeologi hanno fatto ritrovamenti interessanti a Eriksdal. Un meteorite si è abbattuto nel mare 145 milioni di anni fa. Un onda gigantesca è arrivata fino a qui. Scavando nel terreno hanno ritrovato dei denti di squalo. Mi piacerebbe...».

Viene interrotta bruscamente dal suo capo.

«Per l'amor di Dio, arriviamo al punto».

Fa un gesto con la mano come a voler allentare la cravatta e sbottonare l'ultimo bottone della camicia, poi ci ripensa.

Konrad, preoccupato, lancia uno sguardo a Fatima con la coda dell'occhio. Lei rumina nervosamente la sua gomma da masticare. L'impazienza traspare evidente dai suoi occhi. Bernhardsson la squadra gelido.

Konrad ha impiegato parecchio tempo al telefono per convincere Eva Ström: è necessario che Bernhardsson incontri Fatima in un luogo neutrale. «Farò un tentativo», si era sbilanciata lei infine. Evidentemente ci è riuscita. Entrambi i poliziotti dovevano aver capito che Fatima non avrebbe mai messo piede nella stazione di polizia. E che non si sarebbe lasciata sfuggire una sola parola se si fossero presentati a casa della sua famiglia, a Tomelilla. «Ma sei matto, lo sbirro gli ha fatto prendere un colpo a mamma e papà, l'ultima volta», aveva esclamato Fatima quando Konrad era entrato in argomento.

Adesso ci sono due auto e quattro singolari personaggi sulla stradina sterrata deserta, tra il bosco di faggi e i campi: una lucertola vestita in giacca e cravatta come un mafioso, un'amazzone con i tratti del viso asiatici e una ragazza magrolina, sicuramente un'immigrata, che sembra essere fuggita da un riformatorio. E poi Konrad, malridotto e meno caratterizzato degli altri tre. Le ombre degli alberi li avvolgono completamente. Sembra che stiamo qui a trattare una partita di droga, pensa Konrad.

«Ok», dice Eva Ström. «Come avrai capito, Konrad, ti abbiamo cancellato dalla lista dei sospettati, che ormai è abbastanza corta. Siamo piuttosto sicuri che siano stati quei due albanesi a uccidere Herman e Signe Jönsson».

Lancia un'occhiata a Fatima prima di proseguire.

«Ogni elemento disponibile sembra confermare questa ipotesi. La pistola nel pozzo. Le impronte digitali. Le pallottole. In breve tutto. Feriz e Sali hanno ammazzato gli Jönsson e adesso sono morti anche loro, per cui non c'è nessuno da rinviare a giudizio».

«E il Pubblico Ministero sembra propendere per l'idea che Tore Torstensson abbia sparato a quei due a Onslunda per legittima difesa. Chissà se ci sarà mai un rinvio a giudizio», aggiunge Björn Bernhardsson. «Per come stiamo messi adesso...».

Posa lo sguardo su Fatima, come aspettandosi che una sua reazione possa rivelare qualcosa. Lei però ha appena tirato fuori un pacchetto di Blend dopo aver rovistato nella sua borsa di tela. L'accendino fa cilecca, poi al quarto tentativo riesce ad accendersi la sigaretta.

«Hai ricevuto il messaggio che Örjan Palander ha trovato in redazione?», chiede Konrad, rivolgendosi al commissario.

Bernhardsson sbuffa guardando ostentatamente il suo Rolex tarocco.

«Non significa nulla. Potrebbe essere stato scritto da un ragazzino qualsiasi».

«Avete controllato che non ci siano delle tracce? Intendo impronte digitali o roba simile...».

A questa domanda Bernhardsson socchiude gli occhi.

«Senti un po' giornalista. Forse tu avrai girato il mondo, ma non credere di venire qui a insegnarci il nostro mestiere».

«Ma io...».

Konrad si morde il labbro, pentendosi immediatamente di aver posto una domanda tanto provocatoria. Non avrebbe dovuto mettere in dubbio la professionalità del commissario.

«Quel biglietto era pulito», riprende acido Bernhardsson. «E comunque non dimostra proprio un bel nulla!».

Cala il silenzio. Poi Fatima getta nervosamente via il mozzicone, lasciando trasparire la sua irritazione.

«A qualcuno interessa quel che ho da dire? Oppure me ne vado via direttamente?».

Eva Ström sembra in imbarazzo.

«Björn, io dico che ora è il caso di ascoltare quello che ha da dire Fatima. Dopotutto è per questo che siamo qui, no?».

Il commissario non dice niente, ma spegne il mozzicone sotto la suola della scarpa e fa una smorfia di sdegno. Poi incrocia le braccia e si appoggia lentamente alla macchina. È una Volvo di un tono discreto di blu scuro. Eva Ström si prepara con il suo blocco per gli appunti. Konrad rivolge a Fatima un cenno di incoraggiamento con il capo, come a volerle ricordare il consiglio che le aveva dato durante il tragitto: «Fregatene se sembra che i poliziotti non credano a quello che dici. È il loro atteggiamento usuale. Tu mantieni la calma. Racconta solamente quello che sai, per filo e per segno».

Fatima reprime le sensazioni contrastanti dentro di sé, sforzandosi di non lasciar trasparire nulla di quello che prova. Non avranno la soddisfazione di vederla cadere in preda a una crisi isterica. Prende una profonda boccata d'aria e racconta nuovamente di quella volta, quando lei stava dormicchiando all'ombra, su una piccola coperta dietro i cespugli di lillà, a casa, e per un puro caso aveva sentito Feriz parlare al telefonino di una Luger da comprare a Möllevångstorget a Malmö.

I due poliziotti non la interrompono neanche una volta. Eva Ström, appoggiata sul cofano della macchina, prende appunti sul suo blocco. La fronte è accigliata, l'espressione concentrata. Di quando in quando si lascia sfuggire dei mormorii indistinti. Bernhardsson resta completamente immobile. Il volto inespressivo. Konrad ha l'impressione che il commissario guardi Fatima come se fosse una mosca appetitosa. In qualunque momento potrebbe lanciare la sua lingua appiccicosa e inghiottirsela.

Probabilmente Fatima non si sente affatto come un piccolo insetto indifeso. Quel commissario ben vestito le appare ridicolo. Avrebbe una gran voglia di dirgli dritto in faccia che Feriz sarebbe stato in grado di schiacciare con il suo dito mignolo un tipo presuntuoso come lui. Ma Fatima è troppo furba per dire una cosa simile. Sa di dover convincere Bernhardsson. Quella lucertola deve capire che suo fratello è innocente.

Be', proprio innocente forse no, ma certo non un assassino, cazzo.

«Capisci? Ha ricevuto quella maledetta pistola due giorni dopo l'omicidio dei... vecchietti».

Fatima guarda Konrad con la coda dell'occhio, tradendo un momento di insicurezza. Non sa che cosa lui provi per i due morti. Strano, pensa tra sé, che non ne sembri particolarmente colpito. Come se non gli importasse più di tanto di sua madre e di suo padre. È pur vero che erano molto vecchi, e inoltre lui le ha raccontato che non li vedeva ormai da molti anni.

Sposta alcuni ciuffi della frangia bionda dalla fronte e si accende un'altra sigaretta.

«Perché dovremmo credere a quello che ci stai raccontando?», chiede Bernhardsson lentamente.

«Perché è la verità!».

Fatima lo guarda ostinatamente dritto negli occhi. Il commissario cambia postura, e con un gesto laborioso spazzola via un po' di polvere invisibile dalla manica della sua giacca, prima di rispondere a quello sguardo ostile.

«Tu sai che Feriz ha fatto un sacco di cazzate in passato, no? Violenza, rapine, furto d'auto. Era un vero delinquente, tuo fratello. Sono tanti in paese a pensare che abbia avuto quel che si meritava. Neanche Berelius ha potuto assumerne la difesa».

«Berelius?».

Quel nome fa sobbalzare Konrad.

«Perché Berelius avrebbe dovuto assumere la difesa di Feriz? È l'avvocato difensore di Tore Torstensson».

Eva Ström lancia un'occhiata interrogativa a Bernhardsson, che alza le spalle e rivolge uno sguardo disinteressato alle mucche nel campo.

«Non c'è nulla di strano», precisa Eva Ström. «Durante l'interrogatorio di Torstensson, Berelius ha detto che già conosceva Feriz. Era stato il suo rappresentante legale. Pare che la cosa riguardasse maltrattamenti e piccoli furti».

«Dio santo!». Non ci sono altri avvocati in questa zona? Berelius quindi ha difeso Feriz, poi Torstensson, e inoltre è l'amministratore dell'eredità di Herman e Signe...».

«Io non riesco a vederci niente di strano», dice Bernhardsson.

«Non dovrebbe esserci... una sorta di conflitto di interessi?»

«Niente affatto. È passato molto tempo da quando ha assistito Feriz, e tra l'altro il ragazzo adesso è morto».

Fatima li osserva, silenziosa e attenta, come per valutare l'esatto significato di quel loro dialogo. Per un attimo lo sguardo ostile del commissario la investe di nuovo.

«Sei stata tu a scrivere la lettera a Palander?», chiede all'improvviso.

Lei scuote la testa.

Bernhardsson annuisce, e per la prima volta sembra che ci sia una piccola possibilità che le creda. Poi si rivolge a Konrad.

«Sai cosa significherebbe per te se riuscissimo ad appurare che quel che dice è la verità?»

«Che finisco di nuovo in cima alla lista dei sospettati, certo! Ma io conto sul fatto che a questo punto vi siate resi conto che non sono stato io a sparare a Herman e Signe».

«Non esserne così certo...».

Un brivido corre lungo la schiena di Konrad, quando vede lo strano sorriso raggrinzire il piccolo volto di Bernhardsson, facendolo assomigliare a un chicco di uva passa. Ma forse il commissario sta solo cercando di essere gentile e cordiale.

«Controlleremo il telefonino del ragazzo», dice.

Eva Ström poggia una mano pesante, in apparenza amichevole, sulla spalla di Fatima, e la ragazza non si ritrae.

«Capisci, possiamo controllare le chiamate. L'operatore archivia tutte le telefonate per conto della polizia. Possiamo sapere con chi ha parlato Feriz quel pomeriggio».

«È possibile riascoltare la sua voce?», chiede Fatima.

«No, possiamo solo risalire ai numeri che ha chiamato e a quelli dai quali ha ricevuto delle chiamate».

«Questo significa...», inizia Konrad.

«Significa che se troviamo il tuo numero nella lista, allora ti trovi proprio in una brutta situazione», lo interrompe Eva Ström.

La voce è dura. Ma qualcosa nel suo sguardo induce Konrad a pensare che la donna non lo riterrebbe tanto stupido da mettere la polizia sulla pista giusta, nel caso fosse lui il colpevole. Eva Ström ripone il blocco per gli appunti nella tasca posteriore. Molto più difficile è invece capire cosa passi per la testa di Bernhardsson. Ad ogni modo pare evidente che non abbia intenzione di restarsene in mezzo alla natura un istante più del necessario.

«Be', mi pare che ci siamo detti tutto», dice il commissario aprendo la portiera della macchina.

Konrad, incerto sul da farsi, rivolge a Fatima uno sguardo interrogativo. Lei getta la sigaretta a terra e lancia ai poliziotti un'ultima occhiata ostile prima di voltarsi dall'altra parte.

«Non esattamente», dice Konrad.

Bernhardsson si ferma con un piede già in macchina.

«Io voglio proprio sapere chi è che ha mentito. Voglio sapere chi diavolo ha detto di avermi visto quella sera a Tomelilla!».

Le portiere dell'auto si richiudono con un botto.

Konrad e Fatima restano all'ombra degli alberi a guardare la Volvo blu scuro allontanarsi in direzione della strada bianca.

La ragazza mormora qualcosa tra sé e sé.

Konrad non sente. Non si preoccupa neanche di chiederle che cosa abbia mormorato. Guarda in alto verso il cielo. Il blu è intenso, ininterrotto. I pensieri lo tormentano. Qualcosa non quadra. Il nibbio che volava sopra il campo in cerca di prede è sparito. E le poiane ora stanno volando in cerchio, verso sud-est, tanto lontane che Konrad non sente più le loro grida. La vallata è quieta e deserta.

Sarebbe stato così semplice, pensa nella sua solitudine. Tutto era così calmo e tranquillo in quel cortile, sarebbero bastati pochi secondi. Nessuno avrebbe sentito niente, nessuno avrebbe visto niente.

Il collo di lei era fragile. Bianco sullo sfondo dei boccoli rossi. Così vicino da poter sentire il suo respiro. Due passi, una presa salda intorno al collo e poi un movimento rapido e deciso per spezzarlo, come si torce il collo a una gallina. Oppure avrebbe potuto coprirle la bocca e il naso con la mano, tenendola stretta a sé con il braccio, per il poco tempo necessario a spegnere la vita nei suoi occhi.

Sarebbe stato così semplice.

Per un attimo era come se lei si fosse accorta dei suoi pensieri. Si era messa a sedere, guardandosi attorno preoccupata. C'era il rischio che avrebbe fatto in tempo a gridare. Sarebbe stata una vera sciagura.

Lancia un'occhiata fuori dalla finestra. È sceso il buio, quel dannato crepuscolo estivo che non dà pace.

Ha abbassato il volume della TV. Donne mezze nude che si muovono ancheggiando come serpenti, intorno a un negro con il cappellino girato all'indietro e i pantaloni larghi che grida un mucchio di cose incomprensibili. E che cazzo! Cambia canale. Zap! Un idiota spara delle cifre accanto a una ruota che gira. Zap! Quel cretino presuntoso del meteo. Zap! Pubblicità dello shampoo. Zap! Un film d'azione che ha già visto tre volte.

Spegne il televisore e lancia il telecomando sul divano. Non riesce proprio a trovare pace.

Avrei dovuto farlo, pensa. Dovrei farlo, cazzo!

Quell'odio, da dove viene? Qualche volta ha provato a chiederselo, ma senza riuscire a mettere ordine nei propri pensieri. Il dolore che sente nell'anima si acuisce e basta. La rabbia gli impedisce di vederci chiaro. Anche se in realtà la risposta già la conosce. Solo che non è giusto, e lui si sente talmente arrabbiato.

Quel demone è tornato.

È tutta colpa sua.

Quando la pressione si fa insostenibile, come in questo momento, deve assolutamente uscire. Apre la porta d'ingresso, senza sapere dove sta andando, ma con addosso il desiderio di uccidere.

Uccidere lui e tutto ciò che è suo.

CAPITOLO 31

Quel che è strano è che le cifre siano così nitide, quando riescono ad emergere dall'inconscio di Konrad, facendosi strada tra tutti i residui di memoria stratificati nel corso degli anni.

Inchiostro grigio blu su pelle bianca.

"A 23644", è scritto sull'avambraccio di lei.

Deve essere a causa del suo sguardo, quell'infinita tristezza negli occhi, da qualche parte nelle nebbie della memoria, sullo sfondo, che ha fatto sì che quelle cifre si siano impresse tanto distinte nella sua mente.

Le cifre si delineano nitidamente, non c'è possibilità di errore. C'è proprio scritto "A 23644", e nient'altro. Cosa significhino ovviamente non lo capisce. Non in quel momento. Oppure in qualche modo lo intuisce? Non vede le lacrime sulle guance di lei. Ma dentro di sé il piccolo Konrad sente che la mamma sta piangendo.

È strano, pensa, che siano passati così tanti anni, e che questo numero, questa immagine mentale, non sia affiorato prima. Dopotutto aveva sette anni quando lei era sparita. Non aveva ancora iniziato la scuola, ma sapeva già contare. Almeno fino a cento. Chi gliel'aveva insegnato? Konrad non ricorda, ma doveva essere stata Agnes.

Ha così pochi ricordi della madre. Dovrebbe averne di più...

Pioviggina sulla finestra. Pioveva sempre così quando era piccolo? Là fuori è grigio. Agnes se ne sta seduta al tavolo della cucina come al solito, solamente a un paio di metri di distanza da Konrad, e tuttavia così disperatamente lontana. Porta un maglione di lana di una tonalità spenta. Forse sente freddo, le labbra le sono diventate blu. Oppure è lui a sentire freddo?

Gli unici suoni che avverte sono quelli della pioggia e del ticchettio di un orologio, da qualche parte. Non vede il quadrante, ma dovrebbe essere da qualche parte sulla carta da parati grigia con la fantasia di ghirlande di fiori, dietro di lui. Un occhio che lo osserva.

Tic, tac. Tic, tac.
Che odore c'è?
All'inizio nessuno. Poi però percepisce un odore penetrante nell'aria. Le narici pizzicano a causa di un prodotto per le pulizie. L'immagine, per qualche inspiegabile ragione, è comunque priva di odori e di suoni. La pioggia contro la finestra, l'orologio che non vede e l'odore penetrante di quel prodotto sono indicatori esterni, che non hanno niente a che vedere con l'immagine in sé.
«A 23644».
Devono essere state le parole di Kurt Nilsson a fare chiarezza tra i ricordi confusi nel cervello di Konrad, in modo da fargli riapparire quelle cifre così nitidamente. Quelle parole gli provocano malessere.
«Polacchi! Con loro ce la sbrigavamo in quattro e quattr'otto».
E poi lo sguardo annacquato, come stupito, del vecchio.
«Quella... donna, era tua madre?».
Sì, fa proprio freddo in quella cucina, adesso Konrad lo sente. Il geranio sul davanzale della finestra è morto. Perché non l'ha gettato via? Konrad trema per il freddo, e vorrebbe che Agnes sapesse che sente freddo e che ha fame. Non potrebbe preparargli un paio di frittelle croccanti e della cioccolata calda, così da riempire la cucina di odori? Ma è come se lei non riuscisse a sentirlo, per quanto forte si lamenti. Afferra un filo che penzola dal maglione di lei e inizia a tirarlo, ma quello si stacca senza che lei si svegli. Prende il filo di lana ruvida tra le dita, lo tira e lo strappa via con forza, gridando con quanto fiato ha in gola per attirare la sua attenzione.
È in quel momento, quando lei si gira verso di lui e allunga la mano per accarezzargli la testa, che la manica del maglione scivola su quel tanto che basta perché quel numero gli finisca proprio davanti agli occhi.
Inchiostro grigio blu, tatuato sull'avambraccio pallido.

Una volta che Konrad ha finito di raccontare, cala un lungo silenzio. Sven lo osserva con curiosità, come un ipnotista che abbia appena risvegliato la propria vittima, o come uno scienziato che abbia condotto un esperimento di psicologia e che si stia addannando per interpretarne l'esito. Con un sospiro pesante si leva gli occhiali e li pulisce con un lembo della camicia.

«La mente umana è proprio un apparato misterioso».
«Già...».
«E tu non avevi mai... pensato a quel tatuaggio prima?».
Konrad scuote la testa.
«Presumo tu ne comprenda il significato», aggiunge Sven lentamente.
«Sì, non è poi così difficile...».
Non fa in tempo a terminare la frase.
«No, assolutamente no», lo interrompe Sven. «A come Auschwitz. Maledizione! Doveva essere una bambina. Una delle poche ad uscire viva da quell'inferno».
«Un numero sul braccio. Proprio come si marchia il bestiame. È talmente... disumano. Non riesco a capacitarmi di non essermi ricordato prima del tatuaggio. Sicuramente mi sarà capitato di vederlo tantissime volte».
Konrad beve un sorso dell'infuso di erbe cinesi con il quale Lena è entrata un momento prima. «Yin e Yang», ha detto lei appoggiando il vassoio, indicando con lo sguardo il simbolo disegnato sulle tazze. «Proprio come Sven e io. Siamo l'uno l'opposto dell'altra, ma comunque inseparabili. Come l'autunno e la primavera ci incontriamo e ci fecondiamo a vicenda. Siamo il popolo dell'arcobaleno». Konrad non aveva capito esattamente che cosa volesse dire.
Adesso il tè ha fatto in tempo a raffreddarsi, e gli lascia un sapore di muffa in bocca.
Sven si è alzato dalla poltrona di pelle consumata, cammina nervosamente avanti e indietro sul tappeto dello studio, e intanto si alliscia il pizzetto, assorto nei propri pensieri. Poi si blocca e indica con un ampio gesto della mano le librerie che coprono tre pareti della stanza, dal pavimento al soffitto.
«Ho letto un libro su quel fenomeno, non tanto tempo fa», dice. «Di un professore di psicologia americano. Douglas W. Wolftail, si chiama. O si chiamava, credo sia morto. Ad ogni modo questo Wolftail spiegava come l'essere umano sia in grado di interrompere la funzione mnemonica. Specialmente i bambini. Semplicemente si eliminano dalla mente i ricordi spiacevoli, in maniera inconsapevole. Quel che è curioso è che le cose spaventose non scompaiono per sempre. Rimangono archiviate da qualche parte nel nostro cervello.

Come in un hard disk. Uno crede che un file sia sparito, ma è ancora possibile ritrovarlo in un *cache* o in un qualche altro remoto angolo del computer».

«Basta che qualcuno prema i tasti giusti».

Sven annuisce. «Esattamente. Quello che evidentemente ha fatto Kurt Nilsson con te».

Le tende davanti alla finestra socchiusa svolazzano quando un alito di vento soffia dentro alla stanza per poi morire con la stessa rapidità con cui è entrato. Fuori regna la quiete. All'ombra del prugno Lena è occupatissima a raschiare via la vernice di una malandata poltrona da giardino. Porta una salopette macchiata, una bandana in testa e ha le braccia nude. Al di fuori della volta protettiva delle fronde dell'albero il sole picchia, bianco e incandescente. L'erba sul pendio verso il lago Myrsjön è selvatica, secca e gialla. Sembra quasi che anche la più piccola scintilla potrebbe innescare un incendio.

«Questo caldo ha qualcosa di innaturale», brontola Sven facendosi vento all'altezza del volto con una rivista che ha trovato da qualche parte. «Maledizione, fanno trenta gradi da diverse settimane ormai».

«L'effetto serra...», dice Konrad senza convinzione.

Sven alza semplicemente le spalle e si mette le mani nelle tasche dei pantaloni di lino.

«Una pioggia torrenziale che rinfresca l'aria, ecco cosa ci vorrebbe».

«Non saprei», dice Konrad, «ma da quando sono venuto qui è come se ci fosse qualcosa di strano con la gente. Sembrano tutti così... depressi».

«Repressi?»

«No, depressi. Amareggiati e rassegnati. Non si muove niente. È come se tutto fosse fermo. Come le quinte di un teatro».

«Non sono sicuro di aver capito cosa intendi dire», dice Sven guardando Konrad un po' dubbioso. «Ma qualcuno potrebbe avere ragione di sentirsi amareggiato. Questo buco di posto è in rovina. Non hai visto tutti i negozi e gli appartamenti vuoti? Dalle parti della costa è tutta un'altra vita. Simrishamn, Ystad e Kivik. Per lo meno in estate, quando arrivano a frotte i turisti da Stoccolma, e impazziscono per l'Österlen».

Quest'ultima frase viene pronunciata da Sven con un tono sprezzante, in una imitazione mal riuscita del dialetto della capitale. Sbuffa disgustato.

«Qui a Tomelilla c'è solo un mattatoio dismesso e un dannato ipermercato a prezzi scontati che vende cazzate alla gente che non sa cosa farsene del proprio tempo libero. Non è strano che i prezzi delle case scendano».

«Come mai la gente non se ne va da qui?»

«Qualcuno lo ha fatto. Altri... be', pensano che dopo tutto qui ci sia una certa sicurezza».

«E tu?».

Le lentiggini sul viso di Sven prendono vita, dietro agli occhiali si accende una specie di luce quando esplode in un largo sorriso.

«Io non sono come agli altri, come sai. E poi io ho Lena. La gente qui penserà che siamo un po' matti. Ma a me va bene. A dire il vero non me ne importa nulla».

Con una specie di nostalgia lascia scivolare lo sguardo fuori dalla finestra, in direzione di Lena, che si è presa una pausa dal suo raschiare e che ora se ne sta seduta, immobile, con la schiena poggiata al tronco del prugno. I suoi occhi sono chiusi e sembra che si sia addormentata. Accanto a lei c'è una piccola radio. Konrad sente a malapena la musica. È un brano di musica classica. Mozart, forse. Note leggere come piume sospese nell'aria quieta.

«Quel vecchio commissario», dice Konrad. «Credi che ci sia qualcosa di vero nelle sciocchezze che dice?».

Controvoglia, Sven distoglie lo sguardo dalla fidanzata e si gira verso l'interno della stanza.

«Non solo lo credo. Lo so».

Senza curarsi dell'espressione sorpresa di Konrad, Sven gira intorno alla scrivania e accende il computer.

«Gli svedesi che rischiavano la vita per Hitler», dice con tono drammatico. «Sono stati scritti dei libri su di loro. Qui ho una lista di tutti i nomi noti».

Inserisce alcuni comandi sulla tastiera. Konrad si alza dal divano e sbircia da sopra la spalla dell'amico.

«Cos'è quella roba?»

«Esattamente quello che sembra. Giovani uomini svedesi, da Ystad a Haparanda. Una massa di idioti ai quali era stata inculcata l'idea di appartenere ad un popolo eletto».

Sullo schermo compare una lunga lista di nomi e di località. Da tutto il paese. Stoccolma, Göteborg e Malmö. Ma anche da Härnösand, Skövde e Kristianstad. E da piccoli posti che Konrad neanche sarebbe in grado di indicare sulla cartina geografica. Cognomi svedesi DOC. Holmgren, Kjellberg, Persson e Johansson. Konrad se li figura nella mente: giovanotti biondi dalle guance rosee, espressioni esuberanti, risolute o ribelli. Giovani che hanno lasciato i genitori e le loro case accoglienti per combattere in nome di qualcosa in cui, per qualche ragione, hanno ritenuto fosse giusto credere. Che cosa li spingeva? Forse odio, o amarezza. Forse la paura della minaccia che veniva dall'est. L'antico terrore dei russi. O soltanto una giovanile sete di avventura? Konrad se li immagina che si spintonano tra loro e fanno baccano mentre vengono trasportati oltremare. Se li vede davanti, a parlare in quel tono ostentatamente allegro, come succede in certi vecchi film svedesi in bianco e nero.

Non potevano mica sapere che cosa li aspettava.

Accanto ad alcuni dei nomi sulla lista ci sono delle annotazioni particolari:

Caduto a Riga.

Caduto fuori Byalostok.

Caduto a Berlino.

Poi Sven ferma il cursore su un nome noto: *Kurt Nilsson, Tomelilla.*

Konrad inspira profondamente. Immagina davanti a sé il vecchio inerme, mentre se ne sta seduto sulla sua sedia a rotelle, nella casa di riposo Byavångshemmet. Esile come un passerotto sotto quella coperta, ma con una riga fiera e dritta che gli divide i capelli. Un vecchietto cortese, qualcuno potrebbe pensare. Ma non potrebbe certo essere lo stesso per chi avesse avuto modo di vedere il passato riaffiorare negli occhi grigi e cerulei di Kurt Nilsson, intuendo da quale abisso quei ricordi fossero riusciti ad emergere.

Konrad pensa anche alla fotografia nella libreria a casa di Gudrun Vernersson. L'elegante commissario nella sua uniforme. Un uomo nei suoi migliori anni, abituato a dare ordini e ad essere ubbidito.

Ma il nome sullo schermo del computer di Sven appartiene a un

Kurt Nilsson molto più giovane. Ha portato con sé quell'odio per tutta la vita?

«È sicuramente uno degli ultimi rimasti in vita», dice Sven. «I più giovani devono aver passato gli ottant'anni da un pezzo ormai».

«Me ne ha parlato quando sono andato a trovarlo nella casa di riposo. Divisione Nordland. Una delle unità più fiere del regno».

«Il vecchio non ha proprio ragione di sentirsi "fiero". Ma gli svedesi avevano fama di essere soldati leali. Furono tra gli ultimi a rimanere a difesa di Hitler rinchiuso nel suo bunker di Berlino, mentre pianificava il suicidio insieme a Eva Braun. Molti svedesi ci lasciarono la pelle durante la guerra. Ma quelli sopravvissuti tra loro tennero poi un basso profilo. Si nascondevano nella Casa del Popolo senza mai più parlare di quello in cui erano stati coinvolti. In realtà molti di loro non erano altro che criminali di guerra e assassini di ebrei».

Una sfumatura di qualcosa di oscuro, forse collera, appare per un istante negli occhi di Sven.

«E assassini di froci?»

«È possibile», dice Sven grattandosi lentamente il collo. «I nazisti uccisero molti omosessuali. Ma se gli svedesi abbiano preso parte a questa pratica, sinceramente non lo so».

Si alza rapidamente in piedi e apre la porticina scorrevole di un armadietto in legno di quercia incastrato tra due librerie. È pieno di raccoglitori di documenti con i dorsi rossi e blu. Sven ne sfila un paio e si siede sulla poltrona cigolante, accanto a Konrad.

«Gli svedesi che hanno prestato servizio con i tedeschi sono stati diverse centinaia. L'Unità corazzata *SS WIKING* è arrivata con loro fino al Caucaso, dove dovevano conquistare dei giacimenti di petrolio russi. Poi fu istituita l'Unità corazzata *SS NORDLAND*, che partecipò alla battaglia finale contro l'Armata Rossa a Berlino».

Rimangono seduti per un po', spalla a spalla, a sfogliare nei raccoglitori contenenti vecchi ritagli di giornale, documenti ingialliti e appunti scritti con grafia minuziosa, fotografie in bianco e nero di giovani uomini in uniforme che salutano con la mano alzata nelle stazioni ferroviarie, seduti su carri armati in paesaggi pianeggianti, o impegnati a scavare trincee nel fango lungo un qualche fronte di guerra.

«Sai se di Tomelilla ce n'erano altri, oltre a Kurt Nilsson?», chiede infine Konrad.

Sven scuote la testa.

«Non per quanto ne sappia. Sembra che la provenienza di questi ragazzi fosse distribuita piuttosto uniformemente in tutto il paese. Da Kiruna a Trelleborg. Ma ovviamente non si conosce il nome di tutti...».

Si alza indeciso. Lancia ancora uno sguardo a Lena che se ne sta là fuori ancora addormentata, nella misteriosa frescura sotto al prugno. Tira fuori un altro grosso raccoglitore dall'armadietto.

«Intuisco quello che stai cercando, Konrad. E c'è una storia che forse può metterti sulla pista giusta», dice con tono solenne.

E così Sven Myrberg, ricercatore amatoriale che negli anni dell'infanzia sognava di atterrare sulla luna, racconta tutto quello che ha avuto modo di scoprire rovistando in profondità nella scura terra dello Skåne:

«Il codice che hai visto tatuato sul braccio di Agnes, Konrad. C'è uno spaventoso filo rosso che percorre la storia. Ho passato molto tempo a fare ricerche sul nazismo nello Skåne. Dio sa quante migliaia di ore abbia passato nelle biblioteche e negli archivi dei comuni dei dintorni, a Lund e Malmö. È sorprendente la quantità di materiale che è possibile trovare.

Sicuramente ti chiederai come mai io abbia iniziato. Be', non saprei io stesso, con certezza. Circa dieci, dodici anni fa, ho letto sul giornale di un giocatore di hockey su ghiaccio accoltellato a morte da un gruppo di nazisti solo perché era omosessuale. Quella storia mi ha profondamente scosso, com'è ovvio. Personalmente non stavo tanto bene a quel tempo, suppongo che le mie ricerche siano diventate per me una sorta di via di fuga. Da lì ho continuato a raccogliere materiale.

Ad ogni modo, il nazismo e l'odio nei confronti di noi esseri inferiori qui nello Skåne hanno radici solide. Certo, non bisogna esagerare, i nazisti non hanno mai ottenuto più di trentamila voti alle elezioni in Svezia, ma negli anni Trenta da queste parti si sono registrati un bel po' di simpatizzanti tra contadini, ufficiali e anche qualche accademico. I nazisti organizzavano molte riunioni nei paesini. Birger Furugård, il loro leader nazionale, è venuto a parlare diverse volte qui a Tomelilla. E nei pressi di Sjöbo i "furugårdiani" preparavano il legname per un campo di concentramento che sarebbe stato realizzato non appena i tedeschi avessero liberato la Svezia. Lo stesso discorso vale per i "lindholmiani". Organizzavano riunioni dalle parti di Ystad, dove lo stesso Sven-Olof Lindholm infiammava gli animi dei suoi sostenitori sotto le bandiere con la croce uncinata. Spesso succedevano dei bei casini, quando i socialdemocratici e i comunisti si riunivano per protestare. È tutto documentato».

Mentre racconta, Sven si è alzato in piedi e ha iniziato a camminare avanti e indietro per la stanza, come un oratore davanti al pubblico di una conferenza. Adesso si ferma e lancia al suo unico uditore uno sguardo severo, come per controllare che Konrad stia continuando a seguirlo.

Poi Sven prosegue con la sua lezione:

«Negli anni Cinquanta, un uomo che si chiamava Per Engdahl ha messo in moto il movimento Nysvenska Rörelsen[1], e nel 1956 è nato il partito Nordiska Rikspartiet[2], in occasione di un grande incontro a Malmö. Non che si siano fatti sentire più di tanto. Ma negli anni Settanta e Ottanta il movimento si è rafforzato grazie a forze fresche. Bevara Sverige Svenskt[3] era composto da nazisti più giovani, che volevano cacciare tutti gli immigrati. Ma il vecchio e il nuovo si compenetravano. Quando la situazione si è fatta rovente, come in occasione del referendum di Sjöbo del 1989 sull'accoglienza dei rifugiati, hanno iniziato a farsi vivi elementi della vecchia guardia per fare propaganda.

Entra quindi in scena la VAM, Vitt Ariskt Motstånd[4]. Una banda di pazzi esaltati, che sono persino riusciti a farsi rappresentare dai giornali della sera come una sorta di eroi, facendosi fotografare con in testa passamontagna da rapinatori. Picchiavano la gente e si comportavano da veri porci. Quella nuova generazione di nazisti è spuntata un po' dappertutto nel paese. Alla fine degli anni Novanta, qui a Tomelilla, ce n'era un nucleo compatto. Teppisti veramente spaventosi,

[1] Movimento svedese nazionalista di ispirazione fascista e corporativista (*n.d.t.*).
[2] Partito neo-nazista fondato in Svezia nel 1956 e scioltosi nel 2009 (*n.d.t.*).
[3] "Mantieni la Svezia svedese" (*n.d.t.*).
[4] "Resistenza Bianca Ariana" (*n.d.t.*).

che terrorizzavano il consiglio comunale a suon di minacce. E così siamo quasi arrivati ai giorni nostri...».

Sven si è bloccato in piedi, in mezzo alla stanza. Con lo sguardo percorre velocemente l'interno della camera, come se stesse cercando qualcosa. «Maledizione, che sete che ho», esclama poi, e sparisce oltre la porta. Torna subito con due Carlsberg gocciolanti.

«Sto pensando a quella manifestazione in piazza», dice Konrad accettando la birra da Sven. «Quelli di Sverigedemokraterna che chiedevano la liberazione di Tore Torstensson. Le tracce riconducono a loro?»

«Dipende da come uno la vuole vedere. Sono stati i nazisti della BSS e del partito Nordiska Rikspartiet a dar vita al movimento Sverigedemokraterna nel 1988. Ma a partire dalla metà degli anni Novanta hanno poi cacciato gli skinhead e altre frange violente. Adesso il partito è guidato da una banda di "Bravi ragazzi. L'ideale di ogni suocera"».

«Come quel Mats Blomberg, l'oratore sul pianale del camion?»

«Esattamente. Ormai è impossibile etichettarli come nazisti, e quasi neanche come razzisti. Leggendo alla lettera il programma del partito, è addirittura incerto se si possano definire ostili nei confronti dell'immigrazione. Sono nazionalisti, ecco cosa sono. E sono contrari alla multiculturalità».

«E questo messaggio fa presa?».

Sven sospira pesantemente e si toglie gli occhiali. Per la prima volta Konrad nota che l'amico ha delle pesanti borse sotto gli occhi.

«Le elezioni gli sono andate bene».

«Sono forti da queste parti?»

«Dipende sempre da come la si vuol vedere. Hanno ottenuto molti voti alle elezioni comunali e quattro seggi al consiglio. Ma tutte quelle poltrone adesso sono vuote. In un buco di posto come questo ci sono tanti loro potenziali elettori. Gente che ha perso il treno dello sviluppo e che ha paura. Che ha nostalgia di una vecchia e rassicurante società dal sapore contadino, tipo Casa del Popolo, che in realtà non è mai esistita.».

«Quello che stai dicendo... mi fa pensare a Klas».

Si guardano per un lungo momento.

«Lui c'era alla manifestazione in piazza», dice infine Konrad. «Ma sembrava che non fosse veramente convinto di voler partecipare. Hai qualcosa su di lui nel tuo materiale?».

Sven scuote lentamente la testa.

«No, non che io rammenti. E il mio archivio è abbastanza ampio, come vedi. Dovrei ricordarmi del suo nome, se l'avessi trovato da qualche parte».

Tornano in silenzio. Sorseggiano la birra assorti nei loro pensieri. È come se il nome della persona che hanno appena nominato li avesse riportati indietro nel tempo. Alla memoria di Konrad e Sven riaffiorano vecchie immagini. Gli basta scambiarsi un rapido sguardo per rendersi conto che l'immagine che hanno in mente è la stessa: la Volvo Amazon truccata con fari aggiuntivi e una bandiera del Texas che ricopre il sedile posteriore. Klas dietro al volante, sempre con lo stesso sguardo da toro infuriato. E i suoi compari, da qualche parte sullo sfondo, che sghignazzano sprezzanti.

«Erano sempre in tre...», dice Sven in tono cauto.

«Sempre in tre», annuisce Konrad.

«Klas è rimasto a vivere a Tomelilla e si sta bruciando il cervello con l'alcool. Benga è morto in galera a Malmö dopo aver riferito cose poche chiare a Lelle. Ma il terzo che fine avrà fatto?»

«Gunnar...».

«Se quello che Lelle ha raccontato è vero...», inizia Sven.

«Ci si può fidare di tuo fratello?», interrompe bruscamente Konrad. «Voglio dire... sembrava che non ci stesse completamente con la testa».

«Hai forse altra scelta?».

All'inizio Sven sembra indispettito. Poi si avvicina a Konrad seduto sul divano e poggia entrambe le mani sulle spalle dell'amico.

«Forse è un'idea azzardata. Pensa però se Lelle avesse ragione. Pensa se Benga non fosse in preda a *delirium tremens*, ma se sapesse veramente qualcosa di quel che era accaduto ad Agnes. In quel caso forse potrebbero saperlo anche i suoi due migliori amici. Certo Klas non sembra uno da cui è facile tirare fuori qualcosa. Rimane Gunnar».

«Hai ragione. Ma come lo ritroviamo?».

Un sorriso di trionfo spazza via la stanchezza dal viso di Sven. Tutto ad un tratto appare eccitato.

«È possibile rintracciare chiunque. Ti sei rivolto ad un esperto».

Si alza deciso, si siede al computer e inizia a battere freneticamente sulla tastiera. Konrad resta a sedere sul divano consumato, mentre inizia a farsi strada in lui una speranza che gli dà le vertigini. Riuscirà finalmente a scoprire quello che è accaduto a sua madre?

CAPITOLO 32

Le rotaie emettono un suono dolce allo sfrecciare del treno attraverso il cupo bosco di abeti dello Småland. Konrad è praticamente solo nel vagone. Sonnecchia sul sedile, con il viso appoggiato al finestrino freddo. Fantastica di *troll* e di spiritelli maligni che sicuramente abitano le profondità del bosco antico, dell'odore dei tronchi marciti e delle pietre ricoperte di muschio, di minacce sconosciute che si lasciano solo intuire.

Quando la pianura torna ad aprirsi sente la luce del mattino appesantirgli le palpebre.

Maria era rimasta sorpresa, quando le aveva detto che sarebbe andato a trovarla. Piacevolmente sorpresa, o almeno così gli era sembrata. Ma non aveva potuto fare a meno di essere un po' acida.

«Era ora! Spero che mi offrirai una bella cena».

Un qualcosa di sottile, eppur perfettamente riconoscibile della voce di sua madre. Konrad sente un brivido. Non gli piace quella nota. Maria è sua figlia in tutto e per tutto. Adesso gli manca. Stesso naso squadrato, un po' troppo grande. Lo sguardo intenso, che spera la gente possa riconoscere come uno sguardo sincero. La testardaggine, quella dannata testardaggine. Si lascia cullare dal dondolio del treno.

Ci sono soltanto altri due passeggeri nel vagone. Stanno entrambi seduti di fronte a lui, con la schiena rivolta nella direzione di marcia del treno. Una donna sola, di mezza età, stringe con forza un fazzoletto di carta nella mano. Sul tavolino reclinabile, di fronte a lei, c'è un numero della rivista «Damernas Värld». Il volto della donna è rosso e bagnato, si asciuga continuamente gli occhi e il naso con il fazzoletto. È difficile stabilire se stia piangendo o se sia solamente raffreddata. Lo sguardo della donna insegue qualcosa che sta molto lontano, oltre il paesaggio pianeggiante fuori dal finestrino.

Davanti a lei è seduto un uomo, anche lui sui sessanta. Il volto ha un'espressione contrita, e sembra soffrire la cravatta blu a righe che gli stringe il collo. Il suo completo sembra essere troppo stretto e di poco prezzo. Forse si preoccupa per un incontro o per un discorso che lo aspetta quando giungerà a destinazione. Ogni tanto apre la valigetta poggiata sul sedile accanto al suo e sfoglia distrattamente tra i documenti in una cartellina di plastica. È evidente che ha problemi di acidità di stomaco; accanto ai documenti, nella valigetta, c'è una scatola di Losec.

"Sarà quello il suo aspetto?", pensa Konrad seduto a sonnecchiare. Sarà quello l'attuale aspetto di Gunnar Nilhem?

Sven ci aveva messo sorprendentemente poco tempo a rintracciarlo, la sera precedente. Era come se i capelli a spazzola rosso-castani dell'amico fossero percorsi dalla corrente elettrica, immerso in Internet, navigando in mezzo a un mare di registri pubblici tra i quali, si vedeva bene, sapeva come muoversi. Per l'eccitazione gli si formava della condensa sulle lenti degli occhiali. Dopo mezz'ora Sven era stato in grado di presentare, con una smorfia di soddisfazione, un piccolo dossier investigativo:

«Ecco quel che abbiamo: Gunnar Johansson, nato a Tomelilla il 17 marzo del 1952. Nel febbraio del 1975 si trasferisce a Malmö».

Sven aveva fatto una pausa per effettuare un rapido calcolo approssimativo.

«Sono sette anni dopo la scomparsa di Agnes. Gunnar aveva 23 anni. Era coetaneo di Klas, giusto? Da quando se n'è andato da qui si è spostato diverse altre volte nel corso degli anni. Ho trovato il suo nome in un corso di recupero di economia per adulti, a Helsingborg. Pare che abbia cercato di proseguire gli studi. Ad ogni modo, nel 1979 si sposa con Lisbet Gunnarsson, nata a Malmö. Lo stesso anno cambiano entrambi cognome in Nilhem. Non sembra che abbiano avuto figli. Vivono da 20 anni in una casa in affitto a Sundbyberg. Gunnar lavora alla Cassa Mutua. Un funzionario di qualche tipo, pare».

Un giunto delle rotaie fa scuotere il treno. Konrad lancia un'occhiata all'uomo sofferente seduto sull'altra fila di sedili. Sembra che si sia deciso a tentare di prendere sonno. Una mano con un anello infilato al dito riposa sulla sua pancia tesa. La cintura è slacciata, l'ultimo bottone dei pantaloni sbottonato.

Nonostante conosca l'indirizzo a memoria, Konrad estrae il portafogli dalla tasca della giacca e rilegge ancora una volta il bigliettino: «Tornstigen 18, Sundbyberg».

Ci sono anche due numeri di telefono, annotati con la grafia minuziosa di Sven. Un numero fisso che inizia per 08[1] e un numero di cellulare. Konrad ha già deciso di non chiamare. Meglio provare con l'effetto sorpresa. «Ma che diamine gli dico quando mi apre la porta...?».

La stazione centrale è piena di gente che si affretta verso casa o qualche altro luogo, ognuno assorbito dalla propria vita. A Konrad le stazioni ferroviarie sono sempre piaciute. L'anonimato e il movimento, il cambiamento perpetuo. La sensazione di essere circondato da persone che non ti conoscono, che non sanno dove stai andando e che non hanno la più pallida idea di cosa tu stia pensando. La certezza che nessuno possa pretendere niente da te, e allo stesso tempo la sensazione di essere libero di parlare con chiunque ti capiti di incontrare.

E invece Konrad ha sempre avuto paura della folla. È una cosa totalmente diversa. Quando viene meno quel confine tra individuo e collettività le cose si fanno pericolose. Quando tutti si lasciano trascinare nel vortice della plebe in sommossa. O ancora peggio: quando ognuno sprofonda in un'indifferenza autocompiaciuta e collettiva.

Si orienta in mezzo alla folla formicolante fino alla linea blu della metropolitana, in direzione di Hjulsta. Durante l'ultima ora in treno ha riflettuto su quale potesse essere l'orario migliore per suonare a quella porta. Konrad spera di trovare Gunnar da solo. Ma come potrebbe sapere quando la moglie è fuori casa? Tanto vale andare direttamente a Sundbyberg e fare un tentativo. È sabato, con un po' di fortuna Lisbet potrebbe essere uscita a far compere.

La metropolitana ci mette meno di un quarto d'ora ad arrivare a destinazione, ma lungo la strada una parte dell'ottimismo che Sven era riuscito a trasmettere a Konrad si è volatilizzata. Che cosa spera esattamente di scoprire?

È un esile filo di speranza quello a cui si sta aggrappando. Tutto ciò che ha è la parola di Lelle. Un pazzo assassino fresco di redenzione

[1] Il prefisso telefonico di Stoccolma (*n.d.t.*).

che crede di aver sentito Benga, un vecchio avanzo di galera alcolizzato, uscirsene con delle allusioni sulla sorte di Agnes, una storia che risale a quasi quarant'anni prima. Che cos'è che aveva detto, un paio di giorni prima di impiccarsi in cella?

«So dove si trova quella polacca. La penso ogni giorno. Mi perseguita».

Il dubbio rode Konrad. Scuote la testa tra sé e sé. È una pazzia, pensa. Quel che dovrei fare sarebbe lasciar perdere e cercare di andare avanti.

In realtà però sa di dover continuare a scavare, attraverso quella terra scura, fino alla roccia madre, se necessario.

Dalla stazione della metropolitana deve camminare solo per pochi isolati. Konrad chiede indicazioni a una donna alla fermata dell'autobus. Ha un forte accento che potrebbe essere russo. In poco tempo arriva all'edificio di mattoni rosso scuro. Tre piani senza balcone. Le finestre sono piccole e l'ambiente è tetro. Sorprendentemente sgombro. Un rapido movimento di una tendina all'ultimo piano gli dà la sensazione di essere osservato.

Nell'attimo in cui Konrad sta per toccare il portone d'ingresso, questo si apre. Una vecchietta ricurva spinge faticosamente il suo deambulatore attraverso il portone. Porta uno scialle sui capelli e la mandibola sporgente la fa assomigliare a un bulldog. La donna lo guarda con diffidenza mentre lui le tiene aperta la porta. Borbotta qualche parola adirata, prima di sparire dietro l'angolo sul vialetto asfaltato.

"Gunnar e Lisbet Nilhem" è scritto sulla targhetta al portone d'ingresso. Pare che abitino al terzo piano.

Prima di suonare il campanello, Konrad si blocca per lasciare che il battito del suo cuore si calmi. Fa un respiro profondo.

L'uomo che gli apre è grosso e pesante. Sembra reduce da una sbornia. Le guance sono ben rasate, ma la pelle è rosso fuoco, come se avesse l'abitudine di passarsi sulla faccia un dopobarba poco delicato. Sotto gli occhi delle borse pesanti. Gunnar Nilhem sembra irritato, come se fosse stato interrotto nel bel mezzo di qualcosa d'importante. Dall'interno dell'appartamento si sentono voci agitate provenire da un televisore acceso. I pantaloni marroni flosci, le pantofole e la maglia di lana lo fanno sembrare più vecchio di quanto non sia in realtà. In una mano tiene una schedina del V-75[2], e passa l'altra mano tra i capelli radi, che ha tentato di pettinare in modo di dissimulare la calvizie.

«Sì?», dice con lo sguardo assente.

Konrad si schiarisce la voce. All'inizio non riconosce affatto l'uomo all'ingresso. Ma poi coglie qualcosa nei suoi occhi, solamente una sfumatura. Togliendogli trent'anni e altrettanti chili, ma sì, è proprio Gunnar. Konrad capisce di essere arrivato nel posto giusto, ma si pente di non aver preparato un piano per convincere Gunnar a lasciarlo entrare.

«Sì, ehm... Sei Gunnar Nilhem?»

«Sì, ma se stai provando a vendermi qualcosa non mi interessa».

Sembra che stia per sbattergli la porta in faccia, e Konrad capisce di dover fare in fretta.

«Aspetta!».

L'altro si blocca, ma continua a scrutarlo in maniera più diffidente che ostile. Konrad allunga una mano, ma Gunnar la guarda con disgusto, come se fosse una specie di animale schifoso che non vuole assolutamente toccare. Ma forse è solo perché non vuole correre il rischio di perdere inutilmente una delle corse alla TV.

«Il mio nome è Konrad Jonsson... Una volta era Konrad Jönsson. Non so se ti ricordi di me?».

Lo sguardo di Gunnar si fa cupo. Le nocche della sua mano, ancora aggrappate alla maniglia, sbiancano. Ansima, ma resta lì, evidentemente incapace di decidere cosa fare.

Proprio in quel momento si sentono dei passi provenire da dentro l'appartamento e una donna si avvicina all'ingresso. La sua voce è affilata.

«Chi è, Gunnar? Te l'ho detto che non compriamo niente dai venditori ambulanti...».

La donna si è fermata a qualche metro di distanza nel corridoio. È buio là dentro, forse Gunnar ha chiuso le tende perché il sole non formi riflessi sullo schermo del televisore. Konrad la vede come un'ombra. Impreca contro se stesso per non essersi assicurato che la donna fosse uscita di casa.

[2] Popolari corse di cavalli in Svezia (*n.d.t.*).

«Vi porto i cari saluti di Klas», dice in un tentativo disperato. «Pensava che dovessimo parlarci».

Gunnar Nilhem ha un aspetto infelice, una specie di bue sofferente. Il suo sguardo vaga tra Konrad e la donna petulante.

«Non è proprio nessuno, tesoro», grida infine con un mezzo giro della testa. «Proprio nessuno».

È grigio cenere in faccia quando si volta in direzione di Konrad.

«Io non conosco te e neanche nessun dannato Klas se è per questo!», sibila a denti stretti.

Poi la porta si richiude con un tonfo.

Maria abita in un appartamento di due stanze in subaffitto sulla via Inedalsgatan. Lo accoglie con un forte abbraccio e un bacio sulla guancia che quasi lo imbarazza.

Sono diversi mesi che non si vedono, e proprio come l'ultima volta, e quelle precedenti ancora, è stupito del fatto che sia ormai una donna adulta. Un profumo di fiori di melo la avvolge, ha i capelli bagnati come se avesse appena fatto la doccia. Konrad ha portato con sé due bottiglie di vino rosso portoghese, che ha comprato al Systembolaget di Kungsholmstorg.

«Ho fatto un po' di jogging prima che arrivassi», gli dice dandogli dei colpetti sulla pancia. «Anche tu dovresti pensare un po' alla forma fisica, papà. In effetti dopo una corsa ci si sente benissimo».

«Ti sembro grasso?»

«No, ma un po' di muscoli non ti starebbero male».

Gli mostra rapidamente l'appartamento. Il mobilio non è proprio quel che si sarebbe aspettato. Un divano appariscente di pelle nera, una logora pelle di zebra sul muro, dei bonghi e un grosso specchio montato sul soffitto sopra al letto a due piazze in camera da letto. Solo la libreria viene da Ikea. Konrad rivolge un'occhiata ai titoli per dare tempo al rossore di placarsi: Pamuk, Dostoevskij, Naomi Klein e un mucchio di letteratura giuridica universitaria.

Con grande sollievo di Konrad, Maria gli spiega di non essere stata lei a scegliere l'arredamento. «Affitto la casa da quel ragazzo del Gambia di cui ti ho parlato. Pago pochissimo. Lui è musicista. Per quanto mi riguarda penso che qui sia un po' volgarotto, però che diamine, non ci sto così spesso. Quando non sto a lezione lavoro al locale di Odenplan. E dormo da Niklas piuttosto spesso».

Niklas?

Con un gesto della mano fa come per allontanare la curiosità di Konrad, come se si trattasse di un dettaglio di poca importanza buttato là per caso.

«Il mio ragazzo. O come lo si voglia chiamare. E non sono innamorata, se è quello che ti stai chiedendo».

Fa un largo sorriso e Konrad sente che l'energia che Maria emana lo esaurisce. Da dove le è venuta tutta quella forza, con due genitori come i suoi?

Mentre Maria tira fuori un materasso dal ripostiglio e prepara un letto sul pavimento, proprio sotto la pelle di zebra, Konrad si fa una doccia. Nota che sulla mensola sopra al lavandino ci sono due spazzolini da denti. Lascia che l'acqua gelida gli tormenti a lungo la pelle. Poi si strofina con un asciugamano di spugna che ha l'odore di sua figlia. Lancia uno sguardo allo specchio, e quello che vede non gli piace. Ha ragione lei. Dovrei fare una vita più sana, riflette.

Quando esce dal bagno Maria è già pronta per uscire. Ha raccolto i capelli dietro la nuca con una fascia verde, e si è truccata intorno agli occhi con la matita. Una camicia di lino bianca sopra ai jeans consumati. «Ho prenotato un tavolo a un bar di tapas a Fleminggatan», dice mentre si infila gli stivali.

Un attimo dopo sono uno di fronte all'altra al ristorante, seduti a un tavolino sul marciapiede. Le ultime luci del crepuscolo si stanno abbassando, e li illumina un flusso di luce gialla dalle finestre delle case. Li circonda un lieve brusio; tutti i tavolini sono occupati, sia all'interno che all'esterno del locale. Maria ha rapidamente ordinato una brocca di sangria che già sta finendo.

«Prova a richiamare!», dice entusiasticamente, mordendo uno spicchio d'arancia.

Fin da quando hanno chiuso la porta dell'appartamento lo ha assillato con domande sui dettagli dell'omicidio di Herman e Signe, e delle sue ricerche su Agnes. Per Maria sembra si tratti più che altro di un giallo avvincente. Sembra decisa ad aiutarlo a risolvere il caso.

«È l'ultima volta», dice Konrad, tirando fuori il cellulare.

«Usa il mio invece».

Le lancia uno sguardo disorientato.

«Altrimenti vede il tuo numero sul display, scemo!».

«Hmm...».

Per la quinta volta dalla mancata visita pomeridiana a Sundbyberg, Konrad estrae il bigliettino dal portafogli e compone il numero di cellulare di Gunnar Nilhem. La prima volta era ancora seduto per strada di fronte alla casa, frustrato e deluso. Aveva continuato a squillare a vuoto. Ma prima o poi Gunnar sarebbe pur rimasto solo in casa.

Dal telefono arriva un rumore gracchiante e una voce strascicata.

«Gunnar Nilhem...».

Konrad lancia a Maria una rapida occhiata. Lei resta sull'attenti, nel tentativo di cogliere qualcosa della conversazione.

«Sei solo adesso, Gunnar?».

Un silenzio sibilante. Recupera faticosamente il respiro. Attesa. Poi la compagnia al tavolo accanto esplode in una risata, e per un attimo Konrad non è sicuro che l'altro ci sia ancora.

«Sì...».

«Dovremmo incontrarci, Gunnar. C'è qualcosa di importante di cui vorrei parlarti».

«Di cosa si tratterebbe?».

La voce non ha nulla di invitante, ma per lo meno non attacca il telefono. Konrad cerca le parole.

«È un po' difficile spiegarlo per telefono. Non potremmo vederci per un caffè?»

«No, non ho tempo».

"Ci sono le corse dei cavalli anche domani?", ironizza Konrad tra sé e sé. Si rende conto che l'altro sta esitando.

«Si tratta del passato. Di qualcosa che è accaduto a Tomelilla molto tempo fa. Suppongo che tu abbia capito chi sono, Konrad Jönsson. Ti ricorderai sicuramente... il fratello minore... di Klas...».

«Klas non aveva mica un fratello?».

Una porta socchiusa, uno spiraglio di speranza. Gunnar ammette per lo meno di sapere chi è Klas. Konrad riempie i polmoni dell'aria della sera. Sente il respiro di Maria vicinissimo; ha spostato i bicchieri per sporgersi sopra il tavolo e non perdere nulla della conversazione. Adesso occorre infilare alla svelta il piede nello spiraglio di quella porta.

«Sì, il fratello adottivo. Herman e Signe si sono presi cura di me dopo...».

Non riesce a proseguire perché Gunnar lo interrompe bruscamente.

«Tu devi essere proprio duro di comprendonio! Io non ti conosco. Non conosco Klas. Non parlerò mai di Tomelilla. Se mi chiami un'altra volta ti denuncio alla polizia per molestie, hai capito!».

Così termina la conversazione. Konrad sospira rassegnato e appoggia il cellulare sul tavolo.

«Ci eravamo vicini, vero? Sembrava quasi che fossi riuscito a prenderlo all'amo», dice Maria, riponendo il telefono nella tasca dei jeans.

La fissa inespressivo. Forse lei ha ragione. Forse Gunnar stava per aprirsi. Un gambero eremita che sbircia fuori dal proprio guscio angusto, angosciato, ma comunque tentato dall'uscire allo scoperto. Ora sembra che si sia rintanato sul fondo, nel buio, determinato a rimanere nascosto là fino alla morte. Forse è inutile provare a richiamarlo.

«Di una cosa almeno hai ricevuto conferma», ragiona Maria. «Quel Gunnar è spaventato. Spaventato a morte. Ma che motivo ne avrebbe in realtà, se non avesse nulla da nascondere?»

«Parli già da avvocato», esclama Konrad, e non può fare a meno di poggiare la mano su quella della figlia.

Lei scoppia a ridere, per un breve momento sembra un po' imbarazzata, poi solo orgogliosa. Versa le ultime gocce di sangria nei bicchieri e butta rapidamente giù il contenuto del proprio.

«Il detenuto nella prigione di Malmö forse aveva ragione. Klas e Gunnar, e anche Benga, prima di impiccarsi con il filo elettrico, sicuramente sapevano perché tua madre era sparita».

«C'è del vero in quello che dici», fa Konrad. «La domanda è solo come riuscire a tirarglielo fuori...».

In quel momento arriva la cameriera con le loro ordinazioni. Salami spagnoli, cozze e gamberetti all'aglio. La cameriera accende una candela in una ciotolina e stappa una bottiglia dello stesso vino rosso portoghese acquistato da Konrad al Systembolaget. Brindano. Mangiano e bevono in silenzio per un po'.

Konrad le chiede degli studi giuridici. Sì, tutto bene. Maria si aprirà uno studio una volta che avrà terminato la formazione. Difendere e aiutare donne violentate e vittime di violenza contro tutte le cattiverie del mondo. Le chiede del lavoretto al locale. Sì, ce la fa con il tempo. Avrebbe bisogno di soldi, i sussidi allo studio non durano a lungo. Inoltre sta pensando di prendersi un anno sabbatico e di girare l'Asia. «Come tutti quelli che vogliono andare alla ricerca di se stessi», aggiunge rapidamente con una risata. E quel Niklas? Allontana l'argomento ancora una volta, come se si trattasse di qualcosa che non fa parte dei suoi progetti di vita.

Pian piano la conversazione scivola nuovamente su ciò che è avvenuto a Tomelilla. È inevitabile.

«Quelle persone», dice Maria, improvvisamente seria. «Non mi hai mai raccontato di loro. I tuoi anni passati per mare, quando sono nata e la mia infanzia, la tua vita a Berlino e il tuo girovagare per il mondo come giornalista, di tutto questo ne so un bel po'. Perfino di Sonja. Ma della tua infanzia non mi hai mai raccontato un fico secco».

Nella sua voce si percepisce un tono di accusa, o almeno così sembra alle orecchie di Konrad. Improvvisamente Maria sembra quasi un'eco della madre. Konrad vorrebbe fare finta di niente. Ma si vergogna, e sa di doverle una risposta. Gli occhi di lei brillano leggermente a causa del vino. Sono spalancati e non lo mollano per un istante.

«Credo di aver voluto rimuovere tutto quanto. Più che altro per me stesso».

«Ma prima o poi il passato ti raggiunge, non è vero?».

Annuisce.

«Hai ragione. Prima o poi il passato ti raggiunge», dice a voce bassa.

Restano seduti al tavolo sul marciapiede, fuori dal ristorante spagnolo, fino alla chiusura. È una serata tiepida, come tutte le sere di quell'estate. Per un po' ascoltano la voce di Billie Holliday dagli altoparlanti sulle pareti all'interno del locale. Il traffico è diminuito. Un ubriacone che trascina un carrellino malmesso con dei vuoti di bottiglia borbotta qualcosa, prima di sputare per terra e sparire dietro l'angolo della strada.

Konrad ordina un'altra bottiglia di vino portoghese. E poi racconta alla figlia ciò che ha occupato i suoi pensieri durante le ultime settimane: la nostalgia di quell'ombra che è Agnes. Herman e Signe, che non avevano mai chiesto nulla alla vita, e che forse proprio per questo dalla vita non avevano ricevuto tanto. E Klas, il loro figlio unigenito, l'aguzzino di Konrad per molti anni. Konrad racconta di tutte le avventure con Sven, ma anche del suo tradimento.

«Tradimento?», chiede lei, poggiando la mano sul braccio di lui, che è giunto ad un punto cruciale del racconto della propria vita. «Perché tradimento?».

Sospira. Dice che è difficile da spiegare. Non è stato un tradimento quello di andarsene, e lasciare al proprio destino uno come lui, un diverso indifeso?

«Non mi sembra poi così indifeso», controbatte Maria.

Ad ogni modo, è quel che sente Konrad.

Lei si accontenta di questa spiegazione e gli fa cenno col capo di proseguire.

Così Konrad le racconta del suo ritorno a Tomelilla e dei sospetti della polizia, che gli sono entrati sotto pelle. Le descrive l'eccentrico Örjan Palander e la sua padrona di casa Gudrun Vernersson, che si è rivelata essere la stessa assistente sociale che quarant'anni prima lo aveva lasciato seduto al tavolo della cucina di Herman e Signe, nella loro casa di eternit grigio sporco. E racconta alla figlia del commissario Kurt Nilsson, del vecchio nazista che ha risvegliato, in un angolo nascosto della sua memoria, il ricordo di un tatuaggio grigio blu sull'avambraccio di Agnes.

Quando Konrad termina il suo racconto, loro due sono ormai gli unici rimasti seduti ai tavolini all'aperto. Dall'altra parte della finestra la cameriera sta sparecchiando gli ultimi tavoli. Maria ha ascoltato a lungo senza interrompere. Si appoggia all'indietro sullo schienale e lo scruta alla luce tremolante della lanterna.

«Che c'è?», chiede infine lui.

Lei sorride, come chi ha capito tutto. «Gertrud», dice poi.

«Che cosa?»

«L'hai solamente nominata di sfuggita», dice Maria.

Konrad sente un brivido caldo corrergli lungo la schiena. Arrossisce come un adolescente, per la seconda volta davanti a sua figlia, ringraziando per la protezione che il buio gli concede. Konrad si rende conto che Maria ha capito esattamente come stanno le cose.

«Sarebbe divertente incontrare qualcuno che appartiene al tuo passato», dice lei con un sorriso canzonatorio. «O che fa parte del tuo futuro, del resto...».

Il conto è già sul tavolo. Konrad lascia otto biglietti da cento e poggia il bicchiere sui soldi perché non volino via per un improvviso colpo di vento. Sbadiglia con ostentazione e si alza rapidamente.

Mentre passeggiano nella notte, in direzione dell'appartamento di Maria, Konrad si rende conto di essere brillo. Ma nonostante tutto, piuttosto felice.

CAPITOLO 33

Le scarpe da jogging sono appallottolate in fondo al bagagliaio della Opel, le suole irregolarmente consumate. L'ultima volta che le ha messe deve essere stato a Berlino, ormai molto tempo prima.

Emanano un odore di gomma secca e indurita, di stantio, di sporco e di vecchio sudore di piedi. A Konrad sembra che le sue scarpe lo guardino in maniera accusatoria, come una cagna trascurata con l'alito cattivo. Le infila sotto il braccio e richiude il bagagliaio.

La stanza che affitta da Gudrun Vernersson, due piani sopra Gertrud, è ancora come se fosse la stanza d'un estraneo. Non molto migliore, in effetti, di una stanza d'albergo di infimo livello. Poggia le chiavi sulla cappelliera, e si guarda intorno sconcertato. Il letto è sfatto, e le lenzuola prese in prestito sono stinte e gualcite. Gli orrendi quadri di Gudan stanno ancora lì appesi. Una bambina in lacrime in un campo fangoso. E un fagiano dipinto con grossolane pennellate di colori ad olio. Non si è liberato neanche dei piccoli *troll* e delle fate danzanti. Sulla scrivania il suo computer gli fa venire sensi di colpa. Konrad sposta rapidamente lo sguardo sulle due valigie aperte sul pavimento.

Getta in terra lo zaino e le scarpe da jogging, fruga nel mucchio di vestiti alla ricerca di qualcosa da mettersi. Alla fine trova un paio di pantaloncini sbiaditi da troppi lavaggi e una T-shirt spiegazzata con la scritta "Singha Beer". Sospira tra sé e sé. Le parole di Maria gli risuonano ancora nelle orecchie: «Dovresti pensare un po' alla forma fisica, papà!». Ora le faccio vedere io!

Sente il corpo impacciato e le gambe rigide come due tronchi essiccati. Indugia fuori dalla porta, indeciso sulla strada da scegliere. Corre attraversando il paesino, oltre le rotaie, la chiesa e la parrocchia. È piacevole sgranchirsi le gambe, dopo il lungo viaggio in treno da Stoccolma. Nonostante si stia facendo sera l'aria è ancora afosa. Comincia quasi subito a sudare copiosamente.

Fuori della casa di riposo Byavångshemmet un vecchietto se ne sta seduto sulla sua sedia a rotelle, fumando. Accanto al muro dell'edificio vede un'infermiera dall'aspetto spazientito. Guarda l'orologio stressata, scuotendo il capo per scacciare il fumo. Il vecchietto fissa assorto davanti a sé, in lontananza, incurante del tempo. Konrad pensa a Kurt Nilsson che sta lì dentro. Ha raccontato a qualcun altro del suo passato?

Una volta superato l'incrocio con la Ystadvägen, Konrad trova una stradina più stretta, che si addentra nei campi. "Strada delle terre desolate" sta scritto su di un cartello sbilenco. Dove conduca non è chiaro. Ma l'asfalto consuma i tendini dei talloni, pensa. La ghiaia sarebbe meno impattante, anche se la siccità deve averla compattata. Konrad prende la stradina e aumenta un pochino l'andatura all'altezza della prima fattoria. I campi di grano che lo circondano emanano già un odore di polvere. Il caratteristico odore preestivo dolce e oleoso della colza si è disperso ormai da parecchio tempo.

Appena arrivato alla fattoria, tra l'abitazione di mattoni e il fienile, la cui maniglia marcita sembra sul punto di staccarsi dal cardine di ferro, sente un ringhio soffocato seguito da un abbaiare furioso. Si volta e vede un pastore tedesco, grosso come un lupo, che corre verso di lui con i canini scoperti.

Konrad si blocca. Nel giro di un'agghiacciante frazione di secondo il sudore gli si congela sulla schiena e gli si rizzano i peli. A qualche metro di distanza da lui, il cane balza da terra e si lancia come un missile verso la gola di Konrad. «Diavolo!» Istintivamente alza un braccio per proteggersi, vede gli occhi assetati di sangue della bestia e si prepara all'intenso dolore che proverà quando le mascelle del cane gli addenteranno il braccio e i denti penetreranno nella sua carne.

Il volo del cane si interrompe bruscamente. La corda blu di nylon che si tende completamente provoca un movimento brusco. L'attacco viene fermato da uno strappo. Il pastore tedesco crolla a terra, a meno di un metro di distanza da Konrad. È un miracolo che il collo dell'animale non si sia spezzato.

Konrad indietreggia. Fissa terrorizzato il mostro malconcio che si è ripreso velocemente e che ora sta abbaiando furiosamente.

«Ferma, Bessie!».

Il cane si zittisce, si siede obbediente e sottomesso, leccandosi impaziente il muso. Sembra deluso. Konrad è a malapena fuori dalla sua portata.

Un uomo emerge dal buio del fienile. Si avvicina lentamente all'occhiello di ferro sulle fondamenta, dove è legata la corda del cane. Ha intenzione di liberare quel mostro?

«Hai avuto una gran bella fortuna».

È un uomo magro con il volto allungato, in parte coperto da un berretto con la visiera. Una volta alzata la visiera dalla fronte, in modo da togliersi l'ombra dagli occhi, si capisce che deve essere più giovane di quanto potesse sembrare a prima vista. La sua tuta sporca scompare in un paio di giganteschi stivali di gomma.

«Di solito teniamo Bessie libera», dice con un ghigno. «Come cane da guardia. Non si sa mai che diavolo di gente passa di questi tempi».

Konrad sente il terrore tramutarsi in rabbia. La corda del pastore tedesco è lunga a sufficienza per permettergli di raggiungere la strada bianca. Se Konrad avesse corso un po' meno velocemente adesso sarebbe cibo per cani.

«Tu devi essere pazzo, quel cane è un pericolo mortale. Dovrebbe stare lontano dalla strada, cazzo».

Qualcosa si muove dietro a una finestra. Spunta il volto di un bambino. Pallido, pensa Konrad. Occhi sbarrati. Ma forse se lo sta solo immaginando. Difficile stabilire se si tratti di un maschio o di una femmina. Il contadino sembra ancora divertito. Sputa in mezzo alla ghiaia, ficca il pugno nella tasca della giacca ed estrae una tabacchiera.

«Vuoi una presa di tabacco?».

Gli porge la tabacchiera e ridacchia di nuovo, ben consapevole del fatto che Konrad dovrebbe entrare nel raggio d'azione del pastore tedesco per prendere il tabacco.

Konrad scuote la testa, si volta e riprende a correre, adesso su gambe leggermente tremanti. Sente il contadino ridere tra sé e sé alle sue spalle. Poi una porta che si richiude con un colpo.

La strada di ghiaia continua per un pezzo attraverso i campi, ma dopo qualche chilometro sbocca sulla strada provinciale tra Ystad e Kristianstad. Konrad svolta a nord, poi verso est in corrispondenza della pista da rally presso Svampakorset, in direzione del paesino. Ora le gambe cominciano a dolergli. Il sole si è abbassato, ma brucia ancora sulla nuca. Avrebbe dovuto mettersi qualcosa in testa, pensa. La maglietta bagnata gli si è appiccicata addosso da ormai molto tempo.

Ma anziché abbassare il tempo, Konrad viene preso da un desiderio irrefrenabile di aumentare la velocità. Le gambe sono rigide e i polpacci gli dolgono, ma Konrad aumenta impietosamente il ritmo fino a correre più veloce di quanto avesse pensato possibile. Il sapore del sangue nella bocca è come una piacevole punizione. Le orecchie gli iniziano a ronzare e le macchine che incontra all'entrata della strada si trasformano in mostri roboanti. Konrad è accecato dal sudore e dalle lacrime. Gli occhi gli bruciano, e i polmoni protestano a gran voce.

Corro finché crollo, rimbomba nella sua testa. *Corro finché muoio*.

Arrivato in cima alla salita, all'altezza dell'Università popolare, si lancia contro tutte le leggi della natura e aumenta ancora la velocità. Non dovrebbe avere più forze. Konrad corre come un pazzo oltre il ponte della ferrovia, con la condanna a morte che gli rimbomba nella testa. Passa il Välabadet sbuffando come una locomotiva, senza accorgersi di stare quasi per travolgere una vecchietta con un sacchetto di brioche alla cannella della pasticceria Reiman. Percorre gli ultimi cento metri prima della casa di Östergatan con uno scatto che lo svuota completamente. Si lancia attraverso il portone e si lascia cadere sull'erba del cortile, sotto il prugno.

C'è silenzio.

Il cielo sopra Konrad si sta lentamente tingendo di una sfumatura blu scuro. Lassù in alto fluttua una nuvola. Minuscola, ma è la prima a farsi viva da diverse settimane a questa parte.

Konrad resta disteso con la schiena sull'erba, senza sapere bene su quale pianeta si trovi. Osserva la nuvola trasformarsi. Un polipo nel mare. Un agnellino belante. Un aeroplano paffuto. Un orso polare a caccia.

Poi assume le sembianze di un volto umano, con tanto di orecchie e occhi. La nuvola si sta facendo scura. Ora ci vede un vecchio, e giù, in mezzo a quel vapore, si possono intravedere un paio di occhi malvagi. Konrad, sdraiato in quella posizione, si sente percorrere da un brivido. Poi le molecole d'acqua si muovono ancora e il volto si addolcisce. Adesso è una giovane donna, seduta, rivolta per tre quarti verso di lui. Konrad sente il dolore di quella donna nel profondo del proprio cuore.

Quando riapre gli occhi, non ha idea di quanto tempo sia stato via. Tutt'intorno fa quasi buio, e da due finestre al secondo piano un paio di lampade emanano una luce gialla. All'inizio non capisce proprio di chi sia la mano che riposa sulla sua fronte. Come un lampo gli attraversa la mente un vecchio ricordo di una notte febbricitante di molti anni prima.

Agnes?

Poi la sente ridere.

«Pensavo quasi che fossi morto».

Gertrud sta seduta nell'erba, dietro di lui. Il volto di lei ondeggia sopra la sua testa, fugace come un incantesimo. La sua mano è leggera e fresca.

«Mi sento morto...».

Si distende sull'erba, accanto a lui, la testa poggiata sulla maglietta zuppa di sudore che ormai ha fatto in tempo ad asciugarsi.

«Cosa hai fatto?»

«Ho corso...».

«Via da chi?»

«Da un cane, tra l'altro. Un dannato pastore tedesco infuriato che voleva azzannarmi».

«Stai scherzando?»

«No».

Konrad racconta della fuga dal cane e dal contadino. Si accorge di avere la testa ancora un po' confusa.

«Strano», dice lei. «Non credo di aver mai visto quella fattoria».

«Neanch'io».

«Ci sono così tanti posti isolati da queste parti. Uno crede di conoscere la zona. Poi all'improvviso, durante un giro in bici o una passeggiata, ti ritrovi davanti a una casa di cui neanche conoscevi l'esistenza».

Konrad la tira a sé, semplicemente per sentire il suo calore. La nuvola è sparita dal cielo. O forse semplicemente non la vede più, ora che l'universo si è vestito del suo blu più scuro? Gli abiti di Gertrud hanno odore di cucina; deve arrivare direttamente dall'hotel.

«È strano», dice Konrad. «Dell'ultimo chilometro non mi ricordo niente. È possibile continuare a correre anche quando sei incosciente?»

«Non che io sappia».

Lei scoppia a ridere nella sua ascella.

«Lo sportivo cadavere. Ecco un bell'argomento per le chiacchiere del paese».

Restano sdraiati in silenzio sull'erba a respirare l'aria notturna. Il dolore ai polmoni di Konrad si è attenuato. Ma è come se il suo corpo ancora fosse anestetizzato, come se fosse stato amputato dei suoi sensi.

«Non stavi scappando soltanto dal cane, vero?»

«Cosa intendi?»

«Semplicemente questo», dice lei. «Non era solo dalla bestia assetata di sangue che volevi fuggire».

«Cos'altro dovrebbe essere?»

«Dimmelo tu...».

Dentro di sé sa che Gertrud ha ragione. Sentiva il loro fiato sul collo mentre sfrecciava alla cieca lungo le strade, come un pazzo in fuga da un manicomio. Le ombre del passato. I fantasmi che tornano continuamente a fargli visita la notte.

«Ti ho sentito gridare nel sonno l'altro giorno», dice Gertrud. «Lo sai?»

«No...».

«Chi era ad inseguirti allora?»

«Non so... per un lungo periodo era Mahmoud a tornarmi continuamente in mente. Di notte, mi sembra sempre di averlo tradito».

Lei trova un comodo appoggio per la testa sul braccio di lui.

«È così?».

Lui non risponde.

«Mi racconti cos'è successo?».

Konrad volge lo sguardo in alto, verso il buio infinito. Lo spazio, in qualche modo, è sorprendentemente vicino. Un pipistrello gli passa davanti volando silenzioso. Cade una stella. Si sente privo di peso, e quando inizia a raccontare di Baghdad a Gertrud è come se le parole si tramutassero in immagini nella sua mente.

«Mahmoud aveva qualche anno meno di me, ma lo conoscevo bene. Un amico, in qualche modo. Era giordano, e avevamo lavorato insieme un bel po' in Medio Oriente. Un fantastico tuttofare. Conosceva tutto e tutti. Una volta ci siamo ritrovati nella strada sbagliata. Io dovevo fare un reportage per un giornale tedesco. La quotidianità nell'inferno, qualcosa del genere. Sapevamo che si trattava di quartieri pericolosi, ma pensavamo di non rischiare più di tanto se avessimo fatto il lavoro alla svelta. Improvvisamente sono apparsi dal nulla. Il volto coperto. Non so neanche a che organizzazione appartenessero. Gridavano e strepitavano agitando i loro Kalashnikov. Mahmoud ha provato a tradurre quel che dicevano, ma è andata così velocemente che non ho avuto il tempo di capire. E quando ci hanno bendato, tutto si è fatto nero. Ero spaventato a morte. Ci hanno strattonato e trascinato via. Ci hanno tolto i telefoni cellulari, le macchine fotografiche e i portafogli, io avevo nascosto la maggior parte dei miei soldi sotto a una trave del pavimento dell'albergo. Ci hanno buttato dentro una macchina, abbiamo viaggiato sballottati per un bel pezzo prima che la macchina si fermasse. Poi ci hanno portato all'interno di un edificio. Ci hanno fatto mettere in ginocchio su un pavimento duro. Poi hanno iniziato con i calci e con le urla. Se la sono presa di più con Mahmoud, perché solo lui parlava l'arabo. Da quel che è riuscito a balbettare, mi sono reso conto che non erano soddisfatti del bottino, e che avevano intenzione di prenderci come ostaggi. Volevano sapere per conto di chi lavorassimo. Da chi potessero estorcere del denaro. Io ho detto a Mahmoud di fare il nome del giornale e di tirare fuori tutti i nostri documenti, ma non è bastato per calmarli. Si sono infuriati, agitandosi ancora di più. All'improvviso intorno a noi è calato il silenzio. Hanno smesso di tirare calci e di colpirci. Sentivo solo mormorare e bisbigliare. Poi tutto d'un tratto il vociare si è interrotto. È stato allora che mi sono reso conto che avevano effettivamente intenzione di ammazzarci».

Konrad sente il respiro di Gertrud vicino a sé. Percepisce l'odore del sudore e del terrore. Il grasso delle armi. L'odore del sangue fresco, che ricorda lo zolfo, che sta per arrivare. Avverte il rumore metallico della sicura di una pistola che viene rimossa.

«In quell'istante...», dice con un filo di voce. «In quel momento ho implorato Dio che sparassero prima a Mahmoud».

Gertrud non dice nulla, ma lui sente che si sta muovendo impercettibilmente.

«E Dio mi ha ascoltato. Hanno giustiziato lui, e per qualche dannato motivo hanno lasciato vivere me».

Tacciono entrambi a lungo. Si sente una macchina accelerare sulla strada, fuori dal portone, e il rumore che man mano muore in lontananza. Perché sulla grondaia non c'è un merlo a cantare?

Gertrud si alza in piedi. È un'ombra nera davanti a lui. Ma i suoi occhi brillano come stelle appena accese.

«Stai cercando di fuggire, non è vero? Forse invece dovresti fermarti e voltarti indietro».

Konrad sa che lei ha ragione.

«All'inizio era solo Mahmoud», dice. «Ma poi, dopo che è successa tutta questa cosa, sono anche tutti gli altri. Nei miei sogni vedo Maria che mi accusa, cosa che non è mai accaduta nella vita reale. Perché non mi sono preso più cura di lei? Sven se ne sta lì e mi guarda con aria di rimprovero da dietro gli occhiali. Ci sono anche altri, persone che sono entrate e uscite dalla mia vita. E Herman e Signe, come degli animali domestici maltrattati. Perché non mi sono mai fatto sentire con loro? Sarebbe stato così semplice».

Lei fa un sospiro profondo.

«Avrai avuto le tue ragioni... Abbiamo tutti le nostre ragioni».

«Forse...».

Osserva Gertrud rivolgere lo sguardo al cielo, come se cercasse qualcosa, forse la luna che tra poco dovrebbe cominciare ad apparire.

«Quando si fugge da qualcosa, all'inizio si corre alla cieca», dice lei. Ma alla fine bisogna pur fermarsi. Quando si arriva in un luogo dove ci si sente abbastanza al sicuro da trovare il coraggio di guardarsi allo specchio».

«Penso ad Agnes», dice Konrad. «Credi che lei avesse un posto dove fuggire?».

Il viso di Gertrud è completamente immobile.

Non dice una sola parola per tutta la durata del programma televisivo. Se ne sta seduta là con i suoi dannati tagliandi *Keno*, e fissa come ipnotizzata quegli imbecilli che stanno là ad elencare cifre. Quel rumore che fa quando mastica, quel risucchio. Con un gesto meccanico da robot riempie la bocca di caramelle Polly dal recipiente di vetro, senza distogliere lo sguardo dallo schermo per un attimo. Si sente rodere dentro, quante volte ha pensato di dirle di smetterla con quel dannato rumore che fa con la bocca, ma non ne ha mai veramente avuto il coraggio. E poi quelle ridicole pantofole con i pompon rosa. I suoi "coniglietti". Li detesta, ma neanche quelli sono una buona ragione per togliersi la vita.

Quando finisce il programma *Keno*, ad ogni modo lui si alza dal divano. Si stiracchia ostentatamente e borbotta vagamente qualcosa del tipo «vado a prendere una boccata d'aria». Lei gli lancia un'occhiata sospettosa. Poi prende il telecomando e fa zapping fino a quando trova un canale in cui un gruppo di adulti giocano alla sciarada. Risate isteriche lo accompagnano attraverso il corridoio fino alla porta d'ingresso.

Si mette la giacca a vento leggera e controlla che la lettera sia ancora nella tasca interna. Chiude la porta d'ingresso senza dire ciao. Il pensiero di salutarla per la verità non l'ha proprio sfiorato.

Il pavimento del garage è freddo. C'è odore di polvere e di benzina rovesciata. La Volvo è al suo posto, in fondo all'angolo. La vista della macchina lo tranquillizza. Avvia il motore, esce in strada guidando dolcemente, e gira a caso fin quando non vede una cassetta delle lettere sul muro di una casa. Dovrebbe essere sufficientemente lontano. Non che si faccia illusioni che il destinatario non capisca chi sia il mittente. Ma in ogni caso, è meglio non lasciare tracce.

Esce dal veicolo e si riempie i polmoni dell'aria della sera. Per la prima volta quella sera viene colto dal dubbio. Ma si scrolla di dosso l'esitazione. "Avrei dovuto farlo tanto tempo fa", pensa. "È giusto così. Forse alla fine è un bene che quella vecchia storia sia venuta a galla, cosicché ho avuto la possibilità di comportarmi da persona perbene. Forse riuscirò a trovare un po' di pace".

Vada come vada. Diavolo, com'è grigia la vita.

Nel frattempo si infila i guanti di pelle ed estrae la lettera e un paio di occhiali da lettura dalla tasca. Apre la busta da lettera, già affrancata. Nota che la sua grafia è un po' tremolante. Forse per il fatto che l'ha scritta di nascosto, chiuso a chiave in bagno, mentre Lisbet preparava la cena. Si è comunque sforzato di utilizzare un linguaggio degno. Gunnar non riesce a ricordarsi dell'ultima volta che abbia scritto una lettera. Personale, si intende. Questa non è minimamente paragonabile alla corrispondenza con la Cassa Mutua.

Konrad Jonsson

Quel che accadde quasi quarant'anni fa a Tomelilla mi ha tormentato per tutta la vita.

Nella valle di Fyledalen, tre chilometri a sud-est di Röddinge, la strada di ghiaia svolta proprio in mezzo alla vallata e oltrepassa il fiumiciattolo e i binari della ferrovia...

Un rumore incombente di passi lo fa sobbalzare. Una donna sta arrivando nella sua direzione, sul marciapiede. La riconosce vagamente. Diavolo, basta che non sia qualcuno della Cassa Mutua! Ma la donna passa oltre senza rivolgergli uno sguardo. Senza neanche finire di leggere le ultime righe che ha scritto, lecca e richiude la busta, la infila nella buca delle lettere e si affretta a tornare indietro verso la macchina.

Quando apre la porta dell'appartamento sente ancora quelle risate sguaiate provenire dalla TV. Lisbet è ancora seduta sul divano. Il recipiente di Polly è quasi vuoto e i tagliandi *Keno* sono accartocciati sul pavimento.

«Non hai vinto nulla?»

«No».

«Non fa niente...».

Va in cucina e prende una birra dal frigo. La apre con un "pfffhh" e sprofonda accanto a lei sul divano.

«Non hai intenzione di usare un bicchiere?».

Gunnar Nilhem sospira pesantemente e si alza di nuovo. Sente che i muscoli della mascella non sono più così contratti.

«E un sottobicchiere, altrimenti si macchia la tavola».

Una volta seduto sul divano lei gli fa improvvisamente una carezza sulla guancia. Poi inizia lo sport.

CAPITOLO 34

Konrad sente ancora il sapore salato del corpo di Gertrud sulle labbra, quando squilla il telefono. Fa in tempo a suonare cinque volte prima che qualcuno reagisca.

Ancora nel dormiveglia si accorge che lei allunga il braccio, cerca a tastoni, si schiarisce la voce e mormora un assonnato «Sì?». Il lenzuolo scivola via scoprendole le spalle. Il suo corpo è caldo. Morbide ciocche di capelli si poggiano tra le scapole. Konrad affonda la faccia nella schiena di lei.

«È per te», dice, passandogli il telefono.

Afferra la cornetta controvoglia.

«Perché hai spento il cellulare?».

Il tono di voce è severo, quasi accusatorio. È Palander. Sbuffa, come al solito. E a te cosa te ne frega!, vorrebbe rispondere Konrad, e poi scaraventare il telefono a terra. Invece mormora qualcosa di appena percettibile riguardo alla "batteria". Palander non sembra interessarsene.

«Sono successe delle cose», esordisce.

«Cosa?»

«Sei sveglio?».

Konrad si mette a sedere sul letto.

«Certo che sono sveglio, porca miseria...».

Lancia uno sguardo fuori dalla finestra. La tenda avvolgibile è tirata giù per metà. Sembra che faccia ancora buio. Che ore saranno? Per terra ci sono due bicchieri da vino vuoti.

«Ho appena ricevuto un'informazione da una mia fonte nella polizia. Hanno controllato il cellulare di Feriz con l'operatore. Il racconto della ragazza quadra. Fatima. È vero che nel momento in cui lei sostiene di avere origliato suo fratello parlava al telefono. E non con uno qualsiasi...».

Palander si interrompe, come se godesse nel tenere Konrad sulle spine.

«E con chi parlava?»

«Con Sigge Möller».

«Dovrei sapere chi è?»

«Un famigerato malavitoso di Malmö. Bazzica intorno a Möllevångstorget. Si occupa di un po' di tutto. Droga, furto, ricettazione e cosette del genere. Non è uno dei pesci più grossi, ma ha un casellario giudiziale a suo carico piuttosto corposo. Tra l'altro Sigge è stato dentro tre volte per detenzione illegale d'armi. Se a uno della mala di Malmö serve una pistola o un fucile a canne mozze si rivolge a Sigge. Comprare e rivendere armi è la sua attività preferita».

Konrad fa un respiro profondo. Le idee cominciano a schiarirsi nella sua mente. Lancia una rapida occhiata a Gertrud. Si è tirata il lenzuolo sopra il naso e lo guarda incuriosita.

«Questo significa che...».

«Che Fatima aveva ragione. Suo fratello era un delinquente, ma non un assassino. Ha comprato quella Luger che hanno ritrovato in fondo al pozzo almeno due giorni dopo l'omicidio di Herman e Signe. Alleluia e pace all'anima sua».

«Quindi deve essere stato...».

Palander lo interrompe di nuovo.

«Appunto. Deve essere stato qualcun altro ad uccidere i tuoi genitori adottivi».

«Quel Möller...?»

«Non ne ho la più pallida idea. Secondo la mia fonte non è mai stato condannato per omicidio. In effetti neanche mai sospettato, ma ora la polizia ha intenzione di portarlo in commissariato per interrogarlo. O forse già l'avranno fatto, a questo punto».

«Mi tieni aggiornato?»

«*Trust me, brother*. Saprai quello che Sigge Möller dice alla polizia ancor prima dei fedeli lettori dell'"Ystads Allehanda", aspetta... ehm... domani... ogni edicola sarà... tappezzata... uhm...».

La voce di Palander si tramuta in un poltiglioso rumore di mascelle masticanti.

«Stai mangiando?».

Konrad sente l'altro deglutire.
«Soltanto un hamburger. È ora di pranzo».
«Pranzo?».
Palander si schiarisce la gola, e si sente un suono gorgogliante quando qualche tipo di liquido gli scorre giù per la gola. Poi torna la sua voce di sempre.
«Possiamo presumere che Sigge Möller non canterà tanto facilmente», precisa. «Voglio dire, potrebbe essere stato lui a sparare a Herman e Signe, ma non lo ritengo molto probabile. E in questo caso, il compito della polizia sarà quello di fargli sputare fuori il nome di un assassino».

Gertrud è in piedi con la schiena rivolta a Konrad, nuda, e guarda fuori dalla finestra. Ha tirato su la tenda avvolgibile, ma la stanza rimane comunque al buio. *I girasoli* di Van Gogh si delineano con le loro sfumature giallo scuro contro la parete grigia. Abiti gettati sul pavimento.
Konrad si alza dal letto, si mette dietro di lei appoggiandole le mani sulla pancia morbida. I capelli di Gertrud gli solleticano il mento.
«Guarda le nuvole», dice lei. «Fuori fa buio come se fosse notte fonda».
«C'è afa. È in arrivo un temporale».
La strada sotto la finestra è vuota e desolata. Tre auto parcheggiate una dietro l'altra. Una busta di plastica vuota vola lungo il marciapiede, si alza in aria facendo un salto mortale, poi ondeggia verso terra. Un portone si apre al lato opposto della strada. Ne esce un uomo. Pantaloni da ginnastica, pantofole e berretto con la visiera girata sulla nuca. Lancia uno sguardo preoccupato verso il cielo prima di entrare nella prima macchina, per poi partire sgommando. Nella finestra di fronte si illumina una lampada e Konrad scorge una donna che guarda fuori.
«Ci vorrebbe una bella pioggia a ripulire l'aria», dice Gertrud assorta nei suoi pensieri.
Si libera dalla stretta di Konrad e si mette una vestaglia.
«Sapevo che Fatima diceva la verità», dice lui.
«Come facevi a esserne così sicuro?».

Konrad alza le spalle.
«Intuito, forse... dopotutto giudicare le persone è il mio mestiere».
«Uhm...».
«Lo si vede dagli occhi. Non credi?»
«Credo piuttosto che sopravvaluti le tue capacità. Fatima diceva la verità, certo. Ma sapresti riconoscere una bugia la prossima volta? Non ne sarei tanto sicura...».
Konrad raccoglie i suoi jeans dal pavimento e se li infila. Dopo quella corsa forsennata, le sue gambe sono rigide come pali del telefono. Un ginocchio scricchiola e i tendini del calcagno sembrano corde di violino lacerate. Geme maledicendo silenziosamente la propria stupidità. In cucina Gertrud armeggia con un barattolo di latta.
«Porca miseria! È finito il caffè».
«Non ti preoccupare, credo di averne una confezione su da me».
Indossa la camicia che la sera prima si era sfilato di dosso senza sbottonarla e apre la porta d'ingresso.
«Oddio!», sente Gertrud esclamare con sorpresa. «È mezzogiorno passato».
Tre lunghi passi di corsa per ogni rampa di scale, piedi nudi contro la pietra fredda. La confezione di Gevalia sta nell'armadietto sopra ai fornelli, proprio come pensava. Nel momento in cui sta per rientrare nell'appartamento di Gertrud sente sbattere il portone.
Il postino, pensa. Meglio prendere la posta nella cassetta delle lettere.
Trova due buste a finestra, e come al solito un mucchio di pubblicità.
Posa la pila di carte sul lavandino e si siede al tavolo della cucina, accanto alla finestra. Il buio trasmette una sensazione autunnale. Sul tavolo c'è un barattolo di marmellata e un cestino del pane. La caffettiera già borbotta invitante.
«Non c'era bisogno di precipitarsi. Ho trovato una confezione di Classic dietro al forno a microonde», dice Gertrud, mostrandogli con un gesto ricercato il pacchetto dorato, come se recitasse in uno spot pubblicitario. «Voilà!».
Konrad ride a quella sua esibizione.
Quando il caffè è pronto lo versa in due tazze decorate con ideo-

grammi giapponesi e si mette seduta di fronte a Konrad. Si fa seria, con un dito si strofina delicatamente la punta del naso. È come se le nuvole scure lì fuori conferissero ai suoi occhi una tinta di verde più profonda.

«Secondo te chi è stato?», chiede.

«A uccidere Herman e Signe? Non ne ho la più pallida idea».

«Qualcuno che sapeva della loro vincita al Lotto? Che credeva avessero un sacco di soldi nel cassetto del comò?»

«Forse. Oppure qualcuno che passava di là per caso».

Scuote lentamente la testa.

«Non posso fare a meno di pensare a Klas...».

Konrad rimugina quell'idea nella mente. Naturalmente non gli è nuova. Ma non quadra. Klas sarà pure un prepotente e un violento. Un balordo dal carattere aggressivo. Forte come un bue e allo stesso tempo un povero cristo. Konrad si ricorda di quel che gli ha raccontato Leif Bogren, di quel figlio tanto attaccato alla madre. Non è proprio possibile immaginarsi Klas mentre costringe Herman e Signe a inginocchiarsi, puntare la pistola contro le loro teste e spappolargli le cervella.

«I suoi genitori?», dice Konrad con un dubbio nella voce. «Non ci credo...».

Gertrud cambia rapidamente argomento.

«Perché l'assassino avrebbe venduto la pistola proprio a Feriz?»

«Avrà voluto disfarsene. Quel Sigge Möller sembra essere il tipo che ci sa fare con le armi che scottano e che sa come farle sparire. Potrebbe benissimo trattarsi di un puro caso che la pistola sia capitata proprio in mano a Feriz».

Gertrud sembra non accontentarsi della spiegazione. Dà un altro morso al pane tostato con la marmellata e si alza per versare dell'altro caffè.

«C'è una lettera per te», dice lei col pane ancora in bocca, rovistando nel mucchio di carte che Konrad ha portato su.

«Solo un paio di bollette».

«No, guarda questa. Una vera e propria lettera indirizzata a te. Una rarità oggigiorno».

Sventola una busta bianca con espressione trionfante.

«Era nascosta nel mucchio della pubblicità». dice. «Timbro dell'ufficio postale di Stoccolma».

Con un movimento rapido del polso gli lancia la lettera, che dopo aver fatto un bel volo atterra sul tavolo, proprio davanti a Konrad.

Konrad Jonsson, Tomelilla, c'è scritto, nient'altro.

«Qualcuno che non conosce il tuo indirizzo», dice Gertrud. «Ma qui non ci sono problemi. In questo paese tutti tengono sotto controllo tutti. Nessun rischio che una lettera non arrivi al destinatario, intendo dire».

«Credo di intuire...», dice Konrad e apre lentamente la busta. Sente una fitta allo stomaco.

La lettera è scritta a mano con una grafia accurata:

Konrad Jonsson

Quel che accadde quasi quarant'anni fa a Tomelilla mi ha tormentato per tutta la vita.

Nella valle di Fyledalen, tre chilometri a sud-est di Röddinge, la strada di ghiaia svolta proprio in mezzo alla vallata e oltrepassa il fiumiciattolo e i binari della ferrovia. In quel punto uno stretto sentiero corre in direzione del colle più a nord. Accanto ad una ripida parete di pietra c'è un cumulo di massi. Quattro grosse pietre formano come una piramide.

È seppellita lì sotto. La tua mamma.

Lascia cadere la lettera e guarda nel vuoto. Nessuna firma. Ma Konrad capisce.

La valle segreta. Il fiume che si snoda come un serpente tra i campi e i pascoli, tra i colli ammantati di boschi. Il paese incantato delle avventure, dove Konrad e Sven molto tempo prima potevano trasformarsi in indiani, in eroi di guerre stellari o in pirati che imperversavano per i mari. Le orme dei cervi nella neve. Gli allagamenti in primavera. I binari della ferrovia. I rapaci che circolano senza sosta sopra le cime degli alberi e gli oscuri nascondigli del bosco. Le case dimenticate e in rovina.

E forse... Agnes nella terra nera sotto un cumulo di quattro pietre ricoperte dal muschio.

Gertrud gli toglie la lettera dalle mani e la legge.

«O mio Dio!», esclama.

Konrad sì è già alzato. Ha un solo pensiero in testa. Deve andare là.

«Cosa pensi di fare?», gli domanda allarmata.

Lui non risponde, ma afferra le chiavi della macchina dal ripiano, caccia la lettera in tasca e infila i piedi nelle scarpe slacciate.

«La polizia... Non dovremmo...?».

Ma Gertrud si accorge che lui non la sta ascoltando.

«Aspetta! Vengo con te».

In quattro e quattr'otto si toglie la vestaglia e si infila una paio di jeans e una maglietta. Tiene i sandali in mano mentre si precipita dietro di lui fino alla macchina.

Il cielo nero è come un presagio. Una condanna a morte.

Stringe l'acciaio tra le mani, forte.

Sta in piedi al margine del bosco, come un'ombra che annuncia sventura, respira pesantemente sperando per qualche motivo in un temporale. Deve essere sozza. La morte dove essere maledettamente sozza e ripugnante, proprio come lo è diventata la vita.

Lui è mortale?

Sì, certo che è mortale, quel maledetto vecchiaccio. A volte ne ha dubitato, ma certo che può morire, come tutti gli altri.

L'idea di sbattergli la vanga in testa, di sparare un paio di pallettoni da caccia dritto in quella sua faccia boriosa. Sarebbe una tale liberazione.

Si guarda intorno nel bosco, rivolge lo sguardo verso la vallata e il letto del fiume. "Come cavolo sono arrivato qui, in realtà?", si chiede. È come se la memoria gli fosse volata via. "Devo aver preso la macchina", pensa. Non ne ha il minimo ricordo, ma non ha importanza.

Cosa l'ha condotto qui? La determinazione. La convinzione di dover metter fine a tutto quanto, una volta per tutte. Almeno di questo è certo.

Guarda verso l'alto, vede i grandi uccelli che volano in cerchio sopra le cime degli alberi. Sono avvoltoi? Si compiace al pensiero che strapperanno la carne di quel maledetto. "Ma che cazzo ne so io degli uccelli?", pensa.

Quindi prosegue tra i tronchi degli alberi, inciampando e inveendo. Ormai si è deciso. Non c'è più ritorno.

Fuori dal portone Konrad e Gertrud si imbattono nell'aria afosa, pesante, che li fa annaspare. Il vento si è placato. Il cielo è minaccioso, come la volta di una grotta che sta per crollare. Grigio come l'acciaio e carico d'elettricità. Sembra un miracolo che il temporale non si sia ancora scatenato.

Konrad guida velocemente lungo la strada provinciale in direzione della chiesa di Benestad, svolta verso sud e subito dopo verso ovest sulla strada più piccola, attraverso la vallata.

«Penso di sapere dov'è il posto», dice lui.

«Non dovremmo lasciare che se ne occupi la polizia? Potremmo fargli vedere la lettera...».

«Devo vedere con i miei occhi», la interrompe. «Penso di conoscere il posto di cui parla la lettera. Decideremo cosa fare quando ci saremo arrivati».

Si sente più calmo adesso. A dire il vero pensieri e frammenti di ricordi del passato gli ronzano ancora nel cervello come insetti che sciamano. Ma ora gli sembra di vederci chiaro. Questa cosa va fatta e non può attendere oltre. Sono passati quasi quarant'anni, ma potrebbero essere rimaste delle tracce. Konrad deve arrivarci prima che vengano cancellate per sempre.

Passano sopra il torrente e svoltano a destra, seguendo la stradina di ghiaia che corre lungo il margine del bosco che ricopre il colle più a sud. Poco dopo oltrepassano la radura dove la settimana passata ha portato Fatima per ben due volte. Quelle volte il sole picchiava sui pascoli da un limpido cielo azzurro. Ora tutto è avvolto in un'atmosfera plumbea, irreale. Dopo un po' la strada curva in direzione del vecchio castello e poi, bruscamente, di nuovo giù verso valle. Nascosti nel bosco stanno casolari e casette, alcuni rimessi a posto dai villeggianti dell'estate, altri abbandonati e nascosti dai panaci e dagli arbusti. Piccoli branchi di caprioli attendono nervosamente ai margini del bosco.

Dopo qualche chilometro la strada si biforca. Konrad svolta di nuovo a destra in direzione del pascolo e del fiume. La siccità ha quasi fatto rimanere a secco il torrente, che in alcuni punti si nasconde sotto ai giunchi, lasciando che solamente il sipario di ontani e pioppi ne sveli il corso.

Si ferma infine sul ciglio della strada, di fronte a una radura nel bosco di faggi.

Scendono dalla macchina. Tutti e due rivolgono contemporaneamente lo sguardo in alto, verso la nera coltre di nubi. Un tuono cupo li raggiunge come a volerli avvertire di qualcosa. Si sente un improvviso fruscio quando una folata di vento accarezza le chiome degli alberi sopra le loro teste. Poi torna il silenzio.

Mentre sta per entrare nel bosco, Konrad viene bloccato dalla mano di Gertrud che si posa sulla sua spalla. Un cane, poco distante sulla stradina di ghiaia, si sta dirigendo verso loro, annusando nervosamente il ciglio della strada. È un bastardo scabbioso. Un bastardo che Konrad conosce. Il cane senza padrone del cimitero. Lo seguono con lo sguardo. Che cosa sta cercando? Dopo una decina di metri il cane si ferma d'improvviso, come se solamente in quell'attimo avesse percepito il loro odore. Li scruta con gli occhi gialli, lucenti, e sembra in effetti provare compassione per loro. Poi è percorso da un fremito, imbocca lo stretto sentiero e prosegue zoppicante la sua esplorazione, addentrandosi nel bosco.

«Vuole che lo seguiamo», dice Gertrud a voce bassa.

«L'ho già visto prima. Al cimitero. Deve essere scappato molto tempo fa».

Cominciano a camminare nel bosco. Dopo un breve tratto il sentiero sbocca su un'area attrezzata con una protezione in legno per il vento e un braciere per fare il fuoco. Konrad prende Gertrud per mano. Il cane non si vede più.

«È da questa parte. So dove si trova quella parete di roccia».

Si spingono attraverso un'area boschiva più fitta, dove crescono querce e cespugli di rovi. I rami e la vegetazione intralciano il cammino, e devono proteggersi il viso con le braccia. Konrad è incerto sulla direzione da seguire. Molte cose sono cambiate, alcuni alberi sono cresciuti e hanno le chiome più grandi, altri sono morti, caduti e marciti. Ma proprio in questo punto sembra che non abbiano tagliato gli alberi da un bel po'. E Konrad ha un ricordo nitido di quel paesaggio. Alture, cumuli di massi e avvallamenti. Sa che sono sulla strada giusta. Dall'alto sentono le grida stridule di una poiana, che ancora non si è messa al riparo dal temporale in arrivo. Di tanto in tanto intravedono un'ombra fuggente marrone scuro contro il cielo plumbeo.

Quando Klas vede la macchina parcheggiata sul ciglio della strada sente una fitta al cuore. Porta una mano al petto. Si ferma, in ascolto, ma sente soltanto il rumore del bosco che trattiene il respiro, un leggero fruscio del fogliame.

La Opel. È quella di Konrad. Che diamine...?

Senza pensarci su due volte cambia direzione e inizia a percorrere il sentiero. Si muove velocemente, inciampa e ansima. Non c'è altra spiegazione. È sicuramente lì che quel bastardo sta andando. Alla tomba.

Pietre. Alberi caduti. È difficile vedere nella penombra, anche se è pieno giorno.

Dopo aver percorso metà della zona più fitta sente delle voci. Si ferma, di nuovo in ascolto, e prosegue di soppiatto. Stringe la sua arma pesante.

Poi li intravede tra gli alberi, un bel pezzo distanti. Si mette rapidamente al riparo. Sconcertato. La determinazione che sentiva poco prima è svanita. Quella donna, alla quale una volta si era trovato così vicino da pensare per un attimo di poter disporre della sua vita. Il pensiero di lei lo tormenta. Lei merita di morire?

E Konrad poi, non è mica lui quello che è venuto ad ammazzare.

Lentamente, come per mettersi alla prova, poggia il calcio del fucile contro la spalla. Prende la mira lungo la canna di acciaio.

È così semplice, ma allo stesso tempo talmente difficile.

D'improvviso Konrad e Gertrud arrivano a destinazione. La parete di pietra si erge quasi perpendicolare al suolo per almeno venti metri. Oltre la sommità il bosco continua, e qua e là, nelle spaccature della pietra, crescono dei pini deformati. Una grossa quercia è caduta a terra a causa dell'età e del peso. Le radici si diramano nell'aria come i denti della bocca di un mostro gigantesco. Il buco nel terreno da cui l'albero traeva il suo nutrimento è nero e profondo. Il tronco impedisce loro la visuale, ma Konrad sa che dietro la quercia caduta si trova ciò che sta cercando.

Le quattro pietre disposte a piramide sembrano essere state trascinate in quel punto da un gigante che le ha disposte in quel modo per una partita a biglie. Sono ricoperte di licheni e di muschio di un verde intenso.

Konrad si ferma, ansimante. Improvvisamente è come se non sapesse più cosa fare. Agnes è veramente sepolta lì, sotto le pietre? Un pensiero angosciante lo attraversa: cosa resta di un essere umano dopo quarant'anni sotto terra?

Indeciso sul da farsi, Konrad lancia uno sguardo a Gertrud. Lei si guarda intorno agitata. Lui si avvicina lentamente e sfiora il muschio che ricopre le pietre. La siccità lo ha reso arido e ruvido.

In quel momento squilla il cellulare nella tasca di Konrad. È come se si rompesse un incantesimo. Lo tira fuori e risponde.

«Sì?»

«Ciao, sono Sven. Ho scoperto qualcosa...».

A Konrad non viene in mente altro che un: «Ah sì?»

«Dopo che ci siamo incontrati l'ultima volta ho dedicato un po' di tempo a esaminare il mio materiale sui nazisti. Mi avevi chiesto se ci fossero altri nomi di Tomelilla, ti ricordi?»

«Sì?»

«Un attimo fa ne ho trovato uno. Non so bene se possa significare qualcosa, forse non si tratta di uno dei personaggi di spicco. Non sembra che abbia fatto parte della Divisione Nordland, come Kurt Nilsson. Ma il suo nome figura più volte in diversi verbali sugli incontri pubblici. A Tomelilla, a Sjöbo e qualche volta a Malmö. Sopratutto negli anni Cinquanta e Sessanta».

«E di chi si tratta?»

«Arvid Linder. Il professore di giurisprudenza. L'hai già incontrato a casa di Birger Berelius, giusto?»

«Oh, cazzo...».

Per un attimo Konrad si rivede davanti l'anziano dalla testa canuta. Proprio quell'uomo che sembrava tanto colto e cortese?

«Sì, volevo soltanto dirtelo. Ne riparliamo meglio dopo. Ci sentiamo».

Prima che Konrad faccia in tempo a rispondere, Sven ha già riattaccato.

I tuoni si fanno più forti e minacciosi. Entrambi rivolgono istintivamente lo sguardo alla parete di roccia, come temendo che il dio del tuono in persona voglia scagliargli contro una frana di terra e di pietre.

Gertrud sembra spaventata. Gli chiede spiegazioni con lo sguardo.

«Era Sven. Ha scoperto che Arvid Linder figura nel suo archivio dei nazisti. Sai, il professore».

«Secondo me dovremmo contattare la polizia. Questa situazione non mi piace».

È buio, quasi come se fosse notte. Gertrud si stringe le braccia intorno alle spalle. L'aria è ancora afosa e densa, ma lei sembra avere freddo. Intorno a loro c'è puzza di zolfo.

Konrad sente il dubbio insinuarsi in lui. Si domanda cosa stia facendo. Tutto è talmente irreale. Come se non fosse lui, ma qualcun altro, a trovarsi lì in mezzo al bosco, senza minimamente sapere cosa fare. Torna a contemplare la piramide di pietre. Sono quattro grossi massi. Ce la farà a smuoverli? E poi, dovrà scavare nella terra a mani nude?

«Vieni via, Konrad. Andiamocene».

Gertrud lo tira per un braccio. Ma è come se le pietre, con il loro magnetismo, lo stessero attirando e non volessero lasciarlo andare. Come se lo ipnotizzassero con un incantesimo. Non riesce a staccare lo sguardo. Lei si trova lì, nella terra nera, tra le radici intricate, i vermi e i cunicoli degli arvicolini?

È seppellita lì sotto. La tua mamma.

La lettera gli brucia in tasca. Deve essere vero. Perché altrimenti l'avrebbe scritto?

«Non la posso abbandonare...».

Konrad si accorge di quanto la sua voce suoni patetica, e si rende conto dell'assurdità di quelle parole. Le dita di Gertrud stringono la sua mano.

«Vieni via!», lo implora.

Proprio mentre si sta riprendendo da quella specie di paralisi, nel momento in cui capisce che lei ha ragione, i loro timpani vengono lacerati da un rimbombo terrificante.

Non è un tuono.

È Klas.

Sta appoggiato al tronco di un albero e dall'estremità della canna del suo fucile da caccia fuoriesce un filo di fumo. Bianche tracce nella pietra rivelano il punto in cui i pallettoni hanno fatto saltare dei frammenti di roccia. Apre il fucile senza mai abbandonare Konrad con lo sguardo, rimuove il bossolo e ricarica l'arma. La camicia di flanella a quadri è sporca, i pantaloni pendono flosci all'altezza del sedere. Il berretto che copre i grigi capelli a spazzola è macchiato. Una presa di tabacco gli fa sporgere il labbro superiore, ma per una volta Klas non sembra ubriaco.

«Non scavi?».

La voce è aspra e ostile.

«Non vuoi sporcarti le mani, eh?».

Afferra qualcosa da dietro al tronco dell'albero, con lo sguardo ostinatamente fisso su di loro. Un oggetto fa un volo nell'aria. Cade a terra urtando la piramide di pietre con un forte fracasso. Una piccola vanga militare verde scuro.

«Ora scava, cazzo! Hai cercato talmente a lungo».

Appoggia la canna del fucile su una spalla. Sputa per terra. Evidentemente Klas è sicuro della sua posizione di vantaggio.

In un istante tutto si fa chiaro nella mente di Konrad. Sente l'adrenalina scorrergli in corpo. Il sangue batte forte nelle tempie. Vede il terrore scintillare negli occhi di Gertrud, le stringe forte le dita mordendosi le labbra. Il viso di Klas è immobile, impossibile sapere cosa gli passi per il cervello. Ma Konrad capisce che non c'è ritorno. La vanga per terra.

Nel momento stesso in cui si libera dalla mano di Gertrud, un lampo tinge il cielo di bianco. Il fragore è assordante e per un attimo il bosco si illumina, scintillante e incolore.

Poi arriva la pioggia.

All'inizio solo rare goccioline che si fanno strada attraverso il fogliame. Poi una pioggia torrenziale, risonante, sferzante, che piega gli alberi e i rami, che li investe come un torrente impetuoso, frustando la terra secca e avvolgendo il bosco in un manto grigio.

Klas sembra completamente indifferente. Fa un paio di passi verso di loro.

«Dai, forza. Scava!», urla attraverso il frastuono.

Con la mano libera indica un punto proprio vicino alle pietre.
Konrad raccoglie la vanga. È già fradicio fino alle ossa.

Adesso fa freddo. La pioggia pesante come piombo si raccoglie in pozzanghere sul terreno che non riesce ad assorbire l'enorme quantità d'acqua che precipita dal cielo. Gertrud è come impietrita, una ninfa grondante d'acqua appena emersa da un lago oscuro nel bosco. I capelli le si appiccicano come alghe sulle guance e sul collo. Con tutta la forza che ha, Konrad conficca la vanga nel terreno facendola penetrare più a fondo di quanto avesse creduto possibile.

«Ho visto la tua macchina», grida Klas attraverso la pioggia.

Konrad continua a scavare. La terra sabbiosa si è rapidamente trasformata in argilla. Il terreno è pieno di sassi e radici, ma la vanga è affilata.

«Pensi forse che vi abbia seguiti?». Klas si avvicina di altri due passi. «Non è andata così. In realtà sono qui per altre faccende. Solo per caso ho visto la tua Opel e ho riconosciuto la targa».

Quelle parole li sorprendono. Konrad continua ostinatamente a scavare e a strappare, senza rispondere. Si è ben presto formata una buca, ma per ogni badilata di terra che riesce a scavare, ne ricade quasi altrettanta di argilla inzuppata. L'acqua scorre dai capelli e dalla fronte sugli occhi, annebbiandogli la vista. Cosa vuole dire Klas in realtà?

«Hai perso la lingua? Tu che ce l'hai sempre avuta tanto sciolta».

Konrad si blocca. Sbatte le palpebre un paio di volte per riuscire a vedere qualcosa.

«Che cosa troverò, Klas?»

«Continua a scavare, e vedrai...».

«Tu proprio non mi sopporti, non è vero?».

L'altro annuisce lentamente. La canna del fucile ora si è abbassata. Due occhi neri lo fissano minacciosi.

«Ti sembra così fottutamente strano?»

«Ma perché...?».

Klas sbuffa con disprezzo.

«Non ti hanno mai voluto bene, lo sai, no?»

«Herman e Signe?»

«Si sono presi cura di te, certo. Ma come si fa con uno schifoso animale domestico. Tu non sei mai stato figlio loro per davvero, lo capisci? Volevano solo espiare la loro colpa. La loro maledetta colpa...».

«La loro colpa?»

«Sì, era così che ragionavano loro. Una sorta di dannato peccato originario. Ma scava ora, per Dio, altrimenti ti spappolo il cervello!».

Konrad riprende a scavare. Scava come una talpa, a ridosso della piramide di pietre. Fende e strappa come un forsennato.

Pietre mute. Radici ostinate. Ormai la buca è profonda un metro. Konrad entra per lavorare meglio, il fango risucchia le sue scarpe da ginnastica. Konrad è sconvolto all'idea di ciò che potrebbe trovare da un momento all'altro.

Klas è pazzo!, queste parole gli rimbombano in testa mentre scava. Ci ucciderà. Ci seppellirà qui, accanto a lei. Con la coda dell'occhio Konrad misura la distanza che lo separa dal fratellastro. La vanga è affilata. Con un colpo potrebbe trasformarla in un proiettile mortale. Ma la distanza è eccessiva. Lancia uno sguardo verso Gertrud. Forse risparmierà almeno lei?

Il primo frammento di osso è giallognolo. Una costola o un osso del braccio? Una nausea violenta assale Konrad. Deve vomitare! Deglutisce più volte e sente lacrime calde mescolarsi a gocce d'acqua fredda sul suo viso. Ma non può, né ha il coraggio, di fermarsi. Altri frammenti di scheletro emergono dalla terra. Esposti alla pioggia. Konrad li vede e capisce di cosa si tratta – di chi si tratta – ma sente che tutto è allo stesso tempo talmente irreale che non gliene importa niente se quelle ossa si frantumano sotto i suoi colpi. Questa non può essere Agnes! Questa non può essere sua madre! È tutto talmente ignobile.

Ed ecco il cranio, appena percettibile nella fanghiglia marrone.

«Fermati adesso!».

Tutto d'un tratto la voce di Klas si fa acuta. Tira rumorosamente su con il naso, e con la mano si sfrega gli occhi arrossati. Una poltiglia di tabacco, muco e acqua piovana gli scorre lungo gli angoli della bocca. Il fucile gli pende sotto il braccio, la canna puntata a terra.

«Sei stato tu ad ucciderla?», ansima Konrad. «Tu e quegli schifosi dei tuoi amici?».

Klas scuote la testa. All'improvviso quell'uomo adulto sembra trasformarsi in un bambino piccolo. Impacciato, sudicio e terribilmente infelice. Konrad si accorge che sta piangendo.

«Ancora non hai capito niente, non è così?».

Konrad guarda Gertrud che non si è mossa di un solo centimetro, e poi di nuovo Klas, continuando a non capire. Ora negli occhi di Klas appare un'espressione quasi implorante.

Un persecutore.

Un'anima perseguitata.

«L'assassino è lo stesso», geme. «Capisci? Tua madre e mia madre. A quarant'anni di distanza. Ma lo stesso assassino...».

La casa si trova a non più di trecento metri di distanza dalla tomba, ben nascosta tra gli abeti, il fogliame degli alberi e i cespugli fitti. Un lungo edificio in mattoni rossi con il tetto di paglia. Sullo spiazzo erboso ci sono dei mobili bianchi da giardino, e lì a fianco un pozzo con una pompa a mano arrugginita. La pioggia si è un po' attenuata. Dal comignolo sale un fumo grigio. Sullo stretto sentiero che porta alla casa è parcheggiata una Land Rover verde scuro.

La jeep verde, pensa Konrad. L'ho vista più di una volta qui nella vallata.

Prima ancora che Klas apra la porta con un calcio e li spinga dentro con il fucile puntato alla schiena, Konrad intuisce chi è la persona che sta per incontrare.

Arvid Linder sembra sinceramente sorpreso. Non li ha sentiti arrivare e per un breve attimo il suo sguardo si perde, come a cercare istintivamente una via di fuga. Poi accenna ad alzarsi, ma ci ripensa e resta seduto sulla comoda poltrona in pelle con un libro sulle ginocchia. Alla sua sinistra il fuoco crepita nel camino e sul tavolo sta poggiato un bicchiere di vino.

«Klas Jönsson... Quanto tempo è passato...».

La voce è gentile, forbita e colta, proprio come l'ultima volta che si sono visti. Ma Konrad percepisce qualcosa di completamente diverso nel suo sguardo. Linder stringe i braccioli della poltrona. Le sue mani sono grandi e asciutte.

«Vedo che hai portato degli ospiti».

Ora il professore sorride, un lupo che soppesa il nemico. Indossa un cardigan marrone, camicia celeste e cravatta. I capelli bianchi sono ben pettinati. Lo avvolge il profumo di dopobarba.

Klas spinge Gertrud sul divano, poi è la volta di Konrad. Agita nervosamente il fucile da caccia. Konrad e Gertrud si lasciano cadere giù, con lo sguardo cercano disperatamente una via d'uscita da quella stanza. Respirano appena.

Poi Klas si rivolge a Linder. Sputa fuori le parole schiumando di rabbia:

«Sono venuto per ucciderti, bastardo!».

Arvid Linder resta perfettamente immobile. Fissa Klas come aspettandosi che il suo solo sguardo possa farlo crollare. Ma Klas tira su con il naso e lo fissa altrettanto risoluto, rosso in faccia dall'odio.

«Ma prima devi raccontare esattamente quello che è accaduto».

«Sii gentile Klas, non capisco di cosa...».

Senza preavviso Klas fa un passo e colpisce Arvid Linder in faccia con la canna del fucile. La testa del vecchio viene scagliata all'indietro, i capelli si scompigliano, e da una ferita vicino al naso gli cola del sangue sulla bocca. Per la prima volta si intravede nei suoi occhi qualcosa che potrebbe sembrare paura.

«Non sono più giovane...».

Klas colpisce di nuovo, ora un po' più forte. Si apre un'altra ferita, questa volta sulla fronte.

«Racconta cosa ci hai costretti a fare!».

Quei colpi fanno sì che nello sguardo di Linder qualcosa si trasformi. Non c'è più niente di cordiale nei suoi occhi, dove in un istante sono comparsi sconcerto e paura. Sono colmi di mortificazione.

«Maledetto cafone», sibila con uno sguardo pieno di disprezzo. «Non ti ho dovuto mica costringere. Tu hai avuto proprio quel che volevi».

Tira fuori un fazzoletto dalla tasca del cardigan e si asciuga la fronte.

«Una maledetta puttana polacca...».

Le parole feriscono come lame nel petto di Konrad. Percepisce il movimento della mano di Gertrud sul divano che lo cerca.

«Raccontaglielo!», urla Klas.

«Sai benissimo che era venuta qui da me tante altre volte», sbotta

Linder. «Di sua volontà. La pagavo bene. Quella sera, be', ci ho messo un po' troppa violenza».

Konrad trattiene il respiro. Intravede il nascere di un pensiero astuto in quegli occhi lucidi come acciaio. Il professore si piega cautamente in avanti, afferra il bicchiere di vino con una mano appena percettibilmente tremolante e se lo porta alle labbra. Torna a rivolgersi a Klas, che ansima pesantemente, in piedi accanto alla porta.

«Eravate i miei discepoli, tu e i tuoi amici. Non è vero? Vi piaceva ascoltare i miei racconti di un nuovo ordine sociale. Pensavo che foste della pasta giusta».

Sorseggia di nuovo il vino e posa lentamente il bicchiere.

«Quella sera mi ero dimenticato che ci eravamo messi d'accordo per esercitarci con il tiro a segno. Quando vi siete presentati, in mezzo al mio... come dire... piccolo momento lirico, ho pensato che fosse giunta l'ora per voi di diventare uomini».

«Avevamo sedici anni», sibila Klas.

Arvid Linder batte violentemente il pugno sul tavolo. Konrad e Gertrud sobbalzano, come se il colpo avesse raggiunto loro anziché il tavolo.

«Tanti di quei ragazzi coraggiosi che hanno sacrificato la loro vita per il Terzo Reich erano ancora più giovani!», ruggisce il professore.

Si appoggia all'indietro sulla poltrona e procede con una calma inquietante.

«Non ho proprio dovuto costringervi a inculare quella puttana polacca, non è vero? Eravate assetati come giovani tori».

Klas rivolge lo sguardo a terra, mormora qualcosa di incomprensibile. Arvid Linder si rivolge a Konrad e Gertrud, come se soltanto ora avesse notato la loro presenza. Si rivolge a loro con il tono di uno che stia raccontando un aneddoto divertente per intrattenere gli ospiti.

«Vedete, una volta che i ragazzi avevano fatto quel che volevano con quella donna, gli ho offerto un paio di bicchierini per farsi forza. Pensavo che ne avessero bisogno. Improvvisamente quella piccola puttana si è presentata con un coltello da cucina in mano. Come abbia fatto a slegarsi non saprei dire. Prima di riuscire a fermarla, mi ha colpito alla gamba. Forse avrai notato, Konrad, l'ultima volta che ci siamo visti, che ancora oggi soffro di un incresciosa zoppìa? In ogni caso è riuscita a scappare e allora ho dovuto ordinare ai ragazzi di andarla a riprendere».

Sembra che l'ossigeno nella stanza sia finito. Konrad non riesce a respirare. La voce di Arvid Linder, la sua arroganza e i suoi occhi sono invincibili. È come se, con una tecnica ipnotica, sia riuscito a convincere tutte le persone nella stanza che è lui ad avere in mano il fucile.

Konrad vorrebbe distogliere lo sguardo, ma non ci riesce. Fissa il viso del professore, ma tutto quel che vede è Agnes che corre attraverso il bosco con un coltello macchiato di sangue in mano, il buio intorno a lei, i rami che frustano il suo viso; è terrorizzata, stanca e ferita nel corpo e nell'anima e spera che quell'uomo che ha abusato di lei tante volte muoia dissanguato dal colpo che gli ha inferto. Forse, forse pensa anche di doversi sbrigare a tornare a casa dal suo piccolo bambino, tutto solo nel suo letto.

«Maledetto! Stai parlando di mia madre», sibila Konrad.

Linder solleva impassibile le sopraciglia.

«Dopo un po' i ragazzi me l'hanno riportata. Naturalmente c'era soltanto una cosa da fare. Ho preso la mia Luger e le ho sparato in testa».

Improvvisamente Konrad si rende conto che Arvid Linder sta godendo. Non c'è altra spiegazione. Konrad è totalmente privo di forze, incapace di fare altro se non continuare a fissare quell'uomo dai capelli bianchi, seduto nella sua comoda poltrona, con il sangue che gli imbratta la faccia e i capelli in disordine, eppure talmente terribile, talmente minaccioso, talmente paralizzante.

Non c'è altra spiegazione, Arvid Linder trae godimento dal potere di umiliarli.

«Del resto, avevo già da tempo deciso di disfarmi di lei», dice con tono quasi indifferente. «Probabilmente è una circostanza di cui tu non sei a conoscenza, Klas. Quella cagna sosteneva di essere incinta. E che l'avessi messa incinta io. Un'affermazione ridicola. Ma non potevo lasciar correre. Quella sera, prima del tuo arrivo con i tuoi amici, mi ha chiesto dei soldi. Per questo sono diventato un po' manesco».

Calmo, convinto di avere sotto controllo la situazione, prende il pettine dal taschino e se lo passa tra i capelli con un movimento ricercato.

Proprio mentre sta per aggiustarsi la riga dei capelli, un movimento di Klas stravolge l'espressione sul suo volto. In un secondo la maschera cade. Il pettine precipita in terra. Il sorriso controllato scompare. Il terrore di morire trapela invece dagli occhi di quell'uomo molto vecchio, che in un attimo si è reso conto che tutto è perduto.

«Signe», geme Klas disperato. «Si era presa su di sé tutta la colpa. Per quale fottuto motivo hai dovuto ucciderli?»

«Mi dispiace veramente». La voce di Arvid Linder è talmente rauca e fioca che a malapena si percepiscono le sue ultime parole. «Ma non ho avuto scelta. Sii gentile, ti giuro...».

Alza il braccio in un vano tentativo di ripararsi, ma il dito di Klas già preme il grilletto, e si sentono due detonazioni assordanti, una subito dopo l'altra.

Come ipnotizzati fissano il corpo disintegrato nella poltrona. Timpani anestetizzati dai colpi. Nessun rumore. Nessun odore. Una massa informe, insanguinata. Può mai aver ospitato l'anima di un essere umano?

Passa un'eternità.

«Herman e Signe l'hanno sempre saputo, durante tutti questi anni», dice Klas con voce afona. «Sapevano quello che avevo fatto».

Svuota i bossoli sul pavimento e ne infila altri due nel fucile da caccia.

«Gli ho raccontato subito tutto. Mi hanno perdonato, avevano un cuore talmente buono. Si sono addossati la colpa di quel peccato».

Konrad distoglie lo sguardo dalla morte, guarda verso Klas, incapace di porsi delle domande.

«Un paio di settimane fa Signe è venuta da me. Aveva paura. Aveva incontrato Arvid per caso. Mi ha confessato che qualcosa dentro di lei si era spezzato. Tutto il lerciume che si era portata dentro in tutti questi anni è straripato come un fiume in piena dalla sua bocca. Poi, subito dopo avergli parlato, ha avuto paura, temeva che Arvid li avrebbe ammazzati, ora che sapeva che loro sapevano quello che era successo a tua madre».

Klas sospira esausto.

«Prima non le ho dato retta, ma poi, quando sono stati uccisi nella rimessa, ho subito capito chi era stato».

Si affloscia lentamente a terra con la schiena contro la parete.
«Pensavo che fosse tutta colpa tua».
Fa qualche respiro profondo.
«Sì, cazzo!».
Per un attimo sembra che abbia intenzione di puntarsi il fucile alla bocca. Poi lascia cadere l'arma, che piomba rumorosamente sul pavimento, e rimane lì, seduto, con lo sguardo perso nel vuoto.

EPILOGO

Una pioggia leggera e delicata cade sul cimitero. Le foglie dei faggi rossi pendono lucide e pesanti. Durante la notte le talpe hanno tirato su nuovi piccoli mucchi marrone scuro. C'è odore di terra, l'aria è satura di ossigeno e riempie i suoi polmoni di forza.

La ricerca si è conclusa.

Ha comprato otto rose rosso scuro dal fioraio in piazza. Ha esitato a lungo. Konrad non ha la minima idea di quali fiori piacessero ad Agnes. Ma immagina che dovessero essere le rose rosse.

Nella piccola rimessa accanto alla cappella trova un vaso e lo riempie d'acqua. Le rose sono belle, stagliate contro la pietra nera. Si accovaccia. Passa la punta delle dita sulla superficie umida.

Agnes Stankiewic 1937-1968.

L'addetto alle pompe funebri gli aveva chiesto se non sarebbe stato meglio scrivere "Agnieszka" sulla lapide. Il suo vero nome. Konrad aveva scosso la testa. No, doveva essere Agnes. Quello era il nome con cui aveva pensato a lei durante tutti quegli anni in cui non aveva mai smesso di cercare.

Le ginocchia scricchiolano un po' quando si alza in piedi. Si guarda intorno nel cimitero, cerca con lo sguardo lungo le siepi di bossolo e lungo i prati verde acceso. Cosa cerca? Il cane.

Il bastardo scabbioso che gli ha indicato la strada. Konrad aveva sperato di vederlo un'ultima volta. Scambiarsi un'occhiata di intesa e vederlo poi trotterellare via tra i cespugli con la sua andatura sbilenca. Come per dirgli addio. Ma il cane non c'è.

Avrà trovato la strada di casa, pensa Konrad.

Per Herman e Signe ha preso una begonia. Pallida e senza pretese.

Se sapessero che Klas è in prigione si rivolterebbero nella tomba dalla vergogna, come dei vermi. Ora dovrà cavarsela da solo, il loro figlio unigenito.

Il loro ottuso unico figlio.
Era stato lui a far avere quel foglietto a Palander per mettere la polizia sulla pista giusta? Eva Ström pensava che poteva essere andata così. A meno che non fosse stata Fatima.
Be', tutto questo ormai non ha più importanza.
Gli è sembrato che lei, l'ispettrice della polizia giudiziaria, si vergognasse un po', quando lo aveva chiamato la sera prima per fornirgli gli ultimi pezzi del puzzle.
La soffiata che voleva che Konrad fosse stato visto a Tomelilla la notte dell'omicidio.
«È stato Arvid Linder. Pensavamo fosse un testimone irreprensibile, al di sopra di ogni sospetto. Ti dobbiamo delle scuse, presumo».
Poi rapidamente aveva cambiato discorso.
«Gli stavamo alle calcagna quando tu hai dato inizio a tutto quel casino a Fyledalen. Sigge Möller ha cantato. Abbiamo minacciato di incriminarlo per omicidio. Allora è venuto fuori che era stato Linder a contattarlo per fargli vendere la Luger a Feriz. Linder conosceva quei delinquenti attraverso la collaborazione con Berelius. Ha rischiato, è ovvio. Il piano era probabilmente quello di far trovare l'arma in mano a Feriz, in modo che lo incolpassero dell'omicidio di Herman e Signe».
Si era zittita, e a Konrad era sembrato di sentire uno sbuffo.
«Linder doveva essere convinto che la polizia non avrebbe mai creduto a degli stranieri come Feriz e il suo amico, o a un trafficante d'armi come Sigge Möller. Del resto, se la loro parola fosse stata messa contro quella di un professore... Che poi i ragazzi siano stati uccisi quando hanno provato a rapinare Torstensson, quello è stato un vero colpo di fortuna, agli occhi di Linder».
Come giocare con le vite degli altri, pensa Konrad, ascoltando quella spiegazione. Arvid Linder deve aver pensato di essere invincibile. Di poter giocare a scacchi utilizzando esseri umani come pezzi. Prima quei ragazzi. Poi lo stesso Konrad.
Non immaginava che sarebbe stato scoperto? L'esito del gioco gli era indifferente? L'odio l'aveva spinto alla *hybris*?
Übermensch.
Il superuomo.

«E Berelius?»

«È pulito per quanto ne sappiamo noi», aveva detto Ström. «Per Linder era un utile idiota, per così dire».

La lapide in granito rosso sotto la quale riposano Herman e Signe è imponente e pomposa. Birger Berelius aveva pensato che non fosse il caso di risparmiare. C'erano talmente tanti soldi nell'asse ereditario.

La vincita al Lotto.

L'eredità.

Konrad sorride tra sé e sé, in piedi davanti alla tomba. Forse c'è qualche sorta d'ironia in tutto questo. A Herman e Signe non era mai venuto in mente di spendere e spandere quei milioni. E nemmeno per Klas saranno di alcuna utilità, almeno finché resterà dietro le sbarre. Sarà difficile evitargli un'incriminazione per omicidio, secondo Berelius. In ogni caso quel vecchio l'ha ammazzato.

Konrad stesso è più che altro sollevato di rimanere a bocca asciutta. Non gli importa nulla del mezzo sorriso di scherno dell'avvocato.

«Purtroppo è saltato fuori che Herman e Signe non ti hanno mai adottato formalmente. I figli in affidamento non godono del diritto di successione. Quindi sarà Klas a portare a casa tutto il bottino».

In qualche modo sente che è giusto così. Effettivamente è Klas il loro unico figlio.

La macchina con i suoi bagagli sta sulla strada lungo il cimitero. Konrad lancia un ultimo sguardo dietro di sé.

Nessun cane in vista.

Mentre si lascia i morti alle spalle, l'unica cosa che ha in mente è Gertrud.

INDICE

Nuova Narrativa Newton

SIMON CLARK, *La città dei vampiri*
STEL PAVLOU, *Il codice di Atlantide*
LISA TUTTLE, *Il codice delle fate*
STUART MACBRIDE, *Il cacciatore di ossa*
NANCY KILPATRICK, *La guerra dei vampiri*
FRANCO MATTEUCCI, *Il profumo della neve*
NAGIB MAHFUZ, *Il Settimo Cielo*
COLLEEN GLEASON, *Cacciatori di vampiri*
LAWRENCE WATT-EVANS, *Il Signore dei Maghi. La saga degli Eletti*
BILL NAPIER, *Dossier Andromeda*
WAYNE BARLOWE, *Il demone di Dio*
STUART MACBRIDE, *La porta dell'inferno*
JAMES VANORE, *Il vangelo dei vampiri*
LISA JANE SMITH, *Il diario del vampiro. Il risveglio*
NAGIB MAHFUZ, *Karnak Café*
BINA SHAH, *La bambina che non poteva sognare*
JACOBO MACHOVER, *Il romanzo di Che Guevara*
ADRIANA KOULIAS, *Il tempio del Graal*
COLLEEN GLEASON, *La condanna del vampiro*
LEANDER DEENY, *Gli incubi di Hazel*
SIMON SCARROW, *Il centurione*
STUART MACBRIDE, *La casa delle anime morte*
WHITLEY STRIEBER, *2012. L'apocalisse*
JANE ELLIOTT, *Diario di un'adolescenza rubata*
NANCY KILPATRICK, *La rinascita del vampiro*
LIU HONG, *Le donne del vento rosso*
RONALD CUTLER, *I custodi del manoscritto di Cristo*
ROBERT HOLDSTOCK, *La maledizione del Graal. Il Codice di Merlino*
ANN CLEEVES, *Gli occhi della notte*
SCOTT WESTERFELD, *I diari della mezzanotte. L'ora segreta*
NAGIB MAHFUZ, *Autunno egiziano*
KENZO KITAKATA, *Tokyo noir*

JULIA GREGSON, *Matrimonio a Bombay*
LISA JANE SMITH, *Il diario del vampiro. La lotta*
SCARLETT THOMAS, *PopCo*
ANDREW PEPPER, *La vendetta del Capitano Paine*
HARRY SIDEBOTTOM, *Il guerriero di Roma. Fuoco a Oriente*
LISA JANE SMITH, *Il diario del vampiro. La furia*
YARI SELVETELLA, *Uccidere ancora*
La maledizione del vampiro, a cura di Peter Haining
Il grande libro di Dracula, a cura di Stephen Jones
Vampiri!, a cura di Stephen Jones
JENNIFER CLEMENT, *Il fascino del veleno*
FEDERICO GHIRARDI, *Bryan di Boscoquieto e il Talismano del Male*
SIMONE DI MEO, *Faida di camorra*
ANDREA FREDIANI, *Un eroe per l'impero romano*
LISA JANE SMITH, *Il diario del vampiro. La messa nera*
COLLEEN GLEASON, *La rivolta dei vampiri*
DUANE SWIERCZYNSKY, *Uccidere o essere uccisi*
TOM MARTIN, *Il regno perduto*
LISA JANE SMITH, *I diari delle streghe. L'iniziazione*
STAV SHEREZ, *Il monastero di Satana*
MICHELLE MORAN, *La regina dell'eternità. Il romanzo di Nefertiti*
SCOTT WESTERFELD, *I diari della mezzanotte. Dentro le tenebre*
BILL NAPIER, *Nemesis*
LAWRENCE WATT-EVANS, *Il nono talismano. La saga degli Eletti*
ADRIANA KOULIAS, *I custodi del Graal*
LIN ANDERSON, *La bambina che giocava con il fuoco*
LISA JANE SMITH, *Il diario del vampiro. Il ritorno*
CHRISTOPHER LINCOLN, *Billy Bones. L'armadio dei segreti*
SCARLETT THOMAS, *L'isola dei segreti*
GIULIO CASTELLI, *Gli ultimi fuochi dell'impero romano*
ALAFAIR BURKE, *La città del terrore*
SCOTT WESTERFELD, *I diari della mezzanotte. I cacciatori della notte*
JANE ELLIOTT, *Alice all'inferno*
BINA SHAH, *Il bambino che credeva nella libertà*
NASEEM RAKHA, *Una madre non dimentica*
VITO BRUSCHINI, *The father. Il padrino dei padrini*
SIMON SCARROW, *Sotto l'aquila di Roma*
LISA JANE SMITH, *I diari delle streghe. La prigioniera*
COLLEEN GLEASON, *Il crepuscolo dei vampiri*
STUART MACBRIDE, *Il collezionista di occhi*

SHERRY JONES, *La sposa guerriera. A'isha e la rivolta islamica*
L'ora dei vampiri, a cura di Trisha Telep
NANCY KILPATRICK, *Gli amori del vampiro*
CORY DOCTOROW, *X*
STEVE ALTEN, *L'ultima profezia. 2012, il testamento maya*
LISA JANE SMITH, *Il diario del vampiro. Scende la notte*
AZADEH MOAVENI, *Viaggio di nozze a Teheran*
LISA JANE SMITH, *I diari delle streghe. La fuga*
ALI ETERAZ, *Il bambino che leggeva il Corano*
JEANNE KALOGRIDIS, *I diari della famiglia Dracula*
Sul tetto del mondo, a cura di Jon E. Lewis
ISABELLE AUBRY, *La prima volta avevo sei anni*
MASSIMO LUGLI, *Il carezzevole*
AZHAR ABIDI, *La casa degli amori sognati*
HARRY SIDEBOTTOM, *Il guerriero di Roma. Il re dei re*
LISA JANE SMITH, *I diari delle streghe. Il potere*
HELENE COOPER, *Le bambine di Sugar Beach*
COLLEEN GLEASON, *Il bacio del vampiro*
L'ultima scalata, a cura di Hamish MacInnes
DAVID IGNATIUS, *Attacco a Teheran*
ANDREA FREDIANI, *Dictator. L'ombra di Cesare*
CHRIS PRIESTLEY, *Le terrificanti storie di zio Montague*
SIMON SCARROW, *Il gladiatore*
LISA JANE SMITH, *Il diario del vampiro. L'anima nera*
FABIO DELIZZOS, *La setta degli alchimisti. Il segreto dell'immortalità*
MAHBOD SERAJI, *Le notti di Teheran*
CHRISTOPHER LINCOLN, *Billy Bones. Sulla strada per Maipiù*
Wolfmen. Storie di lupi mannari, a cura di Stephen Jones
FRANCO MATTEUCCI, *Lo show della farfalla*

Stuart MacBride

Il collezionista di occhi

Dopo aver svolto decine di lavori diversi (da addetto alle pulizie a sviluppatore di applicazioni per l'industria del petrolio), aver mollato l'università e aver creato la ricetta perfetta per la zuppa di funghi, Stuart MacBride è diventato uno scrittore di successo. La Newton Compton ha pubblicato i suoi thriller *Il collezionista di bambini* (Barry Award come miglior romanzo d'esordio), *Il cacciatore di ossa*, *La porta dell'inferno*, *La casa delle anime morte* e *Il collezionista di occhi* con protagonista il sergente Logan McRae. Stuart ha ricevuto nel 2007 il prestigioso premio CWA Dagger in the Library, per l'insieme delle sue opere, e nel 2008 l'ITV Crime Thriller Award come rivelazione dell'anno. Vive nel nord-est della Scozia con sua moglie Fiona e patate a sufficienza per sfamare un esercito. Il suo sito internet è www.stuartmacbride.com.

NNN 188. Volume di 432 pagine. € 14,90

L'estate ad Aberdeen è una stagione crudele. Un sanguinario criminale ha preso di mira la comunità polacca della città, lasciandosi alle spalle una scia di vittime torturate e abbandonate in fin di vita in cantieri edili, con gli occhi cavati e le orbite bruciate. Le lettere rabbiose che arrivano al quartier generale della polizia dimostrano che è solo l'inizio... Con vittime troppo spaventate per parlare e un pedofilo in fuga come unico testimone, le indagini, affidate al sergente Logan McRae, sono a un punto morto. Come se non bastasse, il sarcastico ispettore capo Finnie sembra deciso a rendere la vita di McRae un inferno. Intanto le brutali aggressioni continuano e quando si scopre che una delle vittime non proviene dall'Est, ma è Simon McLeod, un noto allibratore, Logan si trova improvvisamente catapultato in un mondo di prostituzione, droga e traffico di armi. Dall'Est Europa si sta infatti preparando un vero e proprio assalto alla tranquillità di Aberdeen, già sull'orlo di una guerra tra bande. Ed è a questo punto che il più pericoloso signore del crimine della città si fa avanti per trattare con McRae. Per risolvere il caso, salvare la propria vita e quella dei suoi cari, Logan dovrà decidere fino a che punto infrangere le regole...

NEWTON COMPTON EDITORI

Massimo Lugli

Il carezzevole

Massimo Lugli (Roma, 1955), dopo aver lavorato per anni a «Paese sera» è attualmente inviato speciale de «la Repubblica». Dal 1975 si occupa di cronaca nera e alterna la passione per il giornalismo e la scrittura con quella delle arti marziali, che pratica fin da bambino. Ha pubblicato *Roma maledetta (*1998) e, con la Newton Compton, *La legge di Lupo solitario* (2007). Ha ottenuto un grande successo di pubblico e di critica con *L'istinto del Lupo*, finalista al premio Strega 2009.

NNN 201. Volume di 336 pagine. € 14,90

Marco Corvino è un trasognato cronista alle prime armi, appena approdato alla redazione di un quotidiano romano. Siamo all'alba degli anni Settanta: i fermenti politici agitano le piazze, mentre nei bassifondi esplodono le guerre criminali della malavita organizzata. Tra un reportage dal ventre della metropoli e un attentato, tra una rapina e un'intervista alla vittima di uno stupro, la violenza urbana in ogni sua forma diventa per Corvino il pane quotidiano. Ma qualcosa cambia quando sulla sua strada appare il "Carezzevole", uno spietato assassino senza nome e senza volto, che trascina le sue vittime in un gioco psicologico perverso fatto di trappole e indizi, seguendo un rituale legato ai cinque elementi della tradizione cinese: acqua, terra, fuoco, legno, metallo... Scelto dal killer per dare voce ai suoi deliri, Marco cercherà di resistere alla seduzione del male, ma dovrà scavare a fondo nella sua coscienza e confrontarsi con la parte più oscura di sé prima di arrivare al confronto finale con l'assassino.